WER STIRBT
SCHON GERN AUF
**NORDERNEY**

Joachim H. Peters

# WER STIRBT SCHON GERN AUF **NORDERNEY**

Kriminalroman

Joachim H. Peters wurde 1958 in Gladbeck geboren und arbeitete 45 Jahre bei der Polizei NRW. 2009 legte er seinen Debütkrimi vor. „Wer stirbt schon gern auf Norderney?" ist bereits sein 20. Kriminalroman und der 12. Fall mit dem privaten Ermittler Koslowski. Während seine Bücher größtenteils in Ostwestfalen-Lippe spielen, ließ er Koslowski in seinem letzten Werk „Fluchtpunkt Norderney" erstmals auf der Nordseeinsel ermitteln.

Neben zahlreichen Kurzgeschichten schrieb er ein Theaterstück sowie mehrere Kabarettprogramme und steht, wenn er gerade nicht schreibt oder liest, als Kabarettist, Schauspieler oder Moderator auf der Bühne. Joachim H. Peters lebt im lippischen Oerlinghausen, macht aber als bekennender Norderney-Fan mit seiner Frau oft Urlaub auf der Insel, wo er sich Inspirationen für seine Geschichten holt.

www.koslowski-krimis.de
www.ostwestfaelisch.de

Den Seenotrettern gewidmet, die auf See blieben,
um ihr Leben für andere zu geben.

Wir sind nicht nur verantwortlich für das, was wir tun,
sondern auch für das, was wir nicht tun.
*Moliere*

# Prolog

## Sonntag, der 24. Mai 2013

Die *Juri Gagarin* stampfte tapfer gegen die Wellen im Kattegat an. Mit ihren über einhundert Metern Länge, einer Breite von neunzehn Metern und einem fast unbeschreiblichen Komfort konnte man das schneeweiße Schiff nicht mehr als Yacht bezeichnen, sondern musste ihm mit der Bezeichnung Luxusyacht Respekt zollen.

Wollte man es seinem Besitzer abkaufen, würde man dafür eine Summe von circa 250 Millionen Euro auf den Tisch legen müssen, denn dieses Schiff war ein Einzelstück. In einer deutschen Werft entwickelt, in China auf Kiel gelegt und dort, nach den ganz besonderen Wünschen ihres Eigners, auch gebaut. Ausgerüstet mit so ziemlich allem, was man an Technik und Elektronik in so einen schwimmenden Palast verbauen konnte.

Dabei hatte man nur das Edelste an Materialien verwendet. Unter anderem waren Hölzer zum Einsatz gekommen, die in Deutschland schon lange nicht mehr gehandelt werden durften, weil sie aus illegaler Abholzung stammten. Für die Deckplanken hatte man Yellow Balau verwendet, ein purpurbraunes Hartholz mit einem atemberaubenden roten Unterton, das auf den Philippinen geschlagen worden war.

Die *Juri Gagarin* verfügte über mehr als zwanzig Räume, die auf fünf Decks verteilt lagen. Sie hatte einen Fitnessraum, ein eigenes Kino und einen Weinkeller. Am Heck der Yacht gab es ein Spielfeld, das so groß war, dass man darauf sowohl Basketball spielen als auch mit einem Helikopter landen konnte. Selbst die *Sputnik*, ein kleineres Beiboot, das die *Juri Gagarin* mitführte, konnte man noch als Yacht bezeichnen; so manch einfacher Millionär hätte sich auch nach ihr die Finger geleckt.

Die Ausstattung der Innenräume stand der von Suiten in Luxushotels in nichts nach. Und obwohl die schneeweiße Yacht eine Augenweide war, lag sie im Feld der teuersten Luxusyachten der Welt noch nicht mal an der Spitze. Aber ihrem Besitzer genügte sie. Noch.

Dimitrij Aleksej Wolkov stand mit einem Glas Champagner in der Hand im obersten Salon und blickte durch die Sicherheitsscheiben hinaus auf die unruhige See. Es war nicht so, dass er Angst davor gehabt hätte, seine Yacht oder ihre Mannschaft käme mit diesem Wetter nicht zurecht, aber es konnte sein, dass sein Zeitplan dadurch in Verzug kam, und nichts hasste er mehr als Unpünktlichkeit. Daher war er zwar rechtzeitig aus Sankt Petersburg aufgebrochen, um pünktlich zum Treffen mit seinem Geschäftspartner in Oslo einzutreffen.

Doch ein Sturm über der Ostsee hatte ihm einen Strich durch die Rechnung gemacht. Der hatte in der Nähe der Insel Gotland unerwartet seine Richtung geändert und ihnen dadurch erheblich zu schaffen gemacht. Erst nachdem sie bei Falsterbo die südwestlichste Ecke Schwedens umrundet und unter der Öresundbrücke hindurch in die Meerenge zwischen Malmö und Kopenhagen eingelaufen waren, hatten sie wieder etwas bessere Fahrt machen können. Sobald sie Helsingborg an Steuerbord passiert hatten, verlangte Wolkov vom Kapitän „Volle Kraft voraus!“.

Er hatte seinen Geschäftspartner über Satellitentelefon zwar bereits über seine Verspätung informiert, hoffte aber, sie dennoch so gering wie möglich halten zu können. Schließlich wollte er ihn nicht verärgern, dafür stand zu viel auf dem Spiel. Aber Wolkov wusste, wie man es spielt. Er war einer derjenigen, die nach dem Zusammenbruch der UdSSR das notwendige Kapital und das ökonomische Wissen hatten, um von der neuen neoliberalen Marktwirtschaft nach amerikanischem Vorbild zu profitieren. Das befähigte ihn, innerhalb kürzester Zeit ein riesiges Vermögen aufzubauen, während der Großteil der Bevölkerung verarmte, weil er unter hohen Preisen, niedrigen Löhnen und Renten sowie unter Arbeitslosigkeit litt.

Damals gerieten Russland und die anderen Staaten der ehemaligen Sowjetrepubliken in eine tiefe wirtschaftliche und gesellschaftliche Krise. Die staatlichen Organe waren schwach und mussten völlig neu strukturiert werden, dadurch explodierten Gewalt und

Kriminalität. In der zweiten Hälfte der 1990er-Jahre bildeten sich autoritäre Strukturen aus, die eine Entwicklung zu einer am Westen orientierten Zivilgesellschaft unterbanden. Während die drei baltischen Staaten, Estland, Litauen und Lettland, den Anschluss an den Westen suchten, wurden viele andere Nachfolgestaaten der UdSSR schon bald wieder autokratisch geführt und die bürgerlichen Freiheitsrechte wieder eingeschränkt.

In Russland geschah dies vor allem nach dem Machtantritt Putins 1999, verstärkt ab 2010. Gleichzeitig mit der Rückkehr zu einem autokratischen System achtete Wladimir Wladimirowitsch Putin darauf, dass die Männer, die aus dem Zusammenbruch der UdSSR und den Anfängen der Marktwirtschaft großes Kapital geschlagen hatten, nicht zu mächtig wurden. Vor allem in politischer Hinsicht. Und auch was finanzielle Macht anging, versuchte der Herrscher im Kreml alle Oligarchen unter Kontrolle zu halten, denn er brauchte deren Geld, um seine politischen Ziele umzusetzen. Wobei die Aushöhlung der westlichen Demokratien durch Propaganda und Wahlmanipulation ganz oben auf der Agenda des Kremlherrschers stand.

All das wusste Wolkov, als er aus dem Salonfenster der *Juri Gagarin* hinaus auf die aufgewühlte See blickte. Dank ihrer überragenden technischen Eigenschaften merkte man hier oben nur sehr wenig von dem stürmischen Wetter. Er schlenderte hinüber zur Bar und goss sich einen Wodka ein. Er hatte das Glas noch nicht an die Lippen geführt, als sich die Sprechanlage mit einem dezenten Summton bemerkbar machte. Mit einem akustischen Befehl schaltete Wolkov sie ein und wollte wissen, was los war.

„Wir bekommen Besuch. Ein Boot der Polizei mit eingeschalteten Blaulichtern nähert sich von Backbord. Soeben wurden wir über Funk aufgefordert, unsere Fahrt zu verringern und Beamte an Bord zu nehmen. Was sollen wir machen? Wir wären auf jeden Fall schneller als das Polizeiboot. Wenn Sie es wünschen, können wir es schnell abhängen."

Wolkov biss sich verärgert auf die Lippen. Sowas hatte ihm gerade noch gefehlt. Aber trotz allem, er durfte jetzt kein Aufsehen erregen. Außerdem befand er sich nicht in russischen Gewässern, dann wäre das etwas anderes gewesen. Dort würde er mit solchen Kretins in Uniform ganz anders umspringen. Nein, er durfte nicht auffallen, vermutlich handelte es sich ohnehin nur um eine Routinekontrolle.

„Drehen Sie bei und nehmen Sie die Leute an Bord. Dann kümmern Sie sich um die Formalitäten und sehen Sie zu, dass wir schnellstmöglich weiter nach Oslo kommen."

Wolkov schaltete die Anlage mit einem weiteren akustischen Befehl aus und schaute auf die Uhr. Wieder eine Verzögerung, aber noch lagen sie im Zeitplan.

# 1

Eine steife Brise wehte aus nordwestlicher Richtung über die zweitgrößte der Ostfriesischen Inseln hinweg und sorgte dafür, dass sich das von ihr mitgeführte Salz auf den Lippen der Inselgäste niederschlug. Am stärksten bei denen, die gerade auf der Promenade am Nordstrand spazieren gingen. Der immer wieder faszinierende Anblick der Nordsee und die Sonne hatten die Gäste an den Strand gelockt. Das Thermometer über der Eingangstür der Rathausapotheke in der Friedrichstraße zeigte zwar sechs Grad an, aber hier auf der Promenade konnte man durch den Wind das Gefühl bekommen, die Temperatur läge in der Nähe des Gefrierpunkts.

Koslowski zog die Schultern hoch und war froh, dass er sich einen Schal umgebunden hatte. Sein Blick war auf den Strand gerichtet und er staunte, wie schnell das Ziel seines Blickes rennen konnte. Auch wenn die Natur versucht hatte, die Kürze seiner Beine dadurch wettzumachen, dass sie ihm vier davon verpasst hatte, so war das Tempo, das der kleine Rauhaardackel am Nordstrand von Norderney an den Tag legte, doch erstaunlich. Koslowski musste schmunzeln. Vor allem darüber, dass der kleine Kerl in völliger Selbstüberschätzung zur Überzeugung gelangt war, es könne ihm gelingen, die freche Möwe zu erwischen, die geradezu provozierend nah vor ihm auf dem Stand gelandet war.

Also war er ungeachtet der Rufe seines Frauchens losgerannt und wie ein kleiner, graubrauner Pfeil über die erste der ins Meer gepflasterten Buhnen hinweggeflogen, um auf dem feuchten, aber harten Sand dahinter seinen Spurt fortzusetzen. Dabei streckte sich der kleine Hundekörper und flog nach jedem Auftreten erneut in ganzer Länge über den Strand.

Koslowski hatte die Hände in den Taschen seines Dufflecoats vergraben und sein Basecap bis knapp über die Augen gezogen. Er saß auf einer Bank, die leicht zurückversetzt und damit etwas windgeschützter zwischen den aus roten Ziegeln gebauten Wellenbrechern stand.

Den Dackel am Strand störten die Böen nicht, vermutlich bekam der kleine Körper dadurch sogar noch etwas Rückenwind. Sein Blick folgte dem kleinen Hund, der immer noch mit vollem Einsatz auf die Möwe zu jagte. Koslowski wusste genau, was jetzt kam.

Der Seevogel würde seinen Angreifer noch ein kleines Stückchen näherkommen lassen, dann die Flügel spreizen, um sich nach ein oder zwei kleinen Sprüngen vom Wind in die Luft heben zu lassen. Unerreichbar für seinen rauhaarigen Widersacher. Er hatte diesen Gedanken noch nicht zu Ende gedacht, als sich die Szene genauso abspielte. Der Hund bellte noch einmal wütend auf, schnupperte kurz an der Stelle, an der die Möwe gesessen hatte, und machte dann kehrt.

Allerdings im gleichen Tempo wie auf dem Hinweg, was Koslowski verwunderte. Vermutlich hatte sich der kleine Kerl entschlossen, nun doch dem Ruf seines Frauchens Folge zu leisten. Einem Ruf, den Koslowski jedoch nicht hören konnte, weil der Wind alle Geräusche mit sich riss. Er sah lediglich eine entsprechende Handbewegung und dass die Frau sich umdrehte und ihren Weg zurückging. Was den kleinen Vierbeiner dazu veranlasste, sein Tempo so lange beizubehalten, bis er wieder an ihrer Seite war.

Hund und Frauchen wieder vereint.

Ein schönes Bild, dachte Koslowski. Er blickte den beiden noch eine Zeit lang hinterher und stellte fest, dass seine Gedanken vom Wind dabei ebenso davongetragen wurden wie die Möwe, die längst über den Strand in Richtung der Häuser gesegelt war.

Genau in diesem Moment kehrte der Gedanke zurück, der ihn hier auf die Bank am Nordstrand geführt und beim Anblick des Dackels verlassen hatte. Er glaubte sogar, noch einmal die Worte „Sie müssen mir helfen!“ zu hören. Und das von jemandem, von dem er gedacht hatte, dass er ihn nie mehr wiedersehen, geschweige denn mit ihm sprechen würde. Umso erstaunter war er, als ihn Lukas Eugelink, der älteste Sohn seines unlängst ermordeten Freundes, plötzlich angerufen hatte.

Schmerzlich erinnerte er sich noch an den unausgesprochenen Vorwurf in den Augen von Lukas, dessen Mutter und dessen Bruder Tim, als sie Walfried Eugelink zu Grabe getragen hatten. Bereits auf dem Friedhof schienen sie ihm unausgesprochen den Vorwurf gemacht zu haben, dass er ihren Mann und Vater nicht hatte schützen können und somit in gewisser Weise mitverantwortlich für dessen Tod war.

Nicht nur der Täter trug die Schuld, sondern auch er, der beste Freund, der das Unheil nicht hatte verhindern können. Was aber nicht stimmte, da der Täter seinen Plan so aufgebaut hatte, dass der pensionierte Kriminalhauptkommissar gar nicht hätte gefunden werden können, der deswegen schließlich verhungert und verdurstet war. Dennoch fragte Koslowski sich selber immer wieder, was man, nein, was *er* hätte anders machen können. Aber sosehr er sich auch den Kopf zerbrach, er fand keine Lösung.

Er verstand jedoch, dass Eugelinks Söhne nicht mehr mit ihm hatten sprechen wollen. Vermutlich hätte er in ihrem Alter genauso reagiert. Enttäuscht und verbittert.

Umso überraschter war er, als er am Telefon Lukas' Stimme gehört hatte. Und das zu einem Zeitpunkt, an dem er gerade erst wieder in die Heimat nach Lippe zurückgekehrt war. Zurückgekehrt ausgerechnet von Norderney, wo er etwas Ruhe und Abstand zu dem schrecklichen Ereignis hatte finden wollen und wo er prompt und, wieder mal gegen seinen Willen, in einen anderen Kriminalfall hineingezogen worden war.

Er seufzte. Egal, wohin er sich auch wandte, das Verbrechen und vor allem der Tod schienen ihm überall und ständig auf den Fersen zu bleiben.

„Hallo Lukas", hatte er überrascht geantwortet, nachdem der Junge sich gemeldet und sofort seine Bitte geäußert hatte.

„Sie müssen mir helfen!"

Koslowski wähnte sich plötzlich nicht mehr am Nordstrand von Norderney, sondern fühlte sich nach Lippe zurückversetzt. Der Anruf hatte ihn im Restaurant des Detmolder Hofes erreicht, als er dort beim Mittagessen saß.

„Und wie könnte ich dir helfen?“, wollte er, immer noch überrascht, wissen. Gleichzeitig überlegte er, welche Probleme ein siebzehnjähriger Gymnasiast wohl haben könnte. Ärger mit seiner Mutter oder Probleme mit seiner Freundin? Und wie sollte ausgerechnet er ihm dabei helfen können?

„Sie waren doch erst kürzlich auf Norderney, oder?“ Lukas' Stimme klang belegt, so als sei er sich nicht sicher, ob er den Richtigen um Hilfe bat.

„Ja, das stimmt“, bestätigte Koslowski. „Woher weißt du das?“

Lukas ging nicht auf die Frage ein. „Ich habe gehört, dass Sie da wieder in einen Mordfall verwickelt waren.“ Koslowski glaubte einen Hauch von Enttäuschung herauszuhören. Der Junge konnte vermutlich nicht verstehen, warum sein Gesprächspartner dort sofort wieder mit dem Tod konfrontiert worden war. Aber das verstand er ja selber nicht. Er musste jetzt aufpassen, was er sagte, denn es war durchaus möglich, dass Lukas das Gespräch abrupt beendete, weil bei ihm plötzlich alte Wunden wieder aufbrachen. Daher zog er es vor, gar nicht weiter darauf einzugehen.

„Was kann ich für dich tun?“

„Es geht um eine Bekannte von mir …“ Lukas schien sich nicht sicher zu sein, wie er fortfahren sollte, und Koslowski hielt die dadurch entstehende Gesprächspause aus. Wenn der Junge ihm etwas mitteilen wollte, dann musste er das aus freien Stücken tun.

„Sie heißt Gina Krahner“, fuhr Lukas nach einigen Sekunden fort, dann folgte erneutes Schweigen. Diesmal jedoch hakte Koslowski nach.

„Und was ist mit ihr?“

„Sie ist verschwunden.“ Lukas' Stimme bekam bei diesen drei Worten einen leicht verzweifelten Klang. „Sie ist in der Q2 und wird in diesem Jahr fertig.“ Koslowski nahm an, dass Q2 die Abiturklasse war, denn mit den Klassenbezeichnungen in einem Gymnasium kannte er sich nicht aus. Verwendete man da nicht lateinische Namen? Untertertia und Oberprima? Etwas in der Art?

„Normalerweise haben wir jeden Tag Kontakt“, fuhr Lukas fort. „Wenn wir uns nicht treffen, dann chatten wir. Aber sie meldet sich seit ein paar Tagen einfach nicht mehr.“

„Vielleicht ist sie krank. Hast du schon mal versucht, sie anzurufen?“ Im selben Moment fiel Koslowski ein, dass die Jugendlichen heute meist auf elektronischer Basis kommunizierten. „War sie in den letzten Tagen online?“

Ein Stöhnen folgte. „Das ist es ja. Ich kann sie einfach nicht erreichen.“ Koslowski hörte ihn schluchzen, Lukas schien den Tränen nahe zu sein.

„Ihr Telefon ist abgeschaltet und ihre Mutter will darüber nicht sprechen.“

„Schick mir trotzdem mal ihre Handynummer“, verlangte Koslowski, „man weiß ja nie. Und versuche weiter, sie zu erreichen. Wie ist denn das Verhältnis zu ihrer Mutter?“

Lukas seufzte bedrückt. „Nicht so gut. Gina ist vor kurzem bei ihr ausgezogen, weil sich die beiden gezofft haben. Ich habe gestern noch mal bei ihrer Mutter angerufen, aber die weiß angeblich nicht, wo Gina sein könnte.“ Wieder entstand eine kurze Pause. „Und ich glaube, es interessiert sie auch nicht wirklich, was mit Gina ist.“ Nächste Pause. „Und jetzt geht sie gar nicht mehr ans Telefon, wenn ich anrufe.“

„Und was ist mit ihrem Vater?“ Koslowski ertappte sich dabei, dass er sich gedanklich schon wieder viel zu sehr mit dem Problem eines anderen beschäftigte. Das war nicht gut, denn meistens war genau das der Grund, warum er in so viele seltsame Fälle hineingeriet.

Aber er konnte nun mal nicht über seinen Schatten springen. Es war schon fast zwanghaft, dass er, wenn man ihn um Hilfe bat, diese nicht verwehren konnte.

„Ihr Vater ist schon vor vielen Jahren gestorben. Er war Seemann und ist bei einem Schiffsunglück ums Leben gekommen. Gina hat ihn kaum gekannt. Sie war noch sehr klein, als es geschah.“ Lukas war das Mitleid für seine Schulfreundin deutlich anzuhören.

„Kann es denn sein, dass sie wegen eines Streits mit ihrer Mutter abgehauen ist?“

Koslowski konnte sich dunkel daran erinnern, wie er oft mit seinem Vater gestritten hatte, als er in diesem Alter gewesen war. Über Dinge, die er heute ganz anders sah als damals, im rebellischen Jugendalter. Aufgrund langjähriger Lebenserfahrung und ein bisschen hinzugewonnener Weisheit, wie er immer zu sagen pflegte.

„Sie haben zwar öfter gestritten, weil Gina mit ihrer Mutter nicht mehr klarkam, aber ich glaube kaum, dass sie deswegen jeden Kontakt zu mir abbricht. Vor allem nicht zu mir."

Koslowski konnte sich den Kummer vorstellen, den dieser Gedanke bei Lukas auslöste.

„Und warum hatten sie so oft Streit?", fragte er mit leiser Stimme nach, von der er hoffte, dass sie mitfühlend genug klang, um Lukas zum Weiterreden zu bewegen.

„Ach, Frau Krahner hat es ihrer Tochter übelgenommen, dass sie … Ich meine, jeder muss doch selber wissen, wie er … Ich meine, heutzutage ist es doch nicht mehr schlimm … Na ja, sie ist immerhin zwei Jahre älter als ich …"

Ganz hinten in seinen Gedanken schimmerte etwas auf, das Koslowski ahnen ließ, was der wahre Grund für die Auseinandersetzung gewesen sein könnte. Doch er hütete sich davor nachzufragen. Entweder Lukas erzählte es ihm freiwillig und wenn nicht, dann war es für ihn eben nicht so wichtig.

„Gina ist ein sehr feinfühliger Mensch, sie kann gut zuhören und ist sehr verständnisvoll. Manchmal schon zu sehr, denn andere nutzen das oft aus."

„Aber das sind doch sehr schöne Charaktereigenschaften", wandte Koslowski ein.

„Ja, aber sie gehen unter, weil man immer nur andere Dinge in den Vordergrund stellt, wenn es um sie geht. Ihre Mutter hat das jedenfalls getan."

Koslowski hörte weiter aufmerksam zu. Wir scheinen uns langsam dem Kern zu nähern. Wieder ließ er die erneute Gesprächspause zu und nutzte die Tatsache, dass Menschen sehr oft das Bedürfnis haben, sich und ihre Worte zu erklären, wenn sie keine Reaktion erhalten.

Es klappte auch in diesem Fall.

„Gina ist …“, Lukas atmete tief durch, so als wollte er sich selber noch einmal Mut machen. „Sie ist lesbisch und damit kommt ihre Mutter nicht klar.“ Was folgte, war ein tiefer langer Seufzer. „Sie hat Angst davor, dass die Nachbarn es erfahren und dass man sie deswegen meiden würde.“

Ein bisschen konnte Koslowski die Sorge der jungen Frau verstehen. Die heutige Gesellschaft gab sich gegenüber gleichgeschlechtlicher Liebe nach außen hin zwar sehr tolerant, aber hinter vorgehaltener Hand herrschte noch jede Menge Homophobie.

Er konnte sich gut vorstellen, wie an Stammtischen und hinter verschlossenen Türen immer noch über diese Menschen gesprochen, und auch, wie dort gegen sie gehetzt wurde. Von den Kommentaren in den sozialen Medien gar nicht zu reden.

„Meinst du, dass Gina deswegen ausgezogen ist?“, wollte Koslowski wissen.

„Ich weiß es nicht … Kann sein … Aber dann könnte sie sich doch trotzdem bei mir melden. Sie würde doch nicht einfach so verschwinden, oder? Und wenn sie wirklich aus Detmold weggegangen wäre, dann hätte sie sich doch garantiert bei mir verabschiedet, vor allem, weil …“

Erneut galt es eine Gesprächspause auszuhalten, doch diesmal blieb Lukas stumm. Er überlegte einen Moment, dann entschloss er sich, seinerseits die entscheidende Frage zu stellen, denn die Antwort darauf würde für sein weiteres Vorgehen wichtig sein. Wenn Lukas kein persönliches Motiv vorzuweisen hatte, dann würde er sich aus der Sache raushalten. Dann müsste notfalls die Polizei ermitteln.

Allerdings stellte er die Frage mit leiser und mitfühlender Stimme, um Lukas weder durch die Lautstärke noch durch den Tonfall zu verschrecken. „Bist du in sie verliebt?“

Eine Sekunde Pause. Zwei. Dann kam die Antwort, die Koslowski bereits geahnt hatte. In einem Gespräch unter vier Augen wäre es ein Nicken gewesen, hier wurde sie durch ein Wort ersetzt.

„Ja.“

Koslowski hielt bewusst die Luft an, um nicht geräuschvoll auszuatmen. Er konnte sich gut vorstellen, was in dem Jungen vorging. Verliebt in ein ganz besonderes Mädchen und nicht bereit, sich damit abzufinden, dass sie seine Liebe niemals erwidern würde. Vielleicht war sie sogar die erste große Liebe, die, nach der sich jeder Siebzehnjährige sehnte.

Koslowski kannte so eine Situation nur allzu gut. Als Fünfzehnjähriger hatte er sich in seine Englischlehrerin verliebt und davon geträumt, ein gemeinsames Leben mit ihr zu führen. Auch die Tatsache, dass die Frau fünfunddreißig Jahre älter war, hatte ihn nicht von dieser fixen Idee abbringen können. Noch mehr hatte er damals gelitten, als sie „plötzlich" heiratete. Ihren neuen Ehemann hätte er am liebsten umgebracht. Seine billige kleine Rache hatte jedoch nur darin bestanden, dass er ihm das Auto zerkratzte. Was zum Glück nie herausgekommen war.

Lukas' nächste Worte holten ihn schlagartig in die Gegenwart zurück. „Ich muss ihr helfen, wenn sie in Not ist."

„Aber du weißt doch gar nicht, ob sie in Not ist. Vielleicht braucht sie nur etwas Abstand wegen der Auseinandersetzung mit ihrer Mutter", versuchte Koslowski ihn zu beruhigen, erreichte damit aber nur das Gegenteil.

„Nein, nein, ich weiß, dass sie in Schwierigkeiten steckt. Ich spüre das."

Mit logischen Argumenten kam er gegen die hormonellen Ausbrüche des Siebzehnjährigen nicht an. Das wusste selbst er, obwohl er keine Kinder hatte. Er ließ den Kopf sinken und gab sich geschlagen.

„Was möchtest du denn nun, das ich in dieser Sache tun soll?"

Wieder trat eine kurze Pause ein.

„Ich glaube, ich weiß, wo sie sein könnte", fuhr Lukas fort. „Sie hat immer davon gesprochen, dass sie irgendwann mal nach Norderney will, um da was über den Tod ihres Vaters herauszufinden. Er hieß übrigens Stefan. Stefan Krahner."

„Und was wollte sie da herausfinden?"

„Ich weiß es nicht, das hat sie mir nicht gesagt. Ich glaube aber, dass sie jetzt Ernst gemacht hat und auf die Insel gefahren ist." Lukas machte eine kurze Pause. „Und da dachte ich, wo Sie doch schon öfter auf Norderney waren …?"

Mit einem Schlag spürte Koslowski wieder den Wind im Gesicht und das Salz auf der Haut. Den Blick auf die anrollenden Wellen gerichtet, kehrte er ganz langsam in die Gegenwart und damit auch auf die Insel zurück.

Das Flehentliche in Lukas' Stimme und die Furcht, ihn mit einer Absage erneut zu verletzen, hatten letztendlich dafür gesorgt, dass er bereits einen Tag später erneut Richtung Norden aufgebrochen war. Aber was hätte er auch anderes tun können, um Lukas nicht schon wieder zu enttäuschen? Er hatte nur nach Norderney zurückkehren können, um nach Gina zu suchen.

Nun saß er also hier am Strand, verfolgte die aussichtslosen Jagdversuche eines kleinen Dackels und überlegte, wie er weiter vorgehen sollte. Er konnte sich schließlich kein Schild umhängen und damit in der Fußgängerzone auf- und ablaufen. Immerhin hätte er es mit einem Foto von Gina versehen können, denn Lukas hatte ihm eins auf sein Handy geschickt.

Nein, er musste sich etwas anderes überlegen, sich Hilfe suchen. Und er wusste auch schon, bei wem.

## 2

Hannelore Kampmann war total erschöpft. Sie hatte sich eindeutig übernommen. Ein Pärchen, das im gleichen Hotel wie sie wohnte, hatte sie zwar mit dem Wagen bis zum Parkplatz Ostheller mitgenommen, doch dort hatten sich ihre Wege getrennt.

Während die beiden anderen den befestigen Polder-Wattweg erkundeten, hatte Hannelore den Marsch zum Ostende der Insel angetreten. Obwohl sie bereits zum dritten Mal auf Norderney war und auch jedes Mal von dem dort liegenden Wrack gehört hatte, machte sie sich erst jetzt auf, um es zu besichtigen. Im Internet hatte sie herausgefunden, dass es sich dabei um die *Capella*, einen ehemaligen Muschelbagger, handelte, der bereits 1968 gestrandet war und dort nun still und leise vor sich hin rostete.

Weil sie dieses Wrack endlich einmal mit eigenen Augen sehen wollte, hatte sie den Mittelweg durch die Dünen gewählt. Für den Rückweg war die Route über den Nordstrand eingeplant.

Dafür, dass das Thermometer nur vier Grad anzeigte, wurde sie bei ihrer Wanderung mit einem wolkenlosen Himmel und viel Sonnenschein entschädigt. Nach einer guten Stunde kam sie am Wrack an. Bereits unterwegs hatte sie gemerkt, dass der Weg, der sie unter anderem durch die Salzwiesen und an der Möwendüne vorbeigeführt hatte, doch beschwerlicher war als angenommen. Deswegen fiel ihre Pause am Wrack auch länger aus als geplant.

Während sie in kleinen Schlucken ihr Mineralwasser trank, ließ sie ihren Blick über die Nachbarinsel Baltrum bis zu den Sandbänken schweifen, auf denen sich ein paar Seehunde sonnten. Wunderschön hier.

Es waren vermutlich die Jahreszeit und die frühe Stunde, die dafür sorgten, dass sie hier ganz alleine war. Mit dem Rücken an das Wrack gelehnt genoss sie es, dass nur das Rauschen des Windes in ihren Ohren diese Stille störte.

Kurz nachdem sie ihre letzten Kekse verzehrt und mit dem Rest des Wassers heruntergespült hatte, entschied sie sich, aufzubrechen. Wenn sie hier noch länger rastete, würde sie, ebenso wie die *Capella*, den sprichwörtlichen Rost ansetzen.

Schon nach einigen wenigen Schritten im Sand wurde ihr allerdings klar, dass sie schnellstmöglich zur Wasserlinie musste. Dort angekommen stellte sie erleichtert fest, wie gut diese Entscheidung gewesen war, denn auf dem feuchten und deshalb festeren Sand konnte sie deutlich leichter laufen.

Immer wieder bückte sie sich, um kleine Treibholzstücke und Muscheln aufzuheben. Aus all diesen Dingen, die das Meer ans Ufer spülte, wollte sie zu Hause etwas Schönes basteln. Eine Erinnerung an ihre Zeit auf Norderney.

Manchmal blieb sie unterwegs stehen, atmete bewusst ein und aus, ließ dabei ihren Blick über die schier endlos erscheinende See schweifen. Genau das liebte sie so an Norderney. Man konnte sowohl im Stadtkern in den Geschäften bummeln als auch fernab des Trubels seine Ruhe finden.

Sie bereute, dass sie diesen Spaziergang nicht schon bei ihren früheren Aufenthalten unternommen hatte, und war sich sicher, dass er bei ihrem nächsten Besuch zum Pflichtprogramm gehören würde.

Glücklich breitete sie die Arme aus und drückte den Rücken durch. Entspannung pur. So, wie sie es liebte. Kein Stress, keine Verpflichtungen, keine Anrufe. Einfach mal nur für sich sein.

Doch so schön es hier auch war, ein Blick auf ihre Armbanduhr zeigte ihr, dass es allmählich Zeit wurde, den Weg fortzusetzen, denn sie hatte heute noch einen Termin bei einem der Inselfriseure gebucht.

Schweren Herzens riss sie sich von dem Anblick los und nahm den weiteren Rückweg in Angriff. Sie war ein paar Minuten gelaufen, als ihr Blick auf einen großen Gegenstand fiel, der von der letzten Flut weit den Strand hinaufgespült worden war. Verdutzt blieb sie stehen und schirmte mit einer Hand ihre Augen vor der Sonne ab, um besser sehen zu können.

„Oje, das arme Ding“, stöhnte sie. Denn von ihrem Standpunkt aus sah dieser Gegenstand sehr nach einem toten Seehund aus. Neugierig geworden ging sie darauf zu. Sie sah, dass zwei Krebse darauf herumkrabbelten, und als sie noch näher kam, stieg eine Möwe mit lautem Kreischen vor ihr auf.

Sie erschrak fast zu Tode, weil sie den Vogel hinter dem Kadaver vorher nicht gesehen hatte. Eigentlich hatte sie ja auch gar nicht so nah herangehen wollen, aber von irgendetwas fühlte sie sich magisch angezogen. War es reine Neugier? Oder die Faszination des Todes?

Je näher sie kam, umso deutlicher sah sie, dass es sich tatsächlich um einen toten Seehund handelte. Der Körper des Tieres war von etlichen Wunden übersät. Während sie sich näherte, überlegte sie, ob diese möglicherweise von Schiffsschrauben verursacht worden sein könnten. Auf jeden Fall sahen sie grässlich aus. Das arme Tier, dachte sie und schüttelte sich dabei. Sie hatte sich bereits abgewandt, als sie plötzlich stutzte und sich noch mal zu dem Kadaver umdrehte. Musste man jemanden darüber informieren, dass hier ein toter Seehund lag? Und wenn ja, wen? Das Ordnungsamt?

Sie würde auf jeden Fall mal im Hotel nachfragen, oder vielleicht wusste man das ja auch schon beim Friseur. Mit einem Ruck riss sie sich von dem scheußlichen Anblick los, denn der Gedanke an den Friseur hatte sie daran erinnert, dass sie sich wieder auf den Weg machen musste.

Als sie sich umdrehte, sah sie ein paar hundert Meter weiter schon den nächsten Kadaver. Was war denn hier los? Warum lag da noch ein toter Seehund? Das konnte doch kein Zufall sein.

Sofort kamen ihr alle möglichen Umweltkatastrophen in den Sinn. Waren die Tiere durch irgendwas vergiftet worden? Oder hatte man sie umgebracht und dann im Meer treiben lassen? Diese schönen Tiere taten doch keinem was.

Ganz in Gedanken versunken war sie zu dem zweiten Kadaver hinübergegangen. Das Tier lag mit dem Rücken zu ihr und schien sich zusätzlich noch in einem Seil verheddert zu haben. Es war mehrfach um den Körper geschlungen. Doch als sie näherkam, stutzte sie. Das war nicht das Fell eines Seehundes, was sie da vor sich sah. Es wirkte eher wie eine Felljacke.

Und dann sah sie die gefesselten Füße mit den rotlackierten Nägeln.

Sie schaffte es nicht mehr, weiterzugehen. Stattdessen taumelte sie einen Schritt zur Seite und fiel in den weichen Sand, weil ihre Beine nachgegeben hatten. Und kaum, dass sie da hockte, wurde ihr mit einem Schlag klar, dass ihr in diesem Augenblick sämtliche Urlaubsfreude und jegliche Entspannung abhandengekommen waren.

## 3

Koslowski schlenderte leise vor sich hin pfeifend durch die Nordhelmstraße. Er war auf dem Weg zum Haus seines Freundes Marius van Briel. Der, auf eigenen Wunsch, vorzeitig pensionierte Kriminalbeamte aus Essen hatte sich auf Norderney zur Ruhe gesetzt.

Bereits Jahre zuvor hatte er sich in der Nordhelmsiedlung ein Haus gekauft.

Das Haus war ein anderthalbgeschossiger Ziegelbau mit Walmdach. Es gehörte zu jenen Häusern, mit deren Bau man bereits 1938 begonnen hatte, um hier das Personal und die Angehörigen der Seefestung Norderney und der Seeflugstaffel unterzubringen. Nach dem Krieg wurde aufgrund der Wohnungsnot für dieses Gebiet ein Bebauungsplan erstellt, der es auch anderen Bürgern ermöglichte, hier ein Haus zu errichten. Dadurch war ein beliebter Stadtteil entstanden, in dem es darüber hinaus reichlich Ferienwohnungen und -häuser gibt. Da die Nordhelmsiedlung östlich des Zentrums liegt, ist jeder, der dem innerstädtischen Trubel entfliehen will, hier genau richtig aufgehoben.

Koslowski musste wieder an sein Erlebnis mit Marius van Briel denken, das sie beide fast das Leben gekostet hatte. Sein Freund hatte sich dabei eine Schusswunde zugezogen, die ihm längere Zeit zu schaffen machte. Zum Glück war seine Gesundheit mittlerweile wieder ganz hergestellt.

In der Zeit seiner Genesung hatte sich van Briel besonders einem seiner Hobbys, der Malerei, gewidmet. Von einer anderen seiner liebsten Freizeitbeschäftigungen, nämlich der, dass er unter einem Pseudonym erfolgreich Kriminalromane schrieb, wollte er nach dieser gefährlichen Geschichte zunächst mal nichts mehr wissen.

„Dadurch würde ich nur ständig an unser Abenteuer erinnert und das wäre meinem Schlaf garantiert nicht zuträglich“, hatte er Koslowski bei einem Telefonat eröffnet. Überhaupt wussten von seiner Tätigkeit als Schriftsteller nur sehr wenige Leute und die, die es wussten, sprachen nicht darüber. Da er gegenüber seinem Verlag keinerlei Verpflichtungen für ein neues Buch eingegangen war, hatte er nun ausreichend Zeit, die Strände der Insel mit Pinseln und Ölfarben auf Leinwände zu bannen.

Koslowski kannte van Briels Haus und freute sich bereits auf den Besuch.

Die beiden Männer verband nicht nur die Tatsache, dass sie bei der Polizei gearbeitet hatten, sondern auch, dass sie sowohl angeregt miteinander diskutieren als auch Stille ertragen konnten. Bevor Koslowski die Insel nach ihrem gemeinsamen Erlebnis verließ, forderte van Briel, dass er ihn unbedingt besuchen müsse, wenn er wieder auf Norderney sei.

Koslowski hingegen hätte zum Zeitpunkt seiner Abreise noch nicht einmal sagen können, ob er überhaupt jemals hierher zurückkehren wollte. Diese Entscheidung war ihm jedoch nun durch das Schicksal in Person von Lukas Eugelink abgenommen worden.

Nur wenig später stand er vor dem Haus seines Freundes. Er benutzte den Durchgang, der die einzelnen Häuser miteinander verband und durch den man die auf der Rückseite liegenden Eingangstüren erreichte. Er wollte gerade das Gartentor öffnen, als er hörte, wie hinter ihm ein Fahrzeug anhielt.

Mehr aus einem Reflex als aus Neugier heraus drehte er sich um und sah einen großen, stabil gebauten Mann aus einem BMW steigen. Sofort fiel ihm das hellblaue Hemd unter der schwarzen Lederjacke auf. In Verbindung mit einer dunkelblauen Uniformhose sorgte es dafür, dass Koslowski sich sofort sicher war, einen Polizisten vor sich zu haben. Vermutlich gerade auf dem Weg zum oder vom Dienst.

Mit einem Schmunzeln erinnerte er sich daran, dass zu seiner Zeit bei der Polizei das Mischen von Zivil- und Uniformteilen nicht erlaubt war und als sogenanntes Räuberzivil bezeichnet wurde. Aber vielleicht war das mittlerweile anders, denn seine Dienstzeit lag ja nun schon eine gefühlte Ewigkeit zurück.

Der Mann umrundete den BMW und nahm ebenfalls Kurs auf van Briels Haus. Als er Koslowski vor dem Gartentor stehen sah, blieb er stehen und auf seinem Gesicht breitete sich ein Lächeln aus.

„Na, wollen Sie auch zu unserem Kunstmaler?“

„Ja, aber nicht um ein Gemälde von ihm zu kaufen“, antwortete Koslowski, „sondern um einen Kaffee zu schnorren.“

„Prima, dann sind wir ja schon zwei!“ Dabei deutete der Polizist einladend auf van Briels Gartentor. „Bitte nach Ihnen!“

Koslowski legte den Finger auf die Klingel und musste nicht lange warten. Marius van Briel schien sie bereits durch das Fenster gesehen zu haben und öffnete nur Sekunden später die Tür.

„Na, das ist ja mal doppelte Freude“, bekannte er, als er die beiden Männer in sein Haus bat.

Da er es nicht zum ersten Mal betrat, war Koslowski über das Innere auch nicht mehr überrascht.

Manch einer hätte vermutlich ein sehr konservatives Interieur erwartet. Buchenholzmöbel aus einem Katalog, dazu ein bisschen Nordseeflair. Doch wer sich gedanklich auf so etwas eingestellt hatte, wurde eines Besseren belehrt. Van Briels Haus war eine Mischung aus Museum und Galerie. Statt der erwarteten rot-weiß gestreiften Leuchttürme und Muschelbilder gab es Statuetten aus Bronze, alte Gemälde in zeitgenössischen Rahmen sowie Vitrinen mit altem Porzellan und diversen anderen Kunstgegenständen.

Bereits bei seinem ersten Besuch hatte es Koslowski eine kleine Wandvitrine besonders angetan, in der alte, zumeist goldene Taschenuhren auf einer schwarzen Samtunterlange präsentiert wurden. Dass eine andere kleine Vitrine inzwischen verschwunden war, bemerkte er sofort. Darin hatte sich die Waffe von van Briels Vater befunden, die bei ihrem Abenteuer zum Einsatz gekommen war. Mit verheerenden Folgen.

Van Briel deutete auf einen Esstisch, der von Stühlen verschiedener Bauarten und Holzsorten umstellt und dessen Tischplatte aus den Planken alter Schiffe gefertigt worden war. Auf der einen oder anderen war sogar noch der Schiffsname zu lesen.

„Nehmt doch bitte Platz! Habt ihr euch schon vorgestellt?“, wollte er wissen, während sich seine beiden Gäste niederließen.

„Nein, noch nicht.“ Der Polizeibeamte im Räuberzivil reichte Koslowski die Hand über den Tisch. „Jens Hartung, ich bin der Leiter der hiesigen Polizeistation.“

Der *neue* Leiter, setzte Koslowski in Gedanken hinzu, denn er war es gewesen, der Hartungs Vorgänger ermordet in den Dünen gefunden hatte. Als sein Blick zu van Briel hinüberging, bemerkte er ein ganzes schwaches Kopfschütteln. Sag jetzt nichts, bedeutete es. Koslowski nickte nur.

„Das ist mein Freund Koslowski“, ergriff van Briel schnell das Wort. „Er war auch mal bei der Polizei.“

Hartungs Blick verriet Überraschung. „Na, dann ist das hier ja so eine Art Klassentreffen.“

„Allerdings war ich nicht bei der Kripo, sondern wie Sie bei der Trachtengruppe.“ Koslowski lächelte, als er van Briel dabei ansah.

Der schmunzelte nur und wandte sich dann an beide Gäste. „Was wollt ihr trinken? Kaffee, Tee oder etwas Stärkeres?“

Koslowski bat um einen Kaffee und Hartung schloss sich ihm an. „Ich muss gleich noch zum Dienst“, wies er van Briels Angebot eines schönen kalten *Jevers* zurück.

„Und was gibt es sonst so Neues auf dem Eiland?“, wollte van Briel wissen, während er bereits zu Filter und Kaffeedose griff.

Hartung lehnte sich entspannt zurück. „Im Moment ist es eigentlich sehr ruhig …“, den Rest des Satzes ließ er im Raum stehen.

„Eigentlich …?“ Van Briel sah seinen Ex-Kollegen mit fragendem Blick an. „Das klingt so, als gäbe es da noch was anderes.“

Koslowski bemerkte, dass Hartung herumdruckste. Erst als van Briel die Kaffeetassen auf den Tisch stellte, räusperte er sich und zog dabei seine Tasse zu sich heran.

„Na ja, es gab einen Einbruch in einen Campingwagen, man hat versucht, in die Kajüte des Museumskreuzers einzubrechen, und Unbekannte haben die Mauer am Friedhof mit Farbe beschmiert. *Hier kommt ihr ganz schnell hin, wenn ihr das Klima nicht schützt!* Ihr könnt euch sicher denken, aus welcher Ecke der Spruch kommt, oder?“

„Na, das ist aber doch nichts Weltbewegendes“, wandte van Briel ein, „da hätte ich aber etwas von größerer Tragweite erwartet.“

Hartung nickte und ließ sich erneut Zeit für seine Antwort. Dann blickte er beide mit einem forschenden Blick an. „Was ich sage, erfahrt ihr nur, weil ihr beide wisst, wie man mit sensiblen Informationen umgeht, klar?“

Beide Männer nickten, wobei Koslowski ahnte, dass nun etwas Unangenehmeres als Graffiti folgen würde, und damit sollte er Recht behalten.

„Eine Spaziergängerin hat am Nordstrand eine Frauenleiche gefunden. Die muss wohl schon einige Tage im Wasser gelegen haben. Kein schöner Anblick."

Koslowski rutschte das Herz in die Hose. Hoffentlich handelte es sich dabei nicht um Gina, dachte er erschrocken.

„Wisst ihr schon, wer es ist?", wollte van Briel wissen, der sich mit seiner Teetasse zu ihnen an den Tisch gesetzt hatte.

Hartung zuckte nur mit den Achseln. „Nee, keine Ahnung. Wir wissen nur, dass es sich um eine jüngere Frau handelt. Der Staatsanwalt in Aurich hat eine Obduktion angeordnet. Vielleicht erfahren wir dadurch mehr."

Doch Koslowski versuchte bereits jetzt schon etwas mehr zu erfahren. „Konnte man ihr Fingerabdrücke abnehmen?"

Hartung wollte gerade einen Schluck trinken, hielt bei der Frage aber inne.

„Das ging nicht mehr." Sein Gesicht hatte sich dabei leicht verzogen.

Van Briel nickte verstehend. „Dann hat die Leiche vermutlich schon zu lange im Wasser gelegen, oder?"

Hartung schluckte, bevor er antwortete.

„Nein, daran lag es nicht." Sein Blick blieb an der Kaffeetasse hängen. „Wir konnten keine Abdrücke abnehmen, weil sie keine Finger mehr hat."

Koslowski bemerkte, dass van Briel bleich wurde. „Vielleicht hat sie ihre Finger ja bei einem Bootsunfall verloren", steuerte der als mögliche Erklärung bei. „Und vielleicht ist sie deswegen auch über Bord gefallen."

Der Leiter der Norderneyer Polizeiwache schüttelte entschieden den Kopf. „Wenn wir dem Urteil des Arztes trauen können, der die Leiche zuerst in Augenschein genommen hat, dann hat man ihr die Finger abgehackt."

„Und was ist mit einer Identifikation durch das Zahnschema?", beteiligte sich Koslowski wieder am Gespräch.

Hartung schob angewidert die Kaffeetasse von sich. „Sie hatte auch keine Zähne mehr. Der Doktor meinte, man habe sie mit einer Zange rausgebrochen." Den Körper des großen Polizisten durchlief dabei ein Schaudern.

Van Briel ließ sich entsetzt gegen die Stuhllehne sinken. „Da wollte wohl jemand unbedingt eine Identifizierung verhindern." Er legte beide Hände um die Teetasse, um sie zu wärmen. Ihm schien plötzlich kalt geworden zu sein.

Also habe nicht nur ich das Gefühl, dass die Temperatur im Raum um einige Grad gesunken ist, dachte Koslowski. Schon wieder wurde er mit einer Leiche und einem Verbrechen konfrontiert. Hörte das denn niemals auf?

Einen Moment lang überlegte er, ob er Hartung das Bild von Gina zeigen sollte. Im schlimmsten Fall war sie die Leiche vom Strand und seine Suche schlagartig vorbei. Doch er entschied sich dagegen. Er wollte es einfach nicht wahrhaben und hoffte – nicht nur für Lukas –, dass sie es nicht war. Denn wenn es doch der Fall sein sollte, dann steckte er dem Jungen gegenüber in gewaltigen Erklärungsnöten.

## 4

Nachdem Jens Hartung sich verabschiedet hatte und zum Dienst gefahren war, blieb Koslowski noch eine Zeit lang bei van Briel sitzen. Keiner von beiden machte Anstalten, über die Leiche und die zu ihrem Zustand führenden Umstände zu spekulieren. Jeder von ihnen hatte in seinem beruflichen Dasein schon viel mit Mord und Totschlag zu tun gehabt. Ganz sicher trugen auch die Erinnerungen an ihren gemeinsamen Fall dazu bei, dass sie so ein Thema mieden wie der Teufel das Weihwasser.

Van Briel erzählte lieber von seinen neuen malerischen Projekten. Er hatte vor, die Insel in den einzelnen Jahreszeiten darzustellen, entweder in einem vierfach geteilten Bild oder in vier einzelnen kleinen Gemälden. Koslowski fühlte sich dadurch sofort an vier Gemälde von Pieter Brueghel dem Jüngeren erinnert. Drucke der von dem flämischen Künstler gemalten Jahreszeiten hatten seinerzeit im Wohnzimmer seines Vaters gehangen. Erinnerungen an eine süße und unbeschwerte Kindheit. Dann berichtete van Briel noch von einer Hafenszene, die ihm vorschwebte.

Eine Weile plätscherte das Gespräch zwischen ihnen noch hin und her, aber nach der vierten Tasse Kaffee beschloss Koslowski, dass es nun doch langsam Zeit wurde, sich auf den Weg zu machen. Denn während er sich mit van Briel über das Wetter und den Klimawandel unterhalten hatte, waren seine Gedanken immer wieder zu der Frage abgeschweift, wo auf Norderney sich Gina aufhalten könnte. Er hatte van Briel dazu aber nicht befragt, denn irgendwie hatte sich keine Gelegenheit mehr dazu ergeben.

Koslowski verließ das Haus seines Freundes, wandte sich nach links und folgte der Nordhelmstraße in östlicher Richtung dorthin, wo sein Ziel lag. Denn hier auf Norderney gab es vier Jugendhäuser, die vom Kreis Lippe betrieben wurden. Er konnte sich gut vorstellen, dass Gina versucht haben könnte, hier eine Unterkunft zu finden. Viele Jahre schon machten Schulklassen aus Lippe Ausflüge hierher und es gab daher viele Jugendliche, die diese Inselquartiere kannten. Warum also nicht auch Gina?

Er steckte die Hände in die Taschen, zog den Kopf zwischen die Schultern und marschierte los. Wenn das Mädchen aber nicht dort untergekommen war, wo konnte es sich sonst noch aufhalten? Sicherlich hatte sie kein Hotelzimmer gebucht und auch keine Ferienwohnung. Aber es gab ja noch die vielen Privatzimmer. Jetzt im März hätte sie da sicher noch etwas bekommen, aber hatte sie dafür auch genug Geld bei sich?

Eine halbe Stunde später wusste Koslowski, dass Gina nicht in einem der Jugendhäuser untergekommen war. Ein freundlicher Mitarbeiter hatte ihm das, ohne auch nur einen Blick ins Gästebuch werfen zu müssen, bestätigen können.

Aber wenn er ganz ehrlich war, hatte er auch nicht damit gerechnet, bereits beim ersten Anlauf Glück zu haben. Die Sonne, die von einem klaren blauen Himmel schien, ließ ihn für den Rückweg ins

Ortszentrum die Strandpromenade wählen. Vielleicht hatte er ja Glück und der Wind blies ihm den Kopf frei. Jeder neue Gedanke wäre ihm willkommen.

Und tatsächlich, kurz bevor er das Surfcafé erreichte, wusste er, wo er als Nächstes suchen würde. Es waren die menschlichen Grundbedürfnisse essen, trinken und schlafen, die ihn auf diese Idee gebracht hatten. Wenn er davon ausging, dass Gina eine Stelle zum Schlafen gefunden hatte, musste sie schließlich auch etwas essen und trinken. Wo also würde ein Mädchen, das vermutlich nicht über viel Geld verfügte, hingehen?

Mit großer Wahrscheinlichkeit doch zu einem der Discounter. Daher beschloss Koslowski, dass es besser war, sich dort umzusehen, als planlos auf der Insel herumzulaufen und auf eine zufällige Begegnung zu hoffen. Während er weitermarschierte, rief er sich die Standorte dieser Läden ins Gedächtnis und beschloss, seine Suche im Ortskern zu beginnen.

Aber was sollte er Gina überhaupt sagen, wenn er sie dort antraf? Dass ein unglücklich verliebter Mitschüler sich Sorgen um sie machte? Er hatte keine Ahnung, ob sie davon beeindruckt sein würde. Kopfschüttelnd schob er diesen Gedanken zunächst beiseite, denn erst einmal musste er sie finden.

## 5

Am nächsten Tag saßen sie zwar wieder in van Briels Küche, doch diesmal nur zu zweit. Hartung hatte seinen ehemaligen Kollegen angerufen und gefragt, ob er kurz Zeit für ihn hätte. Nur widerwillig hatte van Briel zugestimmt, denn er war gerade dabei gewesen, sein aktuelles Gemälde fertigzustellen. Er hatte es eigentlich gerade mit Firnis überziehen wollen, aber das konnte noch warten, denn er war gespannt darauf, was Hartung von ihm wollte. Außerdem hatte der neben seiner Frage auch noch angedeutet, dass es neue Informationen gäbe und er gern van Briels Meinung dazu hören würde.

Der Leiter der Norderneyer Polizeistation hatte sich nach seinem letzten Besuch Unterlagen des Falles angesehen, an dem van Briel und Koslowski beteiligt gewesen waren. Dann hatte er sein Pendant, den Wachleiter in Detmold, angerufen und nachgefragt, ob der Name Koslowski dort möglicherweise bekannt sei.

Hartung staunte nicht schlecht, als er erfuhr, dass Koslowski in der Region Lippe durchaus kein Unbekannter war. In den letzten Jahren war er immer wieder in spektakuläre Kriminalfälle verwickelt gewesen und hatte dabei nicht nur seinen Freund, einen ehemaligen Kollegen namens Eugelink, sondern bereits ein paar Jahre zuvor auch seine damalige Lebensgefährtin verloren. Allerdings hatten in all den Fällen auch etliche andere, sehr unangenehme Leute ihr Leben lassen müssen. „Es scheint fast so, als ob der Mann den Tod anzieht wie der Mist die Fliegen", hatte der Detmolder Kollege hinzugefügt.

Eine Viertelstunde später saß Hartung in van Briels Küche und sah den Hausbesitzer über den Rand seiner dampfenden Kaffeetasse hinweg fragend an.

„Wie stehst du eigentlich zu Koslowski?"

Van Briel gönnte sich selber eine Sekunde des Nachdenkens. Ja, wie gut kannte er ihn? Eigentlich noch nicht lange. Aber er hatte erlebt, wie loyal er sich einem Freund gegenüber benahm und wie viel Empathie er für andere Menschen empfand. Mit einem Gefühl von Traurigkeit dachte er an Hauke, den behinderten jungen Mann, der ebenfalls in ihren letzten Fall involviert gewesen war. Koslowski hatte sich sehr um ihn bemüht, als er erkannte, dass der junge Mann in Not geriet, und letztendlich hatte er ihm sogar das Leben gerettet.

„Ich bin mir sicher, dass er eine ehrliche Haut ist, und deshalb vertraue ich ihm auch rückhaltlos. Er ist der Typ Mensch, der zu seinem Wort steht und anderen hilft, wenn es notwendig ist."

Dann lehnte er sich mit dem Rücken an die Arbeitsplatte der Küche und trank aus seinem Kaffeepott, den er wieder mit beiden Händen festhielt. Die Wärme tat ihm gut, denn bei dem Gedanken an die erst kurz zurückliegende Vergangenheit hatte sich erneut ein kalter Schauer auf seinem Rücken ausgebreitet. Nur mühsam widerstand er der Versuchung, nach seiner verheilten Schusswunde zu tasten.

„Wie man so hört, scheint er ja schon eine Menge erlebt zu haben." Hartung hielt den Blick auf seine Kaffeetasse gesenkt.

„Ich hätte mich auch gewundert, wenn du nicht bereits Informationen über ihn eingezogen hättest", grinste van Briel und strich sich dabei über seinen grauen Bart. „Aber du hast mir am Telefon gesagt, dass es auch neue Informationen zu der Frauenleiche am Strand gibt, also mach es nicht so spannend."

Hartung trank seinen Kaffee aus und schob die Tasse in die Mitte des Tisches.

„Die Leiche ist identifiziert." Er ließ diese Information einen Augenblick lang wirken und sah dann van Briel an. „Es handelt sich um eine russische Prostituierte. Ihre DNA war in der Datenbank von Europol. Sie wurde 1994 in Sankt Petersburg geboren. Laut den Kollegen ist sie bereits mit sechzehn Jahren auf den Strich gegangen und wurde 2011 bei zwei Razzien in Bordellen festgenommen, zuerst in Polen und dann in Deutschland. Genauer gesagt in Detmold. Danach ist sie dann plötzlich aus der Szene verschwunden. Die Leute von Europol vermuten, dass sie zurück nach Russland gegangen ist." Er seufzte tief. „Wobei nicht feststeht, ob sie das freiwillig getan hat. Auf dem Foto, das Europol uns geschickt hat, sah sie übrigens sehr hübsch aus …", Hartung biss sich auf die Unterlippe, „… und jetzt ist sie nicht mal dreißig Jahre alt geworden."

Van Briel wandte sich traurig ab und blickte aus dem Fenster in den Garten. Die Bäume waren noch kahl, die hölzerne Hollywoodschaukel bewegte sich leicht im Wind. Keine dreißig Jahre alt, dachte er und schloss resigniert die Augen. Warum müssen Menschen so früh sterben?

Mein Gott, was hätte die Frau noch alles erleben können? Vielleicht hätte sie noch einen anderen Beruf erlernt, die Welt gesehen und den richtigen Partner gefunden. Vielleicht wäre sie mit ihm sogar glücklich geworden und hätte ein Kind bekommen. „Wenn sie nicht bereits eines hatte", flüsterte van Briel leise vor sich hin.

„Was hast du gesagt?“, wollte Hartung wissen, der ihn nicht verstanden hatte.

„Ich habe mich gefragt, warum so junge Menschen sterben müssen.“ Van Briels Blick war dabei immer noch in den Garten gerichtet, dann aber wandte er sich wieder seinem Gesprächspartner zu. „Wisst ihr schon, wie sie ums Leben gekommen ist? Ist sie irgendwo über Bord gegangen? Ich meine, bei diesem Wetter wird sie ja wohl nicht baden gewesen sein, oder?“ Er lachte dabei bitter auf.

Hartung antwortete nicht sofort, sondern griff wieder zur Kaffeetasse und hielt sie van Briel hin.

„Hast du noch einen für mich?“

Der ehemalige Kripobeamte nickte und griff zur Kanne.

„Auf jeden Fall ist sie nicht ertrunken“, erklärte Hartung, und als van Briel seine Tasse aufgefüllt hatte, fuhr er fort.

„Danke. Die Obduktion hat ergeben, dass sie kein Wasser in den Lungen hatte, und du weißt, was das bedeutet.“

Van Briel nickte. Oh ja, das wusste er. Wer tot war, der konnte weder Wasser schlucken noch einatmen. Die Frau musste also schon tot gewesen sein, bevor man sie ins Meer geworfen hatte. Dann erinnerte er sich wieder daran, dass die Frau verstümmelt worden war.

„Hat die Rechtsmedizin herausfinden können, ob ihre grausamen Verletzungen postmortal entstanden sind? Oder hat sie noch gelebt, als man ihr das angetan hat?“

Hartung schnaufte verdrossen. „Zum Glück ist es wohl erst geschehen, nachdem man sie stranguliert hatte.“ Der Kaffee schien ihm plötzlich nicht mehr zu schmecken. „Der Obduzent hat nämlich trotz der Liegezeit im Wasser eine Strangulationsmarke am Hals gefunden.“

Van Briel blies geräuschvoll die Luft aus. „Also Mord. Und anschließend wollte man der Nordsee die Entsorgung der Leiche überlassen.“

Hartung faltete die Hände vor sich auf der Tischplatte.

„Ich habe bereits mit der Küstenwache gesprochen. Die wollen anhand der Wetter- und Strömungsverhältnisse der letzten Tage herausfinden, wo sie ins Wasser gelangt sein könnte. Aber … was nutzt uns das?“

In Hartungs Gesicht war seine Frustration nun deutlich zu sehen. „Wenn sie von einem Boot ins Meer geworfen wurde, dann wird es sicherlich auf See geschehen sein. Und der oder die Täter werden dort sicherlich nicht so lange ankern, bis wir kommen, um sie zur Rechenschaft zu ziehen.“ Verbittert lachte er auf.

Damit hat er Recht, dachte van Briel. Es war schon großes Glück, überhaupt zu wissen, um wen es sich bei der Toten handelte.

„Aber sag mal, warum hast du dich in diesem Zusammenhang nach Koslowski erkundigt?“

Der Leiter der Polizeiwache Norderney blickte ihn etwas verlegen an.

„Nun ja, ich dachte mir, weil sie doch als Prostituierte in Detmold gearbeitet hat ...“

„Aha, und was weiter?“

„Na ja, wo dein Freund Koslowski doch aus Detmold kommt …“

Van Briel lachte zynisch auf.

„Mein lieber Jens, jetzt geht deine Fantasie aber mit dir durch. Nur mal angenommen, er wäre tatsächlich mal in dem Detmolder Bordell gewesen, glaubst du, er könnte sich dann heute noch an ein Mädchen erinnern, das da vor zwölf Jahren gearbeitet hat?“

Hartung zuckte mit den Achseln. „Was weiß ich? Du weißt doch, wie klein die Welt ist und wie oft uns Kommissar Zufall schon geholfen hat.“

Auf seinem Gesicht erschien ein verlegenes Grinsen.

„Aber bevor ich ihn frage, wollte ich mir von dir die Bestätigung holen, dass man ihm trauen kann. Denn ich werde ihm ja ein paar Details zu dem Fall erzählen müssen, wenn ich ihn dazu befragen will. Vielleicht kennt er den Laden ja, auch wenn er nicht hingegangen ist.“

„Ich glaube kaum, dass Koslowski da jemals Kunde war und dir helfen kann.“ Van Briel sah seinen Gast fragend an. „Aber du wirst doch deswegen sicherlich auch schon mit den Kollegen in Detmold telefoniert haben, oder?“

„Das habe ich, dort hatte man allerdings nur wenige dienstliche Erkenntnisse über diesen Laden. Er soll damals einem Russen gehört haben, ist jedoch wohl schon länger geschlossen."

Er griff wieder nach seiner Kaffeetasse. „Aber oftmals wird in einer Stadt ja auch viel unter der Hand über solche Etablissements gesprochen. Und da dachte ich ..."

„Wo du nun schon mal jemand aus Detmold kennengelernt hast ..."

„Genau", grinste Hartung ertappt. „Du hast es mal wieder schnell erfasst. Vielleicht sollte ich euch beide mal unverbindlich auf ein Bier einladen. Dabei kommt man sicherlich leichter ins Gespräch als bei Kaffee."

Als er van Briels gespielt bösen Blick bemerkte, fügte er schnell noch einen Satz hinzu.

„Womit ich natürlich nichts gegen deinen Kaffee gesagt haben will."

„Dein Glück, dass du noch so eben die Kurve gekriegt hast", schmunzelte der und zeigte auf Hartungs Kaffeetasse, „sonst wäre diese da die letzte gewesen, die du hier jemals getrunken hast."

# 6

Es waren zwei lange und ermüdende Tage gewesen und nun näherte sich bereits der dritte seinem Ende. Koslowski blickte auf seine Uhr. Er musste nur noch zwanzig Minuten warten, bis der Discounter in der Strandstraße seine Pforten schließen würde. Mittlerweile taten ihm vom langen Stehen schon nach ein paar Stunden die Füße weh und er war froh, in einer guten halben Stunde die Schuhe abstreifen zu dürfen.

Er gähnte ausgiebig und schloss dabei die Augen. Als er sie wieder öffnete, sah er sie. Endlich!

Sie kam aus Richtung Strand, trug eine rötliche Jacke, darunter eine schwarze Kapuzenjacke und einen blauen Rucksack auf dem Rücken. Ihre langen schwarzen Haare ließen ihr Gesicht noch blasser erscheinen. Insgesamt machte sie einen sehr müden und erschöpften Eindruck. Wo sie wohl schlief, fragte er sich. Dann aber atmete er tief durch. Was für ein Glück er hatte. Denn das, was er hier gemacht hatte, war nichts anderes als die Suche nach der sprichwörtlichen Nadel im Heuhaufen gewesen.

Wieder einmal überlegte er belustigt, ob sein Glück etwas mit der Tatsache zu tun hatte, dass er an einem Sonntag geboren worden war. Was nun? Sollte er sie sofort ansprechen oder warten, bis sie den Supermarkt wieder verließ?

Noch bevor er sich zu einer Entscheidung durchringen konnte, war sie bereits im Ladenlokal verschwunden. Also blieb er in der kleinen Gasse zwischen der Strand- und der Mittelstraße stehen und behielt den Eingang im Auge. Seine Geduld wurde schnell belohnt, denn Gina trat bereits nach wenigen Minuten wieder vor das Geschäft, stopfte ihre Geldbörse in den Rucksack und warf ihn sich auf den Rücken. Dann trat sie ihren Rückweg in dieselbe Richtung an, aus der sie gekommen war.

Obwohl um diese Uhrzeit in der Fußgängerzone nicht mehr viel los war, beschloss er, sie hier nicht anzusprechen. Er wusste ja nicht, wie sie reagieren würde, und wollte kein Aufsehen erregen. Aber vielleicht hatte er Glück und sie ging zum Strand. Da war es um diese Zeit ruhiger und sie würden bei einem Gespräch nicht gestört werden. Wenn sie überhaupt zu einem Gespräch bereit war.

Gina überquerte sowohl die Luisenstraße als auch den Damenpfad. Anscheinend wollte sie wirklich in Richtung Strand. Noch immer hielt Koslowski gebührenden Abstand, noch immer unsicher, wann der geeignete Augenblick wäre, um sie anzusprechen.

Doch als Gina die Strandpromenade erreichte, wurde ihm diese Entscheidung schlagartig abgenommen. Sie bog nach rechts ab. Koslowski schloss zu ihr auf. Als er in Höhe der *Salzoase* noch circa zehn Meter hinter ihr war und sich endlich entschloss, sie anzusprechen, bemerkte er, dass ihnen zwei Männer entgegenkamen.

Die beiden machten zunächst keinerlei Anstalten, ihr auszuweichen. Dann aber, kurz vor einem möglichen Zusammenstoß, traten sie jeweils einen Schritt zur Seite, so, als wollten sie das Mädchen durchlassen. Doch dieser Eindruck war falsch. Als Gina auf ihrer Höhe war, packten die Männer sie gleichzeitig an den Oberarmen und einer drückte ihr im selben Moment seine Hand auf den Mund, um sie am Schreien zu hindern.

„Scheiße", fluchte Koslowski und rannte los.

Die Männer zerrten Gina, die sich jetzt verzweifelt wehrte und dabei um sich trat, in Richtung des Weges, der unmittelbar vor der *Marienhöhe* die Strandpromenade mit dem Damenpfad verband. Sie strampelte weiter, und als sie sich losriss und versuchte, um sich zu schlagen, umfasste einer der Männer sie kurzerhand von hinten und presste dabei ihre Oberarme an den Körper. Dann hob er sie hoch und trug sie vor sich her. Die beiden beeilten sich von der Promenade herunterzukommen.

„He, was machen Sie da? Lassen Sie Gina sofort los!" Koslowski war ihnen nah auf den Fersen. Der zweite Mann drehte sich zu ihm um.

„Verschwinde, du Penner!" Koslowski bemerkte, dass die Stimme seines Gegenübers einen osteuropäischen Klang hatte. Der Mann wollte sich schon wieder umdrehen, doch dann hielt er plötzlich inne und auf seinem Gesicht erschien ein leicht verwunderter Ausdruck. So, als sei ihm plötzlich etwas klargeworden.

Koslowski ließ sich jedoch nicht einschüchtern. Er kam näher und fasste den Mann, der Gina vor sich hertrug, an der Schulter. „Loslassen!"

Im selben Moment schlug der andere zwar ohne Vorwarnung zu, aber Koslowski hatte damit gerechnet. Er tauchte unter dessen Schwinger weg und traf den Mann seinerseits mit einem Schlag in die Nieren, was dieser mit einem Aufstöhnen quittierte.

Gerade als er zum zweiten Schlag ansetzen wollte, erwischte ihn ein Tritt gegen die Schläfe. Der andere Typ hatte sich mitsamt seiner Gefangenen herumgedreht und zugetreten. Koslowski war froh, dass der Typ nur Turnschuhe trug, aber der Treffer reichte trotzdem, um ihn zu Boden zu schicken. Doch kaum, dass er lag, wirbelte er schon herum und holte den ersten Angreifer mit einem Tritt von den Beinen. Der zweite Mann ließ Gina nun endgültig los und machte Anstalten, noch einmal zuzutreten. Geistesgegenwärtig rollte Koslowski sich zur Seite, sodass der Tritt ins Leere ging.

„Lauf!“, schrie er Gina zu. Doch die schien so unter Schock zu stehen, dass sie bewegungslos verharrte. Erst ein zweiter Befehl Koslowskis riss sie aus der Starre. Doch noch bevor sie loslaufen konnte, hechtete der erste Angreifer aus dem Liegen auf sie zu und bekam ihren Knöchel zu fassen.

Der zweite Mann ging erneut auf Koslowski los, der, kaum dass er wieder auf die Beine gekommen war, plötzlich ein Messer in der Hand des Angreifers erblickte. Sofort wich er zurück und musste hilflos mit ansehen, wie Gina nun von dem anderen Typen weggetragen wurde. Sein Komplize kam auf ihn zu und fuchtelte dabei mit dem Messer vor ihm herum, um ihn weiter zurückzudrängen. Doch als er sah, dass sein Kollege bereits den Weg zum Damenpfad herunterlief, wich auch er rückwärtsgehend zurück, Koslowski dabei weiterhin mit dem Messer in Schach haltend.

„Was soll das alles? Lasst Gina gehen!“, versuchte es Koslowski noch mal, allerdings, ohne eine Antwort zu erwarten. Doch verblüffender Weise bekam er eine.

„Gib uns, was wir wollen, dann lassen wir deine Tochter laufen!“

Koslowski war viel zu überrascht, um prompt darauf zu reagieren. Der Mann mit dem Messer drehte sich um und rannte dann hinter seinem Kollegen her. Koslowski folgte ihm in sicherem Abstand und musste tatenlos hinnehmen, wie Gina in den Fond eines schwarzen SUV gestoßen wurde. Ihr Entführer kletterte hinterher und der Mann mit dem Messer sprang auf den Beifahrersitz. Noch bevor er die Tür schließen konnte, fuhr der Geländewagen an und raste davon.

„Verdammt!“, fluchte Koslowski. Die Kennzeichen des Fahrzeugs waren ebenso abgeklebt worden wie die Heckscheibe und die hinteren Seitenscheiben. Er hatte lediglich erkennen können, dass es ein Audi war. Vermutlich ein Q3. Aber selbst da war er sich nicht ganz sicher, weil alles so schnell gegangen war.

Enttäuscht und immer noch atemlos stand er auf dem Gehweg und blickte dem Wagen hinterher.

Wie kamen die Entführer nur darauf, dass er Ginas Vater sei? Hatten sie das daraus geschlossen, dass er ihren Namen gerufen hatte? Und was sollte er jetzt machen? Würde er Ginas Leben gefährden, wenn er die Polizei informierte?

Andererseits wuchsen die Chancen, das Mädchen zu finden, wenn man die Entführer daran hinderte, die Insel zu verlassen. Eine Sekunde später hatte er bereits sein Handy gezückt und wählte den Notruf.

Noch bevor es am anderen Ende klingelte, schoss ihm die Frage durch den Kopf, was die Entführer wohl von Ginas Vater haben wollten. Es musste schon etwas Außergewöhnliches sein, wenn man bereit war, dafür einen Menschen zu entführen. Und dann tauchte ein anderer Gedanke in seinem Kopf auf. Was sollte er Lukas Eugelink sagen? Dass er wieder einmal versagt hatte?

„Notruf der Polizei – wie können wir Ihnen helfen?" Die Worte des Beamten am Telefon rissen ihn aus seinen Überlegungen.

„Mein Name ist Koslowski. Ich möchte eine Entführung melden."

Während er sprach ging er die Straße entlang und konzentrierte sich dabei so auf das Gespräch, dass er den Mann, der auf der Wiese oberhalb von ihm stand und ihn die ganze Zeit beobachtet hatte, nicht bemerkte.

Der Beobachter wartete ab, bis Koslowski in die Kirchstraße abgebogen war, schlug dann den Jackenkragen hoch und ging zügig zurück in Richtung Strandpromenade.

## 7

Eine Viertelstunde später saß Koslowski Jens Hartung gegenüber. Auf Anweisung des Beamten am Notruf hatte er sich umgehend zur Norderneyer Polizeistation begeben. Dort wurde er schon erwartet. Eine Streifenwagenbesatzung war bereits am Fährterminal eingetroffen und die Frisia-Reederei hatte man umgehend telefonisch informiert. Wenn man Gina von der Insel schaffen wollte, würde das vermutlich im Kofferraum eines PKW oder versteckt, auf der Ladefläche eines Lieferwagens oder LKW, geschehen.

Während er vor Hartungs Schreibtisch saß, kam ihm in den Sinn, dass die Entführer anscheinend gar nicht wussten, dass Ginas Vater Stefan Krahner bereits tot war, sonst wären sie das Risiko einer Entführung sicher nicht eingegangen. Ihr letzter Kontakt mit ihm musste also schon länger zurückliegen. Außerdem haben sie mich mit ihm verwechselt, dachte er, es scheint also, als würden die beiden Entführer ihn auch gar nicht kennen.

Hartung hatte sich während Koslowskis Überlegungen ganz auf das Formular auf dem Monitor konzentriert. Nachdem er dort die Personalien eingetragen hatte, tippte er dessen Beobachtungen in den Computer. Tatzeit, Tatablauf, Personenbeschreibung, Ginas Personalien samt Handynummer. Eine sofortige Überprüfung ergab, dass das Gerät momentan ausgeschaltet war.

„Wissen Sie, was das Mädchen auf der Insel will? Der März ist ja bei uns hier nicht gerade die Hauptreisezeit." Der Polizeibeamte sah dabei fragend von seinem Computerbildschirm hoch.

Koslowski erzählte ihm, was er von Lukas erfahren hatte, zunächst, ohne seine Quelle preiszugeben. Dass Gina hier etwas über den Tod ihres Vaters herausfinden will. Anschließend schilderte er Hartung seine Vermutung, dass sie vermutlich entführt worden ist, um ihren Vater zu erpressen.

„Und weil ich ihren Namen kannte und mich eingemischt habe, glauben diese Typen vermutlich, ich sei er." Dabei hob er bedauernd die Schultern. „Und das alles ist ja umso sonderbarer, als man mir gesagt hat, dass Ginas Vater nicht mehr am Leben sei."

Hartung wollte gerade wieder anfangen zu schreiben, zog bei Koslowski Aussage aber erstaunt die Augenbrauen hoch.

„Woher haben Sie die Information, dass er tot sei?"

„Das hat mir ein Schulfreund von Gina erzählt." Koslowski schloss für eine Sekunde die Augen, dann sah er kurz aus dem Fenster. So als läge da draußen die Lösung aller Probleme.

„Aber die Entführer wissen das anscheinend nicht. Was können die bloß von Ginas Vater wollen?" Hartung hatte aufgehört, die Tastatur zu bearbeiten, und sah Koslowski interessiert an. „Dabei muss es sich entweder um etwas Wichtiges oder um etwas sehr Wertvolles handeln, wenn man bereit ist, dafür so eine schwere Straftat zu begehen."

Koslowski zögerte einen Augenblick mit der Antwort, weil ihm soeben eine Idee in den Sinn kam. Aber die behielt er zunächst für sich.

„Ja, das denke ich auch. Und das Ganze muss vermutlich schon längere Zeit zurückliegen."

Diesmal war es Jens Hartung, der zustimmend nickte. „Leider können wir momentan nicht mehr machen, als nach dem Auto und den Männern zu fahnden. Aber selbst auf einer Insel wie Norderney kann man ein Auto ohne weiteres verschwinden lassen. Zum Beispiel in irgendeiner Garage. Es wird also nicht einfach sein, den Wagen zu finden, aber momentan ist er unsere einzige Spur."

Dann wandte er sich wieder dem Computerbildschirm zu. „Ihre Personenbeschreibung der Täter war ja recht ausführlich, aber ob sie etwas nutzt, wage ich nicht zu sagen. Ich glaube, dass die Entführer sich ab jetzt versteckt halten werden." Er seufzte enttäuscht. „Aber man kann ja nie wissen. Wir werden auf jeden Fall die Augen aufhalten."

Hartung übermittelte die Anzeige an den Drucker und legte Koslowski bereits den ersten Ausdruck zur Unterschrift vor, als der Rest noch in den Papierausgabeschacht fiel.

„Ich glaube, ich muss Ihnen nicht sagen, dass Sie uns jeden weiteren Kontakt mit den Entführern und jede weitere Beobachtung umgehend melden müssen, oder?"

Koslowski schüttelte den Kopf. Nein, denn das Prozedere kannte er.

Hartung erhob sich und reichte ihm die Hand.

„Vielen Dank, wir melden uns auf jeden Fall noch bei Ihnen."

„Hoffentlich mit guten Nachrichten", wünschte sich Koslowski.

Der Leiter der Norderneyer Polizeistation geleitete ihn zur Tür und hielt sie ihm auf.

„Passen Sie auf sich auf! Vielleicht versuchen diese Typen ja, auch ohne Gina an das heranzukommen, was ihr Vater ihnen vorenthalten hat. Und da man Sie nun für ihn hält …"

Genau diesen Gedanken hatte Koslowski auch bereits gehabt und er konnte nicht behaupten, dass ihm wohl dabei gewesen war.

Mit einem Nicken verabschiedete er sich, schlug den Jackenkragen hoch und trat in den Norderneyer Abend hinaus. Da war er kaum zurück auf der Insel und schon steckte er wieder in Schwierigkeiten. Langsam und in Gedanken versunken wanderte er die Knyphausenstraße entlang.

Wie sollte er jetzt weiter vorgehen?

Während der Anzeigenaufnahme war ihm noch eine andere Idee durch den Kopf gespukt. Sie bestand darin, dass er Kontakt zu Ginas Mutter aufnehmen sollte. Die musste doch wissen, ob ihr Mann noch lebte. Zahlte er noch für Gina? Außerdem war er ja vielleicht auch mal polizeilich in Erscheinung getreten. Dahingehend würde er seine alten Kontakte bei der Detmolder Polizei anzapfen müssen. Außerdem war es möglich, dass das Standesamt in Detmold mehr über Ginas Vater wusste. Denn wenn er wirklich tot war, musste es doch eine Sterbeurkunde geben. Vielleicht konnte van Briel ja über seinen Kontaktmann im Norderneyer Standesamt etwas herausbekommen. Er zückte sein Handy und suchte online im Detmolder Telefonbuch nach Ginas Mutter.

Krahner. Ihren Vornamen wusste er nicht, aber er stellte schnell fest, dass das auch nicht nötig war, denn es gab überhaupt keinen Eintrag unter diesem Namen. Also würde er Lukas anrufen und nach der Adresse fragen müssen.

Auch kein schöner Gedanke, denn der würde garantiert sofort von ihm wissen wollen, was er bis jetzt herausgefunden hat. Und die Antwort „Noch nichts, außer dass man deine Freundin entführt hat" war garantiert nicht das, was er von ihm hören wollte. Er beschloss, diese unangenehme Aufgabe auf den nächsten Morgen zu verschieben und zunächst einmal Marius van Briel anzurufen, um zu sehen, ob er ihn noch aufsuchen konnte.

Er suchte dessen Rufnummer im Telefonspeicher und startete dann den Anruf. Es klingelte. Einmal. Dreimal. Siebenmal. Wo konnte Marius nur sein? Er hatte nicht davon gesprochen, die Insel zu verlassen. Vielleicht war er ja auf ein Bier im *Schmuggler*?

Koslowski steckte sein Handy in die Tasche, schob die Hände hinterher und marschierte los. Auf dem Weg zur Gaststätte würde er ohnehin an Marius' Haus vorbeikommen und nachsehen können, ob der mittlerweile schon wieder zurück war.

Während er in östliche Richtung marschierte, spürte er, dass der Wind ihm ins Gesicht blies. Gegenwind ist nun gerade nicht das, was ich im Moment brauche, dachte Koslowski, eher Informationen, und er hätte viel dafür geben, wenn ihm die ganze Situation erspart geblieben wäre. Aber das Schicksal hatte noch nie jemand nach seinen Wünschen gefragt.

## 8

Der Besitzer des Hauses, in dem Koslowski zuvor angerufen hatte, war zwar daheim, aber da er sich gerade auf dem Spitzboden des Gebäudes befand, wo er nach einem alten Fotoalbum suchte, hatte er das Klingeln seines Telefons nicht gehört. Marius van Briel war nämlich eingefallen, dass er vor längerer Zeit bei einem Event am Hafen einige historische Fischerboote fotografiert hatte. Alle noch hübsch analog. Er konnte sich zwar nicht mehr daran erinnern, wann das gewesen war, aber immerhin daran, dass er sie fotografiert und die Bilder in ein Album geklebt hatte. Jetzt sollten sie zentraler Bestandteil des neuen Gemäldes werden, das er in den nächsten Tagen in Angriff nehmen wollte.

Da er in der letzten Zeit allerdings nicht besonders sorgfältig aufgeräumt hatte, standen auf dem niedrigen Dachboden nun viele Kisten kreuz und quer durcheinander. Wie bei Tetris verschob er eine Kiste nach der anderen, um sich so mühsam einen Weg durch dieses Labyrinth aus Pappe und Erinnerungen zu bahnen. Nach der dritten Kiste nahm er sich vor, sich einfach öfter mal von Dingen zu trennen. Doch dieser Gedanke war schnell wieder verflogen, weil ihm bereits im nächsten Karton das gesuchte Album in die Hände fiel. Als er es durchblätterte, fand er schon nach wenigen Seiten die Fotos, an die er sich erinnert hatte.

Mühsam arrangierte er die Kisten wieder so um, dass nun der Weg zur Bodentreppe frei wurde. Er hatte sich das Album unter den Arm geklemmt, sich umgedreht und wollte gerade die hölzerne Ausziehleiter hinuntersteigen, als er unten ein Geräusch hörte.

Was war das denn? Er war doch allein im Haus. Mitten auf der Treppe blieb er stehen und lauschte mit angehaltenem Atem. Die Haustür war abgeschlossen und er konnte sich nicht daran erinnern, ein Fenster offen gelassen zu haben, denn dafür war es noch zu kalt. Eigentlich konnte also niemand im Haus sein, es sei denn, jemand hatte sich unerlaubt Zutritt verschafft.

Einen weiteren Moment lang blieb er stehen und lauschte. Komisch, jetzt war wieder alles still. Hatte er sich getäuscht? Sicherheitshalber beschloss er, sich umzudrehen und die steile Ausziehtreppe mit dem Rücken zu den Sprossenbrettern herunterzusteigen. Sollte tatsächlich jemand eingebrochen sein und ihn angreifen, dann wollte er dieser Person nicht auch noch seine ungeschützte Rückseite zukehren. Das Buch unter den einen Arm geklemmt, die andere Hand auf dem hölzernen Treppengeländer, versuchte er, möglichst kein Geräusch zu machen. Doch die alte Holzleiter machte ihm einen Strich durch die Rechnung, indem sie ihre Benutzung mit einer Mischung aus Knarren und Quietschen quittierte. Augenblicklich hielt van Briel wieder inne und die Luft an. Wenn dort unten tatsächlich jemand war, würde der das Geräusch auf jeden Fall gehört haben.

Bange Sekunden lang verharrte er bewegungslos auf der Treppe. Doch von unten war kein weiterer Laut zu hören.

„Wahrscheinlich bilde ich mir alles nur ein“, versuchte er sich selber zu beruhigen. „Wer sollte schon bei mir einbrechen? Zumal man an den erleuchteten Fenstern doch sehen konnte, dass jemand zu Hause ist.“

Den Fuß auf die nächste Sprosse setzend, nannte er sich einen Narren. „Komm schon Marius, wer mit sich selber spricht, ist nie allein. Werde ich langsam schon so senil, dass ich Selbstgespräche führe?“

Bevor er diesen Gedanken zu Ende gedacht hatte, erreichte er die letzte Stufe der steilen Ausziehleiter.

Da war es wieder! Er blieb erneut stehen. Lauschte. Eine Art Kratzen. Deutlich hörbar. Und es kam eindeutig von unten.

Van Briel legte das Album auf die Kommode im Flur und sah sich nach einem Gegenstand um, den er als Waffe benutzen konnte. Sein Blick wanderte dabei immer wieder zur Treppe. Wenn der Eindringling heraufkam, musste er gerüstet sein. Sein suchender Blick blieb an einem Regenschirm hängen, der seitlich an der Kommode hing. Als Waffe eher albern, aber immerhin besser als gar nichts.

Er beschloss, den Schirm und die Initiative zu ergreifen und der Sache auf den Grund zu gehen. Den Griff fest umklammernd und wie einen Degen vor sich haltend, begab er sich vorsichtig zur Treppe. Im selben Moment hörte er, wie unten etwas zu Bruch ging. Es klang so, als habe jemand eine Scheibe eingeschlagen. Van Briels Angst war mit einem Schlag verflogen und wurde durch kalte Wut ersetzt. Außer ihm hatte in seinem Haus keiner was zu suchen.

Als er die Treppe hinunterstieg, spürte er plötzlich etwas an seinen Füßen, und noch bevor er sehen konnte, was es war, geriet er auch schon ins Straucheln. Da er den Regenschirm noch in der Hand hielt, gelang es ihm nicht, sich am Geländer festzuhalten. Ehe er sich versah, verlor er das Gleichgewicht und stürzte kopfüber die Stufen hinunter. Unten angekommen schlug er mit dem Schädel gegen die alte Standuhr, die am Fuße der Treppe stand. Der Zusammenstoß erzeugte ein Wirrwarr aus dumpfen Tönen tief in ihrem Inneren.

Van Briel stöhnte auf und merkte, dass er dabei war, sein Bewusstsein zu verlieren. „Gehirnerschütterung!" war das letzte Wort, das ihm durch den Kopf ging. Das Letzte, was er sah, waren die beiden grünen Augen, die ihn vollkommen teilnahmslos anblickten.

## 9

Linda Benning gähnte herzzerreißend und fuhr erschrocken zusammen, als sie bemerkte, dass ihr Kollege sie grinsend ansah. „Alle Achtung, deine Mandeln sind aber noch top in Schuss."

Linda wurde knallrot und murmelte eine Entschuldigung. Ihr Kollege winkte jedoch gelassen ab.

„Lass mal stecken, ist ja auch eine öde Nacht heute."

Polizeioberkommissar Felix Nordmann, den alle Kollegen wegen seiner roten Haare und seines buschigen roten Vollbarts nur den Wikinger nannten, setzte den Blinker und bog vom Carl-Rieger-Weg nach links in die Straße Im Gewerbegelände ein. Sie fuhren an der Bürgermeister-Willi-Lührs-Wiese vorbei, anschließend rollte der Streifenwagen durch das Gewerbegebiet. In diesem Teil der Insel war es in der letzten Zeit häufiger zu Einbrüchen und Einbruchsversuchen gekommen. Aber erstaunlicherweise hatten der oder die Täter bisher noch nie etwas mitgehen lassen. Vielmehr schien es so, als suchten sie nach etwas ganz Bestimmtem.

Nordmann lenkte den silberblauen VW Passat gerade auf den Hof eines SB-Getränkemarktes, als das Funkgerät sich meldete. „Fahrt mal zum Hafenterminal! Dort wurde soeben eine dunkel gekleidete Person gesehen. Sie soll auf dem Hof der Frisia-Reederei herumschleichen. Ihr wisst schon, da, wo die Werkstatt ist. Mehr konnte mir der Anrufer nicht sagen. Er hat die Person nur im Vorbeifahren gesehen. Aber ich habe seine Telefonnummer, wenn ihr noch mal mit ihm sprechen wollt."

Noch während Linda den Funkspruch quittierte, trat ihr Kollege bereits aufs Gaspedal. „Endlich mal was los auf dieser öden Insel", grinste er und fuhr in Richtung Hafen. Auf der Deichstraße drosselte er das Tempo, um den Motor nicht unnötig aufheulen zu lassen. Bei der ersten Möglichkeit bog er nach links ab, hielt mit dem Polizeifahrzeug vor den beiden versetzt stehenden roten Schranken an und schaltete gleichzeitig Licht und Motor aus.

„Den Rest machen wir besser zu Fuß", verkündete er und öffnete geräuschlos die Fahrertür. Linda griff nach einem der Handfunkgeräte und verließ ebenfalls leise den Wagen. Gemeinsam schlichen sie an den Lagerhallen entlang. Als sie um die Ecke des Grundstückes blicken konnten, lag das Gebäude der *Frisia* gut sichtbar vor ihnen. Niemand zu entdecken. Alle Fenster und Türen dunkel.

„Los, versuchen wir mal, näher heranzukommen, vielleicht hört man ja was." Der Wikinger schlich los und drückte sich dabei in den Schatten der Halle zu seiner Rechten. Linda folgte dicht hinter ihm. Noch hatten sie das Überraschungsmoment auf ihrer Seite, also war es gut, wenn sie so nah wie möglich an das Objekt herankamen. Als sie die Ecke der Lagerhalle erreicht hatten, blieb Nordmann stehen. Dann drehte er sich zu Linda um.

„Wenn du nach vorne gehst, kümmere ich mich um die Rückfront", flüsterte er. „Aber sei bitte vorsichtig!"

Seine junge Kollegin nickte und huschte dann geduckt an ihm vorbei, dabei die Umgebung ständig im Auge behaltend. Der Wikinger schlich ebenfalls weiter und ließ dabei seinerseits die Rückfront des Frisia-Gebäudes nicht aus dem Blick. War der Einbrecher schon drin? Er hoffte es zumindest.

Denn wenn er noch im Gebäude war, hatten sie endlich die Chance, ihn zu packen. Nordmann war sich sicher, dass sie schon aus ihm herausbekommen würden, ob er auch für die anderen Einbrüche verantwortlich war. Und dann war der Spuk hoffentlich zu Ende.

Denk an das Fell und den Bären, ermahnte er sich. Erst müssen wir ihn kriegen.

Da! Hatte da nicht was geknackt? Kam das vom Gelände der *Frisia*?

Er duckte sich noch tiefer und schlich weiter. Sein Blick blieb dabei weiterhin auf die Werkstatt gerichtet. Was allerdings ein Fehler war, wie er schnell feststellen musste. Denn Gefahr kam nicht aus dieser Richtung, sondern von hinten.

Ehe er sich versah, traf ihn ein wuchtiger Schlag im Nacken und raubte ihm die Sinne. Und obwohl der Wikinger ein Kerl wie ein Baum war, ging er zu Boden wie ein nasser Sack. Trotz seiner Benommenheit hielt er jedoch seine gezogene Dienstwaffe fest in der Hand. Der Angreifer wollte sich gerade danach bücken und sie ihm aus den Fingern winden, als ein lauter Schrei durch die Nacht gellte.

„Polizei! Hände hoch! Weg von der Waffe!"

Linda stand breitbeinig etwa fünfzig Meter von den beiden Personen entfernt und hatte ihre Pistole mit beiden Händen in Anschlag gebracht. Der Angreifer zögerte nur eine Sekunde, dann drehte er sich um und rannte in Richtung Hafenbecken. Linda spurtete ebenfalls los und erreichte zuerst ihren Kollegen, der soeben wieder die Augen aufschlug und sich stöhnend an den Nacken griff.

„Felix? Alles okay?" Linda legte ihm beruhigend eine Hand auf die Schulter.

„Verdammt, was ist passiert?" Der Wikinger versuchte mühsam auf die Knie zu kommen.

Linda war jetzt hin- und hergerissen. Was sollte sie tun? Bei ihrem verletzten Kollegen bleiben oder den Täter verfolgen? Sie entschied sich für Letzteres, denn Felix schien alleine klarzukommen. Also sprang sie auf und rannte los. Doch als sie auf der Straße ankam, die entlang des Hafenbeckens führte, war der Typ nirgendwo mehr zu sehen. Sie blickte sich noch einmal suchend um, fluchte laut und kehrte dann zu ihrem Kollegen zurück. Der Wikinger war bereits wieder auf den Beinen, taumelte aber, als habe er zwei Liter Met getrunken.

„Dieses verdammte Schwein", fluchte er. „Ich habe den weder kommen hören noch sehen. Wer das wohl war?" Dabei rieb er sich mit den Fingern über die Beule, die sich bereits an seinem Hinterkopf zu bilden begann.

„Der war auf jeden Fall sauschnell verschwunden", erklärte Linda. „Ich wette, der ist von der Insel, so gut, wie der sich hier auskennt."

Sie ergriff den Arm ihres Kollegen und wollte ihn in Richtung Streifenwagen führen, doch der rührte sich nicht vom Fleck.

„Wir müssen erst nachsehen, ob hier irgendwo eingebrochen wurde", gab er zu bedenken.

„Von wegen", widersprach Linda, „ich bringe dich erstmal zum Krankenhaus, die sollen mal deinen Schädel röntgen. Du hast mindestens eine Gehirnerschütterung."

„Wo nichts ist, kann auch nichts erschüttert werden", versuchte ihr Kollege zu scherzen, merkte aber, wie ihm plötzlich übel wurde. Vermutlich hatte Linda doch Recht und er sollte mit ihr ins Krankenhaus fahren.

„Du bleibst jetzt hier stehen und ich hole den Wagen."

„Okay, Harry, so machen wir das“, versuchte es Nordmann mit einem weiteren Scherz.

Oh Mann, den hat es wirklich hart erwischt, dachte Linda, wenn der schon mit dem alten Derrick-Gag anfing. Vorsichtig lehnte sie ihren Kollegen gegen die Hauswand und klopfte ihm, bevor sie losrannte, beruhigend auf den Oberarm.

Sie war noch nicht am Streifenwagen angekommen, als sie bereits alles über Funk durchgegeben hatte. Auch die sehr dürftige Personenbeschreibung des Täters. Männlich, vermutlich mit einer dunklen Kapuzenjacke bekleidet. Zu Haarfarbe und Aussehen konnte sie keine Angaben machen, dazu war alles viel zu schnell gegangen.

Sie warf sich auf den Fahrersitz und startete den Motor. Es war zum Mäusemelken, dass sie ausgerechnet heute nicht mehr Personal zur Verfügung hatten. Aber zu dieser Jahreszeit war es eben auf der Insel eigentlich immer sehr ruhig. Eigentlich.

Ein paar Minuten später bremste sie neben ihrem Kollegen ab, sprang aus dem Wagen und half ihm, sich auf den Beifahrersitz zu setzen.

„Hast du noch was gesehen?“, wollte sie wissen.

„Nichts. Der ist garantiert schon über alle Berge, die Sau!“ Felix Nordmann rieb sich erneut den Hinterkopf. „Na, warte, Bürschchen, wenn ich dich in die Finger kriege“, fluchte er und griff nach dem Sicherheitsgurt. Kaum war der eingerastet, als der Streifenwagen auch schon anrollte und in Richtung Krankenhaus davonfuhr.

Der blausilberne Passat hatte gerade das Hafengebiet verlassen, als hinter dem Aufbau des Museumskreuzers *Otto Schülke*, der zwischen der Hafenmauer und dem modernen SAR-Kreuzer *Hans Hackmack* vertäut lag, ein Mann auftauchte. Der sah sich um und atmete dann erleichtert auf.

Zum Glück hatte diese Bullette keine genauere Suche nach ihm gestartet, sondern sich um ihren verletzten Kumpel gekümmert. Aber mit der wäre er auch noch fertiggeworden. Es war nur eine Schande, dass er es nicht geschafft hatte, dem verletzten Bullen die Waffe abzunehmen. Die hätte er gut gebrauchen können. Denn was er vorhatte, war nicht ungefährlich.

Er griff in die Jacke und zog das schwarze Brecheisen heraus, mit dem er diesem rothaarigen Inselsheriff eins übergezogen hatte. Jetzt allerdings würde das Werkzeug bestimmungsgemäß einsetzen.

## 10

Als Koslowski in die Nordhelmstraße einbog, war er immer noch so in Gedanken, dass er die Fußgänger, die ihm entgegenkamen, gar nicht wahrnahm.

Okay, die Entführer waren auf etwas aus, das ihnen nur Stefan Krahner geben konnte. Aber woher wussten sie, dass Gina dessen Tochter war? Irgendetwas musste in Krahners Vergangenheit passiert sein, und das ist ganz sicher nichts Legales gewesen.

Er kam zu dem Schluss, dass er bei der Suche nach Ginas Entführern nur weiterkam, wenn er mehr über ihren toten Vater herausfand. Aber war der tatsächlich tot? Vielleicht wussten die Entführer ja mehr als er.

Es war doch immerhin möglich, dass Stefan Krahner dieses Gerücht selber in die Welt gesetzt hatte. In der Absicht, bei seinen Feinden den Eindruck zu erwecken, dass er nicht mehr existierte. Aber wenn, dann musste das alles ziemlich weit zurückliegen, denn Lukas hatte ihm doch erzählt, dass Gina noch klein war, als ihr Vater auf See umkam.

Er hatte den Gedanken kaum zu Ende gedacht, als sein Handy klingelte. Na endlich, wurde auch Zeit, dass Marius sich zurückmeldete. Aber von wegen. Ein Blick auf das Display zeigte ihm, dass es sich um eine Nummer mit Detmolder Vorwahl handelte. Und einen Augenblick später wusste er, dass er sich den Anruf bei Lukas, den er sich für den folgenden Tag vorgenommen hatte, sparen konnte. Er brauchte nur das ankommende Gespräch anzunehmen. Schweren Herzens blieb er stehen und drückte die entsprechende Taste.

„Hallo Lukas!"

„Ja, hallo, hier ist Lukas Eugelink. Ich wollte nur mal nachfragen, ob Sie Gina schon gefunden haben?"

Dass der Junge gar nicht mitbekommen hatte, dass er ihn bereits bei Anrufannahme mit seinem Namen angesprochen hat, zeigte Koslowski, wie aufgeregt und verwirrt Lukas war. Garantiert war er schon länger um das Telefon herumgeschlichen, bevor er sich endlich getraut hatte, anzurufen. Und jetzt würde er ihn auch noch belügen müssen.

„Nein, Lukas, ich habe noch nichts von Gina gehört, aber ich kümmere mich weiter darum."

Ganz gelogen war das ja nicht, denn gesprochen hatte er mit ihr bisher ja tatsächlich nicht. Aber der Junge würde sich zu Tode ängstigen, wenn er erfuhr, dass seine Freundin Opfer einer Entführung geworden war. Und außerdem müsste er dazu noch die Tatsache verkraften, dass es mir wieder einmal nicht gelungen ist, das zu schützen, was er liebt, dachte Koslowski.

„Haben Sie denn auch mal mit der Polizei gesprochen? Vielleicht haben die ja was von Gina gehört."

„Ja, Lukas, ich habe auch mit der Polizei gesprochen", seufzte Koslowski, „und die haben zugesagt, sich sofort zu melden, wenn sie Gina sehen sollten."

Oder finden, fügte er in Gedanken hinzu. Hoffentlich lebend.

„Aber du kannst mir auch einen Gefallen tun und mir die Adresse und Telefonnummer von Ginas Mutter schicken. Ich würde sie gern mal anrufen."

Er dachte kurz nach. Was könnte noch hilfreich sein?

„Ach ja, und schick mir doch bitte auch die neue Adresse von Gina. Wo ist sie hingezogen, nachdem sie von zu Hause weg ist?"

Lukas antwortete sofort. „Die Telefonnummer ihrer Mutter schicke ich Ihnen gleich per WhatsApp, und was Gina angeht, sie hatte keine eigene Wohnung, hat abwechselnd bei Freundinnen gewohnt, aber nirgendwo lange."

Es entstand eine Gesprächspause, denn Lukas schien nachzudenken.

„Warum wollen Sie denn wissen, wo Gina gewohnt hat? Sie sind doch auf Norderney und suchen da, oder?"

„Ja, ich bin noch auf Norderney, Lukas." Koslowski atmete tief durch. Im Moment wenigstens noch. Wie sollte er Lukas auch begreiflich machen, dass er vorhatte, nach Detmold zu fahren, anstatt auf der Insel nach Gina zu suchen? Es war wohl besser, das Gespräch schnellstens zu beenden, denn wer wusste schon, auf welche Gedanken Lukas sonst noch kam.

„Pass auf, ich melde mich sofort, wenn ich etwas Neues weiß, versprochen. Aber du musst etwas Geduld haben."

Er konnte sich sehr gut vorstellen, wie aufgekratzt der Junge war. Sicher wäre er am liebsten sofort selber auf die Insel gekommen, um ihm beim Suchen zu helfen.

„Meinen Sie denn, dass Gina noch auf der Insel ist?" In seiner Stimme war die Angst deutlich zu hören. „Und …, dass es ihr gut geht?"

Koslowski schluckte. Was sollte er jetzt sagen, ohne Lukas in weitere Abgründe zu stürzen?

„Es spricht vieles dafür, dass sie noch hier und auch wohlauf ist." Zumindest hoffte er das. „So, ich muss jetzt Schluss machen, Lukas, aber ich melde mich wieder."

Er war froh, als er das Gespräch endlich beendet hatte, denn jemand wie Lukas zu belügen, auch wenn es sich dabei um erforderliche Notlügen handelte, das tat er nicht gerne.

Er steckte sein Handy ein und marschierte weiter. Vielleicht hatte Marius ja noch eine Idee, die ihm weiterhalf.

Als er an dessen Haus ankam, stellte er erstaunt fest, dass sein Freund anscheinend wieder zu Hause war, denn im Erdgeschoss brannte Licht. Er ging zum Hauseingang, betätigte den Klingelknopf und wartete. Keine Reaktion. Er klingelte noch einmal. Dasselbe Ergebnis. Komisch, wenn Marius in die Kneipe gegangen war, hätte er doch vorher sicher das Licht ausgeschaltet, oder?

Hier stimmte doch was nicht! Er ging zu einem der Fenster und spähte hinein. Drinnen sah alles so aus wie immer. Er wollte sich gerade wieder abwenden, als er die beiden Füße bemerkte. Aber nur die Füße. Den Rest der Person konnte er zwar nicht sehen, war sich aber ziemlich sicher, dass es sich dabei um van Briel handelte.

Er rannte zur Haustür zurück, drehte den Kopf schützend zur Seite und schlug mit dem Ellbogen die kleine Scheibe ein, die sich oben in der Tür befand. Dann griff er durch das Loch und bekam den Haustürschlüssel zu fassen. Zum Glück hatte van Briel seine Angewohnheit, den Schlüssel nach dem Öffnen innen sofort wieder ins Schloss zu stecken, auch heute Abend beibehalten.

Er drehte ihn um und stieß die Haustür auf. Im selben Moment huschte ihm etwas durch die Beine. Erschrocken sprang er zurück. Als er sich umdrehte, sah er eine gelbe Perserkatze, die ein paar Meter entfernt stehen geblieben war und ihn nun genauso erschrocken ansah wie er sie.

Seit wann hat Marius denn eine Katze? Vorsichtig drückte er die Wohnungstür weiter auf. War sonst noch jemand im Haus? Eventuell jemand, der van Briel niedergeschlagen hatte? Aber warum war dann die Tür von innen verschlossen? Die Splitter der eingeschlagenen Glasscheibe knirschten unter seinen Schuhen, als er vorsichtig den Windfang betrat.

„Marius?" Koslowski lauschte. Keine Antwort. Langsam und vorsichtig ging er weiter, immer darauf gefasst, auf einen Angreifer zu treffen. Und dann sah er ihn.

Van Briel lag am Fuß der Treppe. Er war nicht bei Bewusstsein und blutete aus einer Kopfwunde. Zu seiner eigenen Sicherheit schaute Koslowski noch schnell in die Küche und das Wohnzimmer, dann eilte er seinem Freund zu Hilfe.

Gerade in dem Augenblick, in dem er ihn in die stabile Seitenlage drehen wollte, kam van Briel mit einem Stöhnen wieder zu sich. Überrascht blickte er Koslowski an, der sich über ihn beugte und dabei fragend ansah.

„Marius, was ist passiert?"

„Oh, mein Schädel!" Van Briel griff sich an die Stirn und starrte dann erschrocken auf seine blutigen Finger. „Hilf mir mal auf, ich glaube, ich habe mir die Hüfte geprellt."

Als Koslowski ihn am Arm erfasste und hochheben wollte, erntete er dafür einen lauten Schmerzensschrei und ließ sofort wieder los.

„Verdammter Mist! Ich glaube, da ist was gebrochen", presste der ehemalige Kripobeamte durch die Zähne. Sein schmerzverzerrter Gesichtsausdruck bestätigte diese Vermutung. „Bootsmann, dieses blöde Vieh!"

Als er Koslowskis fragenden Gesichtsausdruck sah, klärte er ihn auf. „Bootsmann ist diese blöde Perserkatze meiner Nachbarin. Ich darf weder ein Fenster noch die Tür offen lassen, denn sobald das geschieht, ist dieses Vieh in meinem Haus."

Wieder versuchte er sich aufzurichten, ließ es aber umgehend bleiben, weil sofort eine neue Welle stechenden Schmerzes durch seinen Körper lief.

„Es ist nicht das erste Mal, dass ich über diesen dämlichen Kater gestolpert bin. Na, warte, mein Freundchen, wir sprechen uns noch."

„Ich glaube kaum, dass jetzt der richtige Zeitpunkt für Rachefeldzüge gegen Perserkatzen ist", vermutete Koslowski und richtete sich auf. „Ich werde einen Krankenwagen rufen, das muss auf jeden Fall erst mal geröntgt werden." Dabei deutete er auf van Briels Hüfte und zückte gleichzeitig sein Handy. „Bleib ganz ruhig liegen und werde mir ja nicht noch mal ohnmächtig, hörst du?"

Während das Telefon eine Verbindung aufbaute, zog er seine Jacke aus und schob sie van Briel unter den Kopf.

Der nickte dankbar. „Ich war oben, als ich es hier unten plötzlich scheppern hörte." Dann sah er sich im Liegen um und schnaufte verächtlich. „Diese tollpatschige Katze ist mal wieder auf der Anrichte herumgelaufen und hat die Vase heruntergestoßen. Von wegen Samtpfoten …"

„Und ich habe dir nun auch noch die Scheibe deiner Haustür eingeschlagen", fügte Koslowski hinzu. Der Mann am Notruf meldete sich und erfuhr umgehend, was geschehen war.

Van Briel quittierte seine nächste unbedachte Bewegung erneut mit einem Stöhnen.

„Eigentlich wollte ich dich ja auf ein Bier einladen, aber ich glaube, das müssen wir jetzt erst mal auf unbestimmte Zeit verschieben", vermutete Koslowski, nachdem er das Gespräch beendet hatte.

„Was momentan meine kleinste Sorge ist", entgegnete van Briel resigniert. „Ich hoffe nur, dass es nicht den Oberschenkelhalsknochen erwischt hat."

Auf seiner Stirn hatten sich kleine Schweißtropfen gebildet. Hoffentlich kollabiert er nicht noch mal, bevor Hilfe kommt, dachte

Koslowski und war froh, als er ein paar Minuten später die Sirene des Rettungswagens näherkommen hörte. Zum Glück lag das Norderneyer Krankenhaus ganz in der Nähe.

„Gleich wird dir geholfen“, beruhigte er van Briel. Im selben Moment betrat auch schon der erste Sanitäter das Haus. Koslowski erklärte ihm, was geschehen war, und trat dann zurück. Jetzt waren Profis gefragt.

Er sah zu, wie sie ihn vorsichtig untersuchten und dann, unter einem lauten Schmerzensschrei, auf die Trage legten. Für seinen Freund ging es jetzt erstmal auf schnellstem Weg ins Krankenhaus. Er hingegen musste erkennen, dass seine Hoffnung, sich einen hilfreichen Rat von ihm zu holen, vorerst in weite Ferne gerückt war.

## 11

Der Rettungswagen hatte soeben auf der Nordhelmstraße gewendet und war zurück in Richtung Krankenhaus gefahren. Koslowski stand immer noch am Straßenrand, als das Fahrzeug bereits außer Sichtweite war. Ein Nachbar, angelockt durch das Blaulicht, wollte wissen, was passiert war.

„Kann ich Ihnen noch irgendwie helfen?“, fragte er, nachdem Koslowski ihn informiert hatte.

„Nein, danke“, sagte der und schüttelte abwesend den Kopf. Seltsamerweise konnte er momentan keinen klaren Gedanken fassen. Er, den ansonsten kaum etwas aus der Bahn werfen konnte. Aber heute war das irgendwie anders.

Also, was lag als Nächstes an? Richtig, er musste sich um die eingeschlagene Scheibe in der Haustür kümmern.

Er nickte dem Nachbarn noch einmal zu freundlich zu. Der ging daraufhin auf die andere Straßenseite, um dort mit einer Frau zu sprechen. Endlich mal neuer Gesprächsstoff in der Nordhelmsiedlung, dachte Koslowski.

Dann machte er sich auf den Weg zurück ins Haus. Marius hatte ihm vor seinem Abtransport noch gesagt, wo er das erforderliche

Material finden würde, um die Scheibe zu sichern. Dankbar für diese Art der Ablenkung machte er sich umgehend an die Arbeit. Nachdem er das Loch von innen mit einer Sperrholzplatte gesichert hatte, versiegelte er diese von außen mit Silikon. Ein Gefühl sagte ihm, dass Marius so schnell nicht wieder nach Hause kommen würde. Ebenso wie der Verletzte hoffte auch er, dass nur der Oberschenkel gebrochen war und nicht der Hals des Knochens. In früheren Zeiten hatte ein solcher Bruch für alte Menschen oft das Todesurteil bedeutet. Man hatte den Knochen damals noch nicht nageln oder schrauben können. Das lange Liegen führte häufig zu einer Lungenentzündung, die ihrerseits wiederum das Ende bedeuten konnte. Zum Glück war die Medizin heute schon viel weiter.

Er räumte das Werkzeug weg und verschloss die Haustür von außen. Den Schlüssel würde er Marius morgen ins Krankenhaus bringen. Die Ablenkung war kaum vorbei, als seine Gedanken auch schon wieder zu Gina zurückkehrten. Er musste einfach mehr über ihren Vater herausfinden. Was war in der Vergangenheit passiert, das anscheinend noch bis heute nachwirkte?

Als er auf dem Gehweg stand, überlegte er kurz, ob er alleine noch ein Bier trinken gehen sollte. Er konnte heute ja doch nichts mehr unternehmen und die Suche nach dem Mädchen war bei der Polizei ohnehin besser aufgehoben. Hartung und seine Kollegen würden sich garantiert bereits den Kopf zerbrechen, wo sie wohl gefangen gehalten wurde. Einen Augenblick lang war er noch unschlüssig, dann aber merkte er, dass ihn Müdigkeit überkam. Er machte sich auf den Weg zu seiner Ferienwohnung. Morgen war auch noch ein Tag. Morgen würde er weitersuchen.

***

Am nächsten Tag war er schon früh auf den Beinen. Nach einer ausgiebigen Dusche entschloss er sich, in der *Inselbäckerei Bethke* in der Winterstraße zu frühstücken. Mit einem Cappuccino und zwei Croissants suchte er sich einen Platz am Fenster. Zusammen mit dem ersten Schluck warf er einen Blick in den *Norderneyer Morgen*, die kleine Inselzeitung. Plötzlich spürte er, wie sich etwas in seinen Rücken bohrte.

„Keine Bewegung! Sie sind verhaftet."

Koslowski drehte sich vorsichtig um und sah in das lachende Gesicht von Siegfried Gründler, einst einer der begabtesten Geldschrankknacker westlich von Kassel, wie er sich selbst immer bezeichnet hatte.

Oh Mann, wie lange hatte er den schon nicht mehr gesehen? Das musste Jahre her sein. Aber der Mann, der heute sein Geld mit dem Betrieb von Spielautomaten verdiente, hatte sich kaum verändert. „Stahl-Siggi" hatten ihn seine Kumpels genannt, als er sich noch mit dem illegalen Öffnen von Panzerschränken beschäftigt hatte. Keine dieser Blechbüchsen, wie er die schweren Tresore immer abfällig nannte, hatte ihm länger als zwanzig Minuten widerstehen können.

Allerdings hatte ihm das öfter auch unliebsamen Kontakt mit der Justiz eingebracht. Aber der war nicht halb so schlimm wie das, was ihn erwartete, wenn er Monate später nach Hause kam. Seine Frau, ein paar Jahre jünger als er, aber dafür umso resoluter, hatte ihren Mann nach seiner letzten Kollision mit dem Amtsgericht Bielefeld aus der Justizvollzugsanstalt Senne I abgeholt. Er saß kaum im Auto, als sie ihm androhte, ihn auf der Stelle zu verlassen, wenn er nicht augenblicklich und noch hier, im Schatten der Gefängnistore, schwören würde, in Zukunft die Finger von krummen Dingern zu lassen.

Siggi wusste, was er an seiner Frau hatte, und in der Einsamkeit seiner Zelle war er außerdem zu der Erkenntnis gelangt, dass man ja nicht jünger wurde. Also tat er das, was ihm richtig erschien. Er hörte auf seine Frau. Die erklärte ihm auch gleich das neue Geschäftsmodell des Ehepaars Gründler. Und bei dieser legalen Tätigkeit war es auch bis heute geblieben. Abgesehen von ein paar kleinen Gefälligkeitsöffnungen, die er ab und zu für Koslowski durchgeführt hatte. Zwar auch nicht immer legal, dafür aber mit dem Segen seiner Gattin. „Weil das ja für einen guten Zweck ist", wie sie immer sagte.

Und nun stand dieses ehrbar gewordene Mitglied der Gesellschaft hinter Koslowski und grinste ihm ins Gesicht. Der wiederum stand auf und wollte dem ehemaligen Safeknacker die Hand schütteln, doch Gründler zog ihn direkt an seine Brust.

„Mensch, dich hätte ich ja hier überhaupt nicht erwartet“, grinste er, „in Lippe hast du dich in letzter Zeit ganz schön rargemacht.“

Er setzte sich auf den freien Platz neben Koslowski. „Als ich dich durch das Fenster sah, dachte ich erst, ich träume.“ Dann sprang er wieder auf. „Ich hol mir mal eben einen Kaffee, willst du auch noch was?“

Koslowski lehnte dankend ab und zeigte dabei auf sein Tablett.

Nachdem Siggi Gründler wieder zum Tisch zurückgekehrt war, wollte er wissen, wie es Koslowski in der Zwischenzeit ergangen sei. „Die Sache mit Walfried Eugelink habe er natürlich mitbekommen. Ganz schlimm“, fügt er noch schnell hinzu.

Koslowski erzählte ihm, dass der gewaltsame Tod seines Freundes ihn damals auf die Insel getrieben hatte. Allerdings habe er hier aber nicht die ersehnte Ruhe gefunden. Dann begann er von den Erlebnissen zu erzählen.

Gründler blies zwischendurch immer mal wieder geräuschvoll die Luft aus den Lungen. „Oh Mann, auf dich scheint es das Schicksal aber auch ganz besonders abgesehen zu haben. Was du bisher so erlebt hast, das reicht ja für zwei Leben.“

Vorsichtig schlürfte er an seinem heißen Kaffee.

„Na, dann hoffe ich mal, dass du wenigstens jetzt zum Ausspannen hier bist.“

Als er sah, dass Koslowski bei diesem Satz resigniert die Augen schloss, ahnte er bereits, dass er mit seinem frommen Wunsch falschlag. Und dann kam er kaum dazu, seinen Kaffee zu trinken, so aufmerksam hörte er seinem Gesprächspartner zu, der ihm von der Entführung und der Suche nach Gina erzählte.

„Was für eine Scheiße“, fluchte Gründler laut und stellte seine Kaffeetasse dabei geräuschvoll auf den Unterteller. Eine ältere Dame am Nachbartisch hob empört den Kopf, doch der ehemalige Tresorknacker beachtete sie gar nicht. „Kann ich dir dabei irgendwie helfen?“

Koslowski schüttelte den Kopf.

„Nein, vielen Dank, diesmal gibt es keine Tresore oder Schlösser, die du für mich knacken könntest. Jetzt bräuchte ich jemanden wie Scotty vom Raumschiff Enterprise, der mich nach Detmold beamt."

Gründler trank seinen Kaffee aus und schob die Tasse von sich.

„Du musst schnell nach Detmold und dann wieder hierher zurück?"

Als Koslowski nickte, machte sich ein Grinsen auf dem Gesicht des ehemaligen Schränkers breit.

„Von wegen, ich kann dir nicht helfen", lachte er, „du unterschätzt mich mal wieder." Er griff in die Jackentasche und zog einen Ausweis hervor. Mit einer schwungvollen Geste legte er ihn vor Koslowski auf den Tisch.

„Ich glaube es ja nicht", wunderte der sich, „du hast einen Pilotenschein?" Ungläubig blätterte er durch das Dokument. „Ich werd verrückt, Siggi, der fliegende Panzerknacker! Wie bist du denn zu dem gekommen? Der ist doch sicher nicht echt, oder?"

„Ach, das ist eine lange Geschichte, die mal wieder mit meiner Frau zu tun hat. Sie hat von ihrem Onkel hier auf Norderney ein Haus geerbt und es sofort zu unserem neuen Zweitwohnsitz erkoren. Ich war allerdings nicht davon erbaut, jedes Wochenende knapp vier Stunden in der Karre sitzen zu müssen, um von Detmold hierherzugurken."

Koslowski ahnte bereits, was jetzt kam. „Und da hat deine Frau dir vorgeschlagen, du könntest doch …"

„Genau, ich könnte doch einen Pilotenschein machen. Und noch bevor ich mich dazu äußern konnte, hatte sie mich auch schon in der Flugschule angemeldet."

Koslowski musste lachen. „Deine bessere Hälfte hat dich ja immer noch ganz schön im Griff", schmunzelte er. „Und wie machst du es mit der Maschine? Leihst du dir jedes Mal eine?"

Gründler winkte großspurig ab. „Von wegen, auch dafür hat meine Frau beziehungsweise ihr verstorbener Onkel gesorgt. Er hat ihr nämlich auch noch jede Menge Geld vererbt."

Damit lehnte er sich zurück und lächelte Koslowski an. „Also, wenn du Zeit, Lust und keine Angst hast, mit mir in die Luft zu gehen, kann ich dir in einer Stunde nicht nur das geflügelte Schätzchen zeigen, sondern dich damit auch gleich nach Detmold fliegen. Ich muss da nämlich ohnehin geschäftlich hin."

Koslowski staunte nicht schlecht. Was dieser Ex-Panzerknacker auf seine alten Tage noch so alles auf die Beine stellte.

„Okay, ich nehme dein Angebot gern an, aber nur, wenn du in deiner Kiste auch einen Fallschirm für mich hast."

„Fallschirm, was ist das denn?", wollte Gründler mit einem breiten Grinsen im Gesicht wissen. „Als das Thema drankam, muss ich in der Pilotenausbildung wohl gefehlt haben."

## 12

Detmold wird in einem Lied ja als „eine wunderschöne Stadt" besungen, aber dazu trug das Haus, in dem Ginas Mutter wohnte, nun wirklich nicht bei. Koslowski stand vor der Haustür und studierte die unterschiedlichsten Klingelschilder. Endlich fand er den Namen „Krahner". Er stand auf einem Stück Pappe, das man hinter das Klingelbrett geklemmt hatte, weil irgendein so ein Vollidiot das Namensschild mit einem Feuerzeug verschmort hatte.

Koslowski ahnte bereits, was ihn im Treppenhaus erwartete, und seine Vermutung bestätigte sich. Die Treppe schmutzig, die Wände fleckig und in der Luft lag ein Geruch, den er noch aus seiner Zeit bei der Polizei kannte. Es roch nach einer Mischung aus Kohl und feuchter Wäsche. Die eingeschlagenen Scheiben der Fenster waren zum Teil mit Pappe vernagelt oder mit Plastikfolien zugeklebt worden. Von der Decke im ersten Obergeschoss baumelte eine einsame Glühbirne, die dazu auch noch sehr schwach auf der Brust war. Ihr Pendant in der zweiten Etage fehlte komplett.

Koslowski musste bis ganz nach oben, bis er endlich vor Karin Krahners Tür stand. Man sah deutlich, dass die schon häufiger mit roher Gewalt anstelle eines Schlüssels geöffnet worden war. Einbruch? Schlüssel vergessen? Polizeieinsatz?

Er konnte sich auch noch ein paar andere Möglichkeiten vorstellen. Wider Erwarten funktionierte die Türklingel. Nach ein paar Sekunden hörte er eine Stimme aus der Wohnung.

„Was willst du? Hau ab, du Pisser!"

Koslowski war sich zwar sicher, dass nicht er gemeint war, aber der Ton verriet ihm, was auf ihn zukommen würde, sollte sich die Tür überhaupt öffnen. Trotzdem klingelte er noch mal. Diesmal wurde die Tür umgehend aufgerissen und er direkt angeschrien.

„Du Arschloch, ich habe dir doch gesagt ...!"

Die Frau, welche die Tür geöffnet hatte, stockte mitten im Satz. Etwas verwirrt sah sie Koslowski aus glasigen Augen an. „Wer bist du denn?"

Ihre Alkoholfahne erreichte Koslowski eher als ihre Worte. Schnaps, billiger Fusel, verriet ihm seine Nase. Während seiner Zeit als Polizist hatte er festgestellt, dass sein Geruchssinn in dieser Hinsicht besonders ausgeprägt war. Bier- und Schnapsfahnen rochen gänzlich unterschiedlich und einige besondere Alkoholarten, wie Anis- oder Kräuterliköre, verrieten sich ohnehin schon durch ihren speziellen Eigengeruch. Und das hier roch nach Discounter, unterste Regalreihe, links.

Ein billiger Bordsteinklopper, dessen Aufgabe nicht darin lag, für exquisiten Trinkgenuss zu sorgen, sondern seine Konsumenten möglichst schnell und langanhaltend betrunken zu machen. Also in jenen Zustand zu versetzen, in dem sich die Frau, die vor ihm stand, momentan befand.

Ihre fleckig rote Haut und die gelblich verfärbten Augäpfel sprachen dafür, dass sie nicht erst heute mit dem Trinken angefangen hatte.

„Aua, Scheiße!" Die Kippe zwischen ihren nikotingelben Fingern war heruntergebrannt und flog achtlos an Koslowski vorbei in den Hausflur.

„Was willst du? Bist du ein Bulle oder der neue Gerichtsvollzieher?"

Karin Krahner musterte Koslowski skeptisch von oben bis unten. Dabei stemmte sie provokant die Hände in die Hüften. Zumindest versuchte sie es.

„Bei mir ist nix zu holen, also verpiss dich!“

Er schloss für eine Sekunde die Augen. Über den Grund von Ginas Auszug brauchte er sich jetzt keine Sorgen mehr zu machen. Der stand leibhaftig vor ihm.

„Ich bin weder von der Polizei noch von einer anderen Behörde. Ich bin hier, weil man mich gebeten hat, nach Ihrer Tochter zu suchen.“

Karin Krahner sah ihn an, als habe er gerade verkündet, er sei der Weihnachtsmann und bringe im März die Geschenke.

„Wer hat Sie denn gebeten?“

„Ein Freund Ihrer Tochter, der sich Sorgen …“

Weiter kam er nicht, weil ihm die Mutter ins Wort fiel.

„Ein Freund? Die hat einen Freund?! Ich dachte immer, die treibt es nur mit Weibern!“

Koslowski holte erneut Luft, bevor er antwortete. Lass dich nicht provozieren, ermahnte er sich.

„Es ist ein Freund aus der Schule, nicht ihr Lover. Gina und er hatten öfter Kontakt und dann hat sie sich plötzlich nicht mehr bei ihm gemeldet.“

„Ach, und was geht *Sie* das an?“ Ein leichtes Torkeln sorgte dafür, dass Karin Krahner sich am Türrahmen festhalten musste.

„Ich kenne den Jungen ganz gut und habe ihm versprochen, bei der Suche nach Gina zu helfen.“ Er schaute an der Frau vorbei. Was er sah, gefiel ihm nicht besonders. Trotzdem überwand er sich. „Aber müssen wir das alles hier im Flur besprechen?“

Karin Krahner blickte ihn lange aus müden und wässrigen Augen an. Die Haut ihres Gesichtes war von Adern durchzogen. Die Nase voller Mitesser. Ihre normale, braune Haarfarbe verdrängte von den Wurzeln her das ehemals gefärbte Rot. Ihre schlecht lackierten Fingernägel waren brüchig und ungepflegt.

Endstadium dachte Koslowski, als er ihr wieder in die gelblich verfärbten Augen sah. Entweder Leberzirrhose oder sonst irgendeine Krankheit, die von diesem Organ ausgeht, vermutete er. Dafür musste man kein Antlitzdiagnostiker wie einst Pfarrer Kneipp sein. Diese Augen hatte er sogar schon bei Kollegen gesehen. Alkoholismus war eine Krankheit, keine schlechte Angewohnheit.

Die Frau vor ihm war am Ende. Am Ende ihrer Gesundheit und vermutlich auch bald am Ende ihres Lebens. Vor allem, wenn sie so weitermachte. Aber alleine würde sie es nicht schaffen, mit dem Trinken aufzuhören. Wer weiß, wie viele Versuche sie schon hinter sich hat, überlegte Koslowski.

Da Karin Krahner noch immer nicht auf seine Bitte um Einlass reagiert hatte, versuchte er es erneut.

„Ich habe auf Norderney nach ihrer Tochter gesucht und sie da auch gefunden, aber dann ist etwas Schlimmes passiert ..." Den Rest des Satzes ließ er bewusst offen. Aber es dauerte trotzdem noch einige Sekunden, bis die Frau überhaupt realisierte, was er gerade gesagt hatte.

„Was Schlimmes ...", murmelte sie und hob dann erst den Kopf, um Koslowski anzusehen. „Was denn?"

Er deutete mit einem bittenden Gesichtsausdruck an ihr vorbei in die Wohnung.

„Wollen wir nicht lieber drinnen darüber sprechen?"

Ob es sich um die plötzliche Erkenntnis handelte, dass man solche persönlichen Dinge besser nicht im Flur besprach, oder ob es die laut zugeschlagene Wohnungstür in der Etage unter ihnen war, wusste er nicht. Auf jeden Fall bat sie ihn endlich herein.

Er ließ ihr den Vortritt und schloss dann hinter sich die Tür. Als er ins Wohnzimmer trat, wusste er, wo er gelandet war.

In einer Messie-Wohnung.

Hier stapelten sich alle möglichen Dinge bis zur Decke. Alte Zeitungen, Kartons, Tüten mit undefinierbarem Inhalt, Taschen, Koffer und was sich sonst noch stapeln ließ. Auf der fleckigen Couch war nur ein Platz frei. Der Rest war durch schmutzige Kleidungsstücke, ebenso dreckige Decken und Kissen sowie von einem unappetitlich aussehenden Federbett belegt.

Vor diesem Sitzplatz stand ein Wohnzimmertisch mit einem von Kippen überquellendem Aschenbecher. Eine Batterie leerer Flaschen und halbvoller Kaffeetassen, in denen ebenfalls Kippen steckten. Dazu kamen noch die Reste einer vergammelten Pizza in einem durchgeweichten Lieferkarton. Die schmuddeligen Gardinen vor den Fenstern waren halb zugezogen und tauchten den Raum in ein diffuses Licht. Was vermutlich aber auch besser ist, dachte Koslowski.

Karin Krahner ließ sich auf die Couch fallen und griff nach der Zigarettenschachtel, die auf dem Tisch lag. Dann suchte sie so lange das Feuerzeug, bis Koslowski es ihr reichte. Umständlich steckte sie sich eine Zigarette in den Mund.

„Was ist nun mit Gina?", wollte sie wissen. „Du hast gesagt, es sei was Schlimmes mit ihr passiert." Sie bot Koslowski keinen Platz an. Es hätte allerdings auch keinen gegeben, also blieb er stehen und blickte auf sie herunter.

„Wussten Sie, dass Gina nach Norderney wollte?"

Karin Krahner schüttelte energisch den Kopf. „Nee, hab sie rausgeschmissen, die kleine Schlampe. Hat mir immer nur Widerworte gegeben, hat keinen Respekt vor ihrer Mutter." Es folgte ein übles Aufstoßen.

Was mich überhaupt nicht wundert, dachte Koslowski.

„Hat sie Ihnen denn erzählt, wo sie hinwollte?"

Karin Krahner griff nach einer Bierflasche und ließ sie achtlos zu Boden fallen, als sie bemerkte, dass sie leer war. Ein Zustand, den diese sich mit anderen Flaschen teilte. Auch die Schnapsflasche zeigte Ebbe an.

„Hol mir mal ein Bier aus der Küche, Süßer!" Karin Krahner zeigte mit dem Arm in die entsprechende Richtung. „Ich muss was trinken, sonst kann ich nicht klar denken."

Koslowski bezweifelte zwar, dass ein weiteres Bier ihrem Denkprozess förderlich war, aber ohne würde das Gespräch vermutlich überhaupt nicht weitergehen. Und das eine Bier würde für sie auf dem Weg zum Abgrund auch nichts mehr ausmachen, denn ihre Zehen ragten schon darüber hinweg.

Er konnte gut verstehen, dass Gina ihrer Mutter nicht bei ihrem Suizid auf Raten zusehen wollte. Ein Suizid mit Flasche und Schnapsglas. Er ging in die Küche, vermied es aber, sich dort genauer umzusehen, sondern griff sich lediglich eine der vollen Flaschen, die auf der Spüle standen. Damit kehrte er ins Wohnzimmer zurück, öffnete sie und hielt sie ihr hin. Ihr Blick war zwar dankbar, aber sie musste zweimal zugreifen, bis ihre Finger sie endlich zu fassen bekamen.

„Ein echter Kavalier“, lallte sie und ihre Augen wandten sich schneller von ihm ab als ihr Kopf. Sie trank einen Schluck, wobei ein Teil Bier auf ihr T-Shirt tropfte. Was sie aber nicht zu bemerken schien.

„Also … was willst du von mir, Süßer? Ficken?“ Sie versuchte ein Lächeln, das ihr aber komplett misslang. Ihre Gesichtszüge entglitten ihr dabei ebenso wie die Bierflasche.

Als sie ihn so anblickte, hatte Koslowski das Gefühl, dass er in diesem Moment den Tod in ihren Augen sah. Die Frau war völlig am Ende. Der war nicht mehr zu helfen.

Aber vielleicht konnte er noch etwas für ihre Tochter tun.

„Ich habe gesagt, dass ich Gina auf Norderney gefunden habe.“ Er beobachtete, ob seine Worte bei ihr ankamen.

„Ja und, was macht die da?“ Karin Krahner tastete nach der heruntergefallenen Bierflasche.

„Genau weiß ich es nicht“, gab Koslowski zu, „deswegen wollte ich ja mit ihr sprechen, aber dann ist ihre Tochter entführt worden.“

Es dauerte erneut, bis Karin Krahner eine Reaktion zeigte. Aber die war völlig irreal. Sie fing an zu lachen. Erst gehässig, dann verschluckte sie sich.

„Entführt? Wer sollte denn für diese dumme Kuh Geld bezahlen? Ich bestimmt nicht. Ich brauche mein ganzes Geld für mich.“

Ja, vor allem für Schnaps und Zigaretten, fügte Koslowski in Gedanken hinzu.

„Ich habe gehört, sie wollte auf die Insel, um dort nach Hinweisen über den Tod ihres Vaters zu suchen.“ Er wartete auf eine weitere Reaktion, doch die kam nicht.

„Hat Sie Ihnen davon erzählt?“, hakte er deshalb nach.

Langsam hob Karin Krahner den Kopf. „Ihr Vater? Ihr Vater?“ Sie schnaufte verächtlich. „Auch so ein Arschloch.“ Sie setzte die Bierflasche an, trank dann aber doch nicht. Ihr Blick wurde plötzlich leer und war in die Ferne gerichtet. „Ihr Vater …“, wiederholte sie noch einmal, diesmal jedoch sehr leise und geistesabwesend.

Koslowski ertrug geduldig die entstehende Pause. Die Frau schien gedanklich gerade in die Vergangenheit zu reisen, in eine, die vermutlich deutlich besser war als ihre Gegenwart.

„Was war mit ihrem Vater?" Er sprach sehr leise, so, als wolle er unbemerkt in ihre Gedanken eindringen.

Ein Seufzer folgte. Ein Blick auf die Flasche in ihrer Hand, dann der nächste Seufzer. Und dann brach auch das letzte Stück, das Karin Krahner noch aufrecht gehalten hatte, zusammen. Was folgte, waren Tränen. Tränen einer Frau, die vermutlich selber nicht mehr geglaubt hatte, dass sie dazu noch fähig war.

„Er hat uns sitzenlassen, dieses Schwein. Einfach sitzenlassen." Ihre Tränen entsprangen vermutlich einer Mischung aus Enttäuschung, Selbstmitleid und Wut.

Koslowski verhielt sich weiterhin still. Seine einzige Reaktion war ein sanftes Nicken.

„Aber so war er schon immer. Ständig auf Achse. Mit irgendeinem Schiff auf dem Meer rumschippern und uns hier sitzenlassen, ohne Geld …"

Und ohne Liebe, dachte Koslowski, wobei er nicht hätte sagen können, was schlimmer war. Für Gina vermutlich eher die fehlende väterliche Zuneigung, für ihre Mutter die fehlende Kohle.

„Und was ist dann passiert?", wollte Koslowski wissen. Er vermied es, von einem Ehemann zu sprechen.

„Drei Jahre nach Ginas Geburt ist er endgültig abgehauen. Meinte, er würde es nicht mit uns aushalten. Wir würden ihn einengen, ihm die Luft zum Atmen nehmen." Sie fingerte sich eine Zigarette aus der Schachtel und Koslowski gab ihr Feuer.

„Du scheinst ja ein ganz Netter zu sein." Ihren Versuch, ihn anzulächeln, ließ der Alkohol erneut scheitern. Es wurde nur ein armseliges Grinsen daraus. „Bist du verheiratet?", wollte sie plötzlich wissen.

Koslowski schüttelte nur den Kopf und lenkte das Gespräch stattdessen erneut auf Ginas Vater. „Haben Sie sich denn von ihm scheiden lassen?"

Sie sah ihn verstört an. „Scheiden lassen? Wie das denn, er war ja plötzlich weg."

„Und wann haben Sie von seinem Tod erfahren?"

Wieder blickte ihn die Frau verstört an. „Welcher Tod? Wer ist tot?"

„Na, Ginas Vater." Koslowski behielt sie dabei genau im Auge.

„Quatsch, der ist doch nicht tot. Das habe ich doch Gina nur erzählt, damit ich endlich meine Ruhe habe."

Koslowski atmete tief durch. Irgendwie hatte er so etwas schon geahnt.

Karin Krahners nächste Worte holten ihn sofort wieder in das schmuddelige Wohnzimmer zurück.

„Sie hat ständig genervt und wollte immer wissen, wann er zurückkommt."

Sie seufzte und verschluckte sich dabei am Zigarettenrauch.

„Zu Weihnachten und kurz vor ihren Geburtstagen war es besonders schlimm." Sie hustete erneut. „Dann stand sie oft tagelang am Fenster und wartete auf ihn, aber dieses Arschloch …"

Wieder traten ihr Tränen in die Augen. Diesmal sorgte vermutlich die schmerzliche Erinnerung an das trauernde Kind dafür. Auch Koslowski bemerkte, wie nah ihm diese Vorstellung ging.

„Also lebt er noch", stellte er fest. „Wann hatten Sie das letzte Mal Kontakt zu ihm?"

„Keine Ahnung. Ich habe vor ein paar Wochen von einem seiner Kumpel einen Brief bekommen. Der wollte unbedingt wissen, wo Stefan ist. Er hätte ihn das letzte Mal vor einem halben Jahr gesehen und müsse ihn jetzt unbedingt sprechen."

„Kann ich den Brief mal sehen?" Koslowski blickte sie bittend an.

„Der muss hier irgendwo sein. Ich bin noch nicht zum Aufräumen gekommen." Karin Krahner machte entschuldigend eine fahrige Geste, die den ganzen Raum einschloss.

Hier hilft kein Aufräumen mehr, hier hilft nur noch komplettes Entsorgen, dachte Koslowski. Und den Brief in diesem Chaos zu entdecken war so unwahrscheinlich, wie die oft zitierte Nadel im Heuhaufen zu finden.

„Wer hat denn den Brief geschrieben? Wie heißt dieser Kumpel?"

Die Frau zuckte mit den Schultern. „Irgendein Manuel. Klingenburg oder so. Kann mich nicht erinnern. Hab ihn nie getroffen."

„Wissen Sie denn noch, wo der Brief abgeschickt wurde? Stand eine Adresse drauf? Dieser Manuel hat doch sicher auf eine Antwort von ihnen gewartet, oder?"

Karin Krahner lachte bitter auf. „Die er aber von mir nie bekommen hat. Ich habe den Brief aufgemacht, gelesen und dann weggelegt. Interessiert mich alles nicht mehr." Wieder beschäftigte sie sich mit der Bierflasche.

Dann kam Koslowski plötzlich eine andere Idee. „Haben Sie Gina von dem Brief erzählt?"

„Nee, damit die wieder anfängt, mich mit ihrem Alten zu nerven?" Karin Krahner atmete empört aus. „Gott behüte, nein!"

Er konnte immer mehr verstehen, warum Gina hier abgehauen war.

„Wissen Sie, ob Ihr Mann mal in illegale Sachen verwickelt war?" Auch eine überflüssige Frage, wie sich herausstellte, denn er erhielt darauf kaum mehr als ein Schulterzucken. „Keine Ahnung."

Es musste doch noch andere Möglichkeiten geben, an Informationen zu kommen, überlegte er und dann fiel ihm etwas ein.

„Hätten Sie was dagegen, wenn ich mir Ginas Zimmer mal ansehe?" Er konnte sich nicht vorstellen, dass ihre Mutter fähig gewesen war, es nach dem Auszug ihrer Tochter auszuräumen.

Der Blick, den er für diese Frage erhielt, drückte zwar Unverständnis aus, aber sie willigte ein. „Meinetwegen. Ist dahinten." Wieder eine dieser fahrigen Gesten einer Alkoholikerin.

Koslowski erhob sich und sah sich um. Küche, Flur, eine weitere offene Tür ließ ein schmutziges und ungemachtes Doppelbett erkennen, also das Schlafzimmer. Weiter hinten war eine weitere, aber geschlossene Tür. Er stand auf und ging darauf zu.

„Ist das hier Ginas Zimmer?", wollte er wissen. Karin Krahner nickte nur.

Koslowski holte tief Luft. Er versuchte, sich vor dem zu wappnen, was ihn gleich hinter dieser Tür erwarten würde. Dann erst drückte er die Klinke herunter.

# 13

Die Tür von Lukas' Zimmer flog mit einem derartigen Schwung ins Schloss, dass Jutta Eugelink dachte, sie fiele gleich aus dem Rahmen. Aber nachdem die Schrecksekunde vorüber war, warf sie das Geschirrhandtuch ärgerlich auf die Küchenspüle und folgte ihrem Sohn. Entgegen der ansonsten üblichen Art im Hause Eugelink entschied sie sich in diesem speziellen Fall dafür, auf das Anklopfen zu verzichten. Sie wollte die Tür gerade mit Schwung öffnen, als sie feststellen musste, dass sie von innen verschlossen war. Sie holte zweimal tief Luft, um ihren Unmut wenigstens ein bisschen zu bremsen, klopfte dann jedoch deutlich energischer als sonst an.

„Lukas, mach bitte die Tür auf!"

Jutta Eugelink lauschte, ob ihr Sohn irgendwelche Anstalten machte, die Tür zu öffnen, doch aus dem Zimmer war nur ein Schluchzen zu hören. Es klang so, als säße Lukas direkt hinter der Tür auf dem Boden. Noch einmal versuchte sie es mit Nachdruck.

„Lukas! Du machst jetzt sofort die Tür auf, hast du mich verstanden?"

Keine Reaktion, nur ein erneutes Schluchzen.

Oh Gott, was war das für ein schwieriges Alter. Sie war sich sicher, dass es viele Eltern gab, die ebenso gerne wie sie auf die Zeit der Pubertät ihrer Kinder verzichten würden. Aber so war nun mal das Leben. Während sie hier vor der verschlossenen Zimmertür ihres todtraurigen Sohnes stand, fiel ihr plötzlich ihr erster eigener Liebeskummer ein. Als sie mit dreizehn Jahren den neuen jungen Pfarrer ihrer Gemeinde zum ersten Mal im Kindergottesdienst sah und hörte, verliebte sie sich sofort und unsterblich in ihn. Auch ihr konnte damals niemand erklären, was mit ihr geschehen war und wo die Schmetterlinge herkamen, die plötzlich in ihrem Bauch herumflatterten. Wie lange hatte diese Phase damals eigentlich gedauert? Und wie ging sie zu Ende? Sie konnte sich nicht mehr daran erinnern.

Eigentlich war sie froh, dass Lukas mit ihr über seine Liebe zu Gina gesprochen hatte. Seit dem Mord an ihrem Mann waren sie und ihr Sohn sich noch nähergekommen. Sein Bruder Tim war schon immer mehr ein Papa-Kind gewesen. Ihn hatte der gewaltsame Tod des Vaters stärker mitgenommen als Lukas. Und da Tim auch schon immer der ruhigere der beiden Eugelink-Söhne gewesen war, hatte er sich nach dem schrecklichen Ereignis noch mehr in sein Schneckenhaus zurückgezogen. Nur ganz langsam kam er jetzt wieder daraus hervor. Ihm schien die Pubertät auch nicht so schwer zu schaffen zu machen wie seinem Bruder. Aber das kam vielleicht noch. Schließlich war Tim mit seinen fünfzehn noch zwei Jahre jünger als Lukas.

Irgendwie hatte sie zu Lukas schon immer den besseren Draht gehabt. Vielleicht, weil er der Erstgeborene war? Vielleicht, weil ihr die Schwangerschaft mit ihm Probleme bereitet hatte? Sie wusste es nicht.

Die schrecklichen Ereignisse waren auch an ihr nicht spurlos vorübergegangen. Die Söhne hatten zwar ihren Vater, aber sie auch ihren Mann verloren. Jetzt musste sie sich um alles kümmern, was die Familie anging. So manche Nacht wachte sie schweißgebadet auf, weil sie glaubte, ihn in dem düsteren Erdloch zu sehen, in dem er gestorben war. Nach diesen Alpträumen war jedes Mal nicht mehr an Schlaf zu denken. Alle angebotenen psychologischen Hilfen hatte sie abgelehnt, weil sie ihren Söhnen nicht den Eindruck vermitteln wollte, dass sie schwach war und ihnen nicht helfen konnte. Manchmal jedoch wusste sie einfach nicht weiter. So wie jetzt. Hier vor der verschlossenen Tür.

Müde lehnte sich mit dem Rücken dagegen und rutschte dann langsam so weit an ihr herunter, bis sie auf dem Boden saß. Hier unten hörte sie Lukas' Schluchzen noch deutlicher.

Zärtlich legte sie eine Hand an die Tür, wünschte sich aber, dass es Lukas' Kopf wäre. Eine ganze Zeit lang saßen sie und ihr Sohn, nur durch ein bisschen Holz und Pappe getrennt, Rücken an Rücken auf dem Boden.

„Lukas?" Ihre Stimme war leiser geworden und nicht mehr so fordernd. „Lukas, ich kann dich verstehen, aber was du vorhast, das geht wirklich nicht."

Sie lehnte den Kopf an die Tür und lauschte. Keine Antwort. Also sprach sie weiter, versuchte, ihn durch die Tür zu erreichen.

„Lukas, ich weiß, dass du dir Sorgen um Gina machst, und das ist auch sehr lobenswert, aber was willst du denn auf Norderney machen? Sie suchen?“ Wieder keine Antwort. „Und wenn du sie gefunden hast, was dann?“

Jetzt hörte sie ein Rascheln hinter der Tür. Endlich ein Lebenszeichen.

„Sie ist da ganz alleine.“ Am Klang seiner Stimme war deutlich zu hören, dass er geweint hatte. „Ich kann sie doch nicht einfach im Stich lassen. Sie hat doch sonst niemanden.“

Jutta Eugelink wusste von dem schlechten Verhältnis zwischen Gina und ihrer Mutter. Lukas hatte ihr davon erzählt, und auch, dass Ginas Vater ebenfalls tot war. Unklar war ihr aber immer noch, was das Mädchen ausgerechnet auf dieser Nordseeinsel wollte. Aus diesem Grund fragte sie noch einmal nach.

„Hat sie dir erzählt, warum sie dahin wollte?“

„Ich weiß es nicht genau, aber sie hoffte, da etwas herausfinden zu können, das mit dem Tod ihres Vaters zu tun hat.“ Die vormals traurige Stimme bekam jetzt wieder einen leicht trotzigen Klang. „Und vielleicht kann ich ihr ja dabei helfen.“

Jutta Eugelink schloss erschöpft die Augen. Reichte denn der Tod des eigenen Vaters noch nicht, musste sich Lukas jetzt auch noch mit dem Tod von Ginas Erzeuger auseinandersetzen? Aber wer weiß, vielleicht war gerade das ja der Grund? Das Mitfühlenkönnen, was den Verlust eines Elternteils anging.

„Lukas, das kann ich nicht zulassen. Du wirst auf keinen Fall alleine nach Norderney fahren. Außerdem musst du in die Schule. Ihr schreibt nächste Woche eine Mathearbeit und du weißt, wie wichtig die für dein Zeugnis ist.“

Bei dieser Argumentation kam sie sich ziemlich mies vor. Was war schon eine in den Sand gesetzte Mathearbeit gegen Liebeskummer und Herzschmerz? Sie wollte es sich nicht eingestehen, aber der eigentliche Grund war ihre Angst, bei diesem Abenteuer womöglich einen weiteren geliebten Menschen in Gefahr zu sehen oder ihn vielleicht sogar zu verlieren. Denn das würde sie nicht verkraften.

„Lukas, glaub mir, ich kann dich verstehen, aber ich werde nicht zulassen, dass du nach Norderney fährst. Ich verspreche dir, ich rede noch mal mit Ginas Mutter und versuche, mehr herauszufinden." Sie ließ ihre Worte einige Sekunden wirken. „Und nun mach bitte die Tür auf."

Wieder dauerte es erst eine Weile, dann jedoch drehte sich der Schlüssel im Schloss. Als Mutter und Sohn sich gegenüberstanden, machte sie ein Schritt auf ihn zu und nahm ihn wortlos in die Arme. Ihr großer Junge. So traurig. Und so hoffnungslos.

## 14

Es war wie eine Art Schock. So, als würde man plötzlich aus der Kälte eines dunklen, feuchten Kellers hinaus in das helle und warme Sonnenlicht treten. Nachdem er die Tür zu Ginas Zimmer geöffnet hatte, war Koslowski völlig perplex auf der Schwelle stehengeblieben. Der Raum war sauber, aufgeräumt und einfach, aber freundlich eingerichtet.

Ein übler Gedanke schlich sich in sein Gehirn. Wie lange würde die Mutter wohl brauchen, um dafür zu sorgen, dass dieser Raum ebenso aussah wie der Rest der Wohnung? Oder mied sie ihn, weil er sie an ihre Tochter erinnerte? Daran, was sie verloren hatte. Daran, was sie aus ihrem eigenen Leben gemacht hatte?

An der Wand hingen große Poster von Billie Eilish und Pink, der passenderweise pinkfarbene Schreibtisch war fast leer. Koslowski war sich sicher, dass hier mal Ginas Laptop oder ihr Tablet gestanden hatte. Das Bett war immer noch gemacht, die Tür des kleinen Kleiderschranks geschlossen. Er öffnete sie und fand darin nur ganz wenig zurückgelassene Kleidung. Es schien so, als habe Gina genau gewusst, was sie tat. Dieses Zimmer war nicht fluchtartig, sondern geplant verlassen worden.

Müde ließ er sich auf dem rotlackierten Drehstuhl nieder und zog eine der Schubladen auf. Stifte, ein Lineal, ein Geodreieck und was man sonst noch so in einer Schreibtischschublade aufbewahrte. In einer der anderen allerhand Kleinkram. Make-up, Haarklammern, Batterien, ein Locher, Tesafilm und ein Tampon. Nichts, was ihm wirklich weiterhalf. In der dritten Schublade Zeug, das man aufbewahrte, ohne zu wissen warum. Aber auch hier kein Hinweis darauf, was sie auf Norderney vorgehabt hatte. Er ließ den Stuhl rotieren und sah sich weiter um. Er hatte keine Ahnung, wo er noch suchen sollte. Garantiert hatte Gina alle Hinweise beseitigt, damit ihre Mutter ihr nicht auf die Schliche kam.

Er drehte den Stuhl wieder in Richtung Schreibtisch und wollte sich gerade erheben, als sein Blick auf die Schreibunterlage fiel. Instinktiv hob er sie hoch und im selben Moment wusste er, dass der gesuchte Brief nicht irgendwo verschüttet im Wohnzimmer, sondern hier auf Ginas Schreibtisch lag.

Also hatte sie ihn doch gefunden und gelesen. Was hatte Karin Krahner eben noch gesagt? Dass dieser Manuel ihren Mann vor einem halben Jahr gesehen hatte? Dann wusste Gina, seit sie den Brief gefunden hatte, dass der Tod ihres Vaters nur eine Lüge ihrer Mutter war. Kein Wunder also, dass sie losgezogen war, um ihn zu suchen. Aber warum ausgerechnet nach Norderney?

Koslowski las den Brief, doch darin gab es keine weiteren Hinweise. Und wieso lag der Brief hier auf dem Schreibtisch? Warum hatte sie ihn nicht mitgenommen? Als er sein Handy zückte, um ihn zu fotografieren, wurde ihm klar, dass Gina vermutlich das Gleiche getan hatte. Er drehte den Umschlag um und fotografierte die Absenderadresse.

Darauf stand sein nächstes Reiseziel, denn zu der Zeit, als Manuel Klingenberg, so hieß der Absender richtig, diesen Brief geschrieben hatte, hatte er seinen Wohnsitz in Norden, verfasst worden war der Brief jedoch vermutlich auf der Insel. Klingenberg hatte am oberen rechten Rand nämlich das Wort „Norderney“ und dahinter das Datum geschrieben. Kein Wunder also, dass Gina ihren Vater genau dort vermutete.

Wenigstens ein Anhaltspunkt. Koslowski kehrte ins Wohnzimmer zurück. Karin Krahner saß noch immer auf der Couch und war zwischenzeitlich eingeschlafen.

Er trat an sie heran und schüttelte sie leicht an der Schulter, da sie auf sein Ansprechen nicht reagierte. Es schien so, als müsse sie sich erst wieder aus dem alkoholischen Sumpf an die Oberfläche arbeiten, um zu erkennen, wo sie war und wer etwas von ihr wollte. Dann sah sie ihn aus traurigen Augen an.

„Wissen Sie, ob dieser Manuel immer noch in Norden wohnt?"

Karin Krahners Miene drückte komplettes Unverständnis aus. „Manuel? Welcher Manuel?"

Koslowski seufzte enttäuscht. „Manuel Klingenberg, der Mann, der Ihnen den Brief geschrieben hat?"

Karin Krahner griff nach der Flasche und zuckte mit den Achseln. „Was weiß ich? Ist mir scheißegal." Dann beugte sie sich plötzlich leutselig vor. „Hast du ein bisschen Geld für mich?"

Als Koslowski den Kopf schüttelte verlegte sie sich aufs Betteln. „Komm, ich blas dir auch einen, das habt ihr Kerle doch alle gern. Komm schon, für ‚nen Fünfziger."

Wenn jemand seinen Körper schon für Alkohol verkaufte, konnte er wohl kaum noch tiefer sinken. Saufen bis zum Stillstand der Augen. Dann jedoch erinnerte sich Koslowski plötzlich an eine Zeit, in der er mal in einer ähnlichen Situation gewesen war. Nur hatte er damals Glück gehabt und war mit der Hilfe eines guten Freundes da wieder rausgekommen. In ihrem Fall befürchtete er allerdings, dass sie keine Freunde mehr hatte. Höchstens noch ein paar Saufbrüder. Und wenn es ganz schlecht lief, dann besaß sie womöglich bald noch nicht mal mehr eine Tochter. Sofort bemühte er sich, diese Möglichkeit, so schnell es ging, wieder aus seinen Gedanken zu verdrängen.

Wohlwissend, dass er damit genau das Falsche tat, griff er in seine Tasche und zog einen Fünfzig-Euro-Schein heraus. Ohne ein weiteres Wort legte er ihn auf den Tisch und verließ dann die Wohnung. Das einzig Positive, das er von hier mitnahm, war die Fotografie des Briefes auf seinem Handy. Ganz sicher hatte Gina auf Norderney nach dessen Absender gesucht. Und dabei war sie in eine Falle geraten.

Er war froh, als die Haustür hinter ihm ins Schloss fiel. Einen Moment lang blieb er stehen und sog gierig die frische Luft in seine

Lungen. Dann setzte er sich langsam in Bewegung und lief in Richtung Bahnhof. Dort würde er ganz sicher ein Taxi bekommen. Dann ab ins Hotel und morgen früh um sieben Uhr wieder rauf zum Flugplatz an der Volkwinstraße. Gründler würde ihn mit zurück auf die Insel nehmen, das hatte er ihm zugesichert, nachdem sie heute nach einer guten Stunde Flugzeit in Detmold gelandet waren.

Oft erahnt man ja die Anwesenheit einer Person eher, als dass man sie sieht oder hört. In diesem Augenblick erging es Koslowski genauso. Er vermied es, sich umzusehen, war sich aber sicher, dass ihm jemand folgte. Aber wer war das? Konnte sein Verfolger zu den Typen gehören, die Gina in ihrer Gewalt hatten? Aber woher sollten die wissen, dass er in Detmold war?

Zügig, aber nicht zu auffällig überquerte er den Kronenplatz, auf dem zu dieser Zeit nur wenige Fahrzeuge standen, und steuerte auf die Bahnunterführung zu. Wenn er richtig hörte, folgten ihm die Schritte weiterhin.

Koslowski beschleunigte nun seine eigenen, überquerte dann aber nicht die Industriestraße, sondern wandte sich nach links. Denn sollte ihm in der neuen Bahnunterführung ein Komplize seines Verfolgers entgegenkommen, saß er in der Falle. Er spürte den Fremden immer noch im Nacken. Also passierte er das nächste Gebäude und steuerte auf die Kreuzung zu, an der das griechische Restaurant *Plaka* lag.

Hinter der nächsten Hausecke jedoch sprang er schnell zur Seite. Mit an die Wand gedrücktem Rücken richtete er sich darauf ein, seinen Verfolger zu attackieren. Angriff schien ihm in diesem Falle die beste Verteidigung zu sein. Er holte noch einmal tief Luft, und als sein Schatten hinter der Hausecke auftauchte, sprang Koslowski mit einem Satz nach vorn und griff zu.

Allerdings hatte er damit gerechnet, mehr Körpermasse überwinden zu müssen. So kam es, dass sein ungestümer Angriff nicht nur sein Gegenüber, sondern auch ihn selbst aus dem Gleichgewicht brachte. Noch im Fallen bemerkte Koslowski, dass hier etwas nicht stimmte. Das war kein Mann. Dafür war das Bürschchen viel zu leicht und zu dünn.

Als sie auf dem Boden lagen und dem Verfolger die Kapuze vom Kopf rutschte, stutzte Koslowski einen Augenblick, bis er begriff, wen er da vor sich hatte.

„Lukas? Was machst du denn hier? Und warum schleichst du hinter mir her?“ Gleichzeitig stand er auf und zog den Jungen auf die Beine.

Lukas Eugelink war immer noch erschrocken, daher dauerte es einen Augenblick, bis er antwortete. Doch dann waren deutlich Trotz und Wut in seiner Stimme zu hören.

„Ich wollte zu Ginas Mutter und dann habe ich Sie gesehen. Was machen Sie hier? Sie haben mir doch versprochen, dass Sie nach Gina suchen!“ Unwirsch klopfte er sich den Schmutz des Gehweges von der Hose.

„Genau das mache ich gerade, Lukas.“

Lukas Eugelink drehte sich gespielt theatralisch um. „Ach, komisch, das sieht mir hier aber nicht nach Norderney aus.“

Einerseits konnte Koslowski den Frust des Jungen ja verstehen, andererseits hatte der aber kein Recht, ihm Vorhaltungen zu machen.

„Wo ich suche, musst du schon mir überlassen. Ich bin dir keine Rechenschaft schuldig“, blaffte er Lukas an. Kaum ausgesprochen, taten ihm seine Worte auch schon wieder leid.

Mit so einer harschen Antwort hatte der Junge anscheinend nicht gerechnet. Er klang nun schon etwas kleinlauter.

„Okay, sorry. Aber was machen Sie hier in Detmold?“

„Ich bin auf der Suche nach Ginas Vater.“ Koslowski trat einen Schritt zurück und musterte den Jungen von oben bis unten. „Bist du okay?“

„Sie suchen ihren Vater?“ Lukas sah ihn vollkommen entgeistert an. „Aber der lebt doch schon lange nicht mehr! Sie müssen Gina suchen, keinen Toten!“ Sein Tonfall war jetzt die reinste Empörung.

Tief durchatmen, befahl sich Koslowski, nicht aufregen.

„Lukas, der Tod von Ginas Vater war eine Lüge ihrer Mutter. Ich vermute, Gina ist nicht auf die Insel gefahren, um nach Hinweisen über seinen Tod zu suchen, sondern nach ihm persönlich.“

Er machte eine längere Pause, weil er wieder an die verwahrloste Wohnung denken musste. Die allein wäre schon ein Grund gewesen, abzuhauen, aber dazu kam noch diese schlimme Lüge.

Lukas sah ihn vollkommen irritiert an. Er schien immer noch nicht begriffen zu haben, was Koslowski ihm da gerade erzählt hatte. Daher versuchte der es nun auf einem anderen Weg.

„Also, pass auf! Es gibt da den Brief eines Freundes, in dem er schreibt, dass er Ginas Vater vor einem halben Jahr gesehen hat."

„Und wo wohnt dieser Typ? Warum haben Sie ihn noch nicht angerufen?" Lukas wurde plötzlich unruhig. „Der muss doch wissen, wo der Vater ist. Und da wird auch Gina sein."

Koslowski senkte ergeben den Kopf. Die Ungeduld der Jugend.

„Erstens habe ich den Brief gerade erst gefunden und zweitens stand da keine Telefonnummer drin. Es gibt nur eine Adresse und die ist nicht mal auf Norderney, sondern in Norden."

Die Tatsache, dass Gina sich garantiert nicht bei ihrem Vater, sondern in den Händen von Entführern befand, verschwieg er geflissentlich.

„Und was wollen Sie jetzt machen?" Lukas blickte ihn ungeduldig an und trat von einem Fuß auf den anderen.

„Ich fliege morgen früh zurück nach Norderney, aber vorher werde ich versuchen, den Briefschreiber zu erreichen. Mal sehen, ob er mir weiterhelfen kann."

„Okay, dann komme ich mit!" Lukas' Stimme war plötzlich laut und fordernd.

„Kommt gar nicht in Frage. Du bleibst hier und wartest, bis ich mich wieder melde." Das fehlte mir gerade noch, dass ich auch noch auf den aufpassen muss, dachte Koslowski.

„Aber ich kann Ihnen doch helfen, ich könnte …"

„Nein!" Koslowskis laute Stimme ließ keinen Widerspruch zu. „Du bleibst hier in Detmold und sagst mir Bescheid, wenn Gina sich bei dir meldet. Es kann ja sein, dass sie bei euch zu Hause anruft oder sogar dort auftaucht."

„Aber, wenn ich …" Lukas versuchte noch einmal, Koslowski umzustimmen, doch der ließ ihn gar nicht ausreden.

„Ich kümmere mich darum, so wie ich es dir versprochen habe. Und jetzt sieh zu, dass du nach Hause kommst!“

Lukas sah ihn noch einige Sekunden lang trotzig an, nicht genau wissend, wie er sich verhalten soll. Schließlich wandte er sich wortlos um und ging davon.

Koslowski ahnte zwar, welche Qualen der Junge ausstand, aber was er auf keinen Fall gebrauchen konnte, war ein weiteres potenzielles Opfer. Und vor allem keines aus dem Hause Eugelink.

## 15

Koslowskis Telefon klingelte bereits um 7.59 Uhr. Auf dem Display Gründlers Nummer. Das konnte nichts Gutes bedeuten, denn ihr Rückflug sollte erst um 8.30 Uhr starten.

„Ich habe gerade einen Riss in der Seitenwand eines Reifens festgestellt“, informierte ihn der ehemalige Safeknacker.

Er war bereits auf dem Flugplatz, um die Maschine vor dem Start zu checken. Dabei war ihm der Defekt aufgefallen.

„Ich muss jetzt erstmal einen Ersatzreifen besorgen und aufziehen lassen. Das kann bis Mittag dauern. Ich melde mich bei dir, sobald ich mehr weiß. Tut mir leid, wir könnten zwar so abfliegen, aber dann ich könnte nicht mehr für eine sichere Landung garantieren.“

„Safety first!“, stimmte Koslowski ihm zu. „Ich werde mich zwischenzeitlich anderweitig beschäftigen.“

„Na, dann fall mal in keinen Gully und verlier kein Geld“, frotzelte Gründler und beendete das Gespräch.

Nun hatte er also den ganzen Vormittag Zeit. Koslowski überlegte, was er in dieser Zeit Sinnvolles tun könnte. Dann fiel ihm ein, dass er ja noch seine Quelle bei der Kreispolizeibehörde Lippe zu Stefan Krahner befragen wollte. Also wählte er die Nummer des Dienstgebäudes an der Bielefelder Straße. Als sich in der dortigen Vermittlung eine Frauenstimme meldete, bat er darum, mit Hauptkommissar Meerkötter verbunden zu werden.

Den Kriminalbeamten kannte er aus mehreren Fällen, in die er selber involviert gewesen war, denn Jürgen Meerkötter war auch öfter in verschiedenen Mordkommissionen eingesetzt gewesen. Umso mehr wunderte sich Koslowski, als man ihn nun ins Einbruchskommissariat durchstellte.

Der von ihm gewünschte Gesprächspartner meldete sich umgehend. „Mensch, Koslowski, ich glaub's ja nicht, der verlorene Sohn meldet sich auch mal wieder."

„Und dich haben sie jetzt zum Einbrecher gemacht?"

„Immerhin besser, als ständig mit irgendwelchen Leichen zu tun zu haben." Damit hatte der Kripomann völlig recht, denn die letzten beiden Fälle waren auch noch die, zweier brutal ermordeter Kollegen gewesen. Er konnte also gut nachvollziehen, warum Meerkötter die Reißleine gezogen und sich ins Einbruchskommissariat hatte versetzen lassen.

„Wie ist es dir denn so ergangen?", wollte der Kripomann wissen. „Hast du das alles schon verdaut?"

Koslowski zögerte einen Moment, bevor er antwortete. „Na ja, was man so verdauen nennen kann." Um nicht weiter darüber reden zu müssen, wechselte er umgehend das Thema.

„Jürgen, ich hätte eine Bitte an dich. Aber nur, wenn es dir keine Umstände macht und du deswegen keine Schwierigkeiten bekommst."

„Moment mal eben." Koslowski hörte, wie der Kriminalbeamte aufstand und die Bürotür schloss. Dann war er wieder am Apparat.

„So, jetzt! Worum geht es?"

„Ich müsste etwas über eine, nein, über zwei Personen wissen. Alles, was polizeilich über sie bekannt ist."

Meerkötter räusperte sich am anderen Ende der Leitung.

„Du hast aber schon mal was von Datenschutz gehört, oder?"

„Ja, das habe ich, und ich weiß auch, dass du das eigentlich nicht darfst. Aber würde es deine Meinung ändern, wenn du wüsstest, dass es dabei um einen der Söhne von Walfried Eugelink geht?"

Eine Zeit lang war nichts zu hören. Jürgen Meerkötter hatte nicht nur mit Walfried Eugelink zusammengearbeitet, sie waren auch befreundet gewesen. Daher hatte ihn sein Tod doppelt getroffen. Vor seinem geistigen Auge entstand das Bild der beiden Jungen, die fassungslos vor dem offenen Grab ihres Vaters standen.

„Worum geht es?"

Koslowski begann zu erzählen. Von Lukas' Bitte, nach Gina zu suchen, und davon, was ihr auf Norderney zugestoßen war. Dann sprach er über seinen Besuch bei Karin Krahner und ihr Geständnis, die eigene Tochter belogen zu haben. Als Letztes berichtete er seinem Gesprächspartner von dem Brief, den Manuel Klingenberg geschrieben hatte. Bis hierher hatte Meerkötter nur stumm zugehört, nun machte er Koslowski einen Vorschlag.

„Okay, dann komm einfach vorbei und wir sehen mal gemeinsam nach."

Doch der wehrte ab. „Lieber nicht, denn ich hätte Sorge, dass ich dabei eurem obersten Chef über den Weg laufen könnte."

„Ach was, der hockt doch oben im Kreishaus und lässt sich hier nur sehr selten blicken. Dem sind wir doch völlig egal." Meerkötter schnaufte verächtlich. „Du erinnerst dich doch sicher noch, wie er uns nach Walfrieds Tod fallengelassen hat. Schneller als heiße Kartoffeln. Dem war seine Karriere schon immer wichtiger als seine Mitarbeiter."

„Und genau deshalb meide ich lieber die Dienstelle. Ich könnte nämlich nicht an ihm vorbeigehen, ohne ihm die Meinung zu geigen, und darauf habe ich keinen Bock", schnaufte Koslowski. „Daher wäre es mir lieber, wir würden uns auf neutralem Boden treffen. Das Problem ist allerdings, dass ich gegen Mittag wieder zurück nach Norderney fliege."

Meerkötter überlegte kurz. „Okay, dann gib mir mal die Namen und was du sonst noch über die Personen hast. Wir können uns ja auch außerhalb dieser heiligen Hallen treffen."

Koslowski atmete erleichtert auf. „Kannst du denn so kurzfristig weg?"

„Na klar, man muss ja auch mal an den Tatorten ermitteln. Aber dann ich würde vorschlagen, dass wir uns auch nicht in Detmold treffen. Du weißt ja, wie schnell geredet wird."

Koslowski war das zwar egal, aber er konnte sich gut vorstellen, dass es für Meerkötter besser war, wenn man sie nicht zusammen sah.

„Was schlägst du also vor?"

„Ich wohne seit einiger Zeit in Bad Meinberg. Kannst du da hinkommen?"

„Aber doch nicht zu dir nach Hause, oder?"

Jürgen Meerkötter lachte auf. „Nein, den Radau meiner drei Kids möchte ich dir nicht zumuten. Ich schlage vor, wir treffen uns in einem kleinen Café in der Allee." Er machte eine kurze Pause. „Lach jetzt nicht, aber es heißt tatsächlich *Strickcafé*."

„Wie bitte?"

„Strickcafé." Meerkötter nannte ihm die Adresse. „Sagen wir so in einer Stunde?"

Koslowski blickte auf die Uhr. Das würde er zeitlich hinbekommen.

„Okay."

„Gut, dann gib mir jetzt mal deine Informationen und wir sehen uns dann in Meinberg."

***

Genau eine Stunde später betrat der Kriminalbeamte das kleine Café, welches zu einem Handarbeitsgeschäft gehörte, dass sich Andrea's Glücksmasche nannte. Das Taxi, mit dem Koslowski aus Detmold gekommen war, war bereits wieder abgefahren, sein Fahrgast hatte an einem Tisch Platz genommen. Meerkötter ließ sich auf den Stuhl fallen und Koslowski bestellte zwei Tassen Kaffee.

„Erzähl mir mal, was du bisher weißt", forderte Meerkötter ihn auf. „Dann sag ich dir, was ich rausgefunden habe."

Koslowski berichtete von der Entführung, der Suche nach Gina und seinem Besuch bei ihrer Mutter.

„Das klingt alles nicht gut und es kommt sogar noch schlimmer. Du steckst mal wieder mitten in der Scheiße", kommentierte Meerkötter Koslowskis Bericht.

Der sah ihn verwundert an. „Wie kommst du darauf?"

Der Kriminalbeamte seufzte, dann zog er einen Zettel aus der Tasche.

„Ich habe nach den beiden Namen gesucht, die du mir gegeben hast. Als Erstes nach Ginas Vater, diesem Stefan Krahner. Er ist beileibe kein unbeschriebenes Blatt."

Meerkötter lehnte sich zurück, schlug die Beine übereinander und begann zu berichten.

„Schon in seiner Jugend ist er mehrfach wegen Gewaltdelikten aufgefallen und auch zu Jugendstrafen verurteilt worden. Später gab es ein paar Verurteilungen wegen Betrug und Diebstahl und deswegen auch eine weitere Haftstrafe. Danach hat er als Seemann angeheuert und sich anscheinend in ganz Europa rumgetrieben, was man anhand der Anfragen aus den jeweiligen Ländern nachverfolgen kann. In Portugal wurde er wegen einer schweren Körperverletzung zum Nachteil eines Zuhälters angeklagt. Doch die portugiesischen Behörden bekamen ihn mehr nicht zu fassen. Es hieß, dass er deswegen eine Zeit lang im Osten untergetaucht sei. Seine damaligen Arbeitskollegen munkelten unter anderem etwas von Russland. Eine Weile war Funkstille, doch im Mai 2013 tauchte er plötzlich in Oslo wieder auf. Dort geriet er mit einem russischen Matrosen in Streit, der für diesen tödlich endete. Er wurde verhaftet und wegen Totschlags zu einer Haftstrafe von zehn Jahren verurteilt. 2021 wurde er vorzeitig aus der norwegischen Haft entlassen, unter der Auflage, sich regelmäßig bei meinen Kollegen in Oslo zu melden. Doch das tat er nur einmal, dann tauchte er unter. Ab dort verliert sich jede Spur von ihm."

Nach diesem langen Monolog griff der Kriminalbeamte erstmal zu seiner Kaffeetasse, bevor er fortfuhr.

„Weiß Gott, kein angenehmer Zeitgenosse. Seltsam ist allerdings, dass ich kein Foto von ihm in den Unterlagen gefunden habe. Keine Ahnung, woran das liegt. Vielleicht eine Computerpanne?"

„Hast du denn Namen von irgendwelchen Mittätern gefunden?", wollte Koslowski wissen. Während Meerkötters Vortrag hatte er die ganze Zeit aus dem Fenster gesehen. Was er bis jetzt erfahren hatte, brachte ihn nicht wirklich weiter.

„Nein, nach unseren Unterlagen ist er bisher immer nur alleine in Erscheinung getreten."

Koslowski überlegte, was der Grund dafür sein konnte, dass Krahner plötzlich verschwunden war. Ob das immer noch mit dem tödlichen Streit zu tun hatte? Vielleicht waren ja Angehörige des ermordeten Matrosen aufgetaucht und wollten späte Rache nehmen. Oder schuldete er jemandem etwas und derjenige war hinter ihm her? Stefan Krahner wäre beileibe nicht der Erste, den man wegen nicht bezahlter Spiel- oder Drogenschulden über die Klinge springen ließ. Okay, das hier war also eine Sackgasse voller Fragezeichen. Mal sehen, was Meerkötter noch liefern konnte.

„Hast du auch was über diesen Manuel Klingenberg rausgefunden? Steht er in irgendeinem Verhältnis zu Krahner?"

Diesmal musste Meerkötter nicht einmal auf seine Aufzeichnungen sehen, denn da stand nicht viel. „Zunächst immer nur kleine Delikte, dann aber eine versuchte Vergewaltigung, für die er zwei Jahre bekommen hat. Daher haben wir auch ein Foto von ihm." Er reichte es Koslowski über den Tisch. „Bis auf einen möglichen Berührungspunkt zu Krahner habe ich aber keine weiteren gefunden."

Koslowski beugte sich neugierig vor. „Und welcher wäre das?"

„Sie sind beide zur See gefahren, vielleicht kannten sie sich daher. Hatten vielleicht mal zusammen auf einem Schiff angeheuert." Meerkötter nippte erneut an seinem Kaffee, bevor er weitersprach. „Das wäre zwar ein äußerst großer Zufall, aber irgendwoher müssen die sich gekannt haben, sonst hätte Klingenberg ihm ja nicht geschrieben. Doch polizeilich sind die beiden laut unseren Unterlagen nie zusammen in Erscheinung getreten …", er machte eine kleine Pause, „… und das wird auch nicht mehr geschehen."

Koslowski horchte erstaunt auf.

„Aha – und warum nicht?"

Meerkötter atmete tief durch. „Weil Manuel Klingenberg vor einer Woche in Hamburg ermordet worden ist."

Im Café war es plötzlich so still, dass man deutlich das leise Klirren der Tassen hörte, die soeben am Nachbartisch serviert wurden.

# 16

Der Viertaktmotor der *Skyhawk* lief gleichmäßig und sorgte dafür, dass das zweisitzige Sportflugzeug mit einer beständigen Geschwindigkeit von 250 Stundenkilometern weiter Richtung Norden flog. Wie Gründler ihm vor dem Start erklärt hatte, war die amerikanische *Cessna 172* das meistgebaute Sportflugzeug der Welt. Koslowski staunte, wie geschickt Gründler mit der Maschine umging. Aber Geschicklichkeit im Umgang mit technischen Geräten hatte der ehemalige Schränker ja immer schon bewiesen.

Bereits auf dem Hinweg hatte er mit Gründler über Ginas Fall gesprochen und dabei mehr als einmal in dessen besorgte Miene gesehen. Als er ihm nun seine neuen Erkenntnisse schilderte, war sie augenblicklich wieder da.

„Du weißt hoffentlich, worauf du dich da einlässt, oder?" Gründler korrigierte leicht die Flughöhe. „Mit den Entführern ist garantiert nicht zu spaßen!" Dann schüttelte er verständnislos den Kopf und lachte bitter auf. „Es ist schon erstaunlich zu sehen, wie du Verbrechen geradezu magisch anziehst."

Koslowski blieb nichts weiter übrig, als mit den Schultern zu zucken. Was hätte er darauf auch erwidern können? Gründler hatte ja Recht.

Der ehemalige Geldschrankknacker warf ihm einen schnellen Seitenblick zu.

„Was denkst du?", nahm er den Faden wieder auf. „Gibt es einen Zusammenhang zwischen der Entführung und der Ermordung von diesem Klingenberg?"

Gute Frage, dachte Koslowski.

„Ich weiß es nicht. Jürgen Meerkötter hat mir erzählt, dass man ihn mit einer Kugel im Kopf gefunden hat. Die Ermittlungen in Hamburg laufen noch, doch seines Wissens nach tappen die Kollegen dort nach wie vor im Dunklen. Einen Raubmord schließen sie aber aus, weil nichts Wertvolles fehlte."

Das alles war noch so undurchschaubar. Ratlos blickte er aus dem Fenster. Unter sich erkannte er eine größere Ortschaft. Was die Menschen dort unten wohl für Probleme haben, fragte er sich nachdenklich. Dann wandte er sich wieder Gründler zu.

„Apropos fehlen, ein Motiv fehlt auch noch."

„Vielleicht war es eine Racheaktion?" Gründlers Stirn legte sich bei dieser Vermutung in Falten. „Vielleicht ein fehlgeschlagenes Geschäft oder ein Betrug?" Er korrigierte leicht die Flugrichtung. „Trotzdem verstehe ich nicht, wie das alles mit Ginas Vater zusammenhängen soll. Du sagtest doch, Meerkötter habe keine nennenswerte Verbindung zwischen den beiden gefunden, oder?"

„Was aber nicht heißt, dass es nicht doch eine gab", wandte Koslowski ein. „Außerdem scheinen die Entführer Stefan Krahner nicht zu kennen, sonst hätten sie mich nicht mit ihm verwechselt."

Eine Zeit lang war nur das Brummen des Motors zu hören.

„Kannst du mir einen Gefallen tun?" Koslowski sah Gründler von der Seite an.

„Wenn es geht, sicher."

„Könntest du mich in Norden absetzen?"

Gründler überlegte kurz. „Das klappt. Den Flugplatz kenne ich sogar, bin da schon mal gelandet, als es für den Weiterflug plötzlich zu stürmisch wurde."

Er warf einen Blick auf seine Armaturen und rechnete im Kopf die Entfernung aus.

„Wir dürften in einer halben Stunde da sein. Gesegnet sei der Rückenwind."

„Danke, du kannst sofort weiterfliegen. Ich nehme mir dann ein Taxi zur Fähre. Ich möchte dich nicht zu sehr in Anspruch nehmen."

Gründler winkte ab. „Kein Problem. Es wäre zwar nur noch ein Katzensprung rüber zur Insel, aber ich vermute mal, du willst in Norden erst etwas über diesen Klingenberg herausfinden. Richtig?"

Koslowski nickte amüsiert. „Wie gut du mich doch kennst."

„Ja, dich und dein Talent, ständig in lebensbedrohliche Situationen zu geraten." Gründler erlaubte sich einen schnellen Seitenblick zu seinem Fluggast. „Und du weißt, dass ich weiß, wovon ich spreche."

Koslowski seufzte. Damit hatte sein Freund leider Recht.

„Greif mal hinter dich auf den Rücksitz", bat er Koslowski, „und mach den kleinen Aktenkoffer auf."

Kurze Zeit später hatte Koslowski einen Gegenstand in der Hand, der in ein Baumwolltuch eingewickelt war. Er spürte sofort, um was es sich handelte.

Dann sah er Gründlers ernstes Gesicht.

„Ich dachte mir, es wäre besser, wenn ich vor dem Rückflug noch eine spezielle Lebensversicherung für dich abschließe", grinste er schief.

Koslowski wickelte den Gegenstand aus und hielt ein paar Sekunden später eine *Beretta 92* in der Hand. Er kannte diese italienische Neun-Millimeter-Waffe. Als ein weiteres Stück Stahl zum Vorschein kam, stieß er einen anerkennenden Pfiff aus. Ein Schalldämpfer.

„Das Magazin ist voll", informierte ihn Gründler. „Fünfzehn Schuss, mehr konnte ich auf die Schnelle nicht auftreiben. Aber man hat mir versichert, dass der Schalldämpfer funktioniert."

„Ich gehe mal davon aus, dass das Ding hier illegal ist, oder?"

„Wozu hast du denn einen Waffenschein?", konterte der Hobbypilot grinsend. Gleich darauf wurde er wieder ernst.

„Legal? Illegal? Ist doch scheißegal, wenn sie dir nur das Leben rettet. Solltest du in eine Situation kommen, in der du sie benutzen musst, dürfte ein Verstoß gegen das Waffengesetz dein kleinstes Problem sein."

Koslowski wog die Waffe in der Hand. „Vermutlich hast du Recht."

„Natürlich habe ich Recht." Gründler lachte trocken auf. „Ich habe immer Recht, aber sag das mal meiner Frau."

Sein Fluggast wickelte die Waffe wieder ein und hielt sie noch eine Zeit lang unschlüssig in der Hand. Gut, dass er sie hatte, er musste sie ja nicht benutzen. Das hoffte er zumindest. Aber wenn ...

Dann ließ er sie in seiner kleinen Reisetasche verschwinden, die ebenfalls auf dem Rücksitz stand.

„Danke, Siggi."

Als Antwort erhielt er nur ein grimmiges Nicken.

Sie schwiegen längere Zeit. Erst als Gründler mit der *Cessna* über Norden auf die Landebahn einschwenkte, meldete er sich mit leicht näselnder Stimme wieder zu Wort.

„Sehr geehrter Fluggast, wir landen in wenigen Minuten auf dem Flugplatz Norden-Norddeich. Bitte klappen Sie das nicht vorhandene Tischchen vor sich hoch und bleiben Sie weiterhin am Leben."

## 17

Koslowski hatte sowohl die letzte Meldeanschrift von Manuel Klingenberg in der Tasche als auch noch Gründlers Warnung im Ohr. Der war gleich nach Norderney weitergeflogen, weil er bereits am nächsten Tag wieder nach Ostwestfalen zurückmusste.

Direkt nach der Ankunft hatte Koslowski ein Taxi zum Flugplatz bestellt und sich nach Norden fahren lassen. Vor Manuel Klingenbergs letzter bekannter Anschrift stieg er aus und sah sich um. Das sah hier eigentlich alles sehr einladend aus. Es handelte sich um ein gepflegtes Mehrfamilienhaus in der Nähe des Blücherplatzes, und obwohl er tot war, stand Klingenbergs Name immer noch auf dem Klingelschild. Koslowski war zunächst erstaunt, rief sich dann aber ins Gedächtnis, dass die Tat erst zwei Wochen her war. Noch während er überlegte, ob er direkt bei Klingenberg schellen sollte, öffnete sich die Haustür und ein älterer Mann mit schütterem blonden Haar erschien. In der Hand eine volle Abfalltüte, die er in einer Mülltonne neben dem Hauseingang entsorgte. Als er sich wieder umdrehte und Koslowskis fragenden Blick sah, sprach er ihn an.

„Moin, suchen Sie was?"

Koslowski räusperte sich. „Ja, ich suche nach Manuel Klingenberg", spielte er den Unwissenden.

„Da kommen Sie zu spät. Der Gute weilt nicht mehr unter uns."

Der Mann machte dabei nicht den Eindruck, geradezu von Trauer übermannt zu werden. Und das, obwohl er Klingenbergs Nachbar gewesen war.

„Was ist denn passiert?", gab sich Koslowski weiterhin ahnungslos.

„Den haben sie kaltgemacht. War aber auch irgendwann zu erwarten." Der Mann zog die dünne Strickjacke enger um sich. „Was wollten Sie von ihm? Auch Geld, wie alle anderen?"

„Nein, ich hätte nur ein paar Fragen an ihn gehabt. Aber die haben nichts mit Geld zu tun."

Der Mann betrachtete Koslowski von oben bis unten. „Na ja, vom Typ her passen Sie auch nicht zu den anderen. Die haben alle wie Verbrecher ausgesehen."

Aha, und wie sehen Verbrecher aus, fragte sich Koslowski. Wenn es darauf eine eindeutige Antwort geben würde, wären sicherlich alle Polizisten der Welt daran interessiert.

„Gibt es denn eine Frau Klingenberg?" Koslowski deutete auf das Haus.

„Nee, der lebte alleine. Aber bei seiner Sauferei hätte es ja auch keine Frau lange mit ihm ausgehalten."

„Und andere Angehörige?"

Der Mann schüttelte den Kopf. „Nicht, dass ich wüsste. Sie sollten mal bei den Bullen nachfragen, die haben sich sehr für ihn interessiert, nachdem man ihn abgeknipst hat."

„Ach, wissen Sie, so wichtig ist es nicht, dass ich die Polizei damit belästigen möchte."

„Oder liegt es vielleicht daran, dass Sie keine Bullen mögen?" Der Mann grinste von einem Ohr zum anderen. „Oder mögen die Bullen *Sie* nicht?"

Koslowski schmunzelte leicht und hob dazu vielsagend die Schultern.

„Ich bewundere Ihre Menschenkenntnis. Sie haben Recht, aber ich würde mir ein paar weitergehende Informationen zu Klingenberg etwas kosten lassen." Dabei zog er demonstrativ einen Fünfzig-Euro-Schein aus der Tasche. Er sah, wie sich zwei Augen augenblicklich weiteten.

„Na, wissen Sie was, bevor wir uns hier den Hintern abfrieren, können wir auch drinnen weitersprechen." Der Mann deutete einladend auf die Haustür.

Kurze Zeit später saßen sie in einer kleinen Küche, während im Wohnzimmer aus einem Fernseher lautstark irgendeine Seifenoper dudelte. Im Vorbeigehen hatte Koslowski eine ältere Frau bemerkt, die in einem Sessel saß und auf das Gerät starrte.

Er hatte sie zwar gegrüßt, doch der Mann hatte nur abgewinkt.

„Die Mühe können Sie sich sparen, meine Alte ist fast taub." Dabei hatte er abfällig auf die Frau im Sessel geblickt, die ihr Kommen gar nicht bemerkt zu haben schien. „Liegt wahrscheinlich daran, dass sie mich ein Leben lang angeschrien hat."

Nun saßen sie also in der Küche, der Fünfziger war in der Hemdtasche des Mannes verschwunden und Koslowski erkundigte sich weiter nach Manuel Klingenberg.

„Der hat hier noch nicht so lange gewohnt, war vorher wohl längere Zeit im Ausland", so der Nachbar. Er habe nur wenig Kontakt mit ihm gehabt, und wenn, dann waren es meistens Auseinandersetzungen, weil Klingenberg sehr gerne und vor allem lautstark gefeiert habe.

„Da kamen dann öfter so seltsame Typen." Dabei sah er Koslowski an, entschuldigte sich aber sofort. „Also, nicht so welche wie Sie, eher so schmuddelige. Keine Ahnung, woher er die kannte. Vielleicht noch aus seiner Seemannszeit." Dann erzählte er, dass Klingenberg früher nach eigenen Angaben auf Handelsschiffen gefahren sei. In der letzten Zeit habe er sein Geld aber mit Gelegenheitsjobs verdient. „Und er hat natürlich vom Amt gelebt", schnaufte der Rentner verächtlich.

„Gibt es noch andere Freunde, die mir vielleicht weiterhelfen können?", wollte Koslowski wissen.

„Warum wollten Sie ihn denn überhaupt sprechen?", kam die prompte Gegenfrage.

„Ich suche weniger nach ihm als nach einem seiner Freunde und hatte gehofft, Klingenberg würde mir da weiterhelfen können."

„Ach, und wie soll dieser Freund heißen?" Der Mann legte den Kopf schief und schien bereits im Geiste eine Namensliste durchzugehen.

„Stefan Krahner."

„Den Namen kenne ich, von dem hat Manuel öfter mal gesprochen. Die waren mal eine Zeit lang zusammen auf einem Arbeitsschiff, irgendwo im hohen Norden."

Man sah ihm förmlich an, wie er angestrengt in seinem Gedächtnis wühlte. Aber er wurde dort nicht fündig.

„Aber gesehen habe ich den hier schon längere Zeit nicht mehr." Dann beugte er sich verschwörerisch vor. „Soll auch schon im Knast gesessen haben." Dann folgte ein Schulterzucken. „Aber keine Ahnung, warum."

Eine Weile sprach niemand, doch dann fiel Klingenbergs Nachbar doch noch etwas ein.

„Damals im Norden, da war noch ein Dritter dabei, ein gewisser Rudi." Man sah ihm an, wie er sein Gedächtnis erneut anstrengte. Diesmal mit Erfolg. „Ja, genau … ein gewisser Rudi Schnabel."

Koslowski wurde natürlich sofort hellhörig. „Wissen Sie, wo der wohnt? Oder wie ich ihn erreichen kann?"

Der Mann gegenüber grübelte einige Sekunden lang und schüttelte dann resigniert den Kopf. Doch dann schlug er sich plötzlich mit der flachen Hand gegen die Stirn. „Na klar, jetzt weiß ich wieder, wo ich den zum letzten Mal gesehen habe."

Nur nicht drängen, dachte Koslowski. Die Antwort kommt von ganz alleine.

„An Bord einer der Fähren nach Norderney. Da war er in Arbeitszeug. Ich schätze, der arbeitet bei der Frisia-Reederei."

Koslowski nickte dankbar. Immerhin etwas.

„Die Polizei hat ja noch keine Spur, was das Motiv im Mordfall Klingenberg angeht, aber könnten Sie sich vorstellen, worum es dabei gegangen sein könnte?" Er erwartete zwar nicht, dass er noch mehr erfahren würde, aber einen Versuch war es wert.

„Ich habe läuten gehört, dass man von einem Racheakt ausgeht." Dazu machte der Rentner eine vage Handbewegung. „Aber nichts Genaues weiß man nicht. Könnte ich mir aber gut vorstellen. Bei dem Umgang."

Koslowski hatte nur noch eine letzte Frage: „Was passiert denn jetzt mit der Wohnung und dem Nachlass? Gibt es Erben?"

„Die sucht die Polizei auch. Die Wohnung ist versiegelt und unser Vermieter nicht gerade glücklich darüber. Er weiß auch noch nicht, wie es jetzt mit der Bude weitergeht." Dann seufzte er. „Klingenberg war zwar oft ein Arsch, aber irgendwie auch 'ne arme Sau."

„Tja, dann verabschiede ich mich jetzt mal."

Koslowski erhob sich und lehnte dankend ab, von dem Mann zur Tür gebracht zu werden. So groß war die Wohnung nun auch wieder nicht, und er war froh, als er wieder an der frischen Luft stand. Wenn die Polizei die Wohnung durchsucht hatte, dann würde da für ihn sicher nichts mehr zu finden sein. Außerdem wollte er sich nicht auch noch eines Siegelbruchs schuldig machen.

Und so wie es aussah, hatten Krahner und Klingenberg ohnehin schon längere Zeit keinen Kontakt mehr gehabt. Der letzte lag laut Brief ja auch bereits sechs Monate zurück, und Klingenberg hatte demnach ja ebenfalls nach Stefan Krahner gesucht. Koslowski war sich aber sicher, dass es irgendein Vorkommnis in der Vergangenheit gegeben haben muss, was die beiden verband. Nur was?

Als Nächstes musste er zwei Dinge erledigen. Er musste zurück auf die Insel und versuchen, diesen Rudi Schnabel zu finden.

## 18

Die Polizeiwache auf Norderney war personell extrem verstärkt worden, und auch wenn es von dort keine offiziellen Verlautbarungen gegeben hatte, kursierten bei der Inselbevölkerung doch jede Menge Gerüchte. Die angeschwemmte Frauenleiche trug ihren Teil dazu bei. Die Touristen hingegen bekamen von all dem kaum etwas mit. Sie genossen die Seeluft und das gute Wetter.

Nach seiner Rückkehr auf die Insel brachte Koslowski seine Reisetasche in die Ferienwohnung und machte sich kurz frisch. Anschließend trat er den Weg zum Krankenhaus an, um van Briel zu besuchen. Als er die Tür seines Zimmers öffnete, sah er, dass dieser ihm den Rücken zuwandte und schlief. Er trat ans Bett und schüttelte ihn leicht an der Schulter, was zwei Reaktionen zur Folge hatte. Die Person im Bett drehte sich ruckartig um und Koslowski erschrak, weil er in ein fremdes Gesicht blickte.

„Sorry“, stammelte er, „anscheinend habe ich mich im Zimmer geirrt.“

„Nein, haben Sie nicht. Aber wir haben Herrn van Briel in ein Einzelzimmer verlegt, weil er so laut geschnarcht hat“, erklärte die Schwester, die hinter ihm aufgetaucht war. Resigniert schüttelte sie dabei den Kopf. „Wir haben ja schon viele schnarchende Patienten gehabt, aber Ihr Freund übertönt locker jede Motorsäge.“

Dann erklärte sie ihm, wo er van Briel nun finden konnte. Vermutlich haben sie ihn in eine Besenkammer geschoben, dachte Koslowski schmunzelnd. Dieser Ausdruck blieb auch noch auf seinem Gesicht, als er sah, wie van Briel in seinem neuen Zimmer hilflos mit seinem Oberbett kämpfte.

Koslowski schüttelte verständnislos den Kopf. „Dich kann man auch keine fünf Minuten alleine lassen.“ Dann nahm er ihm das Oberbett aus der Hand. „Lass mich das mal lieber machen!“

Van Briel ließ sich erschöpft zurücksinken und gab nur ein Knurren von sich. Dann rückte er, von einem Stöhnen begleitet, sein geschientes Bein zurecht.

Koslowski faltete das Oberbett zusammen und legte es auf van Briels Beine. „Hast du schon was Neues erfahren?“, wollte er wissen.

„Nein, aber die ganze Insel brummt nur so von Polizei. Ich glaube, die haben alles aufgeboten, was Beine hat. Haben sich die Entführer denn bei dir gemeldet?“

Mit Schrecken fiel ihm ein, dass sein Handy immer noch auf Flugmodus stand. Schnell zog er es aus der Tasche und änderte die Einstellung. Es war kaum entsperrt, da stellte er fest, dass er etliche Anrufe verpasst hatte.

Sie alle stammten von einer Norderneyer Telefonnummer. Als er sie van Briel zeigte, lächelte der nur. „Das ist die von unserer Polizeistation!“

Oh Mann, was wird Hartung wohl von mir denken? Den muss ich so bald wie möglich anrufen, ermahnte sich Koslowski. Dann erzählte er seinem Freund, wo er gewesen war und was er von Jürgen Meerkötter erfahren hatte.

Verdammt, den wollte er ja auch noch mal anrufen. Zum einen, um sich zu bedanken, und zum anderen, um ihn zu bitten, noch mal das polizeiliche Datensystem zu bemühen und nach diesem Rudi Schnabel zu suchen. Aber hieß der wirklich Rudi? Oder hieß er Rudolf?

Die Suche würde sich für Meerkötter noch einfacher gestalten, wenn er ihm dazu auch Schnabels Geburtsdatum nennen konnte.

Vorsichtig ließ er sich auf der Bettkante nieder.

„Hey, pass auf mein Bein auf!“, ermahnte ihn van Briel und rutschte dabei so gut es ging zur Seite.

„Wieso, das ist doch schon kaputt“, grinste Koslowski, wurde aber gleich wieder ernst. „Also gibt es noch keine Spur von Gina, oder?“

Der Verletzte schüttelte bedauernd den Kopf. „Ich habe zwar heute schon kurz mit Jens Hartung telefoniert, aber er hat nichts davon gesagt, dass sie Gina oder wenigstens eine Spur von ihr gefunden hätten. Leider.“

Genau das hatte Koslowski bereits befürchtet.

„Ich habe übrigens gestern erfahren, dass ein Freund von Ginas Vater in Hamburg erschossen wurde. Er wohnte in Norden.“

Der ehemalige Essener Kripobeamte wurde sofort hellhörig. „Das ist doch wohl kein Zufall, oder?“

Koslowski ließ ihn den abfotografierten Brief von Manuel Klingenberg lesen.

„Komische Sache.“ Van Briel kratzte sich mit der Hand am Hinterkopf. „Weißt du nicht mehr darüber? Zum Beispiel, warum er umgelegt wurde?“

Koslowski zuckte mit den Schultern.

„Es könnte um Rache gehen, aber auch um Schulden. Ich vermute, es hat etwas mit der gemeinsamen Vergangenheit der beiden zu tun.“ Gedankenverloren rückte er van Briels Bettdecke zurecht. „Aber wo wir schon davon sprechen, da soll es noch einen dritten Mann geben, der die beiden kannte oder sogar mit ihnen befreundet war. Einen gewissen Rudi Schnabel.“

Koslowski gähnte und hätte, zumindest für ein paar ungestörte Stunden, gern den Platz mit van Briel getauscht. Allerdings ohne Oberschenkelbruch.

„Dieser Schnabel soll bei der *Frisia* arbeiten oder da gearbeitet haben. Kennst du jemanden bei der Reederei, den du fragen könntest?", wollte er wissen.

Mit einem Stöhnen veränderte van Briel erneut seine Stellung. „Ja, ich kenne da jemanden. Wenn du mir mein Handy aus dem Nachttisch gibst, rufe ich den mal an."

Als er es in der Hand hatte, ging sein Blick zur Uhr. „Mal sehen, ob ich den jetzt erwische."

Nachdem er die Nummer gewählt hatte, wartete er geduldig, bis das Gespräch angenommen wurde. Im Hintergrund hörte man Schiffslärm.

Das Gespräch dauerte nicht lange und anschließend war van Briel um einiges schlauer.

„Der von dir Gesuchte heißt Rudolf Schnabel, aber alle nennen ihn nur Rudi. Mein Bekannter bei der Frisia-Reederei kann sich noch gut an ihn erinnern."

„Wieso erinnern?"

„Er hat Ende letzten Monats abgeheuert."

„Mist!" Koslowski war enttäuscht. Aber es wäre ja auch zu einfach gewesen, wenn er am nächsten Tag nur hätte zum Hafen gehen müssen, um weitere Informationen zu bekommen.

„Aber du kennst doch meinen Lieblingsspruch, oder? Guter Katholik hat immer ein bisschen Glück", lachte van Briel auf, bewegte sich dabei jedoch zu unvorsichtig, was ihm sofort wieder einen Schmerzensschrei entlockte.

„Kleine Sünden bestraft der liebe Gott sofort", kommentierte Koslowski mit einem schadenfrohen Lächeln.

„Arschloch!"

Der ehemalige Kriminalbeamte ließ das Kopfteil des Bettes hochfahren, bis er einigermaßen aufrecht saß. „Dieser Schnabel wohnt immer noch hier auf Norderney. Zumindest bis vor ein paar Tagen, denn da hat ihn mein Bekannter in einer Kneipe gesehen. Soll wohl ab und zu Gelegenheitsjobs am Hafen annehmen."

Koslowski schob seinem Freund ein Kissen unter den Rücken. „Weiß dein Bekannter auch, wo Schnabel wohnt?"

„Na klar“, schnaufte van Briel verärgert, „und er kennt auch dessen Telefonnummer, seine Schuhgröße und seine Steuernummer. Mann, Mann, wenn man dir den kleinen Finger reicht, dann ist aber ganz schnell der komplette Arm ab.“

Koslowski grinste etwas gequält. Damit hatte van Briel ja durchaus Recht, aber die Zeit drängte nun mal. Ihm kam die Überlegung in den Sinn, ob es nicht besser war, auch Hartung über den Stand seiner Ermittlungen zu informieren, er verwarf diesen Gedanken aber sofort wieder. Nein, die Polizei sollte ruhig weiter nach Gina suchen, er würde einen anderen Weg ausprobieren. Sobald er noch mehr herausgefunden hatte, konnte er den Leiter der Polizeistation ja immer noch informieren.

Während er nachdachte, war der bettlägerige Patient bereits mit seinem Smartphone ins Internet gegangen. Und das mit Erfolg.

„Schnabel wohnt in der Straße Lüttje Legde. Nach der Hausnummer zu urteilen, muss es das Hochhaus Ecke Richthofenstraße sein. Ich habe auch eine Telefonnummer. Willst du ihn anrufen?“

Koslowski schüttelte abwehrend den Kopf. „Nein, ich gehe lieber mal persönlich vorbei, so kann ich mir auch gleich selbst ein Bild von ihm machen.“ Dann sah er sich aufmerksam um. „Fehlt dir noch was? Soll ich dir noch was besorgen?“

„Ja, einen Entlassungsschein“, knurrte van Briel und verschränkte trotzig die Arme vor der Brust.

„Das entscheidet der Doktor, also stell dich gut mit ihm“, lachte Koslowski, „aber wenn dir ansonsten nichts fehlt, dann würde ich mich jetzt auf den Weg machen.“

„Das Einzige, was mir fehlt, ist meine Ruhe“, gab sich van Briel gespielt verärgert. Doch als sein Besucher bereits die Hand auf die Türklinke gelegt hatte, fiel ihm doch noch etwas ein. „Schau bitte mal bei mir zu Hause vorbei, ob da alles in Ordnung ist. Man weiß ja nie, selbst auf Norderney.“

Koslowski versprach ihm nachzusehen und machte sich dann auf den Weg.

Kaum, dass er wieder auf der Straße stand, zückte er sein Handy und wählte die Rufnummer der Norderneyer Polizeiwache. Als sich dort ein anderer Beamter meldete, verlangte er Jens Hartung zu sprechen und wurde sofort verbunden.

„Ich muss mich entschuldigen“, begann Koslowski das Gespräch. „Ich hatte mein Handy ausgeschaltet und habe erst jetzt gesehen, dass Sie angerufen haben.“

„Okay – und gut, dass Sie sich melden, die Kollegen von der Kripo wollen nämlich noch mal mit Ihnen sprechen. Es kommt ja nicht selten vor, dass sich Zeugen erst später an Dinge erinnern, die sie in der ersten Aufregung vergessen haben.“

„Wenn die Kollegen es für richtig halten, stehe ich ihnen natürlich zur Verfügung.“ Koslowski glaubte allerdings nicht, dass er etwas vergessen oder übersehen hatte. Er hörte, wie Hartung mit Papier raschelte und dann eine Bitte äußerte.

„Sie wissen ja, dass Sie dazu zwar nicht verpflichtet sind, aber es wäre gut, wenn Sie Ihr Handy ab jetzt ständig eingeschaltet lassen würden, damit wir Sie jederzeit erreichen können. Wobei ich aber denke, dass die Kollegen sich vermutlich erst morgen bei Ihnen melden werden.“

„Haben Sie denn schon eine Idee, wo Gina sein könnte?“

Was folgte, war eine Art enttäuschtes Grunzen. „Leider nicht, das Mädchen ist wie vom Erdboden verschluckt. Aber wir suchen weiter. Außerdem wollten wir Kontakt mit ihrer Mutter aufnehmen. Sie geht aber nicht ans Telefon.“ Wieder raschelte Papier. „Komisch, schon wieder Detmold“, sagte Hartung.

Koslowski wusste nicht, was er damit meinte, vermied es aber, Hartung darüber zu informieren, dass er bereits mit Karin Krahner gesprochen hatte.

„Wir werden jetzt die örtlichen Kollegen hinschicken. Sollen die mal sehen, ob die Mutter uns weiterhelfen kann.“ Das Quietschen von Hartungs Bürostuhl hörte man sogar durchs Telefon. „Also, bleiben Sie bitte erreichbar. Wenn ich was erfahre, melde ich mich wieder bei Ihnen.“

Koslowski verabschiedete sich und ließ das Handy in die Tasche gleiten. Wie konnte es sein, dass ein Mädchen hier spurlos verschwand? Mit etwas mehr als 26 Quadratkilometern war Norderney zwar nicht gerade klein, aber immerhin gehörten 85 Prozent der Insel zum Nationalpark und waren daher nicht bebaut. Außerdem konnte man sich ein entführtes Mädchen wohl kaum über die Schulter hängen und damit in ein Hotel oder eine Pension marschieren.

Im selben Moment kam ihm der Gedanke, dass es Schnabel sein könnte, der Gina in seiner Gewalt hatte. Vielleicht hatte er ja die Entführer beauftragt, um eine offene Rechnung mit Stefan Krahner zu begleichen? Hätten die Gina erst nachts in Schnabels Wohnung geschleppt, wäre das möglicherweise unentdeckt geblieben. Dazu kam, dass in großen Mehrfamilienhäusern eine gewisse Anonymität herrschte. Dort hatte schon so manche Leiche monatelang unentdeckt in einer Wohnung gelegen. Aber traf das auch auf das Haus zu, in dem Schnabel wohnte? Oder war das eher eine Besonderheit der Wohnsilos in den Ballungsgebieten?

Koslowski konnte sich noch lebhaft an einige verwahrloste Hochhäuser im Ruhrgebiet erinnern. Vor allem an Fahrstühle, die mit einem Feuerzeug und viel destruktiver Kreativität zerstört worden waren. Aber das alles war eigentlich auch kein Wunder, weil oft jegliche soziale Kontrolle fehlte. Der Eigentümer wohnte woanders, einen Hausmeister gab es aus Kostengründen nicht und von den Mietern fühlte sich niemand verantwortlich. Dazu kam noch die ständige Fluktuation der Mietparteien und zum Teil auch noch Frust, der aus Arbeits- und Hoffnungslosigkeit entstanden war. Das alles zusammen hatte letztendlich dafür gesorgt, dass diese Hochhäuser langsam aber sicher verkommen waren.

Aber war das Haus, das van Briel ihm beschrieben hatte, wirklich das Versteck von Gina? Steckte Schnabel hinter all dem? Außerdem wusste er immer noch nicht, was die Entführer eigentlich von Ginas Vater wollten. Aber vielleicht wusste Schnabel es.

## 19

Nachdem Koslowski festgestellt hatte, dass in und um van Briels Haus alles in Ordnung war, machte er sich auf den Weg, um von der Nordhelmsiedlung zu Schnabels Wohnhaus zu gelangen. Er bog in den Waldweg ein und war schon ein Stück gelaufen, als er sich die Frage stellte, ob Gina möglicherweise hier, irgendwo in diesem Waldstück, gefangen gehalten wurde. Aber das hatte die Polizei sicher schon kontrolliert.

Er überquerte die Richthofenstraße und stand kurze Zeit später vor dem Haus, das van Briel ihm beschrieben hatte. Als er sich dem Eingang näherte, sah er, dass etliche Fenster beleuchtet waren. Hoffentlich gehörte eins davon zu Rudi Schnabels Wohnung, dachte er.

Vor der Haustür angekommen, ließ Koslowski den Blick über die Fülle der Namenschilder schweifen. Erst ziemlich weit unten fand er den gesuchten Namen. Anhand der Position des Klingelschildes tippte er darauf, dass Schnabel in der ersten Etage wohnte.

Er überlegte nicht lange, sondern drückte den Knopf und wartete. Nichts tat sich. Er versuchte es noch einmal. Wieder keine Reaktion. Gerade als er sich wieder abwenden wollte, flammte das Licht im Treppenhaus auf.

Kurze Zeit später, er war vorsichtshalber einen Schritt zur Seite getreten, erschien eine junge Frau, die ihm südländisch vorkam. Koslowski bewunderte ihre pechschwarzen, schulterlangen Haare und ärgerte sich mal wieder darüber, dass es Frauen in bestimmten Religionen oder Kulturen verboten war, diese offen zu tragen. Aber das war jetzt nicht das Thema.

Die Frau trug eine Umhängetasche über der Schulter und Koslowski war sofort klar, dass sie zur Arbeit wollte. Er wusste auch, wo sie arbeitete, denn unter ihrer Jacke erkannte er einen weißen Kittel und eine weiße Jeanshose. Dazu trug sie weiße Socken in weißen Turnschuhen. Die Frau war garantiert auf dem Weg zum Nachtdienst im Krankenhaus. Um diese Zeit hatte keine Praxis mehr geöffnet.

„Guten Abend! Entschuldigen Sie bitte, aber kennen Sie einen Herrn Schnabel?“ Dabei deutete er auf das entsprechende Namensschild.

Die Frau schaute ihn aus dunkelbraunen Augen fragend an. „Sie suchen diese Mann?“

Koslowski nickte. „Ja, Herrn Schnabel, Rudi Schnabel. Wohnt der hier noch?“ Erneut zeigte er dabei auf den Namen. „Ich glaube, er muss irgendwo unten im Haus wohnen.“

Die Frau zuckte bedauernd mit den Schultern. „Ich nicht wissen diese Mann.“ Dann wandte sie sich mit einer entschuldigenden Geste ab. „Jetzt arbeiten.“

Koslowski bedankte sich und warf noch einen letzten Blick auf das Haus. Es wäre auch zu schön gewesen, wenn er Schnabel sofort angetroffen hätte. Er wandte sich schließlich von der Haustür ab und wäre dabei fast mit der jungen Frau zusammengestoßen, die plötzlich wieder vor ihm stand. „Tante Hilde fragen!“

Als sie Koslowskis fragende Miene sah, klärte sie ihn auf: „Tante Hilde alle kennt.“

Sie drückte sich an ihm vorbei und deutete nun ihrerseits auf einen Namen.

*H. Schüler*, las Koslowski und vermutete hinter dem H. besagte Hilde. Doch bevor er die Frau danach fragen konnte, hatte die bereits auf den Knopf gedrückt.

„Sie müssen erste Stock“, sagte sie und öffnete ihm die Tür, als der Öffner betätigt wurde.

Er konnte gerade noch Danke sagen, dann war sie auch schon verschwunden.

Als Koslowski im ersten Obergeschoss ankam, sah er sich um und stellte fest, dass er mit seiner Einschätzung richtiggelegen hatte. Ebenso wie Hilde Schüler wohnte auch Rudi Schnabel auf dieser Etage, aber er schien nicht zu Hause zu sein. Denn obwohl er sein Ohr an die Wohnungstür gelegt und gleichzeitig noch mal geschellt hatte, hatte Koslowski keinerlei Geräusche aus der Wohnung gehört. Er wandte sich um. Keine Sekunde zu spät, denn im selben Moment wurde eine andere Wohnungstür geöffnet.

„Haben Sie bei mir geklingelt?“, wollte eine resolut wirkende Dame wissen. Sie erinnerte Koslowski an seine ehemalige Putzfrau Hannelore Uhing, genannt Hannchen. Die hatte alleinerziehend vier Kinder großgezogen und sich nebenbei nicht nur um seine Wohnung, sondern auch noch um seine Wäsche und seinen Haushalt gekümmert. Wenn *die* damals etwas sagte, dann wurde das gemacht, denn Widerworte hätte sie weder von ihren Kindern noch von ihm akzeptiert.

Was aus der wohl geworden ist, überlegte Koslowski. Seit seinem Weggang aus Gladbeck war der Kontakt zu ihr abgebrochen. Ob sie überhaupt noch lebte? Es war schon seltsam, wie schnell man Menschen aus den Augen verlor. Auch solche, die einen wesentlichen Anteil am eigenen Leben gehabt hatten.

„Was is‘ nu‘? Haben Sie bei mir geklingelt oder nicht?“ Mit diesen Worten holte ihn Hilde Schüler wieder in die Gegenwart zurück.

„Entschuldigen Sie bitte, ich musste gerade an etwas anderes denken. Und, nein, ich habe nicht geklingelt, es war Ihre freundliche ausländische Nachbarin, die das für mich getan hat. Sie meinte, dass Sie mir sagen könnten, wo ich einen Ihrer Nachbarn finde, ich suche nämlich Rudi Schnabel.“

„Aha, und wer will das wissen?“ Hilde Schüler hatte die Hände in die Hüften gestemmt und blickte Koslowski dabei misstrauisch an.

„Ich bin ein ehemaliger Arbeitskollege von Rudi und wollte ihn gern mal besuchen. Wir haben uns schon ewig nicht mehr gesehen.“ Er staunte, wie locker ihm diese Lüge über die Lippen kam. Bei Lukas wäre ihm das sicher nicht so leicht gelungen.

„Soso … wo und wann haben Sie denn mit ihm zusammengearbeitet?“

Gleich werde ich an einen Lügendetektor angeschlossen und dann Gnade mir Gott, dachte Koslowski, blieb seiner Legende aber treu. „Ach, wir sind mal eine Zeit lang zusammen zur See gefahren, liegt nun aber schon eine ganze Weile zurück.“

„In Norwegen?“ Bei dieser Frage hielt Hilde Schüler den Kopf schräg und blickte ihn noch etwas skeptischer an.

„Ja, genau da, und nun wollte ich mal sehen, wie es Rudi in der Zwischenzeit so ergangen ist“, log Koslowski munter weiter. „Ich habe geklingelt, aber er scheint nicht dazu sein.“

„Wenn er nicht aufmacht, dann wird das wohl so sein. Und wie heißen Sie?“, wollte die energische Dame wissen.

„Westermann, Alfred Westermann". Wie er ausgerechnet auf diesen Namen kam, konnte er sich auch nicht erklären.

„Komisch, von Ihnen hat er mir aber noch nie was erzählt." Hilde Schüler war weiterhin auf der Hut. „Und das ist seltsam, weil er sonst immer gerne über alle hergezogen hat, mit denen er mal gearbeitet hat."

Koslowski versuchte mit einem Lächeln weiterzukommen. „Jaja, der Rudi … Ist er denn zurzeit auf Norderney?"

Man sah, wie es hinter Hilde Schülers Stirn arbeitete. War dieser Typ vertrauenswürdig genug, um eine Auskunft von ihr zu bekommen? Ihre Antwort verriet Koslowski den Ausgang ihrer Überlegungen.

„Ja, er wohnt noch hier. Hat momentan ab und zu einen Job am Hafen." Sie trat aus der Wohnung und drückte sich an Koslowski vorbei, weil sie gehört hatte, wie unten die Haustür aufgeschlossen wurde. Neugierig beugte sie sich über das Treppengeländer und sah hinab. Mit einem Schlag hellte sich ihre Miene plötzlich auf.

„Hallo Rudi! Ich bin's, Hilde. Hier ober ist jemand, der dich sucht", rief sie durch das Treppenhaus hinunter.

Wer nun erwartet hatte, dass Rudolf Schnabel Freude über den unerwarteten Besuch zeigen würde, sollte sich getäuscht sehen. Ohne eine Antwort machte er auf dem Absatz kehrt und rannte zur Haustür zurück.

„Rudi?!" Aus diesem einen Wort war Hilde Schülers ganze Überraschung deutlich herauszuhören. Koslowski hingegen reagierte sofort und raste zur Treppe. Zwei Stufen auf einmal nehmend, versuchte er, an Schnabel dranzubleiben. Unten klapperte bereits die Haustür, dann hörte er einen lauten Fluch.

Direkt vor dem Haus war Schnabel mit einem anderen Nachbarn zusammengestoßen, woraufhin beide zu Boden gegangen waren. Das Missgeschick ermöglichte Koslowski, etwas aufzuholen. Er erreichte das Erdgeschoss und sah durch die Glasscheibe der Tür, wie Schnabel schon wieder auf die Beine kam. Er schaute sich mit gehetztem Blick um und rannte los.

Koslowski riss die Haustür auf, sprang über den immer noch auf dem Boden liegenden Nachbarn hinweg und lief hinter Schnabel her. Der hatte mittlerweile fast die Richthofenstraße erreicht.

Er will in den Wald, schoss es Koslowski durch den Sinn. Aus dem Augenwinkel registrierte er, wie die Schweinwerfer eines Autos aufleuchteten, das links in der Bushaltestelle gestanden hatte und nun mit aufheulendem Motor anfuhr.

Schnabel erreichte die Richthofenstraße und versuchte sie zu überqueren, ohne nach rechts oder links zu sehen. Eine Sekunde, bevor Koslowski den Straßenrand erreichte, schoss der Wagen an ihm vorbei. Der Motor lief dabei immer noch auf Hochtouren.

Koslowski wurde Zeuge, wie Schnabel, der schon fast die andere Straßenseite erreicht hatte, durch die Scheinwerfer des Autos plötzlich in helles Licht getaucht wurde und wie ein geblendetes Stück Wild stehen blieb.

Erst im letzten Moment erwachte er aus seiner Schockstarre und warf sich geistesgegenwärtig nach vorn. Der vordere linke Kotflügel touchierte ihn dennoch und sorgte dafür, dass er zu Boden geschleudert wurde. Koslowski sah ihn wie eine Gliederpuppe zur Seite fliegen.

Schnabel lag noch nicht ganz auf dem Boden, als der Fahrer des schwarzen SUV das Licht ausschaltete und in Richtung Osten verschwand. Koslowski rannte auf das Unfallopfer zu und befürchtete das Schlimmste. Denn das, was er hier gerade erlebt hatte, war kein Unfall gewesen, sondern versuchter Mord. Und noch während er sich über den leblosen Schnabel beugte, ahnte er bereits, wer in dem schwarzen SUV gesessen haben könnte.

## 20

Blaulichter zuckten durch die Dunkelheit und viele Fenster in der Nachbarschaft waren zu Logenplätzen für Neugierige geworden. Koslowski sah dem Rettungswagen nach, der soeben abfuhr, um Rudi Schnabel ins Krankenhaus zu bringen. Er war zwar wie durch ein Wunder nicht schwer verletzt worden, stand aber immer noch unter Schock, als die Rettungssanitäter eintrafen. Die entschieden dann auch, dass es besser wäre, wenn er zur Sicherheit geröntgt und von einem Arzt untersucht würde.

Ein Polizeibeamter hatte damit begonnen, die Unfallstelle zu vermessen. Ein anderer machte gerade Fotos, als Jens Hartung eintraf. Er war nicht nur in Zivil, sondern kam auch mit seinem Privatwagen. Koslowski vermutete, dass der Anruf seiner Kollegen ihn um seinen wohlverdienten Feierabend gebracht hatte. Der Leiter der Inselpolizei sah sich kurz an der Unfallstelle um, besprach sich mit einem seiner Kollegen und wandte sich dann Koslowski zu.

„Was ist hier passiert?“, wollte er wissen, seinen Gesprächspartner dabei fest im Blick behaltend.

„Ich bin mir sicher, dass man versucht hat, Schnabel absichtlich zu überfahren.“ Er deutete auf die Unfallstelle, die zwischenzeitlich mit gelber Kreide und Schildern markiert worden war. Ein Blitzlicht tauchte die Szene für einen Sekundenbruchteil in ein grelles Weiß. „Und ich bin mir ziemlich sicher, dass es sich bei dem Wagen um denselben SUV gehandelt hat, mit dem auch Gina entführt worden ist. Dunkel und ohne Kennzeichen.“

Hartung nickte und blickte zur Unfallstelle hinüber. Koslowski sah, wie er sich dabei auf die Unterlippe biss.

„Keine Ahnung, was momentan hier auf der Insel los ist, aber das gefällt mir alles nicht.“ Verdrossen steckte er die Hände in die Taschen seiner Windjacke. „Außerdem würde ich gerne wissen, warum ausgerechnet Sie hier waren, als der Unfall passierte.“ Dabei blickte er Koslowski herausfordernd an.

Scheiße, jetzt wird es eng, dachte der. Wieder einmal hatte er sich auf das Spiel eingelassen, zwar alles wissen zu wollen, aber nicht alles sagen zu müssen. Das fiel ihm jetzt auf die Füße.

„Sie haben völlig Recht“, räumte er ein. „Ich bin nicht zufällig hier. Ich wollte mit Herrn Schnabel reden.“

„Aha. Und weswegen?“

„Man hat mir erzählt, dass er Ginas Vater gekannt haben soll, und ich hatte gehofft, er könnte mir mehr über ihn erzählen.“ Die Tatsache, dass er bereits wusste, dass Schnabel und der in Hamburg ermordete Klingenberg sich gekannt hatten, verschwieg er dabei geflissentlich. Er konnte sich gut vorstellen, dass Hartung nicht erfreut sein würde, wenn er erfuhr, dass er an Klingenbergs Adresse in Norden herumspioniert hatte. Dass er mit dieser Vermutung richtiglag, zeigte ihm Hartungs Blick, der weiterhin skeptisch auf ihn gerichtet blieb.

„Wollen Sie damit andeuten, dass dieser Schnabel etwas über Ginas Entführung wissen oder sogar mit ihr zu tun haben könnte?" Dabei wurde sein Blick immer finsterer. „Und wenn ja, warum haben Sie uns nicht darüber informiert?"

„Es war nur so eine Ahnung von mir", versuchte Koslowski sich herauszureden, dann aber folgte schon die nächste Lüge. „Ich habe ja keinerlei Beweise dafür, dass Krahner und Schnabel sich wirklich gekannt haben. Deswegen wollte ich mit ihm sprechen."

„Finden Sie nicht, dass Sie so etwas besser den Ermittlungsbehörden überlassen sollten?" Hartung war sauer. Es schien auch keineswegs so, als ob er Koslowski vorbehaltlos glauben würde, denn plötzlich sah er sich aufmerksam um.

„Hat sonst noch jemand den Unfall gesehen? Kann jemand Ihre Aussage bestätigen?"

Koslowski blieb fast die Luft weg.

„Was wollen Sie denn damit sagen? Dass ich Schnabel überfahren habe?"

Auf Hartungs Gesicht erschien ein sardonisches Lächeln. „Nein, aber vielleicht haben Sie ihn ja vor diesen Wagen gestoßen."

„Unterstellen Sie mir etwa, ich hätte versucht, Schnabel zu töten? Warum sollte ich so etwas tun?" Koslowskis Stimme war dabei merklich lauter geworden.

Der Polizeibeamte blieb davon jedoch völlig unbeeindruckt. „Sagen Sie es mir! Ich kann mich nämlich irgendwie nicht des Eindrucks erwehren, dass Sie mir Informationen vorenthalten. Vielleicht hatten Sie Angst, dass Schnabel etwas ausplaudert, und haben versucht, ihn auf diese Art und Weise daran zu hindern?"

Lass dich nicht provozieren! Koslowski versuchte ruhig zu bleiben, doch Hartung war noch nicht fertig.

„Ich blicke noch nicht ganz durch, was Sie mit der ganzen Sache zu tun haben, aber dass Sie da irgendwie mit drinstecken, das spüre ich. Nur leider kann ich es nicht beweisen. Noch nicht!"

Die freundliche Stimmung, die an van Briels Küchentisch geherrscht hatte, war komplett verflogen.

Hartung sah ihn ein letztes Mal durchdringend an.

„Sollten Sie etwas wissen, dann würde ich Ihnen raten, uns das umgehend mitzuteilen. Als ehemaligem Polizeibeamten brauche ich Ihnen ja nicht zu erklären, was in Paragraf 258 des Strafgesetzbuches steht, oder?"

Natürlich wusste Koslowski, worum es bei dem Straftatbestand der Strafvereitelung ging, aber noch wollte er lieber auf eigene Faust ermitteln, um an die Entführer heranzukommen. Dafür musste er seinen Wissensvorsprung vorerst noch für sich behalten.

Hartung wollte gerade noch etwas hinzufügen, als der Polizeibeamte mit dem Fotoapparat auf ihn zukam.

„Wir haben soeben einen Funkspruch bekommen. Ein Anwohner vom Karl-Rieger-Weg hat angerufen, weil in seiner Einfahrt ein schwarzer SUV steht."

Hartung horchte sofort auf. „Kennzeichen?", fragte er.

„Konnte der Anrufer nicht sagen", antwortete der Polizeibeamte, der gleichzeitig an der Kamera herumhantierte.

„Ach, und warum nicht? Waren keine dran?"

„Nein, er konnte keine erkennen, weil der Wagen lichterloh in Flammen steht."

***

Eine Viertelstunde später waren sie schon etwas schlauer.

Nachdem ihm die Meldung überbracht worden war, hatte Hartung Koslowski zwar noch einen Moment lang skeptisch angesehen, ihn dann mit dem nächsten Satz jedoch überrascht.

„Keine Ahnung, warum ich das jetzt mache", hatte er gesagt. „Womöglich liegt es daran, dass Sie ein Kumpel von Marius sind. Meinetwegen können Sie mitfahren, vielleicht können Sie ja das Auto identifizieren." Dann hatte er sich umgedreht und war in Richtung seines Wagens gegangen. „Sofern das nach dem Brand überhaupt noch möglich sein sollte."

Koslowski hatte nicht überlegen müssen, sondern war Hartung, ohne zu zögern, gefolgt.

Nun standen sie also vor dem Wrack eines Autos. Der BMW Q7 war völlig ausgebrannt. Kaum dass die Feuerwehrmänner ihn gelöscht hatten, hebelten sie auch schon die Motorhaube auf und notierten die Fahrgestellnummer. Eine Datenabfrage Hartungs ergab, dass der SUV vor einer Woche in der Nähe von Norden gestohlen worden war. Vermutlich hatte er dann ebenfalls gestohlene Kennzeichen bekommen und war so auf die Insel gefahren worden. Koslowski war sich mittlerweile sicher, dass ihm dieses Auto an diesem Abend bereits zum dritten Mal begegnet war.

Während Hartung noch mit den Feuerwehrleuten sprach, sah Koslowski sich um. Er schätzte die Entfernung vom Unfallort bis hierher auf maximal anderthalb Kilometer. Rund um den Fundort des Wagens war nur Dünenlandschaft und das Haus des Anrufers, doch auch das stand noch etwas entfernt.

Anhalten, rausspringen, einen Kanister Benzin im Wagen verteilen und ihn anzünden dauerte sicher nur wenige Sekunden. Dann ein Anruf, womöglich schon direkt nach dem Zusammenstoß, und der Fahrer eines zweiten Wagens wäre sehr schnell hier, um seine Komplizen abzuholen.

Garantiert handelte es sich um die gleichen Männer, die Gina entführt hatten. Die beiden Typen mit diesem osteuropäischen Akzent. Insgeheim taufte Koslowski sie Lolek und Bolek.

Plötzlich schoss ihm ein Gedanke durch den Kopf. Er ging ein paar Schritte auf Hartung zu und wartete, bis sich dieser zu ihm umdrehte.

„Gibt es eigentlich eine Videoüberwachung auf den Fähren?"

Hartungs Blick verriet, wie genervt er von dieser Frage war.

„Warum halten uns eigentlich alle für Trottel? Nur, weil wir auf einer Insel Dienst machen?"

„Sorry", entschuldigte sich Koslowski umgehend. „Ist mir nur plötzlich in den Sinn gekommen."

„Dass nur das fliegende Auto von Fantomas ohne Fähre auf die Insel kommt, wissen wir selber. Aber wir wissen auch, dass die Fähren zwar temporär die Kennzeichen für die Buchungsüberprüfung mit Kameras erfassen, diese aber nicht aufzeichnen."

Koslowski hielt es für besser, lediglich zu nicken. Er wollte Hartung nicht noch weiter verärgern.

Der Wachleiter sah ihn mit fragendem Blick an. „Was ist nun? Ist das der Wagen, mit dem der Typ auf der Richthofenstraße angefahren wurde? Und wurde mit diesem Wagen auch das Mädchen entführt?"

Koslowski nickte. „Der Fahrzeugtyp passt auf jeden Fall. Es müsste schon ein großer Zufall sein, wenn er es nicht wäre."

„Okay, gehen wir davon aus, dass es der Wagen ist", Hartungs Blick wanderte über die Dünenlandschaft, „dann können wir jetzt auch ziemlich sicher davon ausgehen, dass die Entführung und der Mordversuch zusammenhängen." Er seufzte enttäuscht. „Aber wo ist der Zusammenhang?"

Das wüsste ich auch gerne, dachte Koslowski.

Hartungs Blick hatte sich bei dieser Frage erneut auf dessen Gesicht gerichtet. Es schien fast so, als hoffte er, darin die Antwort zu finden.

„Ich weiß es auch nicht, aber ich vermute mal, Sie werden es rausfinden, wenn Sie Schnabel im Krankenhaus dazu befragen." Er bemühte sich, Hartungs Blick standzuhalten. „Wenn er denn schon vernehmungsfähig ist", fügte er noch hinzu.

„Sie können sich darauf verlassen, dass ich ihn dazu befragen werde", versicherte ihm Hartung, „aber ich werde ihn auch dahingehend ausquetschen, was das alles mit Ihnen zu tun hat." Mit dieser Drohung wandte er sich um. „So, ich fahre jetzt zurück zur Wache. Soll ich Sie mitnehmen?"

Koslowski lehnte ab. „Nein danke, ich laufe zurück." Vielleicht würde ihm die frische Luft helfen, den Kopf freizubekommen, in dem momentan noch viele ungeklärte Fragen herumschwirrten.

„Wenn Ihnen noch was einfallen sollte, wissen Sie ja, wo Sie mich erreichen." Damit ließ Hartung sich auf den Sitz seines Wagens fallen. Er wollte bereits die Fahrertür schließen, als er noch einmal innehielt. „Ach ja, und noch was. Ich möchte, dass Sie Norderney ab heute nicht mehr verlassen."

„Gelte ich jetzt als Verdächtiger?"

Hartung drehte den Zündschlüssel um und grinste dabei grimmig. „Sagen wir mal so, in meinen Augen sind Sie nicht ganz unverdächtig." Damit fuhr er los und ließ Koslowski am ausgebrannten Autowrack zurück. Der schüttelte resigniert den Kopf. In was für einen Mist war er da nur wieder hineingeraten? Was sollte er als Nächstes tun? Wie kam er in Kontakt zu den Entführern, die immer noch glaubten, dass er Ginas Vater war?

Langsam und lustlos begann er zurück in Richtung Ortschaft zu trotten. Irgendwie musste er an weitere Informationen herankommen. Aber wie? Genau deswegen hatte er ja Rudolf Schnabel aufgesucht, aber wusste der überhaupt was? Und wenn ja, würde er bereit sein zu reden? Vor allem mit der Polizei? Wenn das, was ihn mit Stefan Krahner und Manuel Klingenberg verband, etwas Illegales war, dann würde er ganz sicher den Mund halten.

Noch vollkommen in Gedanken versunken, erreichte Koslowski den Lippeweg und entschied sich, selber im Krankenhaus nachzusehen, ob Schnabel schon ansprechbar war. Es war ja auch möglich, dass die Entführer mitbekommen hatten, dass er noch lebte, und jetzt befürchteten, dass er redete. Vielleicht hatten sie vor, ihn aus dem Krankenhaus zu entführen, um ihn dann in Ruhe ausquetschen zu können? Oder reichte es ihnen schon, wenn er nicht mehr in der Lage sein würde zu reden? Notfalls musste Koslowski also so lange auf ihn aufpassen, bis er seine Informationen hatte. Dann würde er Hartung anrufen und ihm Schnabels Bewachung überlassen. Bis dahin würde er auch noch Marius als Wachhund einspannen, selbst wenn der in seinem jetzigen Zustand bei einer Konfrontation ganz sicher keine große Hilfe wäre.

# 21

Der Mann, an den Koslowski gerade gedacht hatte, saß in einem Rollstuhl und fuhr damit im Krankenhaus herum. An diesem Nachmittag hatte es eine längere Auseinandersetzung mit dem Oberarzt gegeben, weil der Patient partout nicht einsah, warum er noch länger hierbleiben sollte. Doch der Mediziner hatte sich nicht erweichen lassen. Bei seinem Sturz habe sich van Briel, zusätzlich zu seinem Beinbruch, auch noch eine Gehirnerschütterung zugezogen, und mit sowas sei nicht zu spaßen, so der Mediziner. Aus diesem Grunde müsse er zur Beobachtung noch im Krankenhaus bleiben. Und damit basta!

Eine der Schwestern hatte diese Auseinandersetzung mitbekommen und versucht, Marius den Aufenthalt dadurch etwas angenehmer zu gestalten, dass sie ihm einen Rollstuhl besorgte. Darin musste er das gebrochene Bein zwar auch hochlagern, war aber immerhin etwas beweglicher.

„Ich kann Sie gut verstehen“, hatte sie belustigt gesagt, als sie den Rollstuhl ins Zimmer geschoben hatte, „mein Mann ist auch so ein unruhiger Geist wie Sie.“ Ihre nächste Aufgabe bestand darin, van Briel dabei zu helfen, sich vom Bett in den Rollstuhl zu wuchten.

Dessen dankbarer Gesichtsausdruck zeigte ihr, dass sie genau richtig gehandelt hatte. „Außerdem können Sie in ein paar Tagen ja auch schon wieder nach Hause“, versuchte sie ihn zusätzlich zu trösten.

„Sie glauben gar nicht, wie froh ich wäre, wenn ich jetzt schon gehen dürfte, aber dieser verdammte Doktor, der …“ Den Rest des Satzes schluckte er vorsichtshalber runter. Der tadelnde Blick der Schwester zeigte ihm, dass das eine kluge Entscheidung gewesen war.

„Na, dann sehen Sie sich mal etwas um. Wenn Sie wieder ins Bett wollen, dann kommen Sie zum Schwesternzimmer und ich helfe Ihnen.“ Dabei konnte sie sich ein Grinsen nicht verkneifen.

Ja, wie man einem Säugling hilft, dachte van Briel bitter, doch dann griff er an die Räder und rollte dankbar durch die Tür, die sie ihm aufhielt.

Auf dem Flur wandte er sich nach links, rollte den Gang entlang in Richtung Fahrstuhl und schon eine Minute später war er im Erdgeschoss. Zunächst sah er sich im Bereich der Anmeldung um, dann rollte er in den gläsernen Flur, der zur Haupteingangstür führte. Dort angekommen, überlegte er nur kurz, ob er nach draußen fahren sollte, doch die Tatsache, dass er über seinem Schlafanzug nur einen dünnen Bademantel trug, hielt ihn davon ab.

Genau in diesem Moment passierten zwei Personen den Eingang, bei deren Anblick sich van Briels alter Kriminalbeamtensinn meldete. Egal, wie lange man schon aus dem Geschäft raus war, diese Art von Instinkt verlor man anscheinend nie. Manchmal konnte dieser Instinkt auch sehr belastend sein, weil man ständig die Umgebung nach außergewöhnlichem Verhalten anderer und den von ihnen ausgehenden Gefahren scannte.

Aufgrund der beiden Sätze, die sie miteinander sprachen, hielt van Briel sie für Russen. Sie machten auf ihn den Eindruck, als ob sie ein ganz bestimmtes Ziel hätten. Als ob sie jemanden suchten.

Augenscheinlich waren sie aber zum ersten Mal hier im Norderneyer Krankenhaus, denn sie sahen sich suchend um. Dann wandte sich einer von ihnen an die Anmeldung. Van Briel war mit gebührendem Abstand hinter ihnen her gerollt und hörte nun, wie sich einer der Männer nach dem soeben eingelieferten Unfallopfer erkundigte. Da die Dame an der Rezeption davon noch nichts wusste, bot sie an, sich telefonisch in der Notaufnahme zu erkundigen.

Der Fragesteller winkte jedoch ab und gab seinem Begleiter ein Zeichen. Im Vorbeigehen tippte er auf das Schild mit der Aufschrift „Notaufnahme“. Dann marschierten beide zielstrebig auf den Fahrstuhl zu. Van Briel überlegte nur eine Sekunde, dann rollte auch er in diese Richtung. Er wusste nicht, warum, aber er wollte unbedingt herausfinden, was diese Typen hier wollten. Sie kamen ihm nicht geheuer vor.

Als sich die Aufzugstüren öffneten, ließen sie ihm den Vortritt und sprachen nur sehr leise miteinander. Den Inhalt des Gespräches konnte er nicht verstehen, weil es auf Russisch geführt wurde. Er hörte lediglich das Wort *ubivat* – „töten“ – heraus, welches sich ihm bei einer früheren Mordermittlung ins Gedächtnis gebrannt hatte.

Als die Fahrstuhltüren zufuhren, drehte sich einer der Männer zu ihm um.

„Ach ja, ich muss nach unten“, erklärte er, weil der Mann fragend auf die Leiste mit den Knöpfen für die Etagen gedeutet hatte. Ohne van Briel eines weiteren Blickes zu würdigen, drückte er den entsprechenden Knopf und drehte ihm dann wieder den Rücken zu.

Im selben Moment wusste van Briel, dass er richtiggelegen hatte. Denn als einer der Männer seine Arme hob, um sich mit beiden Händen durch die Haare zu fahren, rutschte auch dessen Jacke nach oben und gab dabei den Blick auf den Gürtel frei, in dem das Griffstück einer Pistole zu erkennen war. Er würde jeden Betrag darauf wetten, dass auch der andere Mann bewaffnet war. Was waren das für Typen? Und wen oder was suchten sie in der Notaufnahme?

Der Fahrstuhl hielt an und langsam öffneten sich die Türen. Die beiden Männer traten hinaus und sahen sich um, dann schienen sie gesehen zu haben, wo ihr Ziel lag. Um nicht aufzufallen, tat van Briel so, als wüsste er nicht, wohin er sich wenden musste. Das jedoch stellte sich als überflüssig heraus, weil die Männer ihn gar nicht mehr beachteten. Er gab ihnen ein paar Meter Vorsprung, dann folgte er ihnen. Da die Gummireifen des Rollstuhls keinen Laut verursachten, bemerkten sie ihn nicht. Noch verhielten sie sich völlig unauffällig, doch dann taten die beiden etwas, das sich nicht gehörte und das van Briel zu der Auffassung brachte, dass es ab jetzt brandgefährlich wurde.

Die beiden begannen nämlich nicht nur, unerlaubt die Türen der Behandlungsräume zu öffnen, sondern einer der Männer hatte seine Hand bereits unter der Jacke nach hinten geführt und um den Griff der Pistole gelegt. Die sind zu allem bereit, schoss es van Briel durch den Kopf.

„Hey, was wollen Sie hier? Machen Sie dir Tür zu!“, schallte es ärgerlich aus einem der Behandlungsräume. Der kleinere der beiden Männer kam dieser Aufforderung stumm nach, nur um sich sofort der nächsten Tür zuzuwenden.

Van Briel überlegte, wie er die Männer stoppen könnte. Als sein Blick auf einen Feuerlöscher an der Wand fiel, kam ihm eine Idee. Er hob den Löscher aus der Halterung und legte ihn quer auf seine Oberschenkel. Dann löste er den Sicherungssplint und zog den Schlauch aus der Halterung. In diesem Moment öffnete der Mann die nächste Tür und erkannte sofort, dass er gefunden hatte, wonach er suchte.

Dann ging alles blitzschnell. Van Briel hatte an ihrer Reaktion erkannt, dass sie am Ziel ihrer Suche angekommen waren, und reagierte in dem Augenblick, in dem die Männer ihre Waffen zogen. Er gab seinem Gefährt mit beiden Händen noch einmal ordentlich Schwung und rollte auf die beiden Männer zu. Einem von ihnen fuhr er dabei direkt in die Kniekehlen, was sein Opfer überraschte und zu Fall brachte. Gleichzeitig richtete der ehemalige Kriminalbeamte das Griffstück des Feuerlöschers auf den anderen Angreifer und drückte den Abzug. Der hohe Zischlaut ließ den Mann zwar noch herumfahren, doch das freigesetzte Löschpulver hüllte ihn sofort ein. Noch bevor er seine Waffe heben konnte, traf ihn der Strahl ins Gesicht, sodass er instinktiv die Hände hochriss. Van Briel hielt den Auslöser weiterhin gedrückt. Seine Sicht war nun zwar ebenfalls stark eingeschränkt, aber er hörte, wie im Behandlungsraum ein Fenster geöffnet wurde.

Vermutlich sprang die Person, die das Opfer dieses Anschlags werden sollte, gerade aus dem Fenster und brachte sich in Sicherheit. Van Briel ließ den Feuerlöscher von den Oberschenkeln rollen und trat nun seinerseits den Rückzug an. Hinter ihm öffnete sich soeben der Fahrstuhl und entließ zwei Rettungssanitäter.

„Was ist denn hier los?“, wollte einer von ihnen erstaunt wissen, als er das Schneegestöber im Flur sah. Die beiden Angreifer hatten sich mittlerweile von ihrem Schreck erholt und sprangen auf. Einer von ihnen schaute van Briel mit bösem Blick an. Anscheinend überlegte er, ob er diesem Rollstuhlfahrer noch schnell eine Kugel verpassen sollte. Dann jedoch bemerkte er die beiden Sanitäter und folgte seinem Komplizen durch die Tür der Notaufnahme nach draußen.

„Oh, Pardon, ich muss wohl aus Versehen an den Feuerlöscher gekommen sein“, versuchte van Briel sich herauszureden, erntete dafür aber nur ein müdes Lächeln.

„Ja, und meine Oma ist von Kirschsaft schwanger geworden“, feixte einer der beiden Sanis. „Das Ding geht doch nicht los, nur weil man es berührt.“

„Und was waren das überhaupt für Typen? Die hatten doch Knarren, oder?“, wollte der andere wissen

In diesem Augenblick erschien ein Mann im weißen Kittel.

Er stutzte einen Augenblick, dann stürmte er in den Behandlungsraum und starrte auf das offene Fenster. Verdutzt wandte er sich an die beiden Sanitäter.

„Wo ist denn der Patient geblieben, den ihr vorhin gebracht habt? Das Unfallopfer?“ Er sah sich suchend um. „Die Polizei hat gerade angerufen und uns gebeten, besonders gut auf ihn aufzupassen.“

Einer der beiden Sanis deutete auf das offene Fenster.

„Scheint so, als sei der Vogel ausgeflogen.“

Der Mann im weißen Kittel, an dessen Brusttasche van Briel das Namensschild Dr. Börner hängen sah, kam auf ihn zu und musterte ihn mit verärgertem Blick.

„Und was haben *Sie* mit der ganzen Sache zu tun? Was ist hier eigentlich passiert? Sind Sie bei der freiwilligen Feuerwehr oder warum sprühen Sie hier mit dem Feuerlöscher herum?“

Van Briel gab sich zunächst kleinlaut, dann schilderte er, was er beobachtet und wie er darauf regiert hatte.

„Na, dann sollten wir aber mal schnellstens die Polizei informieren. Die müssen den Mann suchen, hinter dem die beiden her sind. Wer weiß, was passiert, wenn sie ihn finden?“

Das kann ich dir sagen, dachte van Briel, entschloss sich aber, lieber den Mund zu halten. Den bald eintreffenden Polizeibeamten würde er noch genug erklären müssen.

In diesem Moment öffnete sich die Tür der Notaufnahme und Koslowski kam von draußen herein.

Er trat an den Rollstuhl und stellte die gleiche Frage wie zuvor Dr. Börner. Doch bevor van Briel dazu kam, Koslowski alles zu erzählen, grätschte der Doktor dazwischen.

„Das lassen Sie sich bitte alles im Zimmer Ihres Freundes erklären, und es wäre schön, wenn Sie ihn jetzt dorthin bringen würden.

Die Polizei schicke ich Ihnen dann hinterher." Noch einmal sah sich der Doktor kopfschüttelnd um. „Jetzt muss ich erst mal dafür sorgen, dass hier wieder klar Schiff gemacht wird."

Koslowski fragte nicht weiter nach, sondern schnappte sich die Griffe des Rollstuhls und schob van Briel zum Fahrstuhl. Gerade hatten sich die Türen hinter ihnen geschlossen, als der ehemalige Kriminalbeamte auch schon loslegte. Er erzählte, was passiert war, und kaum, dass er geendet hatte, erfuhr er von Koslowski im Gegenzug alles über den Anschlag auf Schnabel. Auch dessen Vermutung, dass man Schnabel überfahren hatte, um seiner habhaft zu werden. Da das aber schiefgegangen war, hatten sie es offensichtlich noch mal im Krankenhaus versucht.

„Was soll ich denn der Polizei sagen, wenn die kommen?", wollte van Briel wissen.

„Sag ihnen einfach die Wahrheit. Was du beobachtet und wie du gehandelt hast."

Koslowski schob seinen Freund aus dem Fahrstuhl in den Flur.

„Und was willst *du* machen?" Van Briel beugte sich vor und drückte die Klinke zu seinem Zimmer herunter.

„Ich suche nach Schnabel. Aber ich habe noch keinen blassen Schimmer, wo ich anfangen soll. Der ist doch jetzt garantiert untergetaucht."

„Na dann, Weidmannsheil!", schnaufte van Briel, als er sich aus dem Rollstuhl hochstemmte und hinüber auf das Bett rutschte. „In deiner Haut möchte ich gerade echt nicht stecken." Als er endlich im Bett lag, sah er Koslowski noch einmal an.

„Pass auf dich auf! Mit diesen Brüdern ist nicht gut Kirschen essen. Ich bin mir sicher, dass es russische Killer waren." Dann schilderte er Koslowski, welches Wort er gehört hatte.

Mit dieser Warnung im Ohr verließ der das Zimmer und stieß dabei vor der Tür mit dem Oberarzt zusammen, mit dem van Briel schon vorher im Clinch gelegen hatte. Als Koslowski vor dem Fahrstuhl stand, hatte der Mediziner bereits das Zimmer betreten und sah kopfschüttelnd auf van Briel hinab.

„Nach dem, was Sie in der Notaufnahme angerichtet haben, hätte ich Sie wohl doch besser schon entlassen sollen, oder?"

„Ja, dann hätten Sie jetzt zwar einen vollen Feuerlöscher mehr, dafür aber auch einen lebenden Patienten weniger."

Der Oberarzt verdrehte die Augen. Das hätte gerade noch gefehlt.

„Na, dann schildern Sie mir doch bitte mal, was da unten passiert ist." Er setzte sich seitlich auf das Bett seines Patienten.

Erschöpft ließ sich van Briel in die Kissen sinken. Diese Geschichte würde er heute vermutlich noch öfter erzählen müssen. Schließlich legte er erneut los, allerdings mit einem Grinsen auf dem Gesicht.

„Also, alles begann damit, dass mich ein sturer Arzt nicht entlassen wollte …"

## 22

Wer konnte wissen, wo Schnabel sich vor den Russen verstecken würde? Vorausgesetzt, er blieb auf der Insel. Genau diese Frage stellte sich Koslowski, als er das Krankenhaus verließ. Er hatte keine Ahnung, ob Schnabel hier Verwandtschaft hatte, und kannte auch keinen seiner Freunde. Wenn der überhaupt welche hatte.

Verbittert schüttelte er den Kopf. Sollte er jetzt durch alle möglichen Kneipen ziehen müssen, um dort nach Schnabel zu fragen? Nein, es musste einen anderen Weg geben, um an weitere Informationen heranzukommen. Er biss sich auf die Unterlippe. Mit wem hatte Schnabel hier Kontakt?

Hilde! Hilde Schüler!

Ihm fiel ein, dass Schnabel von seiner Nachbarin geduzt worden war. Vielleicht wusste die ja mehr über ihn. Einen Versuch war es wert. Also machte er sich wieder auf den Weg zu Schnabels Wohnung.

Als er zwanzig Minuten später am Haus eintraf, hatte er sich genau diese Zeitspanne lang darüber geärgert, dass er seinen Wagen auf dem Parkplatz an der Mole in Norddeich hatte stehen lassen. Den hätte er jetzt gut gebrauchen können, aber es war nun mal, wie es war, und er deshalb zum Fußgänger verdammt. Greta Thunberg hätte ihre helle Freude an ihm gehabt.

Am Haus in der Lüttje Legde angekommen, musste er nicht mehr nach dem Namen von Hilde Schüler suchen. Doch als er klingelte, öffnete niemand. Er trat zurück und sah am Haus nach oben. Wenn er sich richtig erinnerte, musste das dort das Badezimmerfenster ihrer Wohnung sein. Durch die Riffelglasscheibe sah er Lichtschein.

Koslowski schellte noch einmal, wieder ohne Erfolg. Da war doch wohl hoffentlich nichts passiert? Er trat an die Haustür und drückte wahllos auf einen der Klingelknöpfe. Kurze Zeit später knackte die Sprechanlage.

„Hallo?"

„DHL, ich habe ein Paket für Frau Schüler. Sie scheint nicht zu Hause zu sein. Ich soll es vor ihre Wohnungstür legen."

Ohne ein weiteres Wort wurde der Türöffner betätigt und Koslowski stand im Hausflur. Er sah sich um, dann ging er zur Treppe. Als er vor Hilde Schülers Wohnungstür stand, bemerkte er, dass Licht darunter hervorschien. Er trat näher und legte ein Ohr an das Holz. Bis auf die Geräusche, die ohrenscheinlich von einem Fernsehgerät stammten, war nichts zu hören. Gutes oder schlechtes Zeichen?

Er entschloss sich zu klopfen. Vielleicht dachte die Frau dann ja, dass es sich um einen Nachbarn handelte, und öffnete.

Also klopfte er und hörte kurz darauf ihre Stimme hinter der Tür.

„Hallo, wer ist denn da?" Gleichzeitig sah er, dass sich innen der Türspion verdunkelte.

Koslowski versuchte, ein möglichst besorgtes Gesicht zu machen. „Hallo, Frau Schüler. Ich bin es noch mal, Alfred Westermann, ich würde mich gerne mit Ihnen unterhalten. Es geht um Rudi."

Kurze Pause, dann: „Warum? Ist etwas mit ihm passiert?"

„Er hatte einen Autounfall und hat sich dabei eine schwere Gehirnerschütterung zugezogen. Als ich ihn im Krankenhaus besuchen wollte, sagte man mir, dass er einfach abgehauen sei, und nun macht man sich große Sorgen um ihn. Der Arzt hat mich gebeten herauszufinden, wo er sein könnte, denn eine weitere Behandlung ist dringend notwendig." Dabei versuchte er, auch seine Stimme besorgt klingen zu lassen, und setzte sogar noch eine dreiste Lüge obendrauf.

„Der Arzt hat mir gesagt, dass es für Rudi ohne weitere Behandlung sogar lebensgefährlich werden könnte.“

Hinter der Tür hörte er ein Aufschluchzen. „Der arme Rudi. Warum ist er denn vor Ihnen weggelaufen?“, wollte Hilde Schüler wissen.

„Das war ein Missverständnis, er hat mich mit jemandem verwechselt“, versuchte Koslowski sie zu beruhigen. Es schien zu klappen, denn er hörte, wie eine Türkette ausgehakt und ein Schlüssel umgedreht wurde. Das Erste, was er sah, waren Lockenwickler.

„Hallo, Frau Schüler. Darf ich kurz reinkommen?“

Rudi Schnabels Nachbarin trat nur zögerlich zur Seite, ließ ihn dann aber in ihre Wohnung. „Am besten gehen wir ins Wohnzimmer“, schlug sie vor.

Koslowski durchquerte den Flur. Als er im Wohnzimmer angekommen war, drehte er sich um.

„Haben Sie eine Ahnung, wo Rudi sich aufhalten könnte?“

„Bitte setzen Sie sich doch“, forderte Hilde Schüler ihn auf und nahm gleichzeitig ihr Strickzeug vom angebotenen Sessel. „Woher kennen Sie beide sich noch mal?“

„Wir haben mal zusammengearbeitet.“ Koslowski konnte sich noch gut erinnern, was er ihr vorgelogen hatte. „In Norwegen. Auf einem Schiff.“

„Ach ja.“ Hilde Schüler ließ sich ihm gegenüber auf der Couch nieder. „Und es steht wirklich so schlimm um ihn?“

Statt einer Antwort nickte Koslowski nur und versuchte, betroffen auszusehen. Zumindest hoffte er, dass es so wirkte.

Bei Hilde Schüler schien es zu wirken.

„Tja, ich könnte mir nur einen Ort vorstellen, wo er hingegangen sein könnte.“

Koslowski beugte sich erwartungsvoll vor.

„Und der wäre?“

Einen Moment lang schien die Frau noch zu überlegen, ob sie diese Information preisgeben durfte, dann jedoch entschied sie sich zugunsten der Gesundheit ihres Nachbarn.

„Also“, begann sie, „es gibt da diese Kleingartenanlage, das *Schlickdreieck*. Dort hat Rudi vor einiger Zeit einen Garten gemietet." Sie hatte die Hände im Schoß gefaltet und sah Koslowski etwas besorgt an. Der glaubte, ihre Gedanken erraten zu können. Habe ich richtig gehandelt? Schließlich sitzt mir hier ja ein Fremder gegenüber.

„Wo ist denn dieser Kleingarten?", versuchte er sie abzulenken und gleichzeitig weiter voranzukommen.

Hilde seufzte, schwieg ein paar Sekunden, doch dann ging sie den bereits eingeschlagenen Weg weiter.

„Es ist gar nicht weit von hier. Wenn Sie über die Deichstraße in Richtung Hafen laufen, dann liegt die Kleingartenanlage rechter Hand hinter dem Deich. Kurz nach der Einmündung Südstraße ist der Eingang. Aber wo war noch mal der Garten?"

Koslowski sah ihr an, dass sie sich zu erinnern versuchte.

„Ich bin da nur einmal im Sommer gewesen. Zum Grillen." Wieder dachte sie angestrengt nach. „Moment mal, wie ging es nach dem Eingang weiter?" Ihre Stirn legte sich in Falten. „Ach ja, nach dem Eingang müssen Sie sich links halten, nach cirka hundert Metern kommt eine Weggabelung, auch hier müssen Sie den linken Weg nehmen."

Ihr Gast hatte aufmerksam zugehört. Zweimal links konnte er gut behalten. Dann schilderte ihm Hilde Schüler, wie der Garten von Rudi Schnabel aussah. Eine recht plastische Schilderung, den würde er sicher finden.

„Und Sie meinen, er könnte sich dort aufhalten?", wollte er abschließend noch einmal wissen.

„Ich wüsste nicht, wo er sonst sein könnte." Sie seufzte. „Er hat doch hier sonst keinen."

Koslowski bedankte und erhob sich. „Na, dann will ich mal sehen, ob ich ihn dort antreffe." Er schüttelte Hilde Schüler dankbar die Hand. „Wenn ich ihn dort finde, bringe ich ihn sofort zurück ins Krankenhaus. Versprochen!"

„Ach ja, tun Sie das", antwortete die Frau erleichtert und begleitete ihn zur Wohnungstür.

Kaum, dass er das Haus verlassen hatte, wandte er sich nach rechts und machte sich auf den Weg. Keine zehn Minuten später stand er vor dem beschriebenen Garten. Er sah kein Licht aus der Laube scheinen, was aber auch daran liegen konnte, dass alle Schlagläden zugeklappt waren. Er musste also noch näher heran.

Das eiserne Gartentor öffnete sich mit einem protestierenden Quietschen. Koslowski passierte mehrere kahle Bohnenstangen, dann eine Art Frühbeet mit Glasabdeckung. Langsam ging er auf die kleine Hütte zu. Als er vor der grün gestrichenen Tür stand, wusste er, dass er Glück hatte, denn unter dem Türspalt schimmerte ein matter Lichtschein.

Sollte er klopfen oder sprichwörtlich mit der Tür ins Haus fallen? Da Schnabel aus Angst abgehauen war, hatte der sich garantiert verbarrikadiert. Also entschied er sich dafür, anzuklopfen.

Als Antwort kam ein leises Rumpeln aus der Gartenlaube, dann folgte Stille und das Licht erlosch. Koslowski erinnerte sich an seine Zeit bei der Polizei und trat automatisch neben die Tür, bevor er erneut klopfte. Er hatte keinen Bock, sich durch die geschlossene Tür eine Kugel einzuhandeln.

„Herr Schnabel, mein Name ist Koslowski. Ich möchte mich nur mit Ihnen unterhalten."

Grabesstille in der Laube. Koslowski versuchte es erneut mit Klopfen.

„Ich bin hier, weil ich mit Ihnen über einen Ihrer alten Kumpel sprechen möchte. Stefan Krahner. Es geht um seine Tochter. Sie wurde entführt."

„Und was willst du dann von mir?", erscholl eine missmutige Stimme aus der Laube, die aber auch jede Menge Unsicherheit verriet. „Ich kenne Krahners Tochter nicht und mit ihrer Entführung habe ich nichts zu tun. Verschwinde!"

„Ich versuche, ihren Vater zu finden, weil ich glaube, dass man das Mädchen entführt hat, um ihn zu etwas zu zwingen."

Diesmal kam keine Antwort.

„Nach Auskunft ihrer Nachbarin Hilde haben Sie ja wohl einige Zeit mit ihm zusammengearbeitet, und da dachte ich, dass Sie mir vielleicht weiterhelfen könnten."

„Hilde, dieses verdammte alte Quatschweib", kam es verärgert von drinnen. „Diese blöde Kuh redet zu viel."

Koslowski versuchte gar nicht erst, sein Grinsen zu unterdrücken, vergaß aber auch nicht den Grund, aus dem er hier war.

„Herr Schnabel, ich glaube, wir wissen beide, dass der Unfall heute kein Versehen war. Ich bin mir sicher, dass diese Leute – die ich für Russen halte – nicht nur hinter Krahner her sind, sondern auch hinter ihnen." Er machte eine kurze Pause, bevor er fortfuhr. „Und ich bin mir sicher, dass auch ein gewisser Manuel Klingenberg in diese Sache involviert war."

Er hörte, wie in der Laube ein Stuhl zurückgeschoben wurde. Jetzt musste er nachsetzen.

„Sie wissen doch sicherlich schon, dass Klingenberg umgebracht worden ist, oder?"

Wieder ein paar Sekunden Stille, bevor sich Schritte der Tür näherten und der Schlüssel im Schloss herumgedreht wurde. Dann öffnete sie sich einen Spalt und Schnabels Kopf erschien. Blass und mit total verängstigter Miene.

„Was hast du denn mit Krahners Tochter zu tun?", wollte Schnabel wissen.

„Ich habe einen Freund, der sich Sorgen um sie macht. Er hat vermutet, dass sie nach Norderney ist, und ich habe sie hier tatsächlich gefunden. Leider wurde sie entführt, bevor ich mit ihr sprechen konnte."

Er machte eine kurze Pause.

„Übrigens, vermutlich mit demselben Wagen, der Sie heute angefahren hat. Gelenkt von den Leuten, die auch im Krankenhaus hinter ihnen her waren." Er behielt seinen Blick auf Schnabels Gesicht gerichtet. „Ich bin mir sicher, Sie wissen ganz genau, warum die hinter Ihnen und Krahner her sind. Wenn er noch lebt, dann helfen Sie mir, ihn und seine Tochter zu finden."

Schnabel schnaufte verächtlich.

„Krahner geht mir am Arsch vorbei. Die Sau hat mich reingelegt. Mich und die anderen. Kein Wunder, dass die Russen hinter uns allen her sind."

Koslowski blickte sich sichernd um.

„Wollen wir das nicht lieber drinnen besprechen?" Dabei deutete er auf die Laubentür.

Schnabel zögerte eine Sekunde, bevor er die Tür ganz öffnete und Koslowski eintreten ließ. Gleichzeitig betätigte er den Lichtschalter. Eine Birne schaukelte in ihrer Fassung über einem Campingtisch und beleuchtete nun notdürftig den Raum.

Koslowski sah eine Schnapsflasche, ein Glas und einen überquellenden Aschenbecher. Keine gemütliche Umgebung, eher ein Versteck. Ein Unterschlupf. Eine Höhle, in der sich das gejagte Wild verkrochen hatte.

Das schwarze Brecheisen in Schnabels Hand bemerkte er erst, als dieser es auf den klapprigen Tisch legte. Oh Mann, der hat wirklich Schiss.

Schnabel ließ sich schwer auf einen alten Küchenstuhl fallen und griff sofort nach der Schnapsflasche. Nachdem Koslowski sich umgesehen hatte, zog er einen Hocker zu sich heran und setzte sich ebenfalls. Als Schnabel ihm die Flasche entgegenhielt, schüttelte er ablehnend den Kopf.

Sein Gegenüber jedoch setzte sie an die Lippen und nahm einen tiefen Schluck. Danach wischte er sich mit dem Handrücken über den Mund und schloss für eine Sekunde die Augen.

„Wieso sind die Russen hinter Ihnen her?“ Koslowski hatte entschieden, sich nicht mit langen Vorreden aufzuhalten. Interessiert betrachtete er den Mann auf der anderen Seite des Tisches.

Er schätzte Schnabel auf Ende fünfzig. Lichtes graues Haar, unrasiert, glasige und blasse Augen. Er war schlank, mit einem kleinen Bauchansatz und nur neun abgekauten Fingernägeln, denn der kleine Finger seiner rechten Hand fehlte komplett.

Der Betrachtete rieb sich das Gesicht mit beiden Händen. Dann legte er sie in den Schoß und hielt den Kopf gesenkt. Koslowski ließ ihm Zeit zu antworten.

„Wir waren zu viert. Krahner, Klingenberg, Hälker und ich. Vier Mann in einem Boot.“ Ein kehliges Lachen folgte, welches dafür sorgte, dass Schnabel sich verschluckte. „Wir haben uns auf der Staatlichen Seefahrtschule in Cuxhaven kennengelernt. Das war im Mai 2008.“

Wieder griff er zur Schnapsflasche, nicht nur, um seine Stimme zu ölen.

„Ich habe eine Ausbildung zum Schiffsmaschinisten gemacht, Klingenberg wollte Schiffsführer auf Kleinfahrzeugen werden, Hälker war in der Klasse für schiffsbetriebliche Assistenten, und Krahner wurde zum Kapitän in der küstennahen Schifffahrt ausgebildet." Auf seinem Gesicht erschien ein Schatten der Vergangenheit. „Wir waren damals eine ganze muntere Truppe", erinnerte er sich. „Eine eingeschworene und vor allem trinkfeste Gemeinschaft."

„Und wie ging es dann nach der Seefahrtschule weiter?", wollte Koslowski wissen.

Schnabel ließ den Blick in die Ferne schweifen. „2011 waren wir fertig, und jeder ist zunächst mal seinen eigenen Weg gegangen. Alle waren noch auf Jobsuche, als Stefan plötzlich anrief und jedem von uns dasselbe Angebot machte."

Schnabels Blick glitt wieder zur Schnapsflasche, aber er griff nicht zu, sondern ließ die Hände im Schoß liegen. Sie zitterten.

„Man hatte ihm die Führung für ein Arbeitsboot angeboten, und er konnte sich dafür nun seine eigene Mannschaft zusammenstellen. Deshalb hat er sich bei uns gemeldet. Und siehe da: Alle konnten und wollten auch."

Koslowski nickte verstehend. „Und wann und wo war das? Hier an der Küste?"

Schnabel lachte heiser auf. „Nee, in Norwegen. Das war 2012. Krahner hatte vorher eine Zeit lang in Russland gejobbt. Da hat er auch den Chef dieser norwegischen Firma kennengelernt."

Er kratzte sich am Hinterkopf. „Der Typ hieß Magne Iversen. Ein Baum von einem Kerl, mit Händen, so groß wie Bratpfannen. Der hat Stefan angeheuert und ihm dann das Kommando auf der *A.I.S. Island* übergeben. Das war so ein kleinerer Pott, mit dem man küstennah arbeiten konnte. Seezeichenkontrolle und andere Arbeitsaufträge, auch mal 'ne kleine Bergung, so was halt."

Die Schnapsflasche hatte den Kampf gewonnen und Schnabel setzte sie wieder an.

„Aber wie kommt es, dass nun ein paar Russen hinter Ihnen her sind?", wollte Koslowski wissen. „Da muss doch was vorgefallen sein, oder?"

Schnabel setzte die Flasche ab und zuckte mit den Schultern. „Keine Ahnung, vielleicht hat es ja mit dem Unfall zu tun?"

Koslowski wurde hellhörig. „Mit welchem Unfall?"

„Ach, das war Ende Mai 2013. Wir lagen mit unserem Pott im Hafen in Oslo und waren auf Landgang. Hatten einen Grund zu feiern und sind in eine der Hafenkneipen gegangen." Sein Blick verklärte sich für einen Moment. „Oh Mann, was haben wir da getankt."

Koslowski wartete auch diese Gesprächspause geduldig ab.

„Aber es waren auch ein paar Russen in der Kneipe und irgendwann gab es Streit. Krahner wurde von einem von ihnen angemacht und dann haben sie sich geprügelt. Irgendwann mischte die ganze Kneipe mit und kurze Zeit später trafen dann auch schon die Bullen ein." Er atmete tief durch und schien für einen Moment wieder verschwitzt und mit blutig geschlagenen Fäusten in besagter Kneipe zu stehen.

„Sie haben uns mitgenommen, aber nach der Ausnüchterung und Vernehmung durften dann alle wieder gehen. Alle, bis auf einen."

„Stefan Krahner?", riet Koslowski.

„Genau, der hatte dem Russen nämlich beim Kampf ein Messer in den Balg gejagt. Hat dann zwar auf Notwehr plädiert, aber das haben die ihm vor Gericht nicht abgenommen. Er wurde zu zehn Jahren Bau verurteilt." Schnabel ließ geräuschvoll Luft ab.

„Und das war 2013?" Koslowski war für einen Moment sprachlos. „Aber dann müsste er ja noch sitzen, oder?"

„Er ist nach neun Jahren entlassen worden, also letztes Jahr, 2022." Schnabel spielte nun mit der fast leeren Schnapsflasche.

„Und das wissen Sie woher?", wollte Koslowski wissen.

„Ich habe ihn vor drei Wochen hier auf der Insel getroffen."

„Aha, und wo könnte er jetzt sein?"

Schnabel zuckte mit den Schultern. „Keine Ahnung, er hat mir nichts von seinen weiteren Plänen erzählt. Wir haben einen getrunken und gut." Dabei hielt er den Blick gesenkt. Seine Stimme klang seltsam und Koslowski konnte sich des Eindrucks nicht erwehren, dass er soeben belogen wurde.

„Aber warum sind denn die Russen immer noch hinter Ihnen her?"

Schnabel holte tief Luft und seufzte.

„Vermutlich wollen die immer noch Rache für ihren toten Kumpel üben. Wer weiß denn schon, wie diese bekloppten Kerle ticken?"

„Und deswegen bringen sie Klingenberg in Hamburg um, entführen Stefan Krahners Tochter, versuchen Sie zu überfahren und wollen Ihnen dann auch noch im Krankenhaus das Licht ausblasen? Da stimmt doch was nicht!"

Schnabels Kopf ruckte hoch und Koslowski konnte erkennen, wie sich seine vorher teilnahmslos wirkende Miene plötzlich veränderte.

„Was willst du damit sagen?", schnauzte er Koslowski an.

„Ich glaube, dass Sie mir den wahren Grund verschweigen."

„Ich glaube eher, dass dich das alles eigentlich gar nichts angeht. Was hast du mit unserer Vergangenheit zu schaffen?" Schnabels Gesicht hatte sich gerötet, seine Stimme war lauter geworden.

Doch Koslowski ließ sich von diesem Ausbruch nicht einschüchtern.

„Ihre Vergangenheit ist mir scheißegal ..." Seine Stimme wurde leiser, aber dafür eindringlicher. Er beugte sich zu Schnabel hinüber: „... aber das Leben von Krahners Tochter ist mir nicht egal, denn die hat mit den Sünden Ihrer Vergangenheit nichts zu tun."

Er ließ diese Worte eine Sekunde lang wirken. „Was die Russen, aus welchen Gründen auch immer, mit Ihnen vorhaben, dafür sind Sie selber verantwortlich."

„Ja, was soll ich denn machen?", brauste Schnabel auf.

„Sie könnten zum Beispiel zur Polizei gehen", schlug Koslowski vor.

„Guter Witz! Die werden mir ganz sicher nicht helfen können." Er griff erneut zur Flasche und leerte sie diesmal komplett. „Die Bullen sind dieser russischen Mafia doch gar nicht gewachsen."

Koslowski horchte auf. Russenmafia?

„Wie kommen Sie darauf, dass es sich dabei um die *russische* Mafia handelt?", wollte er wissen.

„Ach, leck mich doch am Arsch, du Idiot", schrie Schnabel, und die leere Flasche flog gegen die Laubenwand. Ihre Splitter waren noch nicht ganz zu Boden gefallen, als Koslowski bereits über den Tisch gelangt und Schnabel an der Jacke ergriffen hatte.

Er zog ihn hoch, warf dabei den Tisch um und stand ihm Augenblicke später so nah gegenüber, dass er deutlich dessen Schnapsfahne riechen konnte.

„Wo ist Krahner? Wo finde ich ihn?“

Schnabel versuchte sich aus Koslowskis Griff zu lösen, doch der hielt ihn eisern fest.

„Ich weiß es nicht. Und jetzt lass mich los, du Penner!“

Als Koslowski ihn daraufhin schüttelte und erneut zu sich heranzog, sackte Schnabel in sich zusammen. Seine Stimme bekam nun einen weinerlichen Tonfall.

„Ich weiß es wirklich nicht. Ich schwöre!“

„Wo könnte er sein?“ Koslowski ließ nicht locker.

„Keine Ahnung. Auf dem Festland? In Honolulu? Was weiß ich wo?“, krächzte Schnabel.

Verdammt, so kam er hier keinen Schritt weiter. Dann jedoch kam ihm noch eine Idee.

„Haben Sie ein Foto von Krahner?“ Er erinnerte sich nämlich, dass Jürgen Meerkötter in den Akten keins gefunden hatte.

Schnabel überlegte kurz, dann nickte er.

„Ja, in meiner Wohnung. Im Flur. Da hängt eins an der Wand, auf dem er drauf ist. Wir stehen da alle an der Reling der *A.I.S. Island.*“

Immerhin ein Lichtblick, dachte Koslowski.

„Okay, dann gehen wir jetzt in Ihre Wohnung und holen es.“

Schnabel lachte meckernd auf.

„Den Teufel werde ich tun. Geh du doch hin, wenn du es unbedingt haben willst. Ich wette, die Russen stehen schon bei mir vor der Haustür und warten nur auf mich. Wer weiß denn schon, was in deren Bolschewiken-Schädeln so vorgeht? Vielleicht war dieser Typ, den Krahner umgelegt hat, der Sohn von irgendeinem Oligarchen?“

„Okay, dann her mit dem Wohnungsschlüssel!“, forderte Koslowski ihn auf.

Schnabel riss sich los und kramte in den Taschen, dann entglitten ihm die Gesichtszüge.

Er ließ sich auf die Knie fallen und kroch auf dem Boden herum.

„Scheiße, er ist weg. Ich muss ihn verloren haben."

Er stürmte an Koslowski vorbei nach draußen und suchte den Weg bis zum Gartentor ab.

„Mist, wer weiß, wo ich den verloren habe? Vielleicht sogar schon im Krankenhaus."

Schweißperlen traten ihm auf die Stirn.

„Und wie komme ich jetzt in Ihre Wohnung?" Koslowski lehnte am Türpfosten und sah Schnabel schwitzen. Der überlegte ein paar Sekunden, dann hatte er die Lösung.

„Hilde."

Als er Koslowskis fragenden Gesichtsausdruck bemerkte, erklärte er ihm den Zusammenhang: „Hilde hat einen Ersatzschlüssel, die kann dir aufsperren."

Koslowski überlegte noch einen kurzen Moment, kam dann aber zu der Überzeugung, dass aus Schnabel nichts weiter herauszuholen war. Aber der Typ hatte ihm garantiert nicht die Wahrheit gesagt, zumindest nicht die ganze, dahingehend war er sich sicher. Und sicher war er sich auch, dass er Schnabel nur dann dazu bringen konnte, ihm mehr zu sagen, wenn er ein Druckmittel gegen ihn in der Hand hatte. Doch was konnte das sein?

Er musste unbedingt Stefan Krahner finden. Den konnte er sicherlich davon überzeugen, ihm zu helfen, seine Tochter zu retten. Und nicht nur die, vielleicht sogar auch sein eigenes Leben.

Koslowski gähnte. Ihm wurde schlagartig bewusst, dass er schon viel zu lange auf den Beinen war. Er musste jetzt erst mal eine Runde schlafen. Wenn er zu müde war, übersah er vielleicht etwas Wichtiges oder machte möglicherweise einen Fehler. Einen, der tödlich enden konnte.

## 23

Polizeihauptkommissar Jürgen Meerkötter stieg aus dem zivilen VW Passat und schaute skeptisch an der Hausfassade hoch. Auch nicht gerade Detmolds erste Adresse. Eine abblätternde Fassade, Fenster, die geradezu nach einem frischen Anstrich schrien, und eine Haustür, die deutlich bessere Tage gesehen hatte. Wann immer er vor solchen Häusern stand, war er froh, mit seiner kleinen Familie in einem ebenso kleinen, aber feinen Einfamilienhaus in Bad Meinberg zu wohnen.

Genervt klemmte er sich seine Schreibmappe unter den Arm und marschierte zur Haustür. Als er den Namen „Krahner" auf den Klingeln fand, verdrehte er die Augen. Schutzmanns Parterre! Warum mussten alle Leute, mit denen man es als Polizist zu tun bekam, immer ganz oben wohnen?

Er wollte gerade auf die Klingel drücken, als ihm auffiel, dass die Haustür nur angelehnt war. Also zügig ab nach oben, Karin Krahner im Auftrage seiner niedersächsischen Kollegen befragen und ab durch die Mitte.

Während er Stufe für Stufe nach oben stieg, hegte er allerdings wenig Hoffnung, dass die Frau ihm etwas Neues würde sagen können. Er persönlich glaubte auch nicht, dass die Entführer sich bei ihr gemeldet hatten. Wer in solch einem Haus wohnte, bei dem war nichts zu holen. Wenn es den Entführern überhaupt um Lösegeld ging, korrigierte er sich selber.

Aber auch was Hinweise auf den momentanen Aufenthaltsort ihres Mannes anging, erwartete er nichts von ihr. Seine Hauptaufgabe lag ohnehin darin, ihr zu erläutern, dass die Kollegen von nun an ihr Telefon abhören würde. Falls sie eines besaß.

Er erreichte den obersten Treppenabsatz und holte noch mal Luft, bevor er an der Wohnungstür schellte. Doch egal, wie oft er den Klingelknopf auch drückte, aus der Wohnung war kein Laut zu hören. Hatte sie die Klingel abgestellt?

Jürgen Meerkötter klopfte. Erst leise, dann etwas stärker. Was dazu führte, dass die Tür sich bewegte. Sie war nicht ins Schloss gefallen. Der Kriminalbeamte bückte sich und inspizierte es. Rundherum war das Türblatt gesplittert. Es sah so aus, als habe man die Tür eingetreten und anschließend wiederhergerichtet. Allerdings nicht sehr fachgerecht, denn sie schloss nicht mehr richtig. War das ein neuer Schaden? Koslowski hatte jedenfalls nichts davon erzählt. Aber vielleicht hatte er es ja auch nicht bemerkt.

Meerkötter trat zur Seite und drückte die Tür vorsichtig mit dem Fuß auf. Sofort spürte er, dass dahinter etwas lag, das verhinderte, dass er sie komplett öffnen konnte. Er machte sich schmal und drückte sich an der halb geöffneten Tür vorbei in die Wohnung. Dabei bemerkte er auf dem Boden etliche Jacken. Sie mussten an der Tür gehangen haben und waren runtergefallen.

„Frau Krahner? Hier ist die Polizei! Sind Sie zu Hause?" In der Wohnung herrschte Stille.

Vorsichtig! Hier stimmte was nicht. Das schlechte Gefühl, das ihn plötzlich überkam, ließ ihn seine Schreibmappe ablegen und stattdessen die Dienstwaffe zücken. All seine Sinne waren jetzt geschärft. Vorsichtig tastete er sich weiter durch den Flur und warf einen Blick in die Küche. Grausamer Zustand. Total verwahrlost. Aber vor diesem Anblick hatte ihn Koslowski ja bereits gewarnt.

Vor dem Betreten des Wohnzimmers zögerte er kurz. Bereits von der Tür aus konnte er sehen, dass jemand das Sofa umgekippt hatte. Ihm war zwar schon in der Küche aufgefallen, dass hier alles schmutzig und abgewohnt war, aber das erklärte nicht, warum hier im Wohnzimmer alle Schranktüren aufgeklappt und ihr Inhalt auf dem Boden verstreut worden war. Hatte hier jemand etwas gesucht? Oder hatte Karin Krahner im Suff einen Tobsuchtsanfall gehabt?

Vorsichtig stieg er über die vielen Dinge hinweg, die auf dem Boden lagen. Betrachtete angeekelt den Wohnzimmertisch mit seinen Brandflecken, die fast leeren Flaschen und den überquellenden Aschenbecher. Dazu jede Menge Müll und dieser eklig saure Geruch. Instinktiv hielt er sich die Nase zu.

Dann begann er, die anderen Zimmer zu durchsuchen. Auch hier war alles durchwühlt worden. Besonders leid tat es ihm um das Zimmer, das augenscheinlich Gina gehört hatte. Auch hier hatte man alles durchsucht. Dennoch war es auch in diesem Zustand noch das ordentlichste von allen.

Meerkötter überlegte, wo Karin Krahner sein könnte. Dann kam ihm eine andere Idee. Hatte es hier vielleicht einen Einsatz seiner uniformierten Kollegen gegeben? Hatten die vielleicht sogar die Tür aufgebrochen, weil Karin Krahner drinnen randaliert hatte? Das würde einiges erklären. Jürgen Meerkötter zückte sein Handy und wählte die Nummer der Leitstelle. Ein paar Minuten später wusste er, dass weder die Kollegen vom Streifendienst noch der Rettungsdienst oder die Feuerwehr in den letzten Wochen in dieser Wohnung gewesen waren.

Einen Moment lang stand er ratlos im Wohnzimmer. Wo mochte die Frau sein? Noch während er darüber nachdachte, stieg ihm plötzlich ein Gestank in die Nase. Was roch denn hier so? Er umrundete das umgekippte Sofa, um das das Fenster zu öffnen. Dabei trat er auf etwas Weiches. Sofort schreckte er zurück und stolperte dabei gegen den Wohnzimmertisch. Die leeren Flaschen kippten polternd um und Reste daraus ergossen sich über seine Hand. Angewidert zog er sie zurück.

„Verdammtes Kissen", fluchte er und kickte es weg. Im ersten Moment hatte er tatsächlich gedacht, er wäre auf einen menschlichen Körper getreten. Genauer gesagt auf den von Karin Krahner. Das hätte ihm gerade noch gefehlt. Genervt schaute er auf seine mit Alkoholresten besudelte Hand. Das war mal wieder ein Tag zum Abhaken.

Als Nächstes musste er sich erst mal die Hände waschen, sonst saute er noch alles Mögliche ein. Angefangen von seiner Schreibmappe bis hin zum Lenkrad des Dienstwagens. Wie ein Storch stakste er über die am Boden verteilten Gegenstände hinweg.

Sobald ich wieder saubere Finger habe, werde ich versuchen, bei der Stadtverwaltung herauszufinden, wer der Besitzer dieser Bruchbude ist. Anschließend mache ich mich auf die Suche nach Karin Krahner, dachte Meerkötter und wusste auch schon, wo er damit beginnen würde. Wie in anderen Städten auch, gab es in Detmold Orte, an denen sich Leute mit einem Suchtproblem trafen. Seine Suche würde in dem kleinen Park hinter dem Landestheater starten, den man in Insiderkreisen auch *Gorki-Park* nannte.

Mit dem Ellbogen öffnete er die angelehnte Badezimmertür und war froh, sich endlich die Hände waschen zu können. Danach würde er als Erstes Koslowski anrufen. Denn vielleicht hatte der ja noch andere eine Idee, wo die Frau sein könnte. Er drehte den Wasserhahn wieder zu und sah sich suchend nach einem Handtuch um. Fehlanzeige. Kein Wunder in diesem Loch hier.

Vielleicht hängt hier ja eins, dachte Jürgen Meerkötter und zog den Duschvorhang der Wanne beiseite. Mit dieser Handbewegung warf er seine komplette zeitliche Planung über den Haufen, denn über der Wanne hing kein Handtuch, sondern Karin Krahner.

***

Eine halbe Stunde später war Meerkötter nicht mehr allein in der Wohnung. Die Kollegen vom Erkennungsdienst waren eingetroffen und ebenfalls die aus seinem ehemaligen Kommissariat.

„Jürgen, Jürgen", schüttelte ein Kollege beim Betreten der Wohnung bedauernd den Kopf, „ich dachte, du hättest uns verlassen, weil du von Leichen die Nase voll hast?"

Meerkötter winkte resigniert ab. „Ich lache später, wenn's recht ist. Sieh dir lieber mal die Leiche an und sag mir, ob du dasselbe denkst wie ich." Denn bis zum Eintreffen der Kollegen hatte Meerkötter sie sich sehr aufmerksam angesehen.

Der Kollege ging an ihm vorbei ins Bad und baute dort seine Kamera auf. Die Tote hing mit dem Gürtel eines rosa Bademantels um ihren Hals an der Wandhalterung für die Handdusche. Der Schlauch mit dem Brausekopf lag in der Wanne. Erstaunlich, dass die Halterung das Gewicht von Karin Krahners Körper getragen hatte, ohne dass die Dübel aus der Wand gerissen worden waren.

Die Halterung war allerdings nicht so hoch angebracht, dass die Leiche frei gehangen hätte. Sondern sie hing so niedrig, dass die Beine der Toten in der Wanne ausgestreckt waren, ihre Arme seitlich am Körper. Meerkötters Kollege bemerkte sofort, dass sie es hier mit dem sogenannten *atypischen* Erhängen zu tun hatten. Dabei berührt der Körper, egal ob sitzend oder sogar liegend, den Boden. Beim *typischen* Erhängen hingegen schwebt er frei im Raum und der Aufhängepunkt befindet sich hinten und in der Mitte des Nackens.

Hier aber war der Aufhängepunkt seitlich verschoben und an der Vorderseite des Halses. Der Polizeibeamte konnte deutlich die Stauungsblutungen erkennen. Diese traten bei einem *typischen* Erhängen so nicht auf. Außerdem stimmte die Position des Knotens eindeutig nicht mit diesen Stauungsblutungen überein. Entweder war das Opfer bereits vorher stranguliert und erst danach hier aufgehängt worden, oder man hatte sie vorher außer Gefecht gesetzt, um sie dann bewusstlos zu erhängen. Egal, wie es geschehen war, auf jeden Fall wollte hier jemand einen Suizid vortäuschen.

Er ging näher an die Leiche heran und bemerkte rötliche Flecken an den Hand- und Fußgelenken. Es wäre also auch möglich, dass man die Frau aufgehängt und ihre Extremitäten so lange festgehalten hatte, bis sie qualvoll erstickt war. Reine Spekulation, rief er sich zur Ordnung. Genauere Ergebnisse würde erst die Obduktion liefern. Doch bevor er sich daran machte, den Tatort fotografisch zu sichern, verließ er noch einmal das Bad.

Meerkötter blickte ihm fragend entgegen. Sein Kollege lachte humorlos auf.

„Wenn du glaubst, dass das hier kein Suizid war, dann sind wir uns einig."

Jürgen Meerkötter nickte. Genau das war auch sein erster Eindruck gewesen. Er war sich sehr schnell sicher gewesen, dass man Karin Krahner umgebracht hatte. Jetzt war er auf zwei Reaktionen gespannt.

Auf die seiner Kollegen in Niedersachsen und auf die von Koslowski.

## 24

Das war mal wieder einer dieser Morgen, an denen man den Wecker am liebsten aus dem Fenster werfen würde. Koslowski war so platt, dass er das Gefühl hatte, von einer Dampfwalze überrollt worden zu sein. Zusätzlich zu seinem unruhigen Schlaf hatte er auch noch jede Menge wildes Zeug geträumt. Dass er am Strand entlanggegangen war und die See ihm dabei immer wieder Ginas Leiche vor die Füße spülte. Jedes Mal, wenn er sie aus dem Wasser ziehen wollte, erschien Lukas Eugelink und versuchte, das tote Mädchen wieder zurück ins Meer zu schieben.

Mit schweißnassem Gesicht war er mitten in der Nacht aufgewacht und mit einem total trockenen Mund ins Bad gewankt. Nachdem er dort wie ein Ertrinkender jede Menge Wasser zu sich genommen hatte, war er wieder ins Bett gestiegen und wider Erwarten noch mal eingeschlafen. Zu seinem Glück war der Traum nicht zurückgekehrt.

Er streckte sich und blieb noch eine Weile auf dem Rücken liegen. Wie gerne hätte er sich jetzt die Bettdecke über den Kopf gezogen. Als Kind hatte er sich immer vorgestellt, dass er dann nicht nur unsichtbar, sondern auch für alle Sorgen und Probleme unerreichbar war. Aber das hatte sich schon damals als Wunschtraum herausgestellt.

Seufzend drehte er sich auf die Seite. Der Blick auf den Wecker verriet ihm, dass er pünktlich um sieben Uhr seine Aufgabe erfüllt hatte. Immer noch widerstrebend schob er die Beine aus dem Bett, langte unter das Kopfkissen und zog darunter die Pistole hervor, die er gestern Abend dort deponiert hatte. Man wusste ja nie. Sollte er sie heute mitnehmen?

Nach kurzer Überlegung kam er zu der Überzeugung, dass es vermutlich nicht ratsam war, mit einer illegalen Waffe auf der Insel herumzulaufen. Entschlossen schob er sie wieder zurück unter das Kissen. Gut, dass das hier eine Ferienwohnung war. Ein Zimmermädchen hätte beim Bettenmachen sonst vermutlich den Schreck seines Lebens bekommen.

Aus dem Spiegel im Bad blickte ihn ein unrasiertes und müdes Gesicht an. Kein Wunder, dass er so aussah. Seltsamerweise geschah es immer wieder, dass die Probleme anderer Leute plötzlich zu seinen wurden und ihn völlig vereinnahmten. Dieses Phänomen begleitete ihn schon sein Leben lang. Wenn man ihn um Hilfe bat, konnte er einfach nicht Nein sagen. Und in diesem speziellen Fall schon gar nicht.

Sein nächster Gedanke verursachte ihm allerdings sofort ein noch flaueres Gefühl in der Magengegend. Gina! Wie es ihr wohl ging? Gleichzeitig versuchte sich in seinem Gehirn die Vorstellung breitzumachen, dass das Mädchen womöglich nicht mehr am Leben war. Sofort verdrängte er den Gedanken wieder. Ihre Chancen standen so lange gut, wie die Entführer nicht das hatten, hinter dem sie her waren.

Nach seinem Abstecher ins Bad schaltete er die Kaffeemaschine ein und zwang sich, eine Scheibe Brot zu essen. Großen Hunger verspürte er nicht. Mit dem frischen Kaffee in der Hand trat er auf den Balkon und genoss die Morgensonne, die ihm das Gesicht wärmte. Wenn er an den schweren Sturm und die isolierte Insel dachte, die ihm bei seinem letzten Abenteuer das Leben zusätzlich schwergemacht hatten, war er froh, dass diesmal wenigstens das Wetter auf seiner Seite war. Doch nur, weil die die Sonne schien, wurde die Lage noch lange nicht rosiger.

Schweren Herzens ging er zurück in die Wohnung, stellte die Tasse in den Ausguss und steckte sein Handy ein. Ein paar Minuten später war er bereits auf dem Weg zu Rudolf Schnabels Wohnung. Hoffentlich war Hilde Schüler zu Hause, damit sie ihm den Schlüssel geben konnte. Aber wo sollte sie zu dieser frühen Morgenstunde sonst sein?

Doch seine Zweifel schienen sich zu bewahrheiten. Als er bei ihr schellte, tat sich zunächst nichts. Er versuchte es ein zweites Mal. Mit demselben Erfolg. Wieder kam ihm der Zufall zu Hilfe, diesmal in Person eines Hausbewohners, der soeben die Eingangstür öffnete.

„Zu wem möchten Sie denn?“, fragte der neugierig.

„Zu Frau Schüler.“

„Ach, zur Hilde. Die wohnt schräg unter mir.“ Der Mann bekam plötzlich einen erbosten Gesichtsausdruck. „Wenn Sie zufällig ihren Nachbarn, diesen Schnabel, sehen, dann sagen Sie ihm, er soll spätabends nicht so einen Krach machen. Es hat ja sich angehört, als würde er seine Möbel verrücken. Ein fürchterliches Gepolter.“ Noch während er Koslowski den Auftrag erteilte, machte er ihm den Eingang frei.

„Ich werde es ausrichten", versprach der und lief bereits mit einem schlechten Gefühl im Nacken zur Treppe. Gepolter in Schnabels Wohnung? Das verhieß nichts Gutes. Als er vor Hilde Schülers Wohnung stand, verzichtete er darauf zu klingeln, sondern legte sofort sein Ohr an die Tür. Von innen waren deutlich Geräusche zu hören. Also war sie zu Hause.

Auch die von ihm betätigte Klingel konnte er deutlich hören, doch dann verstummten plötzlich alle Geräusche. Leise klopfte er an.

„Hallo, Frau Schüler, ich bin es noch mal, Alfred Westermann. Wir haben gestern schon miteinander gesprochen." Keine Antwort. Ein anderer Versuch. „Ich soll Sie von Rudi grüßen. Ich habe ihn gestern noch in seinem Kleingarten getroffen."

Wieder lauschte er erwartungsvoll, doch noch immer tat sich in der Wohnung nichts. Zweites Klingeln. Zweites Klopfen. Er versuchte es mit Flehen.

„Frau Schüler, bitte, Sie müssen mir helfen. Ich muss dringend in Rudis Wohnung, er braucht etwas daraus, kann aber selber nicht kommen. Er hat mir gesagt, dass Sie einen Schlüssel haben."

Diese Information zeigte Wirkung, denn er sah, dass sich der Türspion verdunkelte. Hilde Schüler ging anscheinend auf Nummer sicher. Dann hörte er ihre Stimme, sie klang leise und verängstigt.

„Sind Sie alleine?"

„Ja, das bin ich", antwortete Koslowski. Er hörte, wie der Schlüssel zweimal umgedreht wurde. Dann öffnete sich die Tür einen Spalt weit und darin erschien ein buntes Gesicht. Hilde Schülers Augen wiesen Hämatome auf, im allgemeinen Sprachgebrauch auch als Veilchen bezeichnet. Auf ihrer Stirn hatte sich eine große Schwellung gebildet, die vermutlich noch nicht einmal ganz ausgeprägt war. Rudi Schnabels Nachbarin sah aus, als hätte sie drei Runden mit „Iron Mike" Tyson im Boxring zugebracht. Dagegen sprach allerdings, dass ihre Ohren noch vollkommen intakt waren.

„Was ist denn mit *Ihnen* passiert?" Koslowski war der Schreck deutlich anzumerken. Ehe sie antwortete, ahnte er aber bereits, wer vor ihm hier gewesen war. Hilde Schülers Aussehen erklärte vermutlich auch den nächtlichen Krach aus Rudi Schnabels Wohnung.

„Zwei Männer sind passiert, Russen vermutlich“, erklärte Hilde mit belegter Stimme. „Sie wollten wissen, wo Rudi ist, und als ich nicht geantwortet habe, haben sie mich geschlagen.“ Sie schluchzte herzzerreißend auf. „Ich dachte, die schlagen mich tot.“ Dabei liefen ihr dicke Tränen über die blutunterlaufenen Wangen. „Die waren so brutal, dass ich …“ Den Rest brachte sie nicht mehr über die Lippen.

„Lassen Sie uns besser reingehen“, schlug Koslowski vor und folgte ihr in die Wohnung. Während er in der Küchentür stehen blieb, ließ sie sich auf einem Stuhl nieder. Sie schluchzte erneut und wischte sich mit einem Taschentuch die Tränen ab.

Koslowski ließ ihr Zeit. „Und dann? Was geschah dann?“

„Dann wollten sie in seine Wohnung. Fragten, ob ich einen Schlüssel habe. Aus lauter Angst vor weiteren Schlägen habe ich ihnen den gegeben.“

Er konnte sich vorstellen, dass die Frau Todesangst ausgestanden haben musste. Arme Hilde. „Haben Sie Ihnen auch verraten, wo Rudi ist?“

Sie schüttelte vehement den Kopf. „Zunächst nicht, denn mir war natürlich klar, wenn ich denen das sage, bringen sie ihn um.“

„Wie kommen Sie darauf?“, wollte Koslowski wissen.

Hilde Schüler zuckte mit den Schultern. „Keine Ahnung, es war nur so ein Gefühl … Die waren so brutal … Denen habe ich alles zugetraut.“

„Und wie ging es dann weiter?“ Koslowski sah, dass sich erneut dicke Tränen ihren Weg über die Wangen der Frau suchten.

„Einer von denen ist rüber in Rudis Wohnung. Der andere hat mich im Wohnzimmer aufs Sofa gestoßen und gedroht, mich zu verprügeln, wenn ich aufstehen sollte.“ Bei dem Gedanken an das Erlebte musste sie erneut schluchzen. „Ich habe nur gebetet, dass die schnell wieder abhauen, ich hoffte, dass sie nur …“ Sie brach mitten im Satz ab. Koslowski ließ ihr die nötige Zeit, um sich wieder zu sammeln.

„Nach einer Weile kam der andere aus Rudis Wohnung zurück und schüttelte mit dem Kopf. Die beiden waren ganz schön sauer."

Hilde Schüler zerknüllte das Taschentuch mit ihren Fingern.

„Und dann haben sie mir noch mal gedroht, dass sie mich umbringen, wenn ich ihnen nicht sage, wo Rudi ist." Sie hielt ihren Blick auf das Taschentuch gesenkt und begann erneut zu weinen. „Es hat doch so weh getan …" Koslowski merkte, dass sie sich schämte, und er wusste auch warum.

„Und deswegen haben Sie ihnen schließlich doch von Rudis Kleingarten erzählt, nicht wahr?"

Gleichzeitiges Schluchzen und Nicken bestätigte seine Vermutung. Es war allerdings verständlich, dass sie ihnen Schnabels Aufenthaltsort verraten hatte. Wer so eingeschüchtert und malträtiert wurde, der hatte einfach nur noch Angst um sein Leben.

„Ich kann verstehen, dass Sie so gehandelt haben, Frau Schüler. Haben die beiden sonst noch was gesagt oder gewollt?"

Hilde Schüler traute sich wieder, Koslowski in die Augen zu sehen. „Nein, die sind dann sofort abgehauen, und ich war froh, dass sie weg waren."

„Haben Sie die Polizei angerufen?"

Hilde Schüler druckste etwas herum, bevor sie antwortete.

„Nein … Ich habe … Die beiden haben mir vorher noch gedroht, wenn ich da anrufe, dann kommen sie zurück und bringen mich um." Wieder folgte ein Schluchzen. „Und dann … dann wollten sie wissen, ob ich ein Handy habe. Vor lauter Angst habe ich ihnen auch das gegeben."

„Was haben die denn damit gewollt?"

„Sie haben nach Rudis Nummer gesucht und ihn angerufen. Aber so wie es schien, ist er nicht drangegangen."

„Und wo ist das Handy jetzt? Haben die Männer es mitgenommen?"

Hilde Schüler deutete auf den Mülleimer, der in einer Ecke der Küche stand.

Als Koslowski ihn öffnete, fiel ihm das zertrümmerte Handy sofort ins Auge.

„Bevor sie gegangen sind, hat einer auch noch mein Festnetztelefon aus der Wand gerissen und aus dem Fenster geworfen. Es liegt immer noch im Garten. Ich habe mich noch nicht getraut, es wieder raufzuholen."

Die Burschen hatten hier rigoros aufgeräumt, fand Koslowski und war froh, dass Hilde Schüler noch so glimpflich davongekommen war. Das hätte viel schlimmer ausgehen können. Er merkte, wie Wut in ihm aufstieg.

„Ich muss dringend telefonieren", erklärte er und ging in den Flur.

„Sie wollen doch wohl nicht die Polizei anrufen, oder? Dann kommen diese Schläger womöglich zurück. Ich werde auf keinen Fall Anzeige erstatten. Ich bin doch nicht lebensmüde", rief ihm Hilde Schüler nach. „Auf keinen Fall!"

„Gut, aber die Polizei muss sich sofort um Rudi kümmern. Er könnte in große Gefahr geraten, wenn er es nicht ohnehin längst ist."

Er befürchtete eher Letzteres, da sich das alles bereits am Abend zuvor abgespielt hatte. Garantiert waren die beiden Schläger sofort zur Kleingartenanlage gefahren.

Koslowski zog sein Handy und wählte Hartungs Rufnummer. Es dauerte nicht lange, bis sich der Wachleiter der Norderneyer Polizei meldete.

„Hier ist Koslowski. Ich habe Neuigkeiten, die mit dem Entführungsfall Gina Krahner zu tun haben. Ich bin gerne bereit, zur Wache zu kommen und Ihnen alles zu erklären, aber vorher müssen sie einen Streifenwagen in die Kleingartenanlage *Schlickdreieck* schicken. Es könnte sein, dass Rudolf Schnabel, das aus dem Krankenhaus verschwundene Opfer der Autoattacke, dort überfallen oder sogar getötet worden ist."

Hartung hatte zugehört, ohne ihn zu unterbrechen. „Hat dieser Schnabel etwas mit der Entführung des Mädchens zu tun?", wollte er anschließend wissen.

„Das erzähle ich Ihnen alles persönlich. Ich mache mich sofort auf den Weg zur Wache, aber jetzt geht es möglicherweise um Sekunden. Sie müssen da unbedingt jemand hinschicken."

Hartung wollte noch etwas fragen, doch Koslowski brach das Gespräch abrupt ab und hoffte, dass Hartung seine Leute dorthin beorderte. Die würden auf jeden Fall schneller an Schnabels Gartenhäuschen sein als er.

Hilde Schüler war in der Küchentür erschienen und sah ihn verängstigt an. Sie hatte mit offenem Mund zugehört. In ihren Augen bemerkte er die blanke Panik.

„Keine Sorge, ich werde der Polizei nicht erzählen, was hier vorgefallen ist. Aber Sie müssen mich noch kurz in Rudis Wohnung lassen."

Hilde ging zu einem kleinen Schränkchen im Flur und öffnete die Schublade. Sie holte einen Schlüssel mit einem kleinen Anhänger in Ankerform heraus und hielt ihn Koslowski hin.

„Ich war noch nicht drüben. Als diese Typen wieder weg waren, bin ich nur schnell zu Rudis Wohnungstür und habe ihn abgezogen, weil ihn der eine Russe stecken gelassen hat."

Koslowski nahm den Schlüssel entgegen und legte ihr, bevor er die Wohnung verließ, noch einmal beruhigend die Hand auf die Schulter.

Keine dreißig Sekunden später hatte er Schnabels Wohnungstür aufgeschlossen und stand im Flur. Bereits von hier aus konnte er sehen, dass jemand alles mit brutaler Rücksichtslosigkeit durchsucht hatte. Kein Wunder, dass der Nachbar über Hilde den Krach gehört hatte. Schubladen waren herausgezogen und ihr Inhalt auf den Boden geschüttet, Kissen aufgerissen, das Sofa umgekippt worden und selbst die Gardinen hingen nicht mehr an der Decke. Keine Ahnung, wonach der Mann gesucht und ob er es gefunden hatte, dachte Koslowski.

Das, weswegen er hier war, hing im Flur an der Wand. Über einer kleinen Nussbaumkommode. Entweder hatte es der Mann übersehen, oder er wusste nicht, wie wertvoll es möglichweise war. Es handelte sich um ein Foto in einem Kiefernholzrahmen, auf dem vier Männer zu sehen waren, die sich alle mit ihren Unterarmen auf die Reling eines Schiffes stützten. Die Aufnahme war irgendwo in einem Hafen gemacht worden, denn am unteren Bildrand konnte man die Oberkante der Kaimauer erkennen.

Koslowski nahm das Bild von der Wand, drehte es um und war enttäuscht. Keine Notizen auf der Rückseite. Einer plötzlichen Eingebung folgend, löste er die Klammern und nahm das Bild aus dem Rahmen.

Und dann fand er sie. Vier Namen. Manuel Klingenberg, Rudolf Schnabel, Stefan Krahner und Martin Hälker. Ein Name, den Koslowski schon Schnabel gehört hatte. Hoffentlich war das eine neue Spur.

Er machte mit seinem Handy Aufnahmen von der Vorder- und der Rückseite des Bildes, dann hängte er es ordentlich zurück an die Wand und kam sich dabei fast lächerlich vor, wenn er überlegte, wie der Rest der Wohnung aussah.

Jetzt wurde es endgültig Zeit, dass die Polizei den Fall übernahm. Dazu musste Hartung alles wissen und deswegen machte Koslowski sich umgehend auf den Weg zur Polizeistation.

## 25

Als Koslowski das Haus verließ, begann es gerade zu regnen. Von wegen „Das Wetter war auf seiner Seite". Er schlug den Kragen seiner Jacke hoch und zog sich die Kapuze über den Kopf. Echtes Märzwetter eben, dachte er und bog in die Richthofenstraße ein. Der Regen hatte die Straße vor ihm leergefegt. Mit von der Kapuze tropfendem Regen lief er am Waldrand entlang und überlegte gerade, welches der kürzeste Weg zur Polizeistation war, als sein Handy sich meldete. Umständlich kramte er es aus der Tasche und bugsierte es zwischen Kapuze und Ohr.

„Die Gartenlaube ist leer!" Hartungs Stimme klang äußerst ärgerlich. „Die Tür wurde aufgebrochen und drinnen haben wir nicht nur Kampf-, sondern auch frische Blutspuren gefunden. Ich will jetzt sofort wissen, was hier los ist."

Koslowski behielt seinen flotten Schritt bei und den Kopf gesenkt.

„Ich bin ja bereits auf dem Weg zu Ihnen. Sobald ich da bin, erfahren Sie alles. Ich habe …" Er zögerte einen Moment.

„Was haben Sie?“, hakte Hartung sofort nach.

„Ich habe Ihnen nicht alles erzählt“, gab er schweren Herzens zu, „aber das wird sich jetzt ändern.“

„Das möchte ich Ihnen auch geraten haben. Ex-Kollege hin und Freund von Marius her, wenn Sie uns was verschwiegen haben, was wir hätten wissen müssen, dann reiße ich Ihnen höchstpersönlich den Arsch auf!“

„Ich beeile mich“, versprach Koslowski, „aber da ich zu Fuß unterwegs bin, werde ich noch eine Viertelstunde brauchen.“ Er war froh, das Telefonat beenden zu können, denn das persönliche Gespräch würde noch unangenehm genug werden. Er hatte sein Handy gerade wieder eingesteckt, als er von einem dunklen Mercedes überholt wurde. Ein Stück weiter hielt der Wagen an und eine jüngere Frau mit langen blonden Haaren stieg aus.

Koslowski glaubte zu erkennen, dass sie etwas suchte. Sie hatte einen Zettel in der Hand und sah sich um. Als sie Koslowski näher kommen sah, erschien ein erleichtertes Lächeln auf ihrem Gesicht. Wahrscheinlich war sie froh, endlich jemanden gefunden zu haben, den sie fragen konnte.

Sie kam auch prompt auf ihn zu und streckte ihm den Zettel entgegen. „Entschuldigen Sie“, sagte sie, Koslowski glaubte dabei einen osteuropäischen Akzent aus ihrer Stimme herauszuhören, „können Sie mir bitte sagen, wo diese Adresse ist?“ Ihr Lächeln wirkte aufgesetzt, es erschien ihm wie eine Maske. Aber er kam nicht mehr dazu, sich weitere Gedanken darüber zu machen, denn in dem Moment, als er die Hand nach ihrem Zettel austreckte, schlang sich von hinten ein Arm um ihn und er spürte, wie ihm etwas in den Hals gestochen wurde.

Gleichzeitig war die Frau vor ihm einen Schritt zurückgesprungen und sah ihn nun mit einem triumphierenden Lächeln an. So wie das eines Jägers, der seine Beute erfolgreich in die Falle gelockt hatte. Er ruderte zwar mit den Armen, um sich zu befreien, und versuchte gleichzeitig, um sich zu treten, doch sein Widersacher hielt ihn mit eisernem Griff fest. Wütend riss er mit beiden Händen an dem Arm, der sich um seinen Hals gelegt hatte, erreichte dadurch aber nur, dass ihm die Luft ausging. Die Frau vor ihm genoss es anscheinend, seinem aussichtslosen Kampf zuzusehen.

Die Schlampe hat mich in eine Falle gelockt, dachte Koslowski noch, dann schwanden ihm die Sinne. Was hatten die Schweine ihm da gespritzt? Das war doch wohl … Nicht einschlafen ... Bleib wach … Du musst …

***

Der Boden unter ihm bewegte sich. Wo war er? Nur mit großer Mühe gelang es ihm, die Augen zu öffnen. Kaum hatte er das geschafft, da rauschte auch schon eine Welle der Übelkeit durch seinen Körper und er bekam Angst, sein Schädel würde explodieren. Was musste das für ein Dreckszeug gewesen sein, das sie ihm da in den Körper gejagt hatten! Selbst nach dem größten Besäufnis hatte er noch nie solche Schmerzen empfunden. Um sich davon abzulenken, versuchte er, sich auf seine Umgebung zu konzentrieren.

Wo war er? Und warum bewegte sich der Boden? Seine gesamte Umwelt nahm er nur durch einen verschwommenen Nebel wahr.

Das Letzte, an das er sich erinnerte, war, wie er von Schnabels Wohnung zur Polizeistation laufen wollte. Dann fiel ihm ein, dass es geregnet hatte. Aber was war dann geschehen? Eine junge Frau mit langen blonden Haaren drängte sich plötzlich in seine Erinnerungen. Er war angegriffen worden. Von hinten. Aber welche Rolle die junge Frau dabei gespielt hatte, erschloss sich ihm nicht. Noch nicht. Aber er würde schon noch dahinterkommen.

Resigniert schloss er wieder die Augen und bemerkte erleichtert, dass der Schmerz etwas nachließ. Bleib erst mal ruhig liegen, ermahnte er sich. Dann drängte sich wieder dieser andere Gedanke in den Vordergrund. Warum schwankte der Boden? War er auf einem Schiff? Möglicherweise auf einer der Inselfähren? Transportierte man ihn gerade aufs Festland?

Er nahm allen Mut zusammen und öffnete erneut die Augen. Wieder dieser bohrende Schmerz, und alles sah immer noch total verschwommen aus. Nur mühsam widerstand er der Versuchung, die Augen wieder zu schließen. Zur Unterstützung hielt er zusätzlich die Luft an und biss sich dabei auch noch auf die Unterlippe. Durchhalten!

Als sein Blick sich endlich klärte, sah er dunkles, glänzendes Holz, das unter der Decke montiert war. Und ihm schien, als sei die Decke leicht nach oben gewölbt. Lag das noch an dem Zeug, das sie ihm gespritzt hatten?

Er nahm wahr, dass seine Kopfschmerzen sich abschwächten. Nun drangen auch endlich Geräusche an sein Ohr. Die hörten sich an, als ob Wasser gegen eine Bordwand schlug. Also war er tatsächlich auf einem Schiff. Aber wie kam er hierher?

Mühsam versuchte er, sich auf die linke Körperseite zu drehen. Doch die Handschelle, mit der seine rechte Hand an ein Stahlrohr gekettet war, hinderte ihn daran. Als er das Rohr näher unter die Lupe nahm, stellte er fest, dass es sich um das einzige Standbein eines Tisches handelte. Er wälzte sich auf die rechte Seite und ließ dabei seinen Blick am Stahlrohr nach oben schweifen. Vielleicht konnte er ja die Tischplatte abnehmen und sich so befreien?

Doch dieser Plan erwies sich als undurchführbar, denn die Platte war mit vier dicken Inbusschrauben verankert. Die würde er ohne entsprechendes Werkzeug niemals gelöst bekommen. Und was war mit dem Fuß des Tisches? Das Stahlrohr verschwand neben ihm im Teppichboden. Krampfhaft suchte er nach einer Schnittstelle, denn irgendwie musste der Teppich ja um das Rohr gekommen sein. Da er keine Naht fand, nahm er an, dass man ihn eingeschnitten und über das Rohr gestülpt hatte. Und dieser Boden, auf dem er lag, war keine Billigware aus irgendeinem Sonderpostenmarkt, sondern dick, fest und für ihn unlösbar mit dem Untergrund verklebt. Also auch eine Sackgasse.

Er zog die Beine an und drückte mit den Füßen von unten gegen die Tischplatte. Vielleicht rutschte das Rohr ja irgendwo aus einer Steckverbindung? Aber so fest er auch drückte, nichts geschah.

Enttäuscht ließ er die Beine wieder sinken. Ihm blieb nichts weiter übrig, als zur Kenntnis zu nehmen, dass er seinen Gegnern auf Gedeih und Verderb ausgeliefert war.

Aber welchen Gegnern? Dabei konnte es sich doch nur um Ginas Entführer handeln, oder?

Sofort schoss ihm der Gedanke durch den Kopf, dass sie ihn entführt hatten, weil sie ihn für Stefan Krahner hielten. Den Mann, der etwas besaß, das sie unbedingt haben wollten. Gleichzeitig tauchte in seinem Kopf die Frage auf, ob er noch lange genug am Leben blieb, um zu erfahren, hinter was diese Typen eigentlich her waren. Ihm war auch klar, dass er ihnen wohl oder übel reinen Wein einschenken und klarmachen musste, dass er nicht Ginas Vater war.

Wenn das mal nicht sein Todesurteil bedeutete! Nach dieser Erklärung würde man ihn wohl kaum mit einer Entschuldigung und einem freundlichen Händedruck wieder an Land setzen. So brutal, wie diese Leute vorgingen, würde man sich seiner wohl eher auf hoher See entledigen. Außerdem hatten sie ja immer noch Gina, wenn die überhaupt noch lebte. Doch dann schoss ihm plötzlich ein anderer Gedanke durch den Kopf. Wenn sie ihn für Krahner hielten, woher sollte der echte dann wissen, dass sie seine Tochter in ihrer Gewalt hatten? Konnte er diesen Umstand vielleicht zu seinen Gunsten nutzen? In diesem Moment öffnete sich eine Tür.

Mühsam stützte er sich auf die Ellbogen und versuchte, den dabei erneut auftretenden Kopfschmerz zu ignorieren. Das Erste, was er wahrnahm, waren zwei schlanke Beine in Nahtnylons, die ihrerseits in knallroten High Heels steckten. Das ist garantiert das Luder, das mich in die Falle gelockt hat, vermutete er, denn noch nahm ihm die Tischplatte die Sicht.

Neben den Nylons tauchten nun zwei Beinpaare in dunklen Stoffhosen auf. Er musste nicht lange warten, um zu erfahren, wem sie gehörten. Die beiden Männer, die Gina entführt hatten, beugten sich zu ihm herunter. Während der eine die Handschelle am Tischbein löste, stellte der andere sein Bein auf Koslowskis linken Oberarm. Dann packten sie ihn gleichzeitig, rissen ihn hoch, drehten ihm beide Arme auf den Rücken und steckten seine linke Hand in die freigewordene Handschelle.

Die Frau hatte dem ganzen Treiben mit einem ausdruckslosen Gesicht zugesehen. Sie trug ein rotes, farblich genau zu den Schuhen passendes Etuikleid und darüber eine kurze weiße Pelzjacke. Wenn die echt war, war sie garantiert nicht billig. Die Jacke, dachte Koslowski.

„Bringt ihn nach oben!“, befahl die Frau in einem herrischen Ton, der keinen Widerspruch zuließ. Die hatte hier eindeutig das Sagen. Dann verließ sie als Erste den Raum und einer der Männer folgte ihr rückwärtsgehend. So hielt er Koslowski ständig im Blick und zusätzlich mit einer Pistole in Schach. Der andere ging hinter ihm her und hatte dabei eine Hand auf die kurze Kette gelegt, welche die beiden Handschellen miteinander verband.

Aufmerksam betrachtete Koslowski seine Umgebung. Es musste sich um ein sehr großes Schiff handeln, denn der Gang, den sie entlanggingen, war breit und hoch. Die ganze Einrichtung sah, auch wenn er sie für ein wenig zu kitschig hielt, äußert kostspielig aus. Hier waren edle Hölzer, reichlich Stuckverzierungen und jede Menge gelblich glänzendes Metall verbaut worden, das sicherlich kein Messing war. An den Wänden bemerkte er teure Spiegel, an der Decke Leuchter aus Kristall. Das hier war kein kleines Segelbötchen, das hier war eine Luxusyacht.

Die seltsame Karawane erreichte eine mit einem roten Teppich ausgelegte Treppe. Koslowski wurde von seinem Hintermann brutal nach oben gestoßen. Zwei Etagen höher öffnete die Lady in Red eine Tür und Sekunden später standen sie in einem großen Salon, der nicht nur Ähnlichkeit mit der Bar eines Nobelhotels hatte, sondern annähernd auch deren Ausmaße.

Der Raum wurde von einer riesigen Theke beherrscht. Auch sie war aus edlem Holz gefertigt. Hinter ihr, vor einer indirekt beleuchteten Spiegelwand, ein Flaschenregal, das so gut gefüllt war, dass es für jeden Alkoholiker das Schlaraffenland bedeutet hätte.

Der bauchige Tresen war mit einem Messinggeländer und einer ebensolchen Trittstange versehen. Den Rest des Raumes füllten mehrere Sitzgruppen aus, die aus sündhaft teuren Ledersesseln bestanden. In einer Ecke sah er einen Spieltisch mit eingelassenem Roulettekessel. James Bond hätte an dem Raum seine helle Freude gehabt. An einer Wand, die ebenso wie die anderen mit Seidenstoff bespannt war, hing ein sehr farbenfrohes Gemälde, was Koslowski dazu brachte, zwei Dinge zu vermuten. Erstens, dass es von Wassily Kandinsky stammte, und zweitens, dass es echt war. Alles andere würde in diesem luxuriösen Umfeld einen Fauxpas bedeuten.

Doch für den sorgte schon das Leopardenfell, das direkt danebenhing. Stil ist eben nicht das Ende des Besens, dachte Koslowski.

Sein Augenmerk fiel auf ein Objekt, das in der anderen Ecke des Raumes stand. Es war die Nachbildung einer russischen Raumkapsel. Davor sah er einen Ständer, auf den eine geneigte Metallplatte montiert worden war. In diese hatte man den Kopf eines Mannes eingraviert, der den Helm eines Kosmonauten trug.

„Juri Gagarin", ertönte eine sonore Stimme hinter ihm. Auch in ihr war ein leichter russischer Akzent bemerkbar. Sie gehörte dem Mann, der leise und unauffällig den Raum betreten hatte. „Einer der wahren Helden der Sowjetunion. Aus einer besseren Zeit", fügte er noch hinzu.

Was Koslowski sofort dazu brachte, nachzudenken, ob es in der Sowjetunion überhaupt jemals eine gute Zeit gegeben hatte. Aus Sicht der Bevölkerung ganz sicher nicht.

Der Mann begab sich hinter den Tresen und auf seinen Fingerzeig führte man Koslowski ebenfalls dorthin. Einer seiner Bewacher öffnete eine der Handschellen und ließ sie dann über dem Messinggeländer wieder zuschnappen.

Der Mann hinter dem Tresen nickte zufrieden. Dann lächelte er Koslowski an. Aber es war das Lächeln eines Reptils. Ein Eindruck, den vermutlich besonders seine kalten grauen Augen verursachten.

„Mein Name ist Dimitrij Aleksej Wolkov. Ich freue mich, Sie an Bord der *Juri Gagarin* begrüßen zu dürfen, Herr Krahner." Gleichzeitig griff er nach einer Flasche Wodka und zwei Gläsern. Nachdem er beide gefüllt hatte, stellte er eines vor Koslowski hin. Direkt neben dessen Handy, wie der überrascht zur Kenntnis nahm. Aber garantiert hatten seine Häscher schon dafür gesorgt, dass es nicht mehr zu orten war.

Koslowski fackelte nicht lange, sondern griff nach dem Glas und prostete seinem Gastgeber zu.

„Danke für den Wodka, aber ich muss Sie warnen! Sie stoßen nicht mit dem Mann an, den Sie erwartet haben. Na sdorówje!" Dann leerte er das Glas in einem Zug, widerstand aber nur mit großer Mühe dem Wunsch, es in den Spiegel hinter der Bar zu werfen. Stattdessen spielte er weiterhin den Unbeeindruckten. „Ausgezeichnet! Sie müssen mir unbedingt verraten, wo Sie den herhaben."

Der Mann hinter der Bar war bei Koslowskis Antwort bleich geworden.

„Was wollen Sie damit sagen?"

„Ich wollte damit sagen, dass mir so ein guter Wodka noch für die Hausbar fehlt", entgegnete Koslowski dreist. Entweder das Spiel klappte von Anfang an, oder er war jetzt schon tot.

„Nein, das meinte ich nicht. Wollen Sie mir erzählen, dass Sie nicht Stefan Krahner sind?"

Die Farbe kehrte nur langsam in Wolkovs Gesicht zurück, und sein Unglauben war immer noch deutlich zu erkennen. Sein Blick flog zu den beiden Männern hinüber, die etwas abseits mit vor dem Bauch verschränkten Händen Aufstellung genommen hatten. Die blonde Frau hatte sich mit übereinandergeschlagenen Beinen in einem der Ledersessel niedergelassen. Eine Sitzposition, die jede Menge Haut unter Nylon erkennen ließ. Koslowski bemerkte erstaunt, dass er sich von dem Anblick erst losreißen musste.

„Ja, ich fürchte, ich muss Sie enttäuschen, mein Name ist Koslowski …" Noch bevor er seinen Vornamen aussprechen konnte, wurde er von Wolkov unterbrochen.

„Zeigen Sie mir Ihren Ausweis!"

Koslowski zuckte mit den Achseln.

„Ich vermute, damit kann ich nicht dienen, den dürften Ihre beiden Schergen einkassiert haben. Ebenso wie meine anderen Sachen."

Aus den Augenwinkeln sah er, wie die Frau einem der Männer ein Zeichen gab und dieser lautlos verschwand. Wolkov griff zum Glas, stürzte den Wodka in einem Zug herunter und schenkte sich sofort nach.

„Alleine trinken macht einsam", behauptete Koslowski frech und schob sein Glas über die Theke auf den Russen zu. Er wunderte sich selbst über so viel Unverfrorenheit. Wolkov schenkte gerade ein, als sich die Tür öffnete und der Mann, der den Raum zuvor verlassen hatte, wortlos eine Plastikkiste auf den Tresen stellte und sich dann sofort wieder unterwürfig zurückzog. Koslowski erkannte sein Portemonnaie und seine Schlüssel.

Wolkov griff hinein und zog den Ausweis aus der Geldbörse. Nachdem er ihn gelesen hatte, warf er ihn wütend in die Kiste zurück. Wenn Blicke töten könnten …, dachte Koslowski, als er sah, wie Wolkov die beiden Männer ansah. Dieser Fehler würde garantiert noch ein Nachspiel für sie haben.

Doch dann war er wieder Wolkovs Ansprechpartner.

„Sie können mir viel erzählen. Wenn ich will, habe ich in drei Stunden Ausweise und Pässe aus aller Welt, die sowohl meinen Namen tragen als auch überall als echt angesehen werden." Es folgte ein spöttisches Lächeln. „Was ist in unserer heutigen Welt schon ein Ausweis wert? Damit können Sie vielleicht noch ein Hotelzimmer buchen oder ein Handy kaufen."

Koslowski überlegte eine Sekunde, dann sah er Wolkov fragend an: „Kann ich mal mein Handy haben?"

Wolkov nickte gnädig. Nachdem Koslowski es entsperrt hatte, zeigte er ihm darauf das Foto aus Schnabels Wohnung und dessen Rückseite. Vier Männer, vier Namen.

Wütend nahm Wolkov ihm das Mobiltelefon aus der Hand, betrachtete das Bild sehr genau und verglich die Personen darauf mit ihm.

Dann brach ein Wortschwall in russischer Sprache los, aus dem Koslowski, ohne auch nur ein Wort zu verstehen, viele Schimpfwörter herauszuhören glaubte. Auf jeden Fall zeigte Wolkovs Ansprache Wirkung. Die beiden Typen wurden immer kleiner.

Dann wandte er sich an die Frau, die anscheinen Natalia hieß, wenn Koslowski richtig zugehört hatte. Doch im Gegensatz zu den Männern blieb sie gelassen. Bei ihrer Antwort zeigte sie ab und zu in deren Richtung, was die beiden noch mehr schrumpfen ließ.

„Ich möchte Ihr Gespräch ja nur ungern unterbrechen", meldete sich Koslowski in einer Atempause Wolkovs zu Wort, „aber da Lolek und Bolek mich anscheinend verwechselt haben, wäre ich Ihnen sehr verbunden, wenn Sie mich nun losmachen und an Land bringen würden."

Er wunderte sich selbst über seine Kaltschnäuzigkeit, genoss aber gleichzeitig Wolkovs überraschten Gesichtsausdruck. Doch der fand seine Fassung sehr schnell wieder.

„Lolek und Bolek kommen zwar aus Polen und nicht aus Russland, aber ich vermute, genau wie Sie, dass die beiden Zeichentrickfiguren intelligenter waren als diese beiden Kretins da."

Was dann folgte, war ein scharfer Befehl Wolkovs, der die beiden Männer förmlich aus dem Raum fegte, bevor er sich wieder Koslowski zuwandte.

Der hatte sich dazu entschlossen, weiter gnadenlos den Unbeeindruckten zu spielen, auch wenn mit einem Mann wie Wolkov garantiert nicht zu spaßen war. „Kennen Sie das elfte Gebot?", wollte Koslowski von ihm wissen. Als Wolkov ihn verständnislos ansah, fuhr er fort: „Du sollst dich nicht täuschen! Ihre Handlanger haben sich den Falschen gegriffen."

Wolkov beeindruckte dieser Witz jedoch nicht sonderlich.

„Gut, Sie sind nicht der Mann, den ich sehen und sprechen wollte, aber ganz der Falsche sind Sie nun auch wieder nicht, denn meine Männer haben mir berichtet, dass Sie dabei waren, als sie Krahners Tochter abgeholt haben."

Abgeholt, was für eine nette Umschreibung für eine Entführung, dachte Koslowski, beließ es aber dabei, nur zu nicken, weil er ahnte, was nun folgen würde. Wolkov ließ ihn auch nicht lange im Unklaren.

„Wie Sie bereits wissen, besitzt Stefan Krahner etwas, das mir gehört und das ich wiederhaben möchte."

„Und was ist das?"

Statt einer Antwort lachte Wolkov nur zynisch auf.

„Das brauchen Sie gar nicht zu wissen. Sie haben nur *eine* Aufgabe: Stefan Krahner zu finden und ihn dazu zu bringen, mir mein Eigentum wiederzugeben."

Der Russe trank aus und schüttete sich noch einen Wodka ein. Diesmal ging Koslowski allerdings leer aus. Wolkov sah ihn über den Rand seines Glases mit durchdringendem Blick an.

„Es würde mir allerdings auch reichen, wenn Sie ihn nur zu mir bringen. Den Rest bekommen dann die beiden, wie nannten Sie sie gerade doch so schön, Lolek und Bolek schon aus ihm heraus. Denn auch wenn Sie dumm sind, sowas können sie gut."

Was Koslowski ihm ungesehen glaubte. „Ich will Sie ja nicht enttäuschen, aber ich glaube nicht, dass ich Ihnen diesen Wunsch erfüllen kann." Dabei zuckte er bedauernd mit den Schultern. „Zum einen habe ich keinerlei Kontakt zu Stefan Krahner und zum anderen wüsste ich nicht mal, wo ich mit der Suche nach ihm beginnen sollte."

Wolkovs Miene blieb unverändert. „Ich glaube, es wird Sie nicht verwundern, dass mir das völlig egal ist, oder? Sie haben doch schon überall rumgeschnüffelt. Also sehen Sie zu, dass Sie ihn finden, wenn Ihnen Ihr Leben und das des Mädchens lieb ist."

„Ich will ja nicht unverschämt erscheinen", wandte Koslowski postwendend ein, „aber ich wüsste noch gerne, was die anderen drei auf dem Bild damit zu tun haben."

Gleichzeitig deutete er dabei wieder auf sein Handy. „Einer von ihnen ist ja bereits tot, was Sie aber vermutlich wissen dürften." Koslowski gönnte sich nun seinerseits ein leicht arrogantes Lächeln. „Weil ich mir nämlich sicher bin, dass der Manuel Klingenbergs Tod auf ihr Konto geht."

Er wusste, dass er mit dieser Äußerung dünnes Eis betreten hatte. Sehr dünnes. Es war immerhin möglich, dass Wolkov sich plötzlich anders entschied und ihn jetzt schon aus dem Spiel nahm. Ein gezielter Schuss, ein gut platzierter Stich und zwei Schergen, die ihn über Bord warfen. So würde diese Partie dann für ihn enden.

Doch seltsamerweise empfand er keine Angst. Er war dem Tod schon so oft von der Schippe gesprungen, dass jeder realistische Beobachter gesagt hätte, er lebe schon länger von geborgter Zeit.

Irgendwann müssen wir alle sterben, dachte Koslowski trotzig und hielt Wolkovs durchdringendem Blick stand.

„Ach ja, und wo wir hier gerade so gemütlich zusammensitzen", fuhr er fort und hob dabei demonstrativ den Arm mit der Handschelle hoch, „können Sie mir auch gleich sagen, was aus den beiden anderen auf dem Foto geworden ist."

Wolkov zog das Handy zu sich heran und warf einen kurzen Blick darauf. Dann begann er zu dozieren wie ein Oberlehrer, der seinen Schülern im Museum ein altes Gemälde erklärte.

„Also, wen haben wir da? Krahner ist verschwunden, Klingenberg ist tot. Diese Eigenschaft hat er übrigens mit Martin Hälker gemeinsam. Auch der wurde ein Opfer seiner Dreistigkeit. Aber immerhin war er es, der uns auf die richtige Fährte geführt hat. Denn als er noch in der Lage war zu sprechen, hat er uns mitgeteilt, dass er Kontakt mit Krahner hatte und dass der ihm erzählt habe, er wolle nach Norderney. Genau deshalb sind auch wir hier."

„Sie haben auch diesen Hälker umbringen lassen?"

Wolkov zuckte kurz und teilnahmslos mit den Schultern. „Ein unumgänglicher Kollateralschaden!"

Koslowski merkte, wie es ihm bei Wolkovs Worten eisig den Rücken herunterlief. Um was ging es hier eigentlich? Es musste etwas verdammt Großes sein, wenn dieser kaltblütige Russe über Leichen ging, um es wiederzubekommen. Dem gegenüber dufte er jetzt keine Schwäche zeigen, deshalb riss er sich zusammen und raffte sich zu einer weiteren Frage auf.

„Aber wie sind Sie darauf gekommen, dass Gina die Tochter von Stefan Krahner ist und ihn sucht?"

„Koslowski, Sie haben eine sehr unangenehme Eigenschaft, Sie sind sehr neugierig."

„Kann schon sein, aber wenn ich Krahner finden soll, muss ich alle Einzelheiten kennen."

Wolkov warf einen Blick zu der Blondine, deren Gesicht jedoch völlig ausdruckslos blieb. Vermutlich wusste sie, dass man einem Mann wie Wolkov ungefragt keine Ratschläge erteilte.

„Es gibt ein mexikanisches Sprichwort, das lautet: Die Familie ist wie die Sonne, je weiter entfernt sie ist, umso besser." Wolkov lachte als einziger über diesen Ausspruch. Die Blondine schien ihn nicht verstanden zu haben. Koslowski dafür umso besser.

Wolkov hatte herausgefunden, wo Stefan Krahners Familie lebte, und sie vermutlich beobachten lassen. Es hätte ja auch sein können, dass Krahner dort wieder mal auftauchte. Koslowski musste schlucken. Ob sie das Haus auch beobachtet hatten, als er dort war?

Durch Hälker hatte Wolkov erfahren, dass Krahner nach Norderney wollte. Eine Bestätigung hatten sie dann vermutlich noch von Klingenberg erhalten. Und nachdem sie mitbekommen hatten, dass auch Gina hierhergereist war, schien für Wolkov festzustehen, dass sich auch Stefan Krahner auf der Insel aufhielt. Erst mal auf Norderney angekommen, hatte Wolkov sicher auch schnell herausgefunden, dass Schnabel hier wohnte. Aber Krahner schien der Dreh- und Angelpunkt zu sein. Der Kopf des Ganzen. Langsam schloss sich der Kreis für Koslowski.

„Und was ist mit Rudi Schnabel passiert?“, wollte Koslowski wissen. „Die Polizei hat seine Gartenlaube aufgesucht, aber außer Blutspuren nichts gefunden.“

Auf Wolkovs Gesicht erschien ein überhebliches Lächeln.

„Machen Sie sich mal um den keine Sorgen. Der ist bei annähernd guter Gesundheit und die wird er auch behalten, wenn er weiterhin so kooperativ ist.“ Wolkov schob die Wodkaflasche zur Seite. „Sie werden jetzt noch ein paar Stunden mein Gast sein, dann bringen wir Sie auf die Insel zurück, damit Sie Ihren Auftrag ausführen können.“

Koslowski wusste nicht, wie weit er gehen konnte, versuchte es aber trotzdem.

„Wenn ich das mache, dann nur, damit Gina nichts passiert. Aber vorher will ich sehen, dass das Mädchen lebt und unverletzt ist, sonst läuft hier gar nichts.“

Wolkov musste unter der Theke auf einen Knopf gedrückt haben, denn umgehend öffnete sich die Tür des Salons und die beiden Handlager erschienen wieder. Ihr Boss griff nach Koslowskis Handy und warf es achtlos in die Kiste zurück.

„Sie sind zwar nicht in der Lage, mir irgendwelche Bedingungen zu stellen, aber Sie werden trotzdem Gelegenheit bekommen, mit Gina zu sprechen. Lassen Sie sich jedoch eines gesagt sein: Mich betrügt man nicht ungestraft! Das sollte die Maxime für all Ihr weiteres Handeln sein!"

Er gab den beiden Männern einen Wink. „Bringt ihn zu den anderen und passt auf, dass sie keinen Blödsinn machen!"

Ohne ein weiteres Wort drehte Wolkov sich um und verschwand durch die Tür hinter der Bar. Die Blondine erhob sich, stöckelte lasziv auf ihren High Heels durch den Salon und folgte ihrem Herrn und Meister.

Koslowski hingegen blieb nichts anderes übrig, als zuzusehen, wie Lolek seine Handschelle aufschloss. Derweil sorgte Bolek mit einer auf ihn gerichteten Pistole dafür, dass ihm von Anfang an jegliche Lust auf einen Angriff verging.

## 26

Auf dem Weg in die unteren Etagen der Yacht kamen sie an einem Rettungsring mit der Aufschrift *Juri Gagarin* vorbei. Große Ehrerbietung für einen Mann, der nach seiner Heldentat im All mit einem Jet abgestürzt war und dem böse Zungen dabei fliegerisches Versagen unterstellten, dachte Koslowski. Zu Zeiten, in denen die UdSSR noch existierte, allerdings sicher nur sehr leise und hinter vorgehaltener Hand ausgesprochen, denn öffentlich getätigt wäre so eine Aussage damals garantiert eine Freikarte für den Aufenthalt in einem Gulag gewesen.

Während er noch darüber nachdachte, stellte Koslowski fest, dass sie mittlerweile ziemlich weit unten im Schiff angekommen waren. Er hatte gehofft, irgendwann an einem Bullauge vorbeizukommen und dabei vielleicht sogar Norderney sehen zu können, wenn auch nur aus der Ferne. Denn so abgebrüht, wie Wolkov war, würde der sich garantiert außerhalb der Zwölf-Seemeilen-Zone aufhalten. Und das waren immerhin etwas mehr als zweiundzwanzig Kilometer. Die

Insel wäre also schon allein wegen der Erdkrümmung nicht zu sehen. Und diese Distanz würde selbst ein trainierter Schwimmer nicht mal eben so zurücklegen. Vor allem nicht in der rauen Nordsee. Nein, diese Fluchtmöglichkeit konnte er vergessen, die *Juri Gagarin* war das perfekte Gefängnis. Hier brauchte man keine Mauern.

Doch auf dem ganzen Weg nach unten gab es kein einziges Bullauge, dafür aber etliche massive Stahltüren. Vor einer solchen standen sie nun. Als der Mann vor ihm, dem Koslowski den Namen Lolek gegeben hatte, die Tür öffnete, schlug ihnen Maschinenlärm entgegen.

Kaum war Lolek hindurchgegangen, wurde auch Koslowski brutal durch die Tür gestoßen und dann aufgefordert, eine Stahltreppe zur seiner Rechten hinabzusteigen. Dabei ließ ihn Bolek, mit der Waffe in der Hand hinter ihm hergehend, keine Sekunde aus den Augen. Sicherheitshalber bewahrte er dabei großen Abstand, um einen möglichen Angriff Koslowskis sofort abwehren zu können.

Unten angekommen, musste Koslowski die Treppe umrunden und dann warten. Lolek zog ein Schlüsselbund aus der Tasche. Einer der daran hängenden Schlüssel öffnete das Vorhängeschloss, mit dem eine weitere stählerne Tür zusätzlich gesichert worden war.

Dann trat Lolek zurück und bedeutete Koslowski, dass er hineingehen solle. Der war kaum in den dunklen Raum getreten, als die Tür hinter ihm wieder zugeschlagen wurde. Nur eine Sekunde später hörte er, wie das Vorhängeschloss wieder angebracht wurde.

Wo war er hier?

Er blieb stehen und versuchte, seine Augen an die Dunkelheit zu gewöhnen. Irgendwoher kam ein schwacher Lichtschimmer, aber er hätte nicht genau sagen können, woher. Auf jeden Fall von irgendwoher vor ihm. Als er einen Schritt nach vorne machte, stieß er gegen etwas Weiches. Gleichzeitig erklang ein Stöhnen, gefolgt von einem Schluchzen aus einer anderen Richtung. Sofort machte er einen Schritt zurück und bückte sich. Seine Hände ertasteten einen Körper, der vor ihm auf dem Boden lag.

„Schnabel?“, fragte er in die Dunkelheit hinein. Denn wer sollte es sonst sein?

Als Antwort erhielt er ein erneutes Stöhnen gefolgt von einem kläglichen Ja.

„Was ist mit Ihnen passiert?“

Koslowski packte den Mann am Revers seiner Jacke und zog ihn hoch. Erst mal weg von der Tür. Schnabel konnte sich kaum auf den Beinen halten, sodass Koslowski sich dessen Arm um den Nacken legen und ihn auf diesem Wege mit sich schleifen musste.

Ein paar Meter weiter ließ er ihn wieder zu Boden sinken und lehnte dessen Rücken an die Bordwand. Als er sich dann neben ihn hockte, hörte er Schnabels rasselnden Atem und schreckte im selben Moment zusammen, weil neben ihm ein Feuerzeug aufflammte.

Er wollte sich schon instinktiv zur Seite werfen, doch dann erkannte er hinter der kleinen Gasflamme ein junges weibliches Gesicht.

Oh, mein Gott. „Gina, bist du das?“, fragte er.

Die Gasflamme zitterte leicht und die Stimme des Mädchens klang brüchig.

„Wer sind Sie und woher kennen Sie meinen Namen?“

Er antwortete nicht sofort, sondern atmete erst einmal erleichtert auf, weil sie noch lebte.

„Mein Name ist Koslowski und ich bin hier, weil sich jemand große Sorgen um dich macht.“

Er bemerkte, wie sich Ginas verängstigte Miene aufhellte.

„Mein Vater? Das war bestimmt mein Vater!“ Ihre Stimme verriet die große Hoffnung, die sie mit dieser Frage verband.

Koslowski schüttelte den Kopf.

„Nein, es war Lukas Eugelink.“

„Ach, *der* …“ Er konnte sehen, wie Gina enttäuscht in sich zusammensackte und die Gasflamme dabei erlöschen ließ.

„Mach das Licht bitte noch mal an! Ich möchte sehen, wie es Schnabel geht“, bat er sie.

Das Feuerzeug flackerte erneut auf. In seinem spärlichen Schein begann Koslowski Schnabel abzutasten. Als er dessen Schädel berührte, stöhnte der Mann auf, und Koslowski spürte, dass seine Finger feucht wurden. Als er sie in den Schein des Feuerzeuges hielt, sah er, dass sie blutig waren.

Er zog sein Taschentuch heraus und drückte es auf Schnabels Platzwunde. Woher die stammte, wusste er. Lolek und Bolek hatten ihn im Schrebergarten brutal zusammengeschlagen und dann hierher verschleppt. Der Schlag auf den Kopf musste sehr heftig gewesen, denn Schnabel sackte selbst jetzt noch ständig in eine Art Dämmerzustand. Als Koslowski seine Rippen betastete, kam er wieder zu sich und versuchte, dessen Hände wegzudrücken.

„Lasst mich!", stöhnte er und warf den Kopf hin und her, die Augen dabei geschlossen.

„Schnabel, ich bin es, Koslowski." Gleichzeitig rüttelte er ihn an der Schulter. „Kommen Sie zu sich!"

Als der Angesprochene zögerlich die Augen öffnete, erschien zunächst das Weiße der Augäpfel, dann erst erschienen die Pupillen und richteten sich auf das Licht des Feuerzeugs, welches jedoch im selben Augenblick erlosch. Aus der Dunkelheit hörte man Ginas Schmerzensschrei. Die metallene Kappe war so heiß geworden, dass sie das Feuerzeug hatte fallen lassen.

Koslowski hörte, wie sie auf dem Boden herumkroch und danach suchte.

„Schnabel, was ist passiert?" Erneut versuchte er, die Dunkelheit mit den Augen zu durchdringen, doch es misslang ihm. „Was haben die mit Ihnen gemacht?"

Schnabel stöhnte, weil er versuchte, seine Sitzposition zu ändern. Koslowski griff ihm dabei helfend unter die Arme.

„Die haben mich in meiner Gartenlaube überfallen. Sie wollten wissen …"

Der Rest ging in einem fürchterlichen Hustenanfall unter.

„Ich habe das Feuerzeug wiedergefunden!", verkündete Gina. „Soll ich es wieder anmachen?"

„Nein, wir sollten sparsam mit dem Gas umgehen, wer weiß, wofür wir es noch brauchen." Koslowski hatte zwar noch keine Ahnung, was er damit anstellen wollte, aber es konnte auf keinen Fall schaden, noch mal etwas Licht machen zu können. Er wandte sich wieder an den Verletzten.

„Also, Schnabel was haben die wissen wollen?"

Dessen rasselnder Atem war nun noch deutlicher zu hören.

„Die wollten wissen, wo Stefan ist."

In der Dunkelheit schluchzte Gina erschrocken auf.

„Warum sind die so wild drauf, ihn in die Finger zu bekommen?", wollte Koslowski wissen.

Dann erklang Ginas zittrige Stimme. „Wo ist mein Vater?", wollte sie von Schnabel wissen und rückte dabei näher an ihn heran.

Anstelle einer Antwort hustete Schnabel nur.

„Schnabel, wenn ich Ihnen und Gina helfen soll, dann müssen Sie mir sagen, worum es hier geht. Die ganze Heimlichtuerei macht doch alles nur noch schlimmer. Also spucken Sie endlich aus, was damals passiert ist. Erkennen Sie nicht, dass Sie sich und uns mit Ihrem Schweigen in Lebensgefahr bringen?"

Koslowski spürte, wie Ginas Schulter die seine berührte, als sie an ihm vorbeigriff und Schnabel am Revers seiner Jacke zu fassen bekam.

„Was … ist … mit … meinem … Vater?" Sie sprach jedes einzelne Wort mit Nachdruck aus und schüttelte Schnabel dabei. Koslowski ließ sie gewähren. Vielleicht hatte der ja mehr Mitleid mit dem Mädchen als mit sich selber?

Gina ließ ihn los und man hörte, wie Schnabels Hinterkopf gegen die Bordwand stieß. Trotz ihrer eindringlich gestellten Frage bekam sie keine Antwort. War Schnabel wieder bewusstlos geworden?

„Gib mir mal das Feuerzeug!", verlangte Koslowski. „Woher hast du es eigentlich? Oder anders gefragt, warum hast du es noch?"

„Als die mich entführt haben, hatte ich es in der Hand. Und als sie mich ins Auto stießen, habe ich es versteckt. Diese Schweine haben mich zwar durchsucht, aber sie haben es nicht gefunden." Mit diesen Worten reichte sie Koslowski das Einwegfeuerzeug.

Schnabels Augen waren geöffnet, aber er schloss sie sofort, als das kleine Gaslicht aufflammte.

„Die bringen uns alle um." Wieder dieser rasselnde Atem. Koslowski vermutete, dass sie Schnabel auch mehrere Rippen gebrochen hatten. Hoffentlich war die Lunge dadurch nicht perforiert worden.

Viel Mitleid hatte er allerdings nicht mit ihm, denn so wie es aussah, bezahlte Schnabel nun für eine Tat, die er und seine Komplizen vor langer Zeit begangen hatten.

„Wenn Sie sicher sind, dass die uns sowieso umbringen, dann können Sie genauso gut reden!"

Mit diesen Worten ließ er die Flamme wieder verlöschen. Außer Schnabels Atem war ein paar Minuten lang nicht zu hören. Dann schien der Verletzte seine Meinung geändert zu haben und begann zu erzählen.

„Angefangen hat alles 2012, als wir vier auf diesem Kutter gearbeitet haben. In Norwegen. Stefan war vorher eine Zeit lang in Sankt Petersburg gewesen. Da hat er Magne Iversen kennengelernt, den Besitzer dieser norwegischen Bergungsfirma, für die wir dann gearbeitet haben. Und da hatte er auch eine Geliebte. Ich weiß nicht mehr, wie sie hieß, aber ich weiß noch, dass sie eine recht junge Prostituierte war."

Sein erneutes Husten und Ginas erschrockenes Aufschluchzen kamen fast gleichzeitig.

Koslowski ließ beiden ein paar Sekunden Zeit, dann bohrte er nach.

„Weiter, was ist dann passiert?"

Wer wusste denn schon, wie viel Zeit Schnabel noch blieb, um die gesamte Geschichte zu erzählen. Zum einen wegen seiner schweren Verletzungen und zum anderen konnten seine Peiniger jeden Moment wieder hier unten auftauchen.

„Dieses junge Mädchen, diese Russin, hat Stefan einen Tipp für einen Coup gegeben. Sie war zwar unsterblich in ihn verliebt, aber zu dem Zeitpunkt auch noch eine von Wolkovs Mätressen." Ein weiteres erbärmliches Husten unterbrach seinen Redefluss. „Aber den hat sie nicht geliebt, von dem hat sie sich nur vögeln lassen. Stefan, der war ihr Ein und Alles. Und deswegen hat sie ihm auch den Tipp gegeben."

„Welchen Tipp? Worum ging es da?" Koslowski ließ nicht locker.

„Wolkov wollte nach Oslo." Schnabel atmete schwer aus. „Auch damals schon mit dieser Yacht hier, der *Juri Gagarin*. Krahners

Freundin hatte erfahren, dass Wolkov in Oslo Diamanten verkaufen wollte, um das Geld dann außerhalb Russlands anzulegen. Der hat damals wohl schon geahnt, was für ein Typ Putin ist. Dass der das ganze Land unter seine Fuchtel bringen will. Also wollte Wolkov sich im Ausland sicherheitshalber schon mal ein zweites Standbein schaffen."

Wieder folgte eine von Keuchen begleitete Pause.

„Wolkov war damals zwar bereits Milliardär, aber auch ein sehr vorsichtiger Mensch. Rücksichtslos, aber eben vorsichtig. Der hat mitbekommen, wie Putin mit seinen politischen und persönlichen Gegnern umsprang. Und vermutlich hat er bereits geahnt, dass auch er früher oder später in Gefahr sein könnte."

Koslowski ertrug die nächste Pause, die wieder aus schwerem Atmen und Husten bestand.

„Keine Ahnung, woher Wolkov die Diamanten hatte, auf jeden Fall wusste Krahners Freundin davon. Und auch, dass Wolkov sie in Norwegen zu Geld machen wollte. Stefan hat dann einen Plan entwickelt, wie und wo wir Wolkov abfangen könnten. Er wollte es auf hoher See machen und dafür unser Arbeitsschiff benutzen."

Die Nordsee schien sich beruhigt zu haben, denn man spürte kaum noch Bewegungen. Die *Juri Gagarin* lag ruhig im Wasser, was Schnabels Zustand sicherlich zuträglich war. Wäre sie in schwerer See herumgeworfen worden, hätte er seine Geschichte vermutlich nicht so zusammenhängend erzählen können.

„Wir haben dann unseren Pott ein bisschen umgestaltet. Uns war klar, dass Wolkov uns nicht so einfach an sein Schiff heranlassen würde. Also haben wir aus unserem Arbeitsschiff ein Polizeiboot gemacht. Martin Hälker hat damals alles Nötige dafür besorgt. Blaulichter, Schilder und alles andere. Klingenberg kannte einen Ganoven in Norwegen, von dem er die Waffen kaufte. Alte Uniformen gab es in einem Trödelladen. Daran haben zwar die Abzeichen gefehlt, aber die kann man ja im Internet bestellen."

„Und so verkleidet haben Sie dann die *Juri Gagarin* auf See gestoppt und Wolkov um seine Diamanten gebracht?" Dass Schnabel bei so einem Raubzug mitgemacht hatte, hätte Koslowski ihm gar nicht zugetraut. „Ich wundere mich nur, dass das alles so reibungslos vonstattenging!“

Schnabel schwieg und Koslowski ahnte, dass da noch etwas anderes vorgefallen war. Etwas Schwerwiegenderes.

„Wie haben Sie Wolkov denn dazu überreden können?“

Erneutes Husten.

„Nachdem wir alle Leute auf dem Schiff in den Salon gebracht hatten, forderte Stefan ihn auf, die Diamanten herauszurücken. Wolkov hat dann so getan, als wisse er nicht, wovon Stefan redet. Und dass wir Pistolen hatten und Masken trugen, schien ihn auch nicht sonderlich zu beeindrucken. Manuel, also Klingenberg, dieser Idiot, dem ist dann die Sicherung durchgebrannt. Als Wolkov sich erneut dumm stellte, schoss Manuel einem seiner Handlanger in den Bauch.“

Nach diesen vielen Sätzen musste Schnabel erst mal wieder eine Pause machen. Er schnaufte mittlerweile erbärmlich.

„Als er dann mit der Kanone auch auf Wolkov zielte, bekam der wohl echt Schiss und machte den Tresor auf. Wir haben uns bedient, sie alle mit Klebeband gefesselt und zugesehen, dass wir von Bord kommen.“

Koslowski merkte, dass Schnabel wieder in sich zusammensackte. Er hielt ihn fest, damit er nicht umfiel.

„Wie ging es dann weiter? Wie haben Sie die Beute geteilt?“

Schnabel hustete und verschluckte sich dabei. Dadurch dauerte es noch länger, bis seine nächste Antwort kam.

„Es gab heftigen Streit, weil Manuel doch diesen einen Typen angeschossen hatte. Das war so nicht geplant gewesen. Stefan hat getobt und ihm vorgeworfen, dass die Russen nun noch einen Grund mehr hätten, uns alle umzulegen. Fast wäre es schon an Bord zu einem Handgemenge gekommen. Hälker ging dann dazwischen. Der war ja schon länger mit Krahner befreundet.“

Koslowski konnte sich gut vorstellen, wie die Stimmung an Bord des Arbeitsschiffes hochgekocht war. Es war immer schlecht, wenn sich einer nicht an den abgesprochenen Plan hielt.

„Dann hat Stefan gesagt, dass er die Diamanten versteckt und wir erst mal Gras über die Sache wachsen lassen sollten. Außerdem, so hat er behauptet, sei es besser, wenn nur er wüsste, wo die Beute ist, sonst würde sie sich vielleicht der eine oder andere von uns greifen und damit abhauen. Außerdem wäre ja schließlich alles sein Plan gewesen und er hätte angeblich auch schon einen Käufer für die Steine. Wir anderen wüssten doch gar nicht, wo wir die Ware loswerden könnten."

Koslowski sah die Szene fast vor sich und konnte auch nachvollziehen, warum Krahner so gehandelt hatte. Bei Geld hörte fast jede Freundschaft auf. Vor allem bei so viel.

Schnabel raffte sich noch einmal auf.

„Wir haben dann abgestimmt, und bis auf Klingenberg waren alle für diese Vorgehensweise. Aber dann kam dieser blöde Streit in der Osloer Kneipe dazwischen, bei dem Stefan diesen russischen Matrosen umgebracht hat."

Bis hierher hatte Gina still zugehört, jetzt ließ sie das Feuerzeug erneut aufflammen.

„Mein Vater ist kein Mörder!", stellte sie mit trotziger Stimme fest.

Oh Mann, die habe ich hier im Dunklen ja fast vergessen, schoss es Koslowski durch den Sinn.

„Gina, manchmal sorgt das Schicksal für die sonderbarsten Umstände, und man wird in Situationen gebracht, die man sich vorher weder gewünscht noch vorgestellt hat", versuchte Koslowski sie zu beruhigen und erwischte sich bei dem Gedanken, dass es ihm oft genug ähnlich ergangen war. Nur hatte er dabei immer auf der richtigen Seite des Gesetzes gestanden.

Dann wandte er sich wieder an Schnabel.

„Aber warum ist Stefan Krahner jetzt auf Norderney? Die Beute von damals dürfte doch wohl kaum hier sein, oder?"

Schnabel schwieg und einen Moment lang hörte man nur seinen rasselnden Atem. Dann bat er Koslowski, ihm zu helfen, sich etwas aufrechter hinzusetzen.

„Es muss etwas geschehen sein, womit er nicht gerechnet hat", presste Schnabel unter Schmerzen hervor. „Als ich ihn getroffen habe, hat er mir gesagt, dass er die Steine bald haben wird und dann würden wir teilen." In diesem Moment ließ Gina das Feuerzeug wieder verlöschen.

„Aber wo sind die Diamanten?", wollte Koslowski wissen.

„Ich weiß es nicht … aber wenn ich Stefan richtig verstanden habe, dann müssen sie wohl irgendwo auf Norderney sein."

Koslowski hörte Gina schluchzen. Verständlich, denn das hier war garantiert nicht der richtige Ort und der beste Augenblick, um mehr über ihren Vater zu erfahren. Vor allem nicht, dass er ein Räuber und Totschläger war.

„Wenn wir hier wieder rauskommen wollen, müssen wir Wolkov geben, was er haben will!" Koslowski vermied es anzudeuten, was sonst mit ihnen geschehen würde. Er war sich nicht einmal sicher, ob Wolkov sie laufenlassen würde, wenn er die Diamanten hatte. Warum gefährliche Mitwisser am Leben lassen? Und dass er zu allem fähig war, hatte er ja bereits bewiesen.

„Also, wo sind die Diamanten?", wollte Koslowski erneut wissen. „Hat Krahner etwas angedeutet? Los, denken Sie nach!"

„Nein, er hat mir nichts verraten", schnaufte Schnabel, „er hat nur gesagt, dass er momentan schlecht an sie rankommen würde. Aber er war zuversichtlich, dass er sie bald hätte."

„Hat er auch was über mich gesagt?" Aus Ginas Stimme klang ihre ganze Hoffnung.

Schnabel hatte bereits den Mund zu einer Antwort geöffnet, als ein metallisches Geräusch erklang. Nur einen Augenblick später schnitt das Licht, das durch die sich öffnende Tür fiel, ein helles Rechteck in das Dunkel des Raumes.

Koslowski schloss geblendet die Augen. „Lass das Feuerzeug verschwinden!", konnte er Gina noch soeben zuraunen, als die beiden Russen, mit denen sie alle bereits Bekanntschaft gemacht hatten, auf sie zukamen. Bolek ergriff Schnabel am Oberarm und riss ihn unsanft auf die Beine, Lolek stürzte sich auf Koslowski. Gina war ebenfalls aufgesprungen, doch Lolek stieß sie brutal zurück. „Du bleibst hier!"

Koslowski wollte sich losreißen, um ihr zu helfen, aber das Mädchen war bereits mit einem enttäuschten und verängstigten Gesichtsausdruck auf den Boden gesunken. Sie tat Koslowski unendlich leid. So wie es aussah, sollten die Männer nur Schnabel und ihn abholen. Es musste ein fürchterlicher Gedanke für Gina sein, jetzt wieder allein im Dunklen zurückzubleiben. Ohne jede Ahnung, was man mit ihr vorhatte.

Lolek stieß Koslowski zur Tür und fuchtelte dabei mit seiner Pistole herum. Bolek schleifte Schnabel aus dem Raum, der sich kaum noch auf den Beinen halten konnte.

„Ich komme wieder und hole dich", versprach Koslowski und warf dabei einen letzten Blick auf das verzweifelte Mädchen. Hoffentlich habe ich dabei zuversichtlicher ausgesehen, als ich mich fühle, dachte er.

Wieder wurden sie durch das große Schiff geführt, wobei Schnabel die Niedergänge nur noch mit viel Hilfe hinaufkam. Sein rasselnder Atem begleitete jeden seiner Schritte und Koslowski hoffte, dass man sie beide bald von Bord lassen würde, damit er Schnabel schnellstens zu einem Arzt oder ins Krankenhaus bringen konnte.

Endlich erreichten sie ihr Ziel und Bolek stieß eine Tür zum Deck auf. Sofort schlug Koslowski ein eiskalter Wind ins Gesicht, der sich auch noch feucht anfühlte. Unmittelbar nachdem er das Deck betreten hatte, versuchte er zu erkennen, wo sie waren. Doch weder das Festland noch eine Insel waren zu sehen. Also mussten sie sich, wie bereits vermutet, weit draußen auf der zum Glück momentan sehr ruhigen Nordsee befinden. Von dieser Stelle aus konnte er Bug und Heck der *Juri Gagarin* erkennen. Wirklich ein großer Pott und sicher viele Millionen wert. Bolek hatte Schnabel bereits in Richtung Heck geschoben. Dieser klammerte sich dort erschöpft an die Reling.

„Dawai!", schnauzte Lolek Koslowski an und deutete mit seiner Waffe zum Heck hinüber. Während der widerwillig losmarschierte, schaute er sich um. Sie waren noch nicht mal auf dem obersten Deck, denn über sich sah er noch weitere.

Oh Mann, ob dieser riesige Kahn überhaupt in den Hafen von Norderney passte? Aber die Frage, wie diese Typen sonst auf die Insel gekommen sein könnten, wurde schnell beantwortet, als er das große Beiboot erblickte, welches hinter dem Heck der *Juri Gagarin* vertäut lag. Zwei Matrosen, in den für die russische Marine typischen blauweiß gestreiften Hemden schoben soeben eine elektrisch betriebene Gangway zu dem ebenfalls teuer aussehenden Beiboot hinüber.

Genau in diese Richtung wurden Koslowski und Schnabel nun gestoßen. In dem Moment, in dem die Gangway auf dem Deck des Beibootes andockte, trafen auch Wolkov und Natalia bei ihnen ein. Wolkov trug einen Anorak mit dickem Pelzkragen, Natalia einen Mantel aus Zobelfell. Auf einen Wink Wolkovs hin erfasste Bolek Schnabel am Oberarm und drehte ihn so, dass er Wolkov ins Gesicht sehen konnte. Auch Koslowski schaute zu Wolkov.

„Du hättest damals besser nicht an dem Überfall auf mich teilnehmen sollen. Jetzt siehst du, wohin dich das gebracht hat, Schnabel." Wolkovs Worte klangen nicht etwa bedrohlich, sondern eher wie die eines unbeteiligten Beobachters. Was sie deswegen aber nicht ungefährlicher machte. „Du wirst sicher verstehen, dass ich endlich mein Eigentum wiederhaben möchte, nicht wahr?"

Als Koslowski sich zu Schnabel umwandte, bemerkte er bei dem ein langsames Nicken.

„Und auch Sie hätten sich besser nicht in meine Angelegenheiten eingemischt", wandte sich Wolkov nun an Koslowski. „Aber egal! Wenn Sie das Mädchen retten wollen, dann müssen Sie sich eben ein bisschen anstrengen."

Er gab Lolek und Bolek einen Wink, sie auf die Gangway zu führen. Koslowski atmete erleichtert auf. Es schien also wirklich so, als sollten sie beide mit dem Beiboot an Land gesetzt werden. Doch als sie sich mitten auf der Gangway befanden, verlangte Wolkov von ihnen stehen zu bleiben.

„Sie!", dabei deutete er auf Koslowski. „Sie werden mir Stefan Krahner herbeischaffen, am besten gleich mit den Diamanten!" Koslowski bemerkte, dass Wolkov die Beute soeben das erste Mal beim Namen genannt hatte. „Wie Sie das schaffen, ist mir egal, aber Sie haben dafür genau achtundvierzig Stunden Zeit!"

„Wie soll ich Krahner denn finden?", wollte Koslowski verärgert wissen, doch als Antwort erhielt er unter anderem ein mitleidiges Schulterzucken.

„Das ist nicht mein Problem, sondern Ihres …“, auf Wolkovs Gesicht erschien der Anflug eines hämischen Grinsens, „… oder besser das Problem des Mädchens.“

Als Koslowski noch etwas erwidern wollte, schnitt ihm Wolkov mit einer herrischen Handbewegung das Wort ab, der ein Fingerzeig an einen der Bewacher folgte.

Erneut wandte sich Wolkov an Schnabel, dessen wackelige Beine einem sicheren Stand auf der leicht schwankenden Gangway nicht gerade zuträglich waren.

„Du wirst verstehen, dass ich gezwungen bin, das Risiko einer Entdeckung meiner Aktivitäten so gering wie möglich zu halten, oder, Schnabel?“

Der nickte, schien aber nicht zu erfassen, was diese Bemerkung für ihn bedeutete. Koslowski hingegen wollte gerade noch etwas einwenden, als Lolek das Stahlseil, welches der Gangway als Reling diente, aushakte. Im selben Moment setzte Bolek seine Pistole an Schnabels Hinterkopf und drückte ab. Der stürzte kopfüber in das dunkle Wasser der Nordsee.

Ohne eine Miene zu verziehen, hakte Lolek das Stahlseil wieder ein. Es schien fast so, als hätte sein Kollege soeben nur Abfall über Bord geworfen und keinen getöteten Menschen.

Koslowski hatte den Eindruck, sein Herz sei bei diesem Anblick stehengeblieben und würde nun nur sehr schwer wieder anspringen. Er spürte, dass er instinktiv die Luft angehalten und automatisch seine Fäuste geballt hatte. Ohnmächtige Wut stieg in ihm hoch, wohlwissend, dass er gegen die beiden bewaffneten Männer keine Chance hatte.

Er sah Wolkov mit einem Blick an, dem dieser nicht lange standhalten konnte. Du Schwein hast Schnabel vor meinen Augen hinrichten lassen, dachte Koslowski und hatte noch nie in seinem Leben so einen Hass verspürt. In diesem Augenblick schwor er sich, dass er Wolkov dafür büßen lassen würde. Aber nicht im Rahmen rechtsstaatlicher Spielregeln, denn die hatte der von ihm beauftragter Henker soeben mit einem Schuss außer Kraft gesetzt.

Aber Koslowski war auch klar, dass er momentan nichts gegen Wolkov unternehmen konnte. Und auch nicht durfte, wenn er Gina retten wollte.

Der abgebrühte Russe trat an die Reling und blickte emotionslos auf Schnabels Leiche, die soeben wieder aufgetaucht war und nun, mit dem Gesicht nach unten, langsam davontrieb. Dann wandte er sich noch einmal an Koslowski.

„Wie gesagt, Sie haben achtundvierzig Stunden! Denken Sie daran! Wenn Sie nicht liefern, dann wird sich einer meiner Männer um das Mädchen kümmern!“ Lolek und Bolek grinsten dabei ebenso anzüglich wie die beiden Matrosen in Blau-Weiß. Dann gab Wolkov Natalia einen Wink. Sie trat vor und reichte Bolek Koslowskis Handy. Anschließend erklärte Wolkov ihm, was es damit auf sich hatte.

„Unter dem Namen *Gina* finden Sie eine Rufnummer, unter der Sie Natalia Tag und Nacht erreichen können. Aber es hat nur Zweck, sie anzurufen, wenn Sie erfolgreich waren. Darum zu betteln, einen zeitlichen Aufschub zu erhalten, können Sie von vornherein vergessen. Ihnen bleiben genau achtundvierzig Stunden und keine Minute mehr.“

Wolkov deutete auf das Mobiltelefon. „Um Sie zu erinnern, wie sehr Sie sich beeilen müssen, haben wir auf Ihrem Handy einen Countdown installiert. Er wird Sie ständig auf dem Laufenden halten und startet, sobald Sie wieder auf der Insel sind. Dann bekommen Sie auch Ihr Handy zurück.“

Er stützte sich nun mit beiden Händen auf die Reling der *Juri Gagarin*.

„Denken Sie daran, dass wir Ihr Handy orten können. Zusätzlich werden meine Leute Sie noch beobachten. Begeben Sie sich auch nur in die Nähe der Polizeiwache oder eines Polizisten, wird Gina dafür büßen!“

Koslowski betrachtete das Handy in Boleks Hand, als sei es eine abgezogene Handgranate.

„Ach ja, und noch was. Sollten Sie am Telefon nicht zu erreichen sein …“ Den Rest des Satzes konnte Wolkov sich sparen. Dann wandte er sich an die Crew des Beibootes: „Los, bringt ihn jetzt an Land, damit er mit der Suche beginnen kann.“

Koslowski wurde unsanft an Bord des Beibootes gestoßen, das daraufhin sofort ablegte. Als er versuchte, einen Blick auf das Handy zu werfen, hielt Bolek es ihm sogar noch provokant vors Gesicht. Das Display zeigte den Beginn des Countdowns. Zum Glück lief der noch nicht.

## 27

Noch während die *Sputnik*, das ebenso elegante, aber deutlich kleinere Beiboot der *Juri Gagarin*, im Norderneyer Hafen abgelegte, machte sich Koslowski auf den Weg. Er musste jetzt so schnell wie möglich Stefan Krahner finden, auch wenn er noch keinen blassen Schimmer hatte, wie er das anstellen sollte. Ihm blieb nur die Hoffnung, dass der Gesuchte sich immer noch auf der Insel aufhielt. Wenn sich die Edelsteine, so wie von Schnabel behauptet, auch hier befanden, dann war diese Hoffnung nicht ganz unberechtigt. Wobei es für Koslowski nicht erklärbar war, wie die Diamanten auf die Insel gelangt sein konnten. Wer hatte die Steine hierhergebracht und warum kam Krahner momentan nicht an sie heran? Er winkte einem der Taxis, die am Hafenterminal standen, und schwang sich auf den Beifahrersitz.

„Zum Krankenhaus!“, forderte er den Fahrer auf.

Während der Fahrt ließ er sich Schnabels Worte noch einmal durch den Kopf gehen. Weil Wolkov nach Oslo wollte, um die Diamanten zu Geld zu machen, hatte der Überfall in norwegischen Gewässern stattgefunden. Dort hatten Schnabel und seine drei Komplizen den russischen Oligarchen abgefangen und ausgeraubt.

In diesem Moment kam es ihm vor, als höre er noch einmal den Schuss und sähe Schnabel ins Meer stürzen. Die Erinnerung sorgte dafür, dass ihn ein Schütteln durchlief.

„Alles klar?“, wollte der Taxifahrer wissen, der das mitbekommen hatte.

Koslowski nickte nur. Während der restlichen Fahrtzeit schaute er aus dem Fenster, nahm seine Umgebung aber gar nicht richtig wahr. Immer wieder musste er an die Hinrichtung denken.

Dann plötzlich schoss ihm ein anderer Gedanke durch den Kopf. Schnabel hatte doch von einer jungen Geliebten gesprochen, die Krahner den Tipp mit dem Diamantentransport gegeben hatte. Womöglich hatte er die Steine nach dem Überfall in ihre Obhut gegeben. Entweder hatte er das noch vor der Schlägerei mit dem tödlichen Ausgang gemacht, oder er hatte ihr aus dem Knast heraus das Versteck verraten. Aber hätte er ihr getraut? Wären seine Mittäter nicht zuverlässiger gewesen? Nein, Koslowski schüttelte den Kopf. Geld versaut den Charakter, er hätte keinem von ihnen getraut.

Aber mal vorausgesetzt, seine erste Theorie stimmte und die Geliebte hatte die Beute, dann war sie garantiert auf der Insel, denn warum sollte Krahner sonst hier sein? Aber warum konnte sie ihm die Diamanten dann nicht einfach aushändigen? Und warum trafen sie sich ausgerechnet auf Norderney?

Als der Taxifahrer ihn ein paar Minuten später vor dem Krankenhaus absetzte, begab er sich zu van Briels Zimmer. Nachdem er geklopft und die Tür geöffnet hatte, stutzte er, denn in dessen Bett lag ein dicker Mann, der mit seinem Handy herumspielte.

„Ja, bitte?“, wollte der den Grund für Koslowskis Erscheinen wissen.

Der jedoch wurde einer Antwort enthoben, weil hinter ihm eine Krankenschwester mit einem Metallschälchen in der Hand erschien und sich an ihm vorbeischob. Kurz darauf jedoch drehte sie sich um und lächelte ihn an. Offenbar hatte sie ihn wiedererkannt.

„Sind Sie nicht der Freund von Herrn van Briel?“

Koslowski nickte. „Stimmt, ich wollte ihn besuchen, aber …“

„Der ist bereits entlassen worden. Gott sei Dank“, fügte sie noch hinzu, „ich habe noch nie so einen rastlosen Patienten erlebt wie ihn. Trotz seiner Mobilität durch den Rollstuhl hatte man den Eindruck, er fühle sich hier eingesperrt wie ein Tiger im Käfig.“

Koslowski nickte. Marius wollte frei sein, und je älter er wurde, umso mehr liebte er diese Freiheit. Das war auch einer der Gründe gewesen, warum er vor ein paar Jahren, für alle überraschend, in

Frühpension gegangen war. Er wollte nicht mehr gezwungen sein, irgendwo bleiben müssen.

Die Krankenschwester stellte das Metallschälchen ab. „Nach dem Vorfall in der Notaufnahme wurde es besonders schlimm. Gestern schließlich hat er gesagt, dass er unbedingt nach Hause will. Selbst der Oberarzt konnte ihn nicht mehr davon abbringen. Also ist er mittags entlassen worden und auf Krücken aus dem Haus gehumpelt."

Immer noch verwundert über so viel Uneinsichtigkeit, schüttelte sie den Kopf.

„Ich vermute, er wollte nach Hause, oder?" Koslowski stand immer noch unschlüssig in der Tür.

„Na ja, mit einem gebrochenen Bein und zwei Krücken dürfte es für ihn wohl kaum ein besseres Ziel gegeben haben", vermutete die Schwester. Dann wandte sie sich ihrem aktuellen Patienten zu und ließ Koslowski stehen. „So, Herr Lehmann, dann wollen wir Ihnen mal einen Einlauf machen, damit der Doktor sich Ihren Darm ansehen kann."

Koslowski sah zu, dass er aus dem Zimmer kam. Wenige Minuten später hatte er das Inselkrankenhaus verlassen und marschierte sofort los. Sein nächstes Ziel war Marius´ Haus. Doch als er auf der Nordhelmstraße an der großen Boje vorbeikam, glaubte er seinen Augen nicht zu trauen.

Auf einer der dortigen Bänke saß Lukas Eugelink, zusammengesunken wie ein Häufchen Elend. Was machte *der* denn hier? Der war doch wohl nicht alleine hierhergekommen, oder?

Koslowski ahnte im selben Augenblick, dass er gleich noch ein Problem mehr zu lösen haben würde. Als Lukas aufblickte und ihn sah, erschien ein Lächeln auf seinem Gesicht. Erleichtert sprang er auf.

„Da sind sie ja endlich! Wo ist Gina? Haben Sie sie gefunden? Geht es ihr gut?" Zwischen den Sätzen hatte er kaum Luft geholt.

„Hallo, Lukas!" Koslowski ging auf den Jungen zu und zog ihn neben sich auf die Bank. „Was machst *du* denn hier?"

Lukas starrte ihn an. „Warum ich hier bin? Na, um Gina zu suchen! Sie haben sich ja nicht gemeldet." Vorwurfsvoller konnte eine Stimme kaum klingen.

„Ich habe sie noch nicht gefunden, aber ich bin ganz nah dran." Koslowski durfte ihm auf keinen Fall erzählen, das sie auf der *Juri Gagarin* gefangen gehalten und mit dem Tode bedroht wurde. Seine Liebe zu dem Mädchen machte Lukas so blind, dass er vermutlich zu allem fähig wäre. Also musste er mit dieser neuerlichen Notlüge dafür sorgen, dass der Junge sich nicht auch noch in Gefahr brachte.

„Aber wo ist sie? Sagen Sie es mir!"

Einen Moment lang überlegte Koslowski, ob er Lukas' Eifer mit der Lüge ausbremsen sollte, dass Gina nichts von ihm wissen wollte. Aber das brachte er nicht übers Herz.

„Hör zu, Lukas, du musst mir vertrauen. Ich bin ganz kurz davor, Gina zu finden, aber erst muss ich noch einiges erledigen. Ein paar Auskünfte einholen und Informationen überprüfen."

Lukas blickte ihn septisch von der Seite an. Koslowski war sich bewusst, was er da von dem Jungen verlangte. Er sollte dem Mann vertrauen, der seinen Vater nicht hatte retten können?

„Sie haben versprochen, sie zu finden." Lukas sackte in sich zusammen und begann zu weinen. Koslowski nahm ihn in den Arm und spürte, wie der Junge sich an ihn lehnte. Was ist das alles nur wieder für eine Scheiße, dachte er verbittert und spürte, dass Lukas seinen Tränen freien Lauf ließ.

„Bist du alleine gekommen?"

Der Junge nickte.

„Weiß deine Mutter, dass du hier bist?"

Lukas schluchzte auf und schüttelte dann den Kopf.

„Dann sollten wir sie umgehend informieren. Sie wird sich sicher schon große Sorgen machen. Wann bist du denn von zu Hause weg?"

„Gestern Nachmittag. Ich bin mit dem Zug gefahren."

„Und was machst du ausgerechnet hier auf der Nordhelmstraße?" Koslowski reichte ihm ein Taschentuch.

„Ich habe Sie gesucht und wusste doch nicht, wo Sie sind." Er schnäuzte sich. „Dann habe ich gelesen, dass es hier ein Inselquartier vom Kreis Lippe gibt, und dachte, dass Sie vielleicht da sind." Er wischte sich die Tränen ab und zog die Nase hoch.

Oh Mann, was ist dieser Junge doch für ein Optimist, dachte Koslowski. Einfach losfahren und glauben, dass man auf einer mehr als sechsundzwanzig Quadratkilometer großen Insel eine einzelne Person findet. Dann jedoch stutzte er. Hatte er das bei seiner Suche nach Gina nicht genauso gemacht?

„Wo hast du denn letzte Nacht geschlafen?“

„Auf einer Bank am Nordstrand“, antwortete Lukas. Diese Antwort erklärte auch sein zerknittertes Aussehen.

„Und wann hast du zuletzt was gegessen?“

„Gestern Abend. Ein paar Kekse, ich hatte kein Geld mehr.“

Ohne Geld, einfach auf blauen Dunst los und ohne jemand zu informieren? Verwundert über so viel Selbstvertrauen schüttelte Koslowski den Kopf, dann stand er auf.

„Los, wir werden mal sehen, wo wir dich unterbringen können und dass du was zu essen bekommst. Dann telefoniere ich mit deiner Mutter.“

Er zog Lukas am Arm auf die Füße und legte ihm dann den Arm um die Schulter.

„Mach dir keine Sorgen, alles wird gut“, versprach er. Obwohl er selber keineswegs davon überzeugt war, dass diese Prophezeiung sich tatsächlich erfüllte.

Gemeinsam marschierten sie los und standen kurze Zeit später vor dem Haus von Marius van Briel. Durch das Wohnzimmerfenster sah Koslowski, dass Licht brannte. Die Krankenschwester hatte also mit ihrer Vermutung Recht gehabt. Marius hatte sich nach Hause verkrochen.

Nachdem Koslowski geklopft hatte, dauerte es ein paar Minuten, bis der Hauseigentümer mit gequältem Gesichtsausdruck an die Tür gehumpelt kam.

„Ich hasse Katzen!“, waren seine ersten Worte, noch bevor er Koslowski und dann erstaunt auch Lukas begrüßte, der hinter dem Rücken seines Freundes aufgetaucht war. Er bat beide herein, schickte sie ins Wohnzimmer, während er die Haustür schloss und ihnen etwas unbeholfen auf seinen Krücken folgte.

Nachdem er sich wieder auf die Couch gesetzt und sein Bein hochgelegt hatte, wollte er mehr über den jungen Mann wissen, den Koslowski im Schlepp hatte. Der erklärte ihm nicht nur, wer Lukas war, sondern auch, warum er hier war.

„Ich habe ihm gerade gesagt, dass es Gina gut geht und dass er sie sicher bald sehen wird", fügte Koslowski hinzu und schüttelte dabei vielsagend den Kopf. Lukas, der sich umgesehen hatte, bekam das nicht mit, aber van Briel verstand sofort, dass er im Beisein des Jungen nichts über die Entführung sagen sollte. Also nickte er verstehend und Koslowski atmete erleichtert auf.

In dieser Situation konnte er seinem Freund auch nichts von Wolkovs Ultimatum und der damit verbundenen Drohung erzählen, denn sonst würde Lukas sofort in die Nordsee springen und losschwimmen.

„Ich muss mal eben telefonieren." Mit diesen Worten verabschiedete Koslowski sich in die Küche, weil er dabei keine Zuhörer haben wollte.

Während van Briel sich mit Lukas unterhielt, wählte er die Festnetznummer der Familie Eugelink. Etwas, das er schon lange nicht mehr getan hatte. Ein trauriges Gefühl überkam ihn, als er daran dachte, dass derjenige, der dort früher mal den Hörer abgenommen hatte, nicht mehr am Leben war.

„Eugelink", meldete sich Lukas' Mutter. Koslowski holte noch einmal tief Luft, bevor er antwortete. „Hallo Jutta, hier ist Koslowski, ich rufe an, weil ich dir sagen wollte, dass Lukas hier bei mir auf Norderney ist. Du brauchst dir keine Sorgen zu machen, es geht ihm gut." Er hoffte, dass diese Aussage auch in naher Zukunft noch stimmen würde.

„Gott sei Dank! Ich habe schon überall herumtelefoniert. Er ist seit gestern verschwunden und sein Handy ist ausgeschaltet. Ich habe mir schon ausgemalt, was ihm alles passiert sein könnte!" Aus ihrer Stimme war die Angst einer besorgten Mutter deutlich herauszuhören. Die Angst davor, noch ein Familienmitglied zu verlieren. Doch mit diesem Anruf fiel diese Angst nun von ihr ab und verwandelte sich in Ärger.

„Dieser Satansbraten! Ich habe ihm ausdrücklich verboten, nach Norderney zu fahren. Na, warte, wenn der nach Hause kommt! Sein kleinerer Bruder hat schon all seine Freunde abgeklappert, weil er sich solche Sorgen um ihn gemacht hat." Koslowski hörte sie verdrossen schnaufen, dann folgte eine kurze Phase des Schweigens und des Nachdenkens. „Na ja, wenigstens geht es ihm gut, und er ist bei dir in guten Händen."

*Und hoffentlich passt du besser auf ihn auf als auf meinen Mann!* Koslowski konnte sich gut vorstellen, dass Jutta Eugelink dieser Nachsatz gerade durch den Kopf gegangen war. Verständlicherweise.

Er versprach ihr, ihren Sohn so bald wie möglich wieder nach Hause zu schicken oder sogar persönlich dort abzuliefern. Außerdem würde er ihn auffordern, sie nach diesem Telefonat selbst anzurufen. Was Lukas nicht leichtfallen würde.

Als Koslowski ins Wohnzimmer zurückkam, ließ sich Marius gerade von Lukas ein Kissen unter sein Bein schieben.

„Ich weiß ja nicht, wie es euch geht, aber ich habe einen Mordshunger", verkündete van Briel und sah dabei erwartungsvoll vom einen zum anderen. „Das Essen im Krankenhaus ist ja ganz gut und vor allem gesund, aber absolut nicht mein Fall. Also, wer hat Hunger?"

Lukas stimmte sofort zu, Koslowski hingegen stand der Sinn momentan nicht besonders nach Essen. Aber er konnte auch nicht zulassen, dass ein fußlahmer, pensionierter Kriminalbeamter und ein siebzehnjähriger Schüler vor seinen Augen verhungerten. Also trottete er ergeben in Marius´ Küche und sah sich dort um. Eine Minute später stand er wieder im Wohnzimmer.

„Das mit dem Essen ist zwar eine gute Idee, mein Lieber, aber als ich gerade deine Kühlschranktür aufgemacht habe, sind mir zwei Mäuse mit einer weißen Fahne entgegengesprungen. Und dein Vorratsschrank ist so leer wie ein Beamtenschädel. Also, was schlägst du zur Bekämpfung dieses akuten Notstandes vor?"

Marius van Briel grinste, dann beugte er sich vor und zog eine Mappe aus dem Fach unter dem Wohnzimmertisch. Triumphierend hielt er sie hoch. Koslowski konnte sofort das Logo der Gaststätte *Schmuggler* erkennen.

„Ich bestelle und du holst ab!“, kommandierte van Briel und warf Lukas die Karte zu. „Such dir was Gutes aus, mein Junge, denn unser Freund holt nicht nur ab, sondern bezahlt auch.“

„Wenn ich nicht wüsste, dass du aus dem Ruhrgebiet kommst, würde ich dich für einen Lipper halten. In Sachen Sparsamkeit könntest du mit denen auf jeden Fall mithalten.“

„Dein Glück, dass du nicht Geiz gesagt hast“, grinste van Briel und forderte Lukas auf, die Karte an Koslowski weiterzureichen. Nachdem auch der sich etwas ausgesucht hatte, rief van Briel in der Gaststätte an. Für seine eigene Bestellung hatte er nicht in die Karte sehen müssen, denn für sich bestellte er, wie immer, ein *Hafenschnitzel.*

„Du kannst schon mal losmarschieren, das Essen dürfte in circa zwanzig Minuten fertig sein, meinte Michael.“

Koslowski seufzte. Eigentlich hätte er kein Essen holen, sondern nach Stefan Krahner oder dessen Freundin suchen müssen, aber momentan fehlte ihm ohnehin jegliche Idee, wo er ansetzen sollte. Außerdem musste auch er etwas essen, denn ihm stand garantiert noch eine lange und anstrengende Zeit bevor. Der Countdown hatte ja gerade erst begonnen.

Also trottete er los und hoffte, dass ihm unterwegs noch etwas einfallen würde, wie er weiter vorgehen könnte. Kaum kam die Gaststätte in Sicht, verspürte er plötzlich gewaltigen Durst. Ihm fiel auf, dass er schon lange Zeit nichts getrunken hatte. Das konnte er noch schnell nachholen, bevor die Speisen fertig waren. Gleich danach würde er seine beiden Pflegefälle mit Nahrung versorgen und sich auf die Suche machen.

## 28

Kriminalhauptkommissar Jürgen Meerkötter wünschte sich oft, dass sein Arbeitsplatz im Büro der Detmolder Kripo so aussehen würde wie der von so manchem Fernsehkommissar. Die saßen immer nur an aufgeräumten Schreibtischen, auf denen maximal eine Akte lag, und zwar die des aktuellen Falles. Schön, wenn das in der Realität auch so wäre. Auf seinem Schreibtisch hingegen herrschte das blanke Chaos, was aber nicht hieß, dass er es nicht im Griff hatte. Links ein Stapel unbearbeiteter Akten, rechts ein weiterer, nur etwas niedriger. Ein Monitor, dessen Rand mit Notizzetteln übersät war, hinter ihm ein Regal voller Asservate, die alle noch bearbeitet werden mussten.

Hier in seinem Kommissariat, in dem er sich vor allem mit Einbrüchen beschäftigte, hatte er jede Menge Arbeit vor sich und war froh, dass man ihn nicht in die Mordkommission berufen hatte, die speziell für den Mordfall Karin Krahner eingerichtet worden war.

Von höherer Stelle hatte man zwar Meerkötters Abordnung in Betracht gezogen, aber dessen Kommissariatsleiter hatte seinen Einfluss geltend gemacht und sie verhindert. Denn der wusste, dass Meerkötter sich nicht ohne Grund in sein Kommissariat hatte versetzen lassen. Endlich weg von all den Leichen. Den ersten Angriff am Tatort hatte er zwar noch koordiniert, den Fall dann aber dankenswerterweise abgeben können.

Also saß Meerkötter wieder in seinem Büro vor einem Haufen Einbrüche. Er dachte gerade darüber nach, inwieweit der Mord an Karin Krahner mit Koslowskis aktuellem Problem zusammenhängen könnte, als es an seiner Bürotür klopfte. Er blickte auf die Uhr über der Tür. Sie zeigte genau 12.02 Uhr. Noch 28 Minuten bis zu seiner angepeilten Mittagspause.

„Herein!“

Sekunden später saß ihm Ismail Uslu gegenüber, dem er anmerkte, dass er sich in dieser polizeilichen Umgebung nicht sehr wohl fühlte. Der Mann in der schwarz-gelben Dienstkleidung der Deutschen Post hatte seine Mütze abgenommen und spielte verlegen mit ihr herum.

Die Wache hatte ihm das Erscheinen von Herrn Uslu telefonisch angekündigt. Der Mann sei gekommen, weil er eine Aussage machen wolle. Einen Moment lang hatte Jürgen Meerkötter überlegt, warum man den Mann ausgerechnet zu ihm geschickt hatte. Er konnte sich nicht daran erinnern, dass in einem seiner aktuellen Einbruchsfälle ein Postbote eine Rolle spielte. Aber wer wusste schon, was der Mann zu berichten hatte?

„Na, dann schießen Sie mal los, Herr Uslu! Was wollen Sie mir denn erzählen?", forderte er ihn auf.

Ismail Uslu sprach perfekt Deutsch, allerdings mit einem deutlich heraushörbaren schwäbischen Akzent, was daran lag, dass er vor einunddreißig Jahren in Sindelfingen geboren worden war. Seine Eltern wohnten damals dort, weil sein Vater, wie man es nannte, „beim Daimler schaffte". Nachdem Uslu seine Frau kennengelernt hatte, war er der Liebe wegen nach Detmold gezogen und hatte hier einen Job als Briefzusteller angenommen. Im Rahmen dieser Tätigkeit war ihm etwas aufgefallen, von dem er glaubte, dass es die Polizei vielleicht interessieren könnte. Vor allem, nachdem in der *Lippischen Landeszeitung* ausführlich über den Mord an Karin Krahner berichtet worden war.

„Sehen Sie, es ist so, dass ich für den Bereich nördlich des Detmolder Bahnhofs zuständig bin. Und da habe ich etwas Verdächtiges bemerkt … Ein Auto … und zwei Männer."

Meerkötter hörte aufmerksam zu. Meist waren es die kleinen Beobachtungen, die einen auf die richtige Spur brachten. Ein auswärtiges Kennzeichen, ein auffälliges Kleidungsstück, ein zufällig geschossenes Foto.

„Es ist auf jeden Fall richtig, dass Sie gekommen sind", bestätigte er seinem Besucher. „Möchten Sie einen Kaffee? Nein? Okay. Na, dann schildern Sie mir doch mal, was Sie genau beobachtet haben." Jürgen Meerkötter lehnte sich in seinen Bürostuhl zurück.

„Ich habe in der Zeitung gelesen, dass da ein Mord passiert ist, und da dachte ich …" Uslu brach mitten im Satz ab, weil Jürgen Meerkötter plötzlich wieder nach vorne geschnellt kam.

Verdammt! Er hatte gedacht, Uslu wollte ihm etwas erzählen, das mit einem Einbruch zu tun hatte. Davon war vermutlich auch der Kollege auf der Wache ausgegangen, als der Zeuge bei ihm erschienen war. Deswegen saß Uslu in Meerkötters Büro. Allerdings war es das falsche.

„Einen Augenblick, bitte", unterbrach Meerkötter Uslus Versuch, weiterzuerzählen, und griff gleichzeitig zum Telefonhörer. Kurze Zeit später wusste er, dass er selbst die Zeugenaussage aufnehmen musste, weil momentan kein Mitarbeiter der Mordkommission zur Verfügung stand.

Seufzend zog er seinen Schreibblock zu sich heran und wandte sich wieder seinem Besucher zu.

„Entschuldigen Sie die kurze Unterbrechung, Herr Uslu. Also, was genau haben Sie gesehen?"

„Einen dunklen PKW, in dem ein Mann saß", schilderte der Briefzusteller. „Dann kam ein anderer Mann aus dem Haus, stieg in das Auto und dann sind die beiden weggefahren."

„Aus welchem Haus genau kam der Mann?"

„Na, aus dem, in dem die getötete Frau wohnte. Ich kann mich an sie erinnern, weil sie oft Post von der Polizei und vom Gericht bekommen hat." Uslu stutzte einen Moment. „Nein, genau gesagt, kann ich mich an ihre Post erinnern, sie selber habe ich nur einmal gesehen. Ich habe ihr damals ein Einschreiben von der Staatsanwaltschaft übergeben. Sie war darüber so verärgert, dass sie mir danach nie wieder die Tür aufgemacht hat."

„Können Sie die beiden Männer beschreiben?" Meerkötter hatte gespannt zugehört und mitgeschrieben.

„Genauer gesehen habe ich nur den, der aus dem Haus kam. Ich schätze mal, der war so 1,80 Meter groß und hatte dunkle Haare." Man sah Uslu deutlich an, wie er in seinem Gedächtnis kramte. „Er trug dunkle Sachen und hatte Handschuhe an. Das weiß ich noch genau. Ich habe mich nämlich gewundert, weil es an diesem Tag gar nicht kalt war."

Meerkötter schrieb weiter mit. „Ist ihnen noch etwas anderes aufgefallen? Trug er einen Bart, eine Brille oder eine Mütze?"

„Er hatte so einen …, wie sagt man, … Dreitagebart? Ja genau, aber keinen Schnäuzer oder sowas. Brille? Lassen Sie mich kurz überlegen … Nein, hatte er keine und auch keine Mütze. Ach ja, und wie ich schon sagte, dunkle, ganz kurz geschnittene Haare. Und er erinnerte mich irgendwie an …"

„Ja, an wen?" Meerkötter horchte auf, sein Stift schwebte dabei abwartend über dem Schreibblock.

„Na ja, ich weiß nicht, aber irgendwie erinnerte er mich an meinen Nachbarn …" Uslu unterbrach sich sofort selber, „… also nicht, dass es mein Nachbar war, sondern er erinnerte mich vom Typ her an ihn."

„Inwiefern?"

„Mein Nachbar ist Russe und ich fand, der Typ hatte auch etwas Russisches an sich. Ich kann das nicht beschreiben, ist nur so ein Gefühl. Ich weiß nicht, ob Sie verstehen, was ich meine."

Das war keine verwertbare Aussage, aber möglicherweise ein Hinweis.

„Haben die beiden Männer miteinander gesprochen? Und wie sah der andere Mann aus? Der im Auto", wollte Meerkötter wissen.

„Nein, die haben nicht miteinander geredet, das fand ich sehr komisch. Meistens sagt man doch was, wenn man zu einem anderen ins Auto steigt, oder? Hallo oder so."

Als er Meerkötter zustimmend nicken sah, fuhr er fort: „Von dem anderen habe ich nur den Oberkörper gesehen und das auch nur ganz flüchtig, während ich am Wagen vorbeiging. Er war ebenfalls dunkel gekleidet und hatte auch dunkle Haare." Uslu legte seine Mütze auf den Oberschenkeln ab und fuhr sich nervös mit den Fingern beider Hände durch die Haare.

„Hören Sie, Herr Kommissar, ich will hier nichts Falsches sagen."

„Für uns ist erst mal jeder Hinweis wichtig", beruhigte ihn Meerkötter. „Manche davon können zu einer heißen Spur werden, andere erweisen sich als vollkommen bedeutungslos. Alles, was Sie mir hier erzählen, behandeln wir natürlich mit der gebotenen Sorgfalt und einer gewissen Portion Vertraulichkeit. Aber sollten diese beiden Männer tatsächlich etwas mit dem Mord zu tun haben, müssen Sie damit rechnen, zu einer Gegenüberstellung vorgeladen zu werden. Darüber hinaus können Sie auch davon ausgehen, dass man Sie bei einer Gerichtsverhandlung auffordern wird, Ihre Beobachtungen noch mal zu schildern."

Uslu schluckte. Das alles waren Konsequenzen, an die er zuvor noch gar nicht gedacht hatte.

Meerkötter bemerkte, wie der Briefzusteller verlegen wurde.

„Aber, wenn einer der Männer die Frau getötet hat, dann muss er doch dafür bestraft werden, oder?" Uslus Frage zielte anscheinend mehr darauf ab, sich selber die Richtigkeit seines Handelns zu bestätigen, als darauf, eine Antwort von Meerkötter zu bekommen. Doch die bekam er.

„Das sehen Sie genau richtig, Herr Uslu. Ihr Hinweis könnte uns auf die Spur der Täter führen. Aber sollten die Männer nichts mit der Sache zu tun haben, dann ist die ganze Angelegenheit damit auch für Sie erledigt."

Meerkötter ließ seine Worte einen Moment lang wirken, bevor er den Zeugen weiter befragte.

„Kommen wir nun zu dem Auto. Was können Sie mir darüber sagen?"

„Es war ein großer schwarzer Geländewagen, die hinteren Scheiben waren verdunkelt. Vielleicht ein Range Rover, aber ich bin mir nicht ganz sicher." Dann lachte er plötzlich auf. „Wäre mein Sohn dabei gewesen – der hätte Ihnen sicher ganz genau sagen können, um was für ein Fabrikat es sich gehandelt hat. Hakan liebt Autos, vor allem dicke Geländewagen."

Meerkötter seufzte. Das brachte sie vermutlich nicht viel weiter. Aber immerhin war es ein Hinweis, den es zu notieren galt. Schwarzer SUV.

Dann fiel sein Blick auf einen Zettel, den Ismail Uslu ihm gerade schüchtern zuschob.

„Ich dachte mir, es könnte vielleicht wichtig sein, und daher habe ich mir das Kennzeichen aufgeschrieben." Uslu blickte den Kriminalbeamten dabei erwartungsvoll an.

Der nahm den Zettel in die Hand und starrte ungläubig darauf.

„Mein lieber Herr Uslu, wenn alle Zeugen so aufmerksam wären wie Sie, dann wäre unsere Arbeit nicht nur viel leichter, sondern sicher auch viel erfolgreicher."

## 29

Koslowski war klar, dass es besser wäre, wenn er einen klaren Kopf behalten würde, aber sein Durst und das Verlangen nach einem kalten Bier waren so groß, dass er sofort zulangte, kaum dass der

Wirt im *Schmuggler* das Glas vor ihn hingestellt hatte. Mit gierigen Schlucken trank er es halbleer und genoss, wie es kühl seinen Rachen hinunterlief.

Augenblicklich meldete sich aber auch sein schlechtes Gewissen wieder. Wie konnte er hier stehen und Bier trinken, während Gina in Lebensgefahr schwebte?

Vor dem nächsten Schluck überlegte er, wie er weiter vorgehen sollte. An die Polizei konnte er sich nicht mehr wenden. Siedend heiß fiel ihm ein, dass er Hartung ja versprochen hatte, sich auf der Wache zu melden. Der war garantiert sauer und würde seine Leute bestimmt schon nach ihm suchen lassen.

Okay, den Gang zur Wache könnte Marius für ihn erledigen, aber dann musste er ihn einweihen und würde ihn dadurch mit in dieses teuflische Spiel ziehen. Wäre es nicht besser, ihn da herauszuhalten? Außerdem: Wie viel sollte und dürfte er der Polizei überhaupt verraten und welche Konsequenzen hätte das? Wenn die alles erfuhren, würden sie die erforderlichen Maßnahmen einleiten. Und das würden Wolkovs Leute garantiert mitbekommen.

Vielleicht war Corona ja eine Lösung? Wenn Marius Hartung erzählen würde, dass derzeit kein Kontakt möglich sei, weil Koslowski sich infiziert habe …? Nein, dann würde man ihn telefonisch befragen wollen, und er konnte nicht sicher sein, ob sein Handy sauber war.

Am besten, er tauchte unter und agierte aus dem Verborgenen heraus. Nur musste er dabei nun neben Wolkovs Leuten auch noch der Polizei aus dem Weg gehen. Aber wo sollte er anfangen? Wo steckte Krahner und wo waren die Diamanten?

Koslowski zuckte zusammen, weil plötzlich neben ihm ein Mann wütend mit der flachen Hand auf die Theke schlug, bevor er sich auf einen der Hocker setzte.

„Moin, Lütt und Lütt."

Koslowski konnte dessen Verärgerung deutlich spüren.

„Mensch, Bernd, was ist *dir* denn für 'ne Laus über die Leber gelaufen?", wollte der Mann hinter der Theke wissen, während er ein kleines Bier zapfte und einen Korn eingoss.

„Das ist jetzt schon das dritte Mal, dass irgend so ein Arschloch versucht, in die *Schülke* einzubrechen.“ Dankbar nahm er den Korn in Empfang und schüttete ihn in einem Zug hinunter.

„Was will der denn in eurem Museumskreuzer?“ Der Wirt stellte zwar die Frage in den Raum, beantwortete sie aber auch gleich selber. „Na ja, wer weiß schon warum, die Welt wird ja immer bekloppter.“

„Ja, und vor allem, weil auf der *Schülke* nichts zu holen ist. Keine Wertsachen und vor allem kein Geld. Wenn sie als Arbeitsschiff, wie früher in Norwegen, noch Werkzeuge an Bord hätte, könnte ich das ja noch verstehen. Aber was will dieser Kerl bei uns klauen?“

Koslowski zuckte zusammen. Ein Arbeitsschiff aus Norwegen? Er erinnerte sich an das Foto in Schnabels Flur. Konnte das Zufall sein?

„Entschuldigen Sie bitte, dass ich mich einmische, aber ist dieser Museumskreuzer als Arbeitsschiff für Norwegen gebaut worden?“

Der Mann wandte sich ihm zu und schüttelte den Kopf.

„Nee, gebaut wurde er 1969 als Seenotrettungskreuzer und war dann bis 1997 hier auf Norderney stationiert. Als er außer Dienst genommen wurde, hat man ihn nach Island verkauft. Dort wurde er auch als Rettungskreuzer eingesetzt.“ Der Mann trank einen Schluck von seinem Bier. „Da allerdings ohne die *Johann Fidi*“, fügte er noch hinzu.

Als er sah, dass Koslowski mit dieser Aussage nichts anfangen konnte, klärte er ihn auf.

„Die *Johann Fidi* ist das kleine Tochterboot, dass die *Otto Schülke* immer huckepack mit sich führt.“

Koslowski erinnerte sich, Fotos davon gesehen zu haben.

„Sie kennen sich mit der Geschichte dieses Schiffes aber sehr gut aus“, lobte er den Mann, der soeben einen weiteren Schluck von seinem Bier trank. Daher übernahm es der Mann hinter dem Tresen, an seiner Stelle zu antworten. „Bernd ist ja auch mit der *Otto Schülke* verheiratet.“

Der Mann mit dem von Koslowski bewunderten Wissen stellte sich daraufhin als Bernd Jansen vor. „Ja, ich bin einer von den Verrückten, die die *Otto Schülke* wieder nach Hause geholt und restauriert haben. Jetzt ist sie schon fast wieder im Originalzustand."

„Aber Sie sprachen doch gerade davon, dass sie nach Island verkauft worden war, dann aber als Arbeitsschiff in Norwegen genutzt wurde. Wie kam sie denn von Island nach Norwegen?"

Jansen bestellte sich noch ein Bier. „Wollen Sie auch eins?"

Als Koslowski dankend ablehnte, begann Jansen zu erzählen. Der ehemalige Rettungskreuzer hatte acht Jahre in Island unter dem Namen *Gunnar Fridriksson* und sein Tochterboot, die ehemalige *Johann Fidi*, unter dem Namen *Stefan Eggertson* Dienst versehen. Dann wurde er als Arbeitsschiff nach Norwegen weiterverkauft und in das dortige Schiffsregister eingetragen. Dort war er unter dem Namen *A.I.S. Island* im Einsatz, bevor er am 25. Juli 2013 an das Abwrackunternehmen *Sjure* veräußert wurde.

Koslowski musste schlucken. War er womöglich ausgerechnet hier, an der Theke des *Schmugglers*, der Lösung des Falles ein Stück nähergekommen? Er kramte in seiner Tasche, zog sein Handy hervor und zeigte Jansen das Bild, das er von dem Foto in Schnabels Wohnung gemacht hatte.

„Erkennen Sie dieses Schiff?"

Jansen zog eine Brille aus der Tasche und nahm das Handy entgegen. Ein paar Sekunden herrschte angespannte Ruhe, dann griff er wortlos in die Jackentasche und zog eine Postkarte hervor.

Als er sie Koslowski hinhielt, sah der darauf Zeichnungen von sechs kleineren und einem größeren Schiff. Aber bei genauerer Betrachtung stellte er fest, dass es sich jedes Mal um die ursprüngliche *Otto Schülke* handelte.

Sie war nur immer wieder in unterschiedlichen Farben abgebildet worden. In der unteren Reihe war sie einmal oben blau und unten rot gestrichen. Als Jansen nun Schnabels Foto danebenlegte, erkannte Koslowski sofort, auf welchem Schiff die vier Männer gearbeitet hatten.

„Kein Zweifel, oder?", wollte Jansen wissen.

„Wissen Sie auch, wo das Schiff in Norwegen eingesetzt war?"

Jansen musste nicht mal nachdenken. „Als Heimathafen war Arendal angegeben, das liegt an der Südküste."

Koslowski hatte zwar den Umriss Norwegens vor Augen, aber keine Ahnung, wo dieses Arendal genau lag. War es möglich, dass die vier Männer, so wie Schnabel es erzählt hatte, damals von dort aufgebrochen waren, um die *Juri Gagarin* abzufangen und Wolkov der Diamanten zu berauben?

„Ich muss mal kurz in die Küche, braucht ihr noch was?", wollte der Wirt wissen und verschwand nach einem doppelten Kopfschütteln.

„Ich hätte da noch eine Frage", wandte sich Koslowski an Jansen, doch der blockte ab.

„Mich würde erst mal interessieren, was Sie mit der Sache zu tun haben? Woher haben Sie dieses Foto und wer sind die vier Männer darauf?" Jansen sah ihn zunächst nur fragend an, doch dann verfinsterte sich seine Miene plötzlich.

„Moment mal, es könnte doch gut sein, dass einer von denen auf dem Bild derjenige ist, der ständig versucht, bei uns einzubrechen. Also, raus mit der Sprache, wer sind diese Typen?"

Koslowski holte tief Luft. Wie viel konnte und durfte er Jansen verraten? Hatte Krahner die Diamanten tatsächlich im ehemaligen Arbeitsschiff versteckt und nun schon mehrfach versucht, sie sich zu holen? Waren sie womöglich immer noch an Bord des Museumskreuzers und gab es eine Chance für ihn, an sie heranzukommen?

Aber was, wenn Jansen und seine Mitstreiter die Diamanten im Rahmen der Renovierungsmaßnahmen bereits gefunden und selber eingesackt hatten?

Er hatte zwar keine Ahnung, woher sein Gefühl kam, aber er war sich sehr sicher, dass die den Fund der Polizei gemeldet und die Diamanten abgegeben hätten. Nein, wenn Krahner es noch nicht geschafft hatte, sie sich unter den Nagel zu reißen, musste er selbst dringend auf das Schiff, um nachzusehen. Denn wenn er die Diamanten fand, konnte er Gina damit vielleicht freikaufen.

Aber konnte er Jansen vertrauen, einem Mann, den er gerade erst kennengelernt hatte? Egal, dachte Koslowski, ob so kaputt oder totgekitzelt. Wenn er weiterkommen wollte, war der Mann nicht nur die die beste, sondern momentan auch die einzige Chance, die er hatte.

„Okay, ich werde Ihnen jetzt erzählen, was es mit diesen vier Männern auf sich hat, aber vorher habe ich noch eine Frage. Ist bei den Einbruchsversuchen etwas beschädigt oder aufgebrochen worden? Irgendwo an Bord?"

Jansen schüttelte den Kopf. „Nein, bisher hat es immer nur das Schloss an der Tür des Ruderhauses erwischt. Warum?"

Koslowski atmete noch einmal tief durch, bevor er sich endgültig entschloss, Jansen einzuweihen.

„Was ich Ihnen jetzt erzähle, muss unbedingt unter uns bleiben, denn es geht um das Leben eines Mädchens. Man hat sie entführt."

„Dann rufen Sie doch die Polizei an, damit die Ihnen helfen kann", schlug Jansen mit immer noch ungläubigem Gesichtsausdruck vor.

„Wenn ich die einschalte, bringen die Entführer das Mädchen um." Als er bemerkte, dass Jansen ihn weiterhin skeptisch ansah, dann aber nickte, erzählte er ihm von dem Überfall auf die *Juri Gagarin* im Mai 2013 und dem Raub der Diamanten. Anschließend schilderte er ihm seine Vermutung, dass der Anführer der Bande die Diamanten damals auf dem Arbeitsschiff versteckt hat und sie bis vor kurzem nicht hatte holen können, weil er lange in Norwegen im Knast gesessen hatte.

„Unmöglich!", posaunte Jansen sofort. „Bei der Restaurierung haben wir den ganzen Kahn von oben bis unten auf den Kopf gestellt. Dabei hätten wir die Diamanten garantiert gefunden."

„Okay, aber dann nennen Sie mir doch mal einen triftigen Grund, warum jemand immer wieder bei Ihnen einbricht!"

Jansen schürzte die Lippen. Man sah ihm an, wie er gerade im Geiste durch den ehemaligen Rettungskreuzer ging. Dann fiel ihm etwas ein.

„Um wie viele Diamanten handelt es sich denn dabei? Ich meine, wie groß war denn die gestohlene Menge? Wegen des möglichen Verstecks."

Koslowski schüttelte bedauernd den Kopf.

„Ich habe keine Ahnung. Aber vermutlich wird es eine sehr große Menge gewesen sein, bei dem Risiko, das die vier Männer dafür eingegangen sind." Er seufzte. „Außerdem wäre Wolkov nur für ein paar Steinchen wohl kaum mit seiner Luxusyacht von Sankt Petersburg bis nach Oslo gefahren. Nein, es dürfte sich dabei schon um eine größere Menge handeln."

„Aber warum auf dem Seeweg?", wollte Jansen wissen. „Er hätte doch auch fliegen können, das wäre viel schneller gegangen."

„Ja, aber dabei wäre auch die Gefahr größer gewesen, dass man die Diamanten bei ihm gefunden hätte. Ich glaube kaum, dass der russische Zoll oder auch ein paar andere Leute davon erbaut gewesen wären, wenn sie festgestellt hätten, dass Wolkov die Steine aus dem Land schaffen wollte."

Jansen drehte das leere Bierglas zwischen den Fingern. „Gut, dann sollten wir jetzt die Polizei einschalten und nach dem Mann suchen lassen, der uns ständig zu schaffen macht. Es kann ja nur einer von den vieren auf dem Bild sein."

Koslowski schüttelte den Kopf. „Das ist nicht nötig, ich kann Ihnen sogar sagen, wer der Einbrecher ist." Er zog das Handy wieder zu sich heran, dann deutete er auf Stefan Krahner und nannte dessen Namen.

„Na, umso besser, das erleichtert der Polizei die Arbeit doch noch mehr, oder?" Jansen stutzte. „Aber woher wissen Sie überhaupt, dass es dieser Kramer war?"

„Krahner", verbesserte Koslowski ihn. Dann seufzte er. „Er ist derjenige, der damals den Plan ausgeheckt und die Beute versteckt hat."

„Okay, dann gehen wir jetzt zur Polizei." Jansen machte Anstalten, aufzustehen.

„Die Geschichte ist noch nicht zu Ende", erklärte Koslowski seinem Gegenüber und bat ihn, sitzen zu bleiben. Er musste Jansen wohl oder übel die ganze Wahrheit sagen. Er hatte keine andere Wahl.

„Das Mädchen ist Stefan Krahners Tochter. Zurzeit wird sie auf einer Yacht draußen vor der Insel festgehalten. Ich bin mir sicher, dass die Entführer sich ihrer schleunigst entledigen werden, wenn sie merken, dass ihnen die Polizei auf die Pelle rückt."

Jansen nickte zwar, doch Koslowski sah ihm deutlich an, dass er immer noch skeptisch war.

„Ich habe nach dem Mädchen gesucht und bin ihnen bei der Entführung in die Quere gekommen. Nun haben sie mich losgeschickt, damit ich ihnen entweder die Diamanten oder Krahner liefere. Dabei werde ich von ihnen überwacht", Koslowski deutete auf sein Handy, „deshalb können wir auch die Polizei nicht einschalten, ohne das Leben des Mädchens zu gefährden."

Bei Koslowskis Worten hatte sich Jansen erschrocken umgesehen, so als würde er erwarten, dass jeden Moment finstere Gestalten die Gaststätte stürmten.

„Verstehen Sie mein Problem?", wollte Koslowski von ihm wissen. Und um Jansen zu zeigen, wozu diese Typen fähig waren, stellt er ihm eine Frage.

„Wollen Sie wissen, woher ich weiß, dass es nur Stefan Krahner sein kann, der bei Ihnen an Bord einbrechen will und es auch garantiert wieder versuchen wird?"

„Na klar, weil er damals die Beute versteckt hat, wie Sie schon gesagt haben."

Koslowski lachte bitter auf. „Das ist richtig, aber ab heute Morgen gibt es noch einen anderen Grund."

Jansen sah ihn verblüfft an. „Und welchen?"

Koslowski tippte auf das Handyfoto.

„Weil Stefan Krahner der einzige dieser Vierer-Gruppe ist, der noch nicht von Wolkovs Männern ermordet wurde. Der Dritte starb heute Morgen."

Jansens Gesicht wurde mit einem Schlag aschfahl. Wortlos starrte er Koslowski an, der etwas in sein Handy tippte und es ihm dann so hinhielt, dass dieser das Display sehen konnte. Der Timer zeigte 46 Stunden und 25 Minuten an.

„Was ist das?"

„Ein rückwärtslaufendes Uhrwerk. Es zeigt an, wie viel Zeit ich noch habe, um entweder Krahner oder die Diamanten zu finden.

Wenn nicht …" Den Rest schenkte er sich. „Ich hoffe, Sie können mir dabei helfen, und deshalb bitte ich Sie jetzt auch darum."

„Und was ist, wenn die Zeit abläuft und Sie bis dahin nichts erreicht haben?", wollte Jansen wissen, obwohl er die Antwort schon ahnte.

Koslowski sah ihm direkt in die Augen. „Dann stirbt das Mädchen. Und vielleicht nicht nur das."

# 30

Eine Minute später und 230 Kilometer entfernt klingelte auf einem Schreibtisch das Telefon. Genauer gesagt auf dem von Jürgen Meerkötter. Das Telefongespräch sorgte dafür, dass dieser drei Minuten später im Besprechungsraum der Mordkommission Krahner stand.

„Dann sagen Sie ihm, dass wir unsere Arbeit machen und er uns in Ruhe lassen soll! Meinetwegen kann ihn der amerikanische Präsident angerufen haben. Wir sind an einem wichtigen Punkt unserer Ermittlungen angekommen und haben anderes zu tun, als dafür zu sorgen, dass der Behördenleiter sich vor der Presse profilieren kann."

Meerkötter sah, dass Thorsten Runge, seines Zeichens Erster Kriminalhauptkommissar und Leiter der Mordkommission, verärgert in den Hörer lauschte.

„Das ist mir scheißegal, bei wem er sich beschweren wird! Jetzt lassen Sie uns einfach unseren Job machen! Auf Wiederhören."

Wütend knallte Runge den Hörer hin. Auf den Gesichtern seiner Mitarbeiter war immer noch das leicht höhnische Vergnügen zu sehen, mit dem sie dem Gespräch gelauscht hatten.

„Ich habe es ja immer schon gesagt: Für uns wäre vieles einfacher, wenn der Leiter einer Polizeibehörde polizeiliche Erfahrung besitzen würde. Man macht ja auch keinen Klempner zum Chef der Hirnchirurgie!"

„Sag nichts gegen Klempner, mein Schwager ist auch einer", warnte Meerkötter ihn grinsend. Er kannte Runge schon länger, da er zu Beginn seiner Dienstzeit zusammen mit ihm bei der Kripo in Bielefeld Dienst gemacht hatte.

Runge schüttelte sich, als wolle er so den Ärger loswerden, und sah dann seinen Stellvertreter an. „Matthias, sieh zu, dass wir in Zukunft nicht mehr mit solchen Anrufen belästigt werden. Wenn wir was bekanntzugeben haben, dann melden wir uns schon."

Matthias Franke nickte nur.

„Aber kommen wir zur Sache!" Runge deutete einladend auf den Besprechungstisch und alle nahmen Platz. „Ich habe euch zusammengerufen, weil wir dank des Hinweises dieses Postboten, wie heißt der gleich noch …?"

„Uslu, Ismail Uslu", kam Meerkötter ihm zu Hilfe.

„Genau. Danke. Aufgrund seines Hinweises haben wir eine Halterfeststellung gemacht und wissen nun, wem der dunkle Wagen gehört, den er am Tatort gesehen hat. Matthias, fährst du bitte fort!"

Matthias Franke lehnte sich in seinem Stuhl zurück. Er war voll im Thema und musste nicht erst auf seine Aufzeichnung sehen, um berichten zu können.

„Der Wagen gehört einem Wladimir Buraschenko. Er wohnt hier in Detmold, genauer gesagt in Herberhausen." Er ließ den Beamer aufleuchten und auf der Leinwand erschien ein Ausschnitt des Detmolder Stadtplans. Franke lenkte den Laserstrahl auf die Wohnanschrift Buraschenkos. Jürgen Meerkötter kannte die Gegend gut. Früher hatten dort stationierte britische Soldaten gewohnt. Daher trug Herberhausen, das zum Stadtteil Hackedahl gehört, damals den Spitznamen „Klein-London". Nach dem Wegzug der Briten 1995 und bedingt durch den Zuzug vieler Russlanddeutscher wurde daraus „Klein-Moskau". Mittlerweile hatten sich dort auch jede Menge Kurden niedergelassen.

Frankes Stimme holte Meerkötter aus seinen Gedanken zurück.

„Buraschenko hat ein Kundenkonto bei uns. Gefährliche Körperverletzung, schwerer Diebstahl, Widerstand gegen Vollstreckungsbeamte, Zuhälterei, Verdacht auf erpresserischen Menschenhandel und noch einige andere Delikte. Da ist schon eine ganz schön dicke Akte zusammengekommen. Aber das Interessanteste kommt noch!"

Alle Augen waren weiterhin auf ihn gerichtet. Man sah ihnen die Neugier an.

„Er hat Kontakt zu einem gewissen Michail Gudanov, einem berüchtigten und von Europol gesuchten Auftragsmörder. Gudanov soll in den letzten zwei Jahren mehr als acht Morde begangen haben. Dabei hat er für alle möglichen Leute gearbeitet, unter anderem für die *russische* Mafia. Er scheint, was seine Auftraggeber angeht, nicht sehr wählerisch zu sein. Die Kollegen in Den Haag würden wer weiß was dafür geben, wenn sie ihn endlich aus dem Verkehr ziehen könnten."

Keiner der Anwesenden kam dazu, eine Frage zu stellen, weil Franke sofort weitersprach.

„Als wir über Jürgen", er nickte Meerkötter dankbar zu, „den Hinweis von Herrn Uslu bekamen, haben wir sofort eine Zivilstreife zur Anschrift von Buraschenko geschickt. Die Kollegen haben festgestellt, dass dessen Wagen vor dem Haus parkt. Die Wohnung liegt im ersten Stock und, wie die Kollegen uns sagten, sieht es so aus, als befänden sich mindestens zwei Männer in der Wohnung."

„Gudanov?", wollte eine dunkelhaarige Kollegin wissen, die Meerkötter nicht kannte. Vermutlich war auch sie aus Bielefeld hierher abgeordnet worden.

„Konnten wir zu *diesem* Zeitpunkt noch nicht mit Sicherheit sagen, aber wir vermuten es. Eine Leiche und ein russischer Killer ganz in der Nähe, das dürfte kaum Zufall sein", schnaufte Franke desillusioniert.

„Aber warum sollte der Karin Krahner umgebracht haben?", meldete sich die Kollegin erneut zu Wort.

Franke sah Jürgen Meerkötter an und nickte ihm aufmunternd zu.

Unmittelbar nach dem Fund der Leiche hatte der Matthias Franke darüber in Kenntnis gesetzt, dass Koslowski ihn nach Stefan Krahner gefragt hatte, weil er dessen Tochter suchte. Er erzählte ihm auch, dass Koslowski vom Sohn eines getöteten Kollegen darum gebeten worden war.

Meerkötter wusste, dass er die dienstlichen Informationen über Krahner eigentlich nicht an Koslowski hätte weitergeben dürfen, aber er hätte sich nur noch weiter reingeritten, wenn er Runge oder Franke diesen Umstand verschwiegen hätte. Denn rausgekommen wäre das ganz sicher.

Beide Kollegen hatten seine Mitteilung zur Kenntnis genommen, sie als sehr wichtig eingestuft, aber zu seinem Fehlverhalten nichts gesagt. Noch nicht, aber da würde garantiert noch was hinterherkommen, da war er sicher.

Aber nun war es an ihm, die Kollegen der MK Krahner zu informieren, in welchem Zusammenhang der Tod von Karin Krahner mit Michail Gudanov stehen könnte. Man vermutete, dass der Killer zuvor versucht haben könnte, Informationen aus Karin Krahner herauszuholen, oder es sogar geschafft hatte. Danach brachte er sie zum Schweigen, mit einem dilettantisch als Suizid getarnten Mord.

Als Meerkötter mit seinen Ausführungen fertig war, übernahm Franke wieder.

„Auf jeden Fall haben wir ein Team des Mobilen Einsatzkommandos angefordert, das die Kollegen in Zivil abgelöst hat. Seitdem haben wir auch Fotos von den Personen in der Wohnung. Geschossen mit einem Teleobjektiv aus einer der gegenüberliegenden Wohnungen. Nicht ganz scharf, aber immerhin scharf genug, um zu erkennen, dass es sich bei einer der Personen tatsächlich um den Wohnungsmieter Buraschenko handelt. Der andere ist Michail Gudanov. Volltreffer!"

„Aber warum ist der noch hier?", wollte ein anderer Kollege wissen. „Warum hat der sich nicht schon längst wieder abgesetzt?"

Nun schaltete sich Runge ein: „Wir vermuten, dass der oder die Auftraggeber dieses Mordes vielleicht noch nicht die Informationen bekommen haben, nach denen sie verlangt haben. Es könnte also sein, dass sie Gudanov für den Fall, dass sich hier in Lippe noch eine andere Quelle auftut, hier geparkt haben. Aber im Grunde ist das unwichtig. Hauptsache, wir haben ihn."

Der Leiter der Mordkommission machte eine kurze Pause.

„Vor ein paar Minuten kam der internationale Haftbefehl aus Den Haag, und wir haben uns entschlossen, ihn umgehend zu vollstrecken. Auf jeden Fall, bevor Gudanov und Buraschenko uns entwischen können. Nach der Festnahme können wir sie dann ja auch zum Mord an Karin Krahner befragen. Aber ich bin mir jetzt schon sicher, dass die schweigen werden wie zwei Gräber."

„Ja, bitte?" Runge deutete auf Jürgen Meerkötter, der sich zu Wort gemeldet hatte.

„Die beiden dürften vermutlich nicht ungefährlich sein, oder?"

Runge nickte. „So ist es, und deshalb haben wir auch unsere Kollegen vom SEK angefordert, die sich ja besonders gut auskennen, was diese Form von ‚Hausbesuchen' angeht."

Einhelliges Grinsen machte sich in der Runde breit. Jeder war froh, dass er nicht das Zielobjekt der stets dunkel gekleideten und maskierten Kollegen war. Es war hochinteressant, den Einsatz eines Spezialeinsatzkommandos mitzuerleben, vorausgesetzt, man befand sich dabei auf der richtigen Seite.

„Wir warten ab, bis es heute Abend dunkel wird, dann schlagen wir zu", gab Runge bekannt. Zustimmendes Kopfnicken und Klopfen begleiteten seine Ankündigung.

## 31

Der 1996 in Dienst gestellte Seenotrettungskreuzer *Hans Hackmack* lag festgemacht im Norderneyer Hafenbecken. Zwischen ihm und der Kaimauer hatte man die *Otto Schülke* vertäut.

Die *Hackmack* war nach ihrem Stifter, einem Bremer Zeitungsverleger, benannt worden und in Grömitz stationiert gewesen, bis sie dort 2021 von der *Felix Sand* abgelöst wurde. Seitdem war sie als Reservekreuzer auf wechselnden Stationen im Einsatz. Im Augenblick hier auf Norderney.

Koslowski, der neben Bernd Jansen im dunklen Ruderhaus der *Hackmack* hockte, erinnerte sich noch daran, dass ein Onkel von ihm, ein begeisterter Modellbauer, damals die *Adolph Bermpohl* als 1,20 Meter langes ferngesteuertes Modell gebaut hatte. Ihr Name ehrte den in Gütersloh geborenen Navigationslehrer Adolph Bermpohl. Traurige Berühmtheit erlangte der Kreuzer, als er bei einer Rettungsaktion am 23. Februar 1967 selbst in Seenot geriet und dabei drei gerettete Fischer und vier Seenotretter ums Leben kamen. Als er daran dachte, wusste Koslowski auch wieder, woher er den Anblick des aufgeladenen kleinen Tochterbootes kannte.

Jetzt jedoch saßen sie auf einem viel moderneren Schiff und beobachteten aus dem Dunkel des erhöhten Fahrstands das Deck der älteren und kleineren *Otto Schülke*.

Falls sich die geraubten Diamanten tatsächlich noch an Bord befanden, würde Stefan Krahner garantiert erneut auftauchen, um sie an sich zu bringen. Aber wenn Koslowski Gina retten wollte, indem er Wolkovs Gier nach den Diamanten befriedigte, musste er sie Stefan Krahner abnehmen. Egal, ob mit oder ohne dessen Zustimmung. Da die Diamanten trotz der Renovierung der *Otto Schülke* nicht gefunden worden waren, hielt es Koslowski für einfacher, wenn Krahner sie für sie holte. So der Plan.

Gegen halb sieben war die Sonne im Westen bereits untergegangen. Nun dümpelten die beiden Rettungskreuzer in der Dunkelheit seicht vor sich hin. Jansen hatte es sich auf dem Boden bequem gemacht, während Koslowski sich auf dem Sitz des Steuermannes niedergelassen hatte. Sie hatten vereinbart, alle halbe Stunde die Sitzpositionen zu tauschen, denn sie rechneten mit einer langen Nachtwache.

Zuvor hatte Koslowski immer wieder überlegt, ob er die Waffe aus seiner Wohnung holen sollte, sich dann jedoch dagegen entschieden. Im Eifer eines Kampfes konnte so eine Waffe schnell in die falschen Hände geraten. Außerdem glaubte er nicht, dass er Stefan Krahner mit Waffengewalt davon überzeugen musste, seine Tochter zu retten. Im Gegenteil, er war sich ziemlich sicher, dass der, sobald er wusste, dass Wolkov das Mädchen in seiner Gewalt hatte, alles daransetzen würde, bei ihrer Befreiung zu helfen. Denn was waren schon ein paar Diamanten gegen das Leben seiner Tochter?

Neben Bernd Jansen auf dem Boden lagen eine große Taschenlampe und ein paar Kabelbinder, die zum Einsatz kommen sollten, wenn Krahner sich ihnen entgegen ihrer Erwartungen widersetzen sollte.

Doch zunächst einmal sollte der die Diamanten aus ihrem Versteck holen, wobei Bernd Jansen äußerst gespannt war zu erfahren, wo sie sich die ganze Zeit befunden hatten. Wie hatten er und seine Leute das Versteck bei den Renovierungsarbeiten übersehen können?

Koslowski blickte angestrengt aus dem Fenster auf den Kai. Lediglich ein einsames Pärchen marschierte in Richtung Hafenterminal, ansonsten lag das gesamte Gelände verlassen da. Zwei Männer der Museumskreuzer-Crew hatten sich in der Nähe an Land postiert, um Stefan Krahner bei einer möglichen Flucht den Weg abschneiden zu können.

Jansen hatte sie rekrutiert und beide hatten eingewilligt, mitzumachen. Und das, obwohl Koslowski ihnen nicht hatte sagen können, ob Krahner bewaffnet war. Beide hatten dabei nur grimmig geguckt. Vermutlich dachten sie in dem Moment ausschließlich daran, was Krahner ihrem geliebten Museumskreuzer bisher schon angetan hatte.

Jetzt war das Netz ausgeworfen und sie mussten nur noch warten, bis der Fisch sich darin fing.

***

Der dunkle Transporter mit den abgeklebten Scheiben stand auf dem Parkplatz eines Detmolder Matratzengeschäftes. Unweit der Wohnung Buraschenkos, aber von dort aus nicht sichtbar. Der Mann auf dem Beifahrersitz, seines Zeichens Kommandoführer des Spezialeinsatzkommandos, behielt die Umgebung im Auge und lauschte gleichzeitig dem Funkverkehr, der auf einer Sonderfrequenz ablief.

Die Kollegen des Mobilen Einsatzkommandos hatten die Zielwohnung seit der Übernahme von den Detmolder Zivilkräften nicht mehr aus den Augen gelassen. Die beiden Zielpersonen befanden sich noch immer im Objekt. Buraschenkos Fahrzeug hatten die Kollegen sicherheitshalber mit einem Peilsender versehen. Man konnte ja nie wissen.

Rechts neben dem dunklen Transporter stand ein Passat Kombi, dessen hintere Scheiben ebenfalls undurchsichtig waren. Die beiden Insassen hätten auf einen zufälligen Beobachter zwar einen entspannten Eindruck gemacht, aber der Pulsschlag war bei beiden momentan sicherlich erhöht. Arko, ein kräftig gebauter Malinois-Schäferhund, spürte und sein Führer wusste, dass es jederzeit losgehen könnte.

Links neben dem Transporter hielt soeben ein weiteres Zivilfahrzeug der Polizei, aus dem Thorsten Runge ausstieg. Als er auf den Transporter zuging, öffnete sich die Schiebetür und er stieg ein.

„Wenn ihr bereit seid, könnt ihr loslegen. Ihr habt ja alle Informationen zu den beiden Männern bekommen, aber ich möchte nochmals darauf hinweisen, dass sie nicht ungefährlich sind, vor allem dieser Gudanov. Es wäre schön, wenn beim nächsten Betriebsausflug noch alle dabei wären."

Runge schaute den Männern reihum in die Gesichter, von denen er aufgrund der schwarzen Sturmhauben nur die Augen sah. Stilles und einvernehmliches Kopfnicken bestätigte ihm, dass diese Spezialisten genau wussten, worauf sie sich einließen.

In diesem Moment meldete sich ein Kollege des MEK über Funk und teilte mit, dass die Lichter im vorderen Teil der Wohnung erloschen waren.

„Hinten brennen sie noch." Aufgrund der zügig beschafften Baupläne wusste man, dass sich dort das Wohnzimmer befand. Möglicherweise hockten die beiden Killer gerade auf der Couch und sahen fern.

Als der Kommandoführer ihn fragend anblickte, nickte Runge ihm zu. „Okay, ab jetzt ist das *eure* Show!"

Der Wachdienst war informiert und hatte den gesamten Bereich seit der Übernahme durch das MEK gemieden, um kein Aufsehen zu erregen. Ein Rettungswagen und ein Notarzt standen bereit, ebenso hielt sich *Hummel 8*, ein Polizeihubschrauber mit Wärmebildkamera, im erweiterten Luftraum in Bereitschaft. Runge streckte den Daumen in die Luft und verließ den Transporter.

Damit begann für die Männer des SEK zwar der gefährlichste Part, aber immerhin durften sie nun aktiv werden, während alle anderen zu untätigem Warten verdammt waren.

Der Transporter rollte an und bog an der über dem Kreisverkehr schwebenden, orangefarbenen Kunstkugel in die Richthofenstraße ein. Der Einsatz begann.

***

Bernd Jansen versuchte, ein gewaltiges Gähnen zu unterdrücken, doch es fiel ihm nicht leicht. Privatdetektive, Zivilfahnder oder Jäger waren möglicherweise bedeutend ausdauernder als er, doch er spürte, auf dem harten Boden des Ruderhauses sitzend, bereits nach zwanzig Minuten jeden seiner Knochen. Außerdem musste er sich zusammenreißen, um nicht einzunicken.

Koslowski hingegen war hellwach und starrte ununterbrochen in die Dunkelheit hinaus. Als Jansen ihn dabei beobachtete, überlegte er, was für eine Art Mensch dieser Mann wohl war. Er hatte keinerlei familiäre Beziehung zu dem entführten Mädchen, es gab keine finanziellen Interessen und er hat auch keinen offiziellen Auftrag.

Jansen war nicht besonders wohl gewesen, als Koslowski ihn gebeten hatte, die Polizei außen vor zu halten, aber er akzeptierte dessen Einwand, dass das Leben des Mädchens sonst womöglich ein gewaltsames Ende finden könnte. Vielleicht bekam Koslowski ja wirklich die Chance, sie freizubekommen, indem er diesem Russen die Diamanten lieferte. Irgendwie hatte er den Eindruck, dass das alles gar nicht real war und er gleich aus einem Traum aufwachen würde. Doch dann sah er sich im Fahrstand der *Hans Hackmack* um und wurde wütend. Er war er es leid, nach den diversen Einbruchsversuchen ständig Reparaturen an ihrem Museumskreuzer vornehmen zu müssen. Das hatte nun hoffentlich bald ein Ende.

Er verlagerte sein Gewicht soeben auf die andere Körperhälfte, als sein Handy vibrierte. Schnell zog er es aus der Tasche und nahm den Anruf an.

„Gerade ist jemand zwischen den Hallen aufgetaucht, kann sein, dass es jetzt losgeht“, flüsterte Tamme Behrens, der zweite Vorsitzende ihres Vereins. „Dunkel gekleidet und relativ groß.“

„Okay, behaltet ihn im Auge! Wenn er sich aufs Schiff zubewegt, dann lass es einmal klingeln!“ Er drückte das Gespräch weg und nickte Koslowski zu, der ihn fragend angesehen hatte.

Dem zeigte ein Blick auf die Borduhr, dass es erst halb neun war. Er hatte viel später mit Krahners Auftauchen gerechnet, wenn es sich bei der beobachteten Person denn um diesen handelte.

Seine Zweifel wurden umgehend durch ein einmaliges Brummen von Jansens Handy beseitigt. Koslowski spähte zur Kaimauer hinüber. Tatsächlich – eine dunkel gekleidete Person bewegte sich auf die Stelle zu, an der die *Otto Schülke* und die *Hans Hackmack* vertäut lagen. Jansen hatte sich nun geduckt hinter ihn gestellt.

Die dunkel gekleidete Person sah sich noch ein paarmal sichernd um, dann sprang sie von der Kaimauer an Bord der *Otto Schülke* und überkletterte die weiß gestrichene Reling. Sekunden später verschwand sie für einen Augenblick hinter der in der Heckwanne liegenden *Johann Fidi*. Doch kurz darauf tauchte sie auch schon wieder dahinter auf und verschwand nun zwischen der seitlichen Schutzwand und dem mittleren Aufbau, in dem sich der Schornstein befand und der auch den Funkmast trug. Anhand ihrer Statur und ihrer Bewegungen konnte man deutlich erkennen, dass es sich um einen Mann handelte.

„Er will wieder zum Schott!“, flüsterte Jansen, dessen Aufregung kaum zu überhören war.

„Ja, und er hat einen Bolzenschneider dabei“, fügte Koslowski hinzu, der von ihrem erhöhten Beobachtungspunkt im Ruderhaus der *Hans Hackmack* genau gesehen hatte, was die Person soeben unter ihrer Jacke hervorgezogen hatte.

„Verdammtes Schwein!“, presste Jansen durch die Zähne. „Der will das Vorhängeschloss an der Tür knacken.“ Im selben Moment, in dem er losstürmen wollte, wurde er von Koslowski an der Jacke festgehalten.

„Ich weiß genau, wie Sie sich jetzt fühlen, aber wir müssen ihn erst mal die Beute holen lassen, sonst haben wir nichts in der Hand. Weder etwas gegen ihn noch ein Tauschobjekt für Gina.“

Er hörte, wie Jansen neben ihm verärgert mit den Zähnen knirschte, dann aber zustimmend nickte.

Für den war es hart, mitansehen zu müssen, wie jemand mit einem Bolzenschneider auf sein geliebtes Baby losging. Doch etwas tröstete ihn: Diesmal würde ihnen der Schweinehund nicht entkommen!

***

Die SEK-Beamten hatten sich im Schutz der Dunkelheit bis an das Mehrfamilienhaus herangearbeitet und Jürgen Meerkötter dabei in ihrer Mitte mitlaufen lassen. Der hatte wegen der Weitergabe der Daten an Koslowski immer noch ein schlechtes Gewissen und sich daher freiwillig gemeldet, als jemand gesucht wurde, der ihnen einen leisen Zugang in das Haus ermöglichte.

An der Wohnungstür der Zielpersonen würde man dann anders vorgehen. In einer Weise, die nachher sicherlich den Einsatz eines Schreiners nach sich ziehen dürfte.

Der Plan sah vor, dass Meerkötter im Erdgeschoss schellen und sich, sobald er ins Haus gelassen worden war, in deren Wohnung um die Sicherheit der Mieter kümmern sollte. In der Zwischenzeit würde sich das Sondereinsatzkommando nach oben begeben und dort auf den Zugriffsbefehl warten.

Auf Handzeichen schlich Meerkötter an den Kollegen vorbei und trat vor die Haustür. Zuvor hatte man eine Überprüfung der Hausbewohner vorgenommen und dabei herausgefunden, dass in der linken Erdgeschosswohnung ein älteres Ehepaar lebte.

Auf deren Klingel drückte Meerkötter nun und wartete darauf, dass die Haustür elektrisch entriegelt wurde. Eine Sprechanalage gab es zum Glück nicht. Kaum, dass der Türöffner summte, war er auch bereits im Haus und nahm die vier Stufen bis zum erhöhten Erdgeschoss in zwei Sätzen. Vor der Wohnungstür zückte er sofort seine Dienstmarke und bat um Einlass.

Die ältere Dame mit dem unverkennbar russlanddeutschen Tonfall in der Stimme war so perplex, dass sie ohne weitere Fragen zur Seite trat und ihn einließ. Meerkötter blickte sich um, gab das vereinbarte Handzeichen und sah, dass ein mit Helm und Sturmhaube versehener Kopf, der in den Hausflur spähte, zustimmend nickte.

Meerkötter lehnte die Tür hinter sich lediglich an und folgte der Frau ins Innere der Wohnung, wo sie im Wohnzimmer auf den Ehemann trafen. Leise und sachlich erklärte er den beiden, dass sie sich keine Sorgen machen müssten und der Polizeieinsatz nicht ihnen, sondern einem ihrer Nachbarn galt.

Beide blickten ihn verängstigt an und der Kripobeamte konnte sich vorstellen, dass sie es aufgrund ihrer Erfahrungen mit dem totalitären russischen Machtapparat auch nicht gewagt hätten, zu widersprechen.

Dann bat Meerkötter sie eindringlich, das Wohnzimmer nicht zu verlassen, und schlich zurück in den Wohnungsflur. Im Treppenhaus war nichts zu hören. Trotz ihrer schweren Ausrüstung bewegten sich die SEK-Kollegen fast lautlos.

Er sah, dass die letzten Beamten noch auf der Treppe standen, während andere sich bereits vor der Wohnungstür postiert hatten. Das Stürmen einer Wohnung, in der sich bewaffnete Täter befanden, hatten sie hundertmal geprobt. Jeder wusste genau, was er zu tun hatte, jetzt warteten sie nur noch auf den Zugriffsbefehl.

Bei einem der Männer hatte Meerkötter eine Ramme gesehen, der kaum eine Tür widerstand. Der Mann hielt sie bereits in der entsprechenden Position. Es musste also gleich losgehen. Was auch dringend notwendig war, denn die Spannung wurde nahezu unerträglich. Obwohl er sich in sicherer Entfernung befand, spürte er, wie sich auch sein Puls erhöht hatte. Nervös drückte er den Ohrhörer seines Funkgerätes fester ans Ohr und lauschte angespannt.

Darin was das Wort „Zugriff!“ kaum verklungen, als oben bereits das Holz der Wohnungstür splitterte und die üblichen lauten Rufe „Polizei! Polizei!“ zu hören waren. Sekunden später dröhnte ein Schuss durch das Treppenhaus.

***

„Er ist jetzt auf dem Schiff!“, hatte Bernd Jansen seinen Kollegen an Land über Handy informiert und nickte dabei Koslowski zu. Der war vom Sitz des Steuermanns gerutscht und begab sich zum Niedergang.

Wenn Behrens und sein Kollege von der Landseite und sie beide von der Seeseite kamen, hatten sie den Einbrecher in der Zange. Koslowski war sich sicher, dass es sich dabei nur um Stefan Krahner handeln konnte.

Sie betraten gerade das Deck der *Otto Schülke*, als aus dem Inneren ein scheppperndes Geräusch zu hören war. Koslowski sah aus den Augenwinkeln, wie Bernd Jansen wütend die Fäuste ballte.

Dann bemerkte er, dass Behrens sich auf dem Kai hinter einem der hohen hölzernen Dalben versteckt hielt. Heimo Schröder, das andere Crewmitglied, war momentan nicht zu sehen. Zusammen mit Jansen blieb Koslowski hinter dem kleinen Rettungsboot stehen und wartete. Es dauerte noch mehrere, schier endlos erscheinende Minuten, bis sich die Schotttür endlich wieder öffnete und der Einbrecher erschien. Er war immer noch nicht zu erkennen, denn er hatte sich die Kapuze seines schwarzen Kapuzenpullovers tief ins Gesicht gezogen.

In der Hand hielt er etwas, dass einer schwarzen Stoffrolle ähnelte, den Bolzenschneider konnte Koslowski nicht mehr sehen. Vermutlich hatte er das Werkzeug achtlos unter Deck liegen gelassen, weil er endlich gefunden hat, wonach er so lange gesucht hatte.

Die Person machte gerade Anstalten, wieder über die Reling des Museumskreuzers zu klettern, als sie die beiden Männer auf dem Kai bemerkte. Behrens war nämlich plötzlich hinter einer der Dalben hervorgesprungen, Heimo Schröder näherte sich dem Heck der *Otto Schülke*.

Kaum hatte der Einbrecher bemerkt, dass ihm dieser Weg abgeschnitten war, warf er sich geistesgegenwärtig herum. Er umrundete die kleine *Johann Fidi* und versuchte, seine Flucht über das Deck des anderen Rettungskreuzers fortzusetzen. Doch die gesamte aufgestaute Wut, die in Bernd Jansens Faustschlag lag, schickte ihn nicht auf die Bretter, sondern auf das dunkelgrün gestrichene Deck der *Otto Schülke*.

***

Als Jürgen Meerkötter den Schuss hörte, überlegte er kurz, ob er den Kollegen des SEK zu Hilfe eilen sollte, verwarf diesen Gedanken jedoch sofort wieder. Die wussten genau, was zu tun war, und er würde ihnen dabei garantiert nur im Wege stehen. Außerdem wusste er nicht, wer den Schuss abgegeben hatte. Hoffentlich hat es keinen der Kollegen getroffen, dachte er besorgt.

Doch seine Neugier veranlasste ihn dann doch, die Wohnungstür zu öffnen und ins Treppenhaus zu spähen. Von oben war noch ein kurzes Poltern zu hören, dann herrschte Ruhe. In seinem Ohrhörer empfing er die Mitteilung, dass eine der beiden Zielpersonen angeschossen worden war, weil sie zu einer Waffe gegriffen hatte. „Treffer in der Schulter!"

„Zweite Zielperson?", kam die knapp gehaltene Frage.

„Negativ, nur eine ZP angetroffen."

Meerkötter wunderte sich. Wo war der zweite Mann geblieben? Man hatte doch beide in der Wohnung gesehen und bis jetzt hatte niemand das Haus verlassen.

Als er den Kopf drehte, bemerkte er, wie eine Person die Kellertreppe hochgerannt kam, die Haustür aufriss und aus dem Gebäude stürmte. Ohne lange zu überlegen, riss Meerkötter die Wohnungstür auf, sprang die vier Stufen hinunter und folgte ihr.

Er sah, dass die Person in Richtung Straße lief. Krampfhaft suchte er nach der Sendetaste seines Funkgerätes und schrie dann im Laufen hinein: „Eine Person flieht Richtung Straße, ich bin hinter ihr her."

Der Flüchtende hatte gerade den Gehweg überquert und die Straße erreicht, als er plötzlich stehen blieb, weil vor und hinter ihm gerade mehrere Motoren gleichzeitig gestartet wurden und Fahrzeuge sich in seine Richtung in Bewegung setzten. Außerdem war wütendes Gebell zu hören.

Als er sich daraufhin umdrehte, bemerkte er Jürgen Meerkötter, der auf ihn zugelaufen kam. Vor lauter Aufregung hatte Meerkötter nicht daran gedacht, seine Dienstwaffe zu ziehen, sie steckte noch im Holster unter seiner Windjacke. Ganz im Gegensatz zu Wladimir Buraschenkos Pistole, die dieser in der Hand hielt und nun auf ihn richtete. Jetzt ist es vorbei, dachte der Kriminalbeamte. Er sah die Waffe aufblitzen und spürte förmlich, wie die Kugel an seinem Kopf vorbeiflog. Im selben Augenblick sah er einen dunklen Schatten, der von der Seite an Buraschenko herangeprescht kam. Der hatte seine Waffe immer noch auf Meerkötter gerichtet und wollte gerade seinen zweiten Schuss abfeuern, als Arko ihn mit voller Wucht traf und von den Beinen riss. Er lag kaum auf dem Boden, als er auch schon laut aufschrie, weil der Malinois sich sofort in seinen Oberarm verbissen hatte.

Im selben Moment traf der Hundeführer ein und trat dem eiskalten Killer, der noch eine Sekunde zuvor auf einen Polizeibeamten geschossen hatte, die Waffe aus der Hand.

Meerkötter sank auf die Knie und der sich plötzlich bahnbrechende Schock ließ ihm schwarz vor Augen werden.

## 32

Man konnte Stefan Krahners rechtem Auge förmlich dabei zusehen, wie es anschwoll. Das würde garantiert ein sehenswertes Monokelhämatom werden, im Volksmund auch gerne Veilchen genannt. Gepflanzt hatte es Bernd Jansen mit einem rechten Schwinger, in den er all seine Wut gelegt hatte.

Der Besitzer des Veilchens saß nun im Ruderhaus der *Otto Schülke* auf dem Boden, die Hände mit einem Kabelbinder auf dem Rücken fixiert. Tamme Behrens hatte sich auf den Weg zu seinem Wagen gemacht, um von zu Hause ein neues Vorhängeschloss zu holen. Momentan drängten sich also vier Personen im engen Ruderhaus der *Otto Schülke* zusammen.

Koslowski wog die Stoffrolle, die sich als schmaler, länglicher Beutel entpuppt hatte, in der Hand und wunderte sich, dass sie so leicht war. Aber wenn ihr Inhalt aus lupenreinen Diamanten bestand, dann wusste er, warum Wolkov so hinter ihnen her war.

Denn während sie im Dunkeln auf Krahners Auftauchen gewartet hatten, hatte Koslowski mit seinem Smartphone im Internet nachgesehen, welchen Wert solche Steine hatten. Atemberaubend.

Er legte den Beutel vorsichtig auf den rekonstruierten Kartentisch und öffnete ihn. Heraus zog er ein Paket, das in Plastikfolie eingeschweißt war. Als er es mit Heimo Schröders Taschenmesser geöffnet hatte, kam ein weiteres längliches Päckchen zum Vorschein, das in eine Art Öltuch gewickelt worden war. Nachdem er auch diese Hülle entfernt hatte, lag ein Stück zusammengefalteter schwarzer Samt vor ihnen.

Kaum war davon das letzte Stück zurückgeschlagen, schien es, als ob im Ruderhaus des Museumskreuzes die Sterne aufgegangen wären. Im Schein zweier Taschenlampen funkelte die große Menge an Diamanten derart hell, dass man hätte meinen könnte, man stünde inmitten der Milchstraße. Eine Mischung aus überirdischem Glanz und kalter Schönheit, so empfand es Koslowski.

Den beiden Männern der Museumskreuzer-Crew stand der Mund offen. Was hier lag, hätte 1969 locker für den Bau der *Otto Schülke* ausgereicht. Heute wäre der Verein damit mehr als nur seine finanziellen Sorgen los.

„Was schätzen Sie, was die wert sind?“, wollte Bernd Jansen von Koslowski wissen. Aus lauter Ehrfurcht vor diesem Schatz sprach er nur sehr leise.

„Ich bin kein Experte“, erwiderte der, „aber, wenn ich die hier so sehe, dann würde ich vermuten, dass sind circa … 150 bis 200 Gramm.“

„Es sind genau 100 Gramm“, kam Krahners ärgerliche Stimme vom Boden. „Ich habe sie damals gewogen.“

Koslowski erinnerte sich, was er zuvor im Internet gelesen hatte. „Ein Karat wiegt 0,2 Gramm, was bedeutet, dass hier 500 Karat liegen.“ Dann stieß er einen anerkennenden Pfiff aus. „Donnerwetter! Der Preis für ein Karat liegt momentan zwischen 10.000 und 15.000 Euro, je nach Qualität der Steine.“

Bernd Jansen, der diese Zahlen schnell im Kopf überschlagen hatte, deutete ungläubig auf die Edelsteine.

„Oh Mann, das würde ja bedeuten, dass hier vor uns – also, selbst wenn man nur von 10.000 Euro ausgeht – fünf Millionen Euro liegen.“ Koslowski kam es vor, als schwankte Jansen leicht und müsse sich deswegen am Funktisch festhalten.

„Mindestens. Ich würde sogar sagen, es ist noch mehr, wenn die Steine lupenrein sind", vermutete Koslowski.

„Darauf könnt ihr euch verlassen", knurrte es erneut vom Fußboden hoch, unmittelbar darauf folgte ein Fluch.

Als Koslowski nach unten blickte, blitzte Krahner ihn mit seinem unverletzten Auge böse an.

„Das sind meine Steine. Lasst gefälligst eure Pfoten davon!"

Koslowski lehnte sich mit dem Rücken an den Funktisch und sah dann spöttisch auf ihn herab. „Ich glaube, mit dieser Behauptung stehen Sie alleine, denn es gibt noch mindestens zwei weitere Auffassungen."

„Ach ja?", blaffte Krahner ihn wütend an. „Und welche sollten das Ihrer Meinung nach sein?"

„Eine davon ist die eines gewissen Dimitrij Aleksej Wolkov. Der ist der Ansicht, dass es sich um *seine* Diamanten handelt."

Bei diesem Satz behielt er Krahner fest im Auge. Bei der Nennung des Namens zuckte es in dessen Gesicht nur ganz kurz. Der hat sich verdammt gut im Griff, dachte Koslowski.

„Aha, und die andere Auffassung?" Krahner bewegte leicht den Oberkörper, um seine Sitzposition zu verändern.

„Da es sich um Diebesgut handelt und man nicht weiß, aus welcher Quelle die Diamanten ursprünglich stammen, dürfte auch die Staatsanwaltschaft Interesse daran bekunden."

Stefan Krahner schnaubte verächtlich. „Ich glaube kaum, dass außer mir irgendjemand Anspruch auf die Steine hat."

„Auch nicht Ihre damaligen Komplizen?"

„Keine Ahnung, wovon Sie reden", entgegnete Krahner tonlos, blickte dabei aber zu Boden.

„Soso, keine Ahnung? Na gut, dann helfe ich mal mit ein paar Namen nach. Ich rede von Manuel Klingenberg, Martin Hälker und Rudolf Schnabel, die Sie alle von der Seefahrtschule in Cuxhaven kannten und mit denen Sie in Norwegen auf diesem Schiff hier", Koslowski tippte dabei auf den Kartentisch, „gearbeitet haben."

Dann wandte er sich an Bernd Jansen: „Wie hieß das Schiff damals noch?"

„*Gunnar Fridriksson*", half der ihm sofort weiter. Krahner verzog immer noch keine Miene.

„Aber wenn Sie noch die Sorge haben sollten, mit denen teilen zu müssen, kann ich Sie beruhigen, denn auch der Dritte ihres kriminellen Kleeblattes wird keine Ansprüche mehr stellen. Dass Hälker und Klingenberg tot sind, dürfte Ihnen vermutlich bekannt sein, aber wissen Sie auch schon, dass es Schnabel heute Morgen ebenfalls erwischt hat?"

„Wollen Sie damit sagen, dass Rudi tot ist?" Krahner blickte ihn, nun ernsthaft erschrocken, an.

„Damit will ich sagen, dass Wolkov auch ihn hat umbringen lassen. Genickschuss. Seebestattung."

Er schwieg und ließ seine harschen Worte ihre Wirkung entfalten.

„Rudi … Ich dachte, den hätte keiner auf dem Schirm gehabt …" Krahner drohte in die Vergangenheit abzudriften, doch Koslowski fing ihn dadurch ab, dass er vor ihm in die Hocke ging. „Es gibt aber noch jemanden, der die Diamanten haben will."

Krahners Kopf ruckte hoch. Halb fragend, halb wütend blickte er Koslowski dabei in die Augen.

„Ach, und wer sollte das sein?"

„Ich!" Koslowski genoss die Überraschung im Gesicht seines Gegenübers, ließ ihm aber keine Zeit, darüber nachzudenken. „Genauer gesagt, ich brauche die Diamanten für ein Tauschgeschäft. Die Steine gegen das Leben Ihrer Tochter."

Es schien, als träfen Krahner diese Worte wie ein Peitschenschlag.

„Meine Tochter …? Gina …? Sie ist hier auf Norderney?"

„Nein, sie ist an Bord von Wolkovs Luxusyacht und wird vermutlich das gleiche Schicksal erleiden wie Rudi Schnabel, wenn ich die Diamanten nicht in …", er blickte auf sein Handy, „… in 36 Stunden dort abliefere. Am besten zusammen mit Ihnen. Es schien mir so, als habe unser gemeinsamer russischer Freund noch ein Hühnchen mit Ihnen zu rupfen."

Krahners Gesicht wurde leichenblass, nur die schillernden Farben rund um sein Auge blieben erhalten.

„Gina …, mein Gott, wie lange habe ich die schon nicht mehr gesehen?“

„Sie wurde hier auf der Insel entführt, nachdem Wolkov herausgefunden hatte, dass sie Ihre Tochter ist.“

Resigniert sackte Krahners Kopf auf die Brust. Koslowski glaubte fast, ihn hätte der Schlag getroffen. Doch hob er den Kopf ein Stückchen an und starrte entsetzt vor sich hin.

„Scheiße, und ich habe sogar dabei zugesehen, ohne zu wissen, dass es Gina war, die da entführt wurde.“

Koslowski lachte bitter auf. „Erzählen Sie mir doch keinen Blödsinn. Was haben Sie denn gedacht, wer da entführt wurde?“

„Ich dachte, irgendeine Russennutte, die nicht anschaffen gehen will.“ Krahner atmete schwer aus. „Ich wusste doch nicht, dass das Gina war … Ich habe sie doch schon lange nicht mehr gesehen … Sie war doch damals noch ein Kind.“

Dann sah er Koslowski an. „Aber Moment mal, waren *Sie* nicht auch dabei?“

Koslowski lachte trocken auf. „Ja, aber leider konnte ich es nicht verhindern. Aber wo waren *Sie* denn, als es geschah?“

„Ich habe etwas abseits gestanden und wollte mich nicht einmischen. Ich hatte ja andere Probleme und wollte nicht auffallen. Auf keinen Fall mit den Bullen in Kontakt kommen.“

„Ja, weil Sie nur diese Diamanten im Kopf hatten“, brauste Jansen plötzlich auf. „Wo waren die überhaupt die ganze Zeit über versteckt?“

Als Krahner es ihnen verriet, hörte man Heimo Schröder aufstöhnen.

„Verdammt, darauf muss man erst mal kommen. Da sind wir, ohne es zu ahnen, jahrelang an einem Vermögen vorbeigelaufen. Wenn wir das gewusst hätten …“

Koslowski hingegen hatte ganz andere Sorgen. „Okay, nun haben wir also die Diamanten und können sie gegen Gina austauschen.“

Krahner starrte erst ihn ungläubig an, dann begehrte er plötzlich auf.

„Sie wollen Wolkov meine Diamanten geben? Sind Sie komplett verrückt geworden? Glauben Sie, ich habe fast zehn Jahre umsonst im Knast gesessen?“

Koslowski schwoll augenblicklich der Kamm. Er war zwar kein Vater, konnte sich aber kaum vorstellen, dass er nicht alles für sein Kind geben würde. Sogar sein Leben.

„Ach so, Sie wollen, dass Gina mit einem Kopfschuss in der Nordsee landet? Na gut, dann dürfen Sie die Steine natürlich mitnehmen und sich damit ein schönes Leben machen." Der Sarkasmus tropfte nur so aus seinen Worten.

Auch die beiden anderen Männer hatten instinktiv einen Schritt auf Krahner zugemacht.

Dem wurde anscheinend erst just in diesem Augenblick bewusst, was er da unausgesprochen verlangt hatte.

„Das ist doch Ihre Tochter, Ihr Fleisch und Blut", versuchte Jansen ihm ins Gewissen zu reden. Man sah, wie Stefan Krahner erneut blass wurde und es hinter seiner Stirn arbeitete. Dann blickte er mit einem Seufzer und einem bedauernden Gesichtsausdruck hoch.

„Okay, sorry. Ich war wohl noch etwas verwirrt. Selbstverständlich müssen wir das Leben *meiner* Tochter retten, egal um welchen Preis."

Koslowski nickte. Endlich sah Krahner ein, worum es hier ging. Um das Leben eines Menschen, der zudem noch sein eigenes Kind war.

„Ich würde vorschlagen, ich informiere jetzt Wolkov, dass ich die Diamanten gefunden habe und sie ihm bringen werde. Alternativ kann er sie ja auch hier auf der Insel abholen." Dann blickte er auf Krahner herunter.

„Obwohl Sie es eigentlich nicht verdient haben, werde ich Sie dabei komplett rauslassen, denn wenn Wolkov Sie in die Finger bekommt, sind Sie nur noch Fischfutter."

„Und wie wollen Sie Kontakt mit ihm aufnehmen?" Krahner sah Koslowski interessiert an.

„Über mein Handy, darin ist die Nummer seiner Geliebten gespeichert, einer gewissen Natalia."

Damit drehte er sich um und rollte die Diamanten wieder ein. Er schob sie in den Beutel zurück, knotete ihn zu und legte ihn neben sein Handy auf den Kartentisch. Dann gab er Heimo Schröder ein Zeichen. Der ergriff Krahner unter den Armen, zog ihn auf die Beine, drehte ihn um und kappte mit seinem Taschenmesser den Kabelbinder.

Was dann passierte, geschah blitzschnell. Kaum, dass Krahner frei war, drehte er sich zur Seite, griff nach Heimo Schröders Hand und entwand ihm das Messer. Mit einem Satz war er hinter Schröder, schlang ihm einen Arm um den Hals und drückte die Messerspitze gegen dessen Schlagader. Schröder war von dieser Aktion so überrascht worden, dass er keinen Widerstand leisten konnte.

Bernd Jansen wollte auf die beiden losstürmen, doch Koslowski hielt ihn zurück. Egal, wie schnell Jansen auch wäre, er würde nicht verhindern können, dass Krahner zustach. Gleichzeitig ärgerte er sich selbst maßlos darüber, dass er nicht vorsichtiger gewesen war. Krahners zu schnelles Einlenken, was die Rettung seiner Tochter anging, hätte ihn stutzig machen müssen.

„Los, die Diamanten her!“, fauchte Krahner die beiden an. „Und das Handy!“

„Mensch, Krahner, machen Sie doch keinen Blödsinn!“, forderte Jansen. „Sie kommen doch nicht mehr von der Insel runter, die letzte Fähre ist schon lange weg.“

Krahner lachte böse auf.

„Wer sagt denn, dass ich von der Insel runterwill?“ Dann deutete er mit dem Kopf auf den Vereinsvorsitzenden.

„Los, steck deinem Kumpel das Handy in die linke und die Diamanten in die rechte Jackentasche. Aber schön vorsichtig und sofort wieder zurück!“ Um seinen Forderungen Nachdruck zu verleihen, drückte er Schröder die Messerspitze tiefer in den Hals, was den aufstöhnen ließ. Jansen bemerkte deutlich die Panik in den Augen seines Freundes. Er blickte Koslowski fragend an, der nur resigniert nicken konnte. Sie hatten keine Wahl, wenn Krahner zustach, war Schröders Leben keinen Pfifferling mehr wert.

Und er würde zustechen, denn für Krahner wäre es nicht das erste Mal, dass er einen Menschen umbrachte.

Vorsichtig schob sich Krahner an den Männern vorbei, Heimo Schröder dabei die ganze Zeit wie einen Schutzschild vor sich haltend. Am Schott angekommen, öffnete er es und zog seine Geisel rückwärtsgehend mit sich aufs Deck.

„Los, die Tür verschließen!“, schnauzte er Schröder an, sobald sie draußen waren. Während der mit zitternden Händen das Schott verriegelte, zog Krahner ihm den Beutel mit den Diamanten aus der Jackentasche. Ehe Schröder sich versah, bekam er einen Schlag ins Genick, der ihn zu Boden gehen ließ.

Sofort war Krahner über ihm und zog ihm nun auch noch das Handy aus der Jacke. Dann drehte er sich herum, kletterte über die Reling, sprang auf den Kai und rannte in Richtung Lagerhäuser.

Koslowski sah ihn zwar durch die Fenster der *Otto Schülke* weglaufen, konnte die Verfolgung aber nicht aufnehmen, weil Schröder vor dem nach außen aufgehenden Schott lag. Erst mit Jansens Hilfe konnten sie den Körper so weit wegschieben, dass sie nach draußen gelangten. Koslowski beugte sich sofort über das Opfer und kontrollierte dessen Hals. Zum Glück hatte Krahner nicht zugestochen, aber als die Hand Schröders reflexartig zu dessen Nacken ging, ahnte er, was mit dem geschehen war.

Im selben Moment tauchte Jansen neben ihm auf. Koslowski überließ Schröder dessen Obhut und richtete sich fluchend auf. Dann suchte er mit den Augen das Hafengelände ab.

Keine Spur von Krahner. Wütend schlug er mit der Faust auf die Reling.

Verdammter Mist, wie sollte er Gina jetzt noch retten?

## 33

„Er hat auf dem Sofa gesessen, und als die Kollegen reingestürmt sind, hat er nach der Waffe gegriffen. Du weißt ja, dass man sowas bei einem SEK-Einsatz besser nicht tun sollte.“

Jürgen Meerkötter hatte es übernommen, seinen Kollegen Jens Hartung auf Norderney zu informieren, und hörte ihn am Telefon bitter auflachen.

„Und was ist passiert?“, wollte der wissen.

„Ein Schuss in die Brust ist passiert. Zurzeit liegt er im Klinikum Lippe auf der Intensivstation. Aber er wird durchkommen, meinen die Ärzte.“

Diese Information wurde nur mit einem Brummen bestätigt. Meerkötter hätte nicht sagen können, ob es lediglich bestätigend klang oder so, als ob Hartung es schade fand, dass Gudanov die Aktion überlebt hatte.

„Und was ist mit dem anderen? Du sagtest doch, es seien zwei gewesen, oder?“

„De andere heißt Wladimir Buraschenko, der wurde auch verletzt. Den hat sich ein Diensthund des SEK vorgenommen, als er versucht hat, auf mich zu schießen.“

„Geschieht ihm ganz recht“, konstatierte Hartung gehässig. „Oh Mann, du kannst dir gar nicht vorstellen, wie mir diese ganzen kriminellen Russen auf den Sack gehen. Was mich an denen am meisten ankotzt, ist ihr völliger Mangel an Empathie. Die gehen eiskalt über Leichen.“ Er seufzte verärgert. „Aber möglicherweise ist diese Einstellung ja noch ein Relikt aus der Zeit der UdSSR. Der Staat ist alles, der Mensch ist nichts.“

Meerkötter enthielt sich einer Antwort, denn er hätte den Aussagen seines Kollegen nur zustimmen können. Auch er hatte noch nie Menschen erlebt, denen das Leben eines anderen so gleichgültig war. Im selben Moment musste er an den Krieg denken, der zurzeit in der Ukraine tobte, und augenblicklich kam ihm die Zeile eines Liedes von Sting in den Sinn, in dem es hieß „I hope the Russians love their children too“.

„Aber wir haben noch was Positives zu berichten“, ließ Meerkötter Hartung wissen. „Die Handys der beiden wurden sichergestellt und ausgewertet. Dabei sind wir auf etwas höchst Interessantes gestoßen. Gudanovs Handy wurde mehrfach von einer ganz bestimmten Nummer angerufen.“ Er zog die Ermittlungsakte zu sich heran und warf einen Blick hinein. „Die Nummer gehört einem gewissen Wolkov, Dimitrij Aleksej Wolkov, einem dieser sogenannten Oligarchen.“

„Und wie seid ihr auf den Namen gekommen? Die Nummer stand doch sicherlich nicht im Telefonbuch, oder?" Hartung klang belustigt.

„Nein, im Telefonbuch nicht, aber in einer Datenbank von Interpol. Die Kollegen dort haben unseren Freund schon länger auf dem Kieker. Man weiß, dass er in etlichen dunklen Geschäften aktiv ist, unter anderem im illegalen Edelsteinhandel. Schwarze und Blutdiamanten, wenn dir die Begriffe was sagen."

Der Leiter der Norderney Polizeistation wusste, was Meerkötter meinte, unterbrach seinen Kollegen in Detmold aber nicht. Der wiederum raschelte gerade mit Papieren.

„Außerdem soll er früher zum engeren Kreis von Wladimir Putin gehört haben, muss dann aber 2013 aus irgendeinem Grund bei ihm in Ungnade gefallen sein. Die Jungs in Lyon vermuten, dass es mit einem Diamantengeschäft in Oslo zu tun hatte. Es gab Hinweise, dass Wolkov dort eine größere Menge Edelsteine an einen norwegischen Händler verkaufen wollte."

„Läuft sowas nicht normalerweise über Amsterdam oder Antwerpen? Mensch, wie heißt denn dieses Diamantensyndikat noch gleich?" Hartung hatte den Namen auf der Zunge.

„De Beers", konnte Meerkötter ihm sofort weiterhelfen, denn auch diesen Namen hatte er in den Akten gelesen. „Vermutlich wollten die beiden Geschäftspartner nicht auffallen und haben sich daher für Oslo entschieden. Allerdings war es ein Geschäft, das sein Freund Wladimir sicherlich nur sehr ungern gesehen hätte. Von wegen Vermögen aus dem Land schaffen und so ..."

„Hätte? Heißt das, das Geschäft ist nicht zustande gekommen?" Hartung lauschte aufmerksam in den Hörer und war erstaunt darüber, was die Kollegen von Interpol alles wussten.

„Genauso ist es. Die norwegischen Kollegen waren bereits informiert und hatten sich auch schon auf eine Observation Wolkovs und einen Zugriff während der Übergabe vorbereitet. Denn neben Interpol war natürlich auch der norwegische Zoll sehr an diesen Diamanten interessiert."

Meerkötter seufzte. „Tja, aber leider kam dann alles anders. Wolkov ist zwar mit seiner Luxusyacht in Oslo eingetroffen, aber aus irgendeinem Grund kam das Geschäft dann doch nicht zustande. Man hat sich dann zwar dennoch dazu entschlossen, die Yacht zu durchsuchen, hat aber nichts gefunden."

„Und niemand weiß, warum das Geschäft geplatzt ist?" In Hartungs Stimme schwang ein wenig Enttäuschung mit.

„Nein, entweder stimmte die Information nicht, oder Wolkov hat den Braten gerochen und die ganze Sache schon vorher abgeblasen."

Einen Moment lang herrschte Stille in der Leitung, dann ergriff Hartung das Wort.

„Und dieser Wolkov hat öfter mit dem bei euch angeschossenen Russen telefoniert?"

„Ja, wir gehen schwer davon aus, dass bei einem dieser Anrufe der Tötungsauftrag für Karin Krahner erteilt worden ist." Hartung informierte seinen Kollegen über den aktuellen Stand des Falles. Sowohl über den vorgetäuschten Suizid als auch darüber, dass man an dem Strick, an dem Karin Krahners Leiche gehangen hatte, DNA-Spuren von Gudanov gefunden hatte. „Warum er die Frau getötet hat, ist noch völlig unklar, denn Gudanov macht hier einen auf Stillen Don."

„Vielleicht hat das alles mit ihrer entführten Tochter zu tun. Nach der suchen wir ja immer noch, bisher aber leider vergebens. Wobei ich mich frage, was die mit dem ganzen Fall zu tun haben könnte?" Hartung klang ratlos.

„Es geht dabei garantiert um eine Verbindung zwischen Ginas Vater und diesem Wolkov. Und ich wette zwei Kisten Detmolder, dass es sich dabei um eine illegale handelt."

Hartungs Antwort kam postwendend: „Es wäre doch möglich, dass Wolkov Gina entführt hat, um ihren Vater zu erpressen. Aber was sollte Wolkov von ihm wollen? Könnte es dabei um Drogen gehen? Oder wieder mal um Diamanten?"

„Ich glaube, für einen Diamantencoup wäre Stefan Krahner ein zu kleines Licht, aber Drogen … Das könnte ich mir durchaus vorstellen", gab Meerkötter zu. Dann kam ihm noch eine andere Idee. „Vielleicht hat man das Mädchen auch entführt, um es als Prostituierte arbeiten zu lassen, und ihr Vater soll sie freikaufen?" Dann fiel ihm plötzlich noch etwas ein. „Interessanterweise hat sich vor kurzem ein ehemaliger Berater unserer Dienststelle, ein gewisser Koslowski, bei mir nach Ginas Vater erkundigt."

„Der Name ist mir wohl bekannt, und ich würde dessen Besitzer liebend gern in die Finger bekommen, denn ich bin mir sicher, dass der uns was verheimlicht." Hartung war unbewusst lauter geworden. „Ich frage mich schon die ganze Zeit, was der mit der ganzen Sache zu tun hat."

„Mir hat er gesagt, dass Gina nach ihrem Vater suchen würde und er ihr dabei helfen wolle. Aber über Koslowski musst du dir nicht den Kopf zerbrechen, es gibt wohl kaum einen ehrlicheren oder anständigeren Menschen als ihn." Dann schilderte er seinem norddeutschen Kollegen schweren Herzens den Fall, bei dem ihr ehemaliger Kollege Walfried Eugelink ums Leben gekommen war und in dem Koslowski eine große Rolle gespielt hatte.

Hartung hörte schweigend zu. Als Meerkötter fertig war, versorgte er seinen Kollegen noch mit einer weiteren Information.

„Interpol hat übrigens Wolkovs Handy orten lassen. Nach deren Auskunft soll es sich irgendwo in der Nähe von Norderney befinden."

„Sagtest du gerade, irgendwo in der Nähe von Norderney? Du weißt aber schon, dass wir hier auf einer Insel leben, oder?"

Meerkötter lachte trocken auf. „Ja, auch wenn ich in Erdkunde nur eine Vier hatte. Nein, Spaß beiseite, die Kollegen von Interpol vermuten ganz stark, dass Wolkov sich zurzeit auf seiner Yacht, der *Juri Gagarin*, auffällt und dass die gerade irgendwo vor Norderney herumschippert."

„Dann kommen wir nicht an ihn heran", bedauerte Hartung. „Das wäre eher eine Aufgabe für die Bundespolizei." Er machte eine kurze Pause. „Euer Koslowski wollte mich übrigens gestern aufsuchen und mir neue Informationen im Entführungsfall Gina mitteilen. Es ging dabei um einen gewissen Rudolf Schnabel, der hier auf Norderney wohnt. Koslowski nahm an, dass man den entweder entführt oder umgebracht hat. Er wollte, dass wir einen Streifenwagen zu einer Kleingartenanlage schicken und dort nach Schnabel suchen."

Meerkötter hakte sofort nach: „Und? Ist dieser Schnabel polizeilich bekannt und habt ihr ihn angetroffen?"

Der Inselpolizist atmete hörbar aus. „Die Kollegen haben seine Gartenlaube durchsucht, ihn aber nicht gefunden. Was sie gefunden haben, waren Blut und ein paar zertrümmerte Möbel. Es sah so aus, als ob es einen Kampf gegeben hatte. Und ja, Schnabel ist bekannt, aber nur ein kleiner Fisch. In seiner Akte findet sich nichts Weltbewegendes. Verdacht des einfachen Diebstahls, eine Ingewahrsamnahme wegen Trunkenheit und eine Anzeige wegen Erschleichen von Leistungen, dabei ging es um Schwarzfahren."

„Was hat Koslowski dir denn noch über ihn und die Entführung erzählt?", wollte Meerkötter wissen. Der nächste Satz Hartungs versetzte ihm einen gehörigen Schreck.

„Nichts, denn er ist nicht erschienen, und wir wissen auch nicht, wo er sich gerade aufhält. Deswegen möchte ich ihn ja so gerne in die Finger bekommen."

Und noch bevor sein Detmolder Kollege eine weitere Frage stellen konnte, fuhr Hartung fort: „Koslowski hat hier auf der Insel einen Freund, Marius van Briel, auch ein ehemaliger Polizeibeamter. Den werde ich mal aufsuchen und ihm auf den Zahn fühlen. Ich wette, der weiß, was hier los ist."

„Na, da bin ich mal gespannt, was du was rausbekommst. Was diesen Wolkov angeht – eine Truppe von Interpol-Beamten ist bereits auf dem Weg zu euch. Ich soll euch sagen, dass ihr in dieser Sache nichts unternehmen sollt, bevor die Kollegen eingetroffen sind."

„Keine Sorge, wir sind nicht scharf darauf, uns mit russischen Gangstern herumzuschlagen. Aber wir werden die Augen aufhalten und weiter nach Koslowski und dem Mädchen suchen. Wenn wir etwas Neues haben, melde ich mich sofort wieder bei dir."

„Dito", entgegnete Meerkötter und verabschiedete sich.

Hartung legte den Hörer auf und lehnte sich in seinen Bürostuhl zurück.

Als man ihm vor ein paar Monaten den Job als Leiter der Polizeistation auf Norderney angeboten hatte, war er in seine Wohnung nach Aurich gefahren und hatte seiner Frau freudestrahlend erzählt, dass sein Berufsleben sich von nun an völlig ungefährlich gestalten würde. Denn so einen Fall, wie der, bei dem sein Vorgänger ums Leben gekommen war, würde sich ja wohl kaum wiederholen. Nach diesem Telefongespräch ahnte er, dass er sich dahingehend wohl geirrt hatte.

Müde rieb er sich mit beiden Händen durchs Gesicht und rief dann van Briels Handynummer an. Kaum, dass er gewählt hatte, bekam er auch schon die Antwort, dass der Teilnehmer zurzeit nicht erreichbar sei. Hartung warf einen Blick zur Wanduhr. Um bei van Briel vorbeizufahren, war es schon zu spät. Das würde er morgen früh als Erstes erledigen. Außerdem wartete er ja auch noch auf einen anderen Anruf.

## 34

Stefan Krahner war so lange durch die Norderneyer Nacht gerannt, bis er völlig außer Atem stehen bleiben und sich vorgebeugt und nach Luft ringend mit einer Hand auf dem Oberschenkel abstützen musste. Zuvor war er durch einen schnellen Blick nach hinten sichergegangen, dass ihn niemand verfolgte. Trotzdem durfte er jetzt nicht leichtsinnig werden, denn es gab noch ein paar Leute mehr, die hinter ihm her sein würden.

Bei diesem Gedanken drückte er das Paket mit den Diamanten instinktiv an seine Brust. Die würde ihm keiner mehr wegnehmen, dafür würde er schon sorgen. Schließlich hatte er sich diesen Schatz durch seine Haftzeit in Norwegen mehr als verdient.

Doch dann überkamen ihn plötzlich Zweifel, ob er überhaupt noch in der Lage sein würde, die Steine zu Geld zu machen. Klingenberg war tot, Schnabel ermordet und auch Hälker fraßen schon die Würmer. Sie waren alle durch Wolkovs Hand gestorben und der würde auch ihn so lange jagen, bis er die Diamanten wiederhatte. Was danach kam, konnte Krahner sich ausrechnen, dafür brauchte er nicht einmal zwei Finger. Dazu kam, dass vielleicht auch dieser Typ von dem Schiff nun noch hinter ihm her war.

Angeblich wollte der ja die Diamanten, um sie gegen Gina einzutauschen. Aber woher weiß ich, ob das überhaupt stimmt, überlegte Krahner. Vielleicht will der sich auch nur bereichern, denn was hat der mir meiner Tochter zu schaffen? Warum sollte der sich in Gefahr bringen, nur um ihr Leben zu retten? Das Leben meiner Tochter. Das müsste doch eigentlich *meine* Aufgabe sein, schoss es ihm durch den Kopf.

Mein Gott, wie lange hatte er jetzt schon nicht mehr an seine Frau und sein Kind gedacht? Bei der Entführung hatte er sie ja nicht einmal erkannt. Aber Gina war auch verdammt groß geworden, fast schon eine junge Frau. Und dann erschienen vor seinem inneren Auge plötzlich Bilder, auf denen sie noch im Kinderwagen saß. Mit ihrer Mutter und dem Detmolder Schloss im Hintergrund. Oder das Bild, das er auf der Andreasmesse geknipst hatte und auf dem sie mit überglücklichem Gesichtsausdruck und fliegenden Zöpfen auf einem Karussellpferd saß. Bilder aus der Vergangenheit, aus einer schönen Zeit.

Er wischte sich mit der Hand durch das Gesicht, riss sich zusammen und rannte weiter. Er musste jetzt dringend von der Straße runter, um in Ruhe überlegen zu können, wie er weiter vorgehen sollte.

Ein paar Minuten später schlug er erleichtert die Tür seines Zimmers in der kleinen Pension zu, in die er sich eingemietet hatte. Hier war er völlig ungestört, denn momentan gab es keine anderen Gäste im Haus und die Vermieterin wohnte woanders.

Erschöpft warf er Koslowskis Handy aufs Bett und wog den Beutel mit den Diamanten in der Hand. Was er hier in Händen hielt, waren mehr als fünf Millionen Euro. Mehr Geld, als manch einer sich überhaupt vorstellen konnte. Mein Gott, wie viele Träume könnte er sich davon endlich erfüllen?

Aber dann tauchten wieder diese Zweifel auf. Zweifel, die bereits die ganze Zeit an ihm genagt hatten. Welchen Wert hatten die Steine momentan für ihn? Dadurch, dass er so lange hinter norwegischen Gardinen gesessen hatte, waren ihm alle Kontakte abhandengekommen. An wen sollte er die Steine verkaufen? Wem konnte er noch trauen?

Außerdem – selbst wenn es ihm gelang, sie zu verkaufen, würde das Geld vermutlich nicht ausreichen, um Wolkovs Rache auf Dauer zu entkommen.

Also, was sollte er machen? Was konnte er machen? Von der Insel verschwinden? Aber wie? Dieser Koslowski hatte sich möglicherweise an die Polizei gewandt, jetzt, wo er keine Diamanten mehr hatte, um sie gegen Gina einzutauschen. Garantiert würden die Bullen sofort den Hafen und den Flugplatz abriegeln. Wenn die ihn mit den Diamanten erwischen sollten, würde er ganz sicher wieder einfahren. Diesmal aber in einen deutschen Knast. Also blieben ihm diese Fluchtwege versperrt. Aber so oder so, er musste irgendwie von der Insel runter.

Dann fiel ihm das Schicksal seiner Tochter wieder ein. Gina. Was würde aus ihr werden? Musste sie nun auch noch für diese Diamanten sterben? So wie seine Kumpel?

Wütend schlug Krahner mit der Faust auf den Tisch.

Die Bullen und Koslowski auf der einen, Wolkov auf der anderen Seite. Er zermarterte sich das Hirn. Wo war der Ausweg? Er holte eine Flasche Whisky aus dem Nachtschrank und goss im Bad eine große Portion in einen Zahnputzbecher. Nachdem er einen ordentlichen Schluck genommen hatte, ging er wieder hinüber, ließ sich erschöpft auf der Bettkante nieder und dachte nach.

Vor dem zweiten Whisky kam ihm plötzlich eine Idee. Nicht der sicherste Weg, auch nicht völlig erfolgversprechend, aber immerhin eine Möglichkeit.

Hastig trank er den Whisky aus und griff nach Koslowskis Handy. Zum Glück war es nicht gesperrt, sonst hätte er jetzt ein Problem gehabt. Aber manchmal musste einem das Schicksal ja auch mal hold sein.

Er suchte im Adressbuch nach dem Namen Natalia und rief die darunter gespeicherte Nummer an. Es klingelte nur zweimal, dann war die Frau auch schon am Telefon.

„Haben Sie die Diamanten?“, schnarrte sie mit deutlichem russischen Akzent.

„Ich will sofort mit Wolkov sprechen. Wo ist er?“, entgegnete Krahner barsch.

„Sie sind nicht Koslowski. Wer sind Sie?“, kam umgehend die Gegenfrage.

In Krahner brodelte es bereits. „Pass mal auf, du blöde Schlampe, ich habe die Diamanten und will deinen Boss sprechen, also hol ihn ans Telefon!“

Er hörte Getuschel und drei Sekunden später meldete sich eine männliche Stimme: „Krahner, sind Sie das etwa? Was wollen Sie?“

Jetzt wurde es ernst.

„Ja, Wolkov, ich bin es. Ich habe die Diamanten und will Ihnen ein Geschäft vorschlagen.“

„Ich glaube nicht, dass Sie mir Forderungen stellen können, denn die Ware gehört Ihnen nicht. Sie haben sie umgehend abzuliefern.“ Wolkovs Stimme klang dabei kühl und berechnend.

„Ich weiß, dass Sie mich auf Dauer garantiert finden werden. Aber ich garantiere Ihnen, dass Sie die Diamanten trotzdem nicht bekommen werden, denn vorher werfe ich sie die Nordsee.“

Stefan Krahner glaubte den Russen am anderen Ende mit den Zähnen knirschen zu hören.

„Sie vergessen da etwas, mein Lieber. Wir haben immer noch Ihre Tochter. Werfen Sie die Diamanten ins Meer, machen wir das mit Ihrer Tochter. Allerdings nicht, ohne vorher unseren Spaß mit ihr zu haben. Wie würden Sie es finden, wenn wir sie scheibchenweise an die Fische verfüttern?“

Krahners Herz bekam einen Stich. Er war sich sicher, dass diese Typen dazu fähig wären.

„Da ich nicht will, dass Gina etwas passiert, schlage ich Ihnen folgenden Deal vor. Ich bekomme 100.000 Euro und meine Tochter, dafür kriegen Sie die Steine.“

„Warum sollte ich jemandem, der mich bestohlen hat, Geld dafür bezahlen, dass er mir mein Eigentum zurückgibt?“, wollte Wolkov mit einem sarkastischen Unterton in der Stimme wissen.

„Weil das für Sie immer noch ein gutes Geschäft ist. Sie können also selber bestimmen, wie hoch Ihr Verlust sein wird. 100.000 Euro oder mehr als fünf Millionen? Sie müssen zugeben, dass sich dieser Deal für Sie lohnt.“

Schweigen am anderen Ende der Leitung. Gut so, dann denkt er nach, sagte sich Krahner. Jetzt kam allerdings der wichtigste Punkt.

„Außerdem verlange ich, dass Sie jeglichen Tötungsauftrag gegen mich aufheben. Ich habe schon vor Wochen ein Schreiben aufgesetzt und bei einem Notar hinterlegt. Wenn ich ermordet werde, wird es geöffnet und an die Polizei weitergeleitet. Und die wird mit ebenso großem Interesse lesen, woher die Diamanten stammen, wie die deutschen Finanz- und Strafverfolgungsbehörden, und außerdem …"

Wolkov fiel ihm ins Wort: „Glauben Sie, davor habe ich Angst?" Ein heiseres Lachen folgte. „Vor ein paar unfähigen deutschen Bürokraten und Juristen, Leute, die nicht mal …"

Diesmal fiel Krahner dem Russen ins Wort.

„Sie hätten mich ausreden lassen sollen, Wolkov, denn außerdem geht ein weiteres Schreiben an die russischen Behörden. Und ich verwette alle Diamanten, das wird sogar Ihr alter Freund im Kreml zu lesen bekommen. Was glauben Sie – wird der amüsiert darüber sein, dass einer seiner Oligarchen ihn hintergehen wollte? Wie heißen Ihre Sommerferiencamps noch? Gulags?"

Eine kurze Zeit lang herrschte Schweigen. Wolkov schien das Gehörte abzuwägen.

„Okay, wann und wo können Sie mir die Steine übergeben?" Seine Stimme hatte plötzlich einen sehr geschäftsmäßigen Tonfall bekommen. Keine Spur mehr von Sarkasmus oder Überheblichkeit. Krahner atmete erleichtert auf, endlich schien Wolkov begriffen zu haben, was auch für ihn auf dem Spiel stand.

„Ich würde vorschlagen, noch in dieser Nacht und zwar am Hafen. Kommen Sie alleine und bringen Sie meine Tochter mit. Wenn ich das Gefühl haben sollte, dass etwas nicht stimmt, landen die Diamanten sofort im Hafenbecken. Wir treffen uns direkt vor dem Tonnenhof. Kennen Sie den?"

„Den werde ich schon finden", brummte Wolkov missmutig.

„Und bringen Sie das gesamte Geld mit, sonst platzt das Geschäft ebenfalls." Krahner hörte seinen Gegner nun verärgert schnaufen. „Alles verstanden?"

„Ja“, war die knappe Antwort, dann: „Wann soll das Treffen stattfinden?“

„Zum Ende der Hundewache, also um vier Uhr morgens. Seien Sie pünktlich. Sind Sie um fünf nach vier nicht da, platzt unser Geschäft.“

„Denken Sie lieber an Ihre Tochter!“, empfahl Wolkov. „Sie wird grausam sterben, wenn Sie mich verarschen.“

„Ich denke genauso an meine Tochter wie Sie an Ihre Diamanten.“

Mit diesen Worten beendete Krahner das Gespräch, schaltete das Handy aus und warf es wieder aufs Bett. Doch dann griff er erneut danach und entfernte vorsichtshalber die SIM-Karte.

So würde es keiner orten können, weder die Bullen noch Wolkov. Wer wusste denn schon, über welche Technologien dieser Russenarsch verfügte?

Dann sah er auf die Uhr und atmete auf. Nur noch ein paar Stunden, dann würde er endlich alle Sorgen los sein. Er hoffte, dass Wolkov auf seinen Bluff mit dem Notar hereingefallen war. Aber eigentlich konnte der ja gar nicht anders, als seine Forderungen zu erfüllen, egal ob diese Aussage nun stimmte oder nicht.

Beim Austausch seiner Tochter und der Kohle gegen die Steine würde er höllisch aufpassen müssen, denn das dürfte der kritischste Augenblick sein. Wenn Wolkov überhaupt mit Gina auftauchte. Vielleicht war sie ja längst tot. Wenn sie noch lebte, wäre es gut, wenn er sie freibekam, wenn nicht …

Denn eigentlich war es ihm egal, was mit ihr passierte. Er musste jetzt in allererster Linie an sich denken. Sie gehörte schon lange nicht mehr zu seinem Leben, und er hatte auch nicht vor, seine fehlende Zeit als Vater nachzuholen. Da, wo er hinwollte, würde sie ihn nur behindern.

Nein, er wollte frei sein. Ohne jegliche Verantwortung für andere Menschen. Wieder tauchte vor seinem inneren Auge das Foto mit dem Karussellpferd auf. Doch er bemerkte, dass es seit seiner Entscheidung immer mehr verblasste. Langfristig würde also auch die

Erinnerung an seine Tochter verblassen. Nein, hier war er sich selbst der Nächste. Hier ging es in erster Linie um *sein* Überleben und *seine* Zukunft.

Den sorgenvollen Vater zu mimen, hatte aber schon einmal funktioniert, nämlich als er den Männern auf der *Otto Schülke* nach dem Mund geredet hatte und ihm dadurch die Flucht gelungen war.

Jetzt hieß es aufpassen! 100.000 Euro kassieren und ab durch die Mitte.

Auf diese Summe war er gekommen, als er kurz vor seinem Anruf überlegt hatte, wie viel Geld er wohl aus Wolkov herauspressen konnte, ohne dass der ablehnen würde. Er war zu dem Schluss gelangt, dass der doch ganz sicher mindestens 100.000 Euro zur Verfügung hatte oder zumindest schnell drankommen würde. Und so, wie Wolkov auf sein Angebot reagiert hatte, schien er die richtige Summe gefordert zu haben.

Ohne sich auszuziehen, legte er sich auf das Bett und zog eine Waffe aus der Nachttischschublade. Es handelte sich um eine SIG Sauer P 226. Der Grund, warum die Waffe erstaunlich leicht war, bestand darin, dass es sich lediglich um eine Attrappe handelte. Er hatte sie in dem Spielzeuggeschäft am Ende der Poststraße gekauft. Eine echte Waffe, so wie die des Bullen, den er am Hafen niedergeschlagen hatte, wäre ihm zwar lieber gewesen, aber vielleicht reichte dieses Plastikteil ja aus, um Wolkov Angst einzujagen.

***

Wolkov für seinen Teil knallte Natalias Handy dermaßen heftig auf die Theke im Salon der *Juri Gagarin*, dass das Display einen Riss bekam. „Dieser Bastard wird lernen, was es heißt, mich zu erpressen!" Wütend griff er wieder nach dem Telefon und schleuderte es nun quer durch den Raum.

Natalia zeigte keinerlei Reaktion auf diesen Wutausbruch. Zu einem, weil sie Wolkov und seine Launen kannte, zum anderen, weil sie sich von seinem Geld hunderte neuer Handys kaufen konnte. Zur Beruhigung schenkte sie einen Wodka ein und schob ihn über den Tresen zu ihm hinüber. Nachdem er den und noch einen weiteren heruntergestürzt hatte, rief er nach seinen Männern.

„Koslowski hat versagt. Krahner hat nicht nur die Diamanten, sondern auch das Handy. Also kann und muss der Typ weg. Fahrt auf die Insel, nehmt das Mädchen mit und regelt die ganze Sache in einem Abwasch."

Er wollte nach der Wodkaflasche greifen, aber Natalia kam ihm zuvor. Wolkov griff zu dem von ihr erneut gefüllten Glas, trank auch das in einem Schluck aus und erklärte seinen Schergen dann, worauf sie achten sollten.

„Hinterlasst keine Spuren und bringt das Handy mit!"

## 35

Koslowski hatte sich vollkommen demoralisiert auf den Weg in seine Ferienwohnung gemacht. Seine momentane Gemütsverfassung war eine Mischung aus Wut und Enttäuschung. Wut darüber, dass Krahner ihnen entwischt war, und Enttäuschung, weil er jetzt nicht mehr wusste, wie er weiter vorgehen sollte. Noch schlimmer als der Verlust der Diamanten war der seines Handys. Wie sollte er nun Kontakt zu Wolkov aufnehmen?

Dann musste er wieder an Gina denken. Wenn ihr etwas passierte, dann hatte er einen sehr triftigen Grund, sich Vorwürfe zu machen. Anders als damals beim Mord an Lukas' Vater.

Lukas. An den durfte er jetzt gar nicht denken, denn dem würde er im Falle seines Versagens nicht mehr unter die Augen können.

Während er deprimiert durch die Norderneyer Nacht lief, spürte er, dass sich nun zusätzlich auch noch eine gewisse körperliche Erschöpfung ankündigte. Kein Wunder, denn dieses unfreiwillige Abenteuer dauerte schon viel zu lang.

Er war so in Gedanken versunken weitergelaufen, dass er vollkommen überrascht war, plötzlich vor der Haustür zu stehen. Mühsam kramte er den Schlüssel aus seiner Hosentasche und öffnete. Die Treppen in die erste Etage kamen ihm heute unendlich lang vor und er war froh, als er endlich seine Ferienwohnung aufschließen konnte.

Er war kaum durch die Tür getreten, als ihm ein Pistolenlauf hinter das linke Ohr gedrückt wurde. Gleichzeitig erhielt er einen Stoß in den Rücken, der ihn den Flur entlang katapultierte. Er prallte gegen einen Schuhschrank und konnte sich im letzten Moment noch daran festhalten. In dem Moment, in dem er sich umdrehte, flammte eine starke Taschenlampe auf und blendete ihn.

Als der Mann mit der Lampe und der Waffe auf ihn zukam und ihn aufforderte, dem Flur nach links zu folgen, wusste Koslowski sofort, wen er vor sich hatte. Das war Bolek, einer der beiden Handlanger Wolkovs. Dessen russisch gefärbtes Deutsch war unverkennbar.

„Los, nach links und dann ins Schlafzimmer!“ Zur Bekräftigung seines Befehls wedelte er mit der Waffe in der Hand herum.

Koslowski schleppte sich resigniert durch den Flur und öffnete die Schlafzimmertür. Zu seinem Erstaunen war der Raum nicht leer. Lolek stand mit dem Rücken zum Fenster und hielt ebenfalls eine Waffe in der Hand.

Diese war allerdings nicht auf ihn, sondern auf Gina gerichtet, die auf dem linken Teil des Doppelbettes lag. Ihre Augen waren geschlossen und ihre auf dem Bauch liegenden Hände waren ebenso mit Kabelbindern gefesselt wie ihre Füße.

Koslowski vermutete, dass man sie betäubt hatte, um sie ohne Aufsehen hierherbringen zu können.

„Leg dich neben sie!“, kommandierte Bolek, der sich immer noch hinter ihm befand. Als Koslowski sich weigerte, erntete er dafür einen weiteren Stoß in den Rücken.

„Los, rüber zum freien Bett und hinlegen!“

„Was soll das hier? Was habt ihr mit dem Mädchen gemacht?“ Koslowski blieb neben dem Bett stehen. Erst als Lolek die Waffe hob und Anstalten machte damit zuzuschlagen, setzte er sich langsam hin.

„Die Bullen werden feststellen, dass du ein Perverser bist und eine Vorliebe für Fesselspiele hast, oder besser gesagt hattest. Denn nachdem du das Mädchen missbraucht hast, ist dir klargeworden, dass du sie nicht laufenlassen kannst. Du weißt schon, Anzeige und so." Das Grinsen in Boleks Gesicht bestand aus purer Gehässigkeit.

Vom Fenster aus spann Lolek den Faden weiter.

„Also hast du sie umgebracht, und weil dein schlechtes Gewissen dich gequält hat, hast du dich danach selbst erschossen. Ihr beide werdet ein schönes Paar Leichen abgeben." Ein kehliges Lachen folgte.

Koslowski warf einen Blick zur Seite und bemerkte erleichtert, dass sich Ginas Brustkorb leicht hob und senkte. Zum Glück lebte sie noch, aber was konnte er dafür tun, dass dies so blieb?

Lolek wurde unruhig, anscheinend wollte er das Ganze schnell hinter sich bringen. „Leg dich jetzt endlich hin, wir haben nicht ewig Zeit."

„Und zwar auf den Bauch!", kommandierte Bolek von der Tür her. „Und das Gesicht dabei schön gerade ins Kissen drücken."

Koslowski ahnte, was jetzt passieren sollte. Sobald sich sein Kopf in der geforderten Position befand, würde Bolek an ihn herantreten und ihm in die Schläfe schießen. Da er Rechtshänder war, mussten sie dafür sorgen, dass sich die Eintrittswunde an der rechten Schläfe befand. Sobald er tot war, würde Bolek ihm die Waffe in Hand drücken, auf Gina richten und abfeuern. Die dadurch an seiner Hand entstehenden Schmauchspuren würden scheinbar belegen, dass *er* die Waffe abgefeuert hatte.

Ob es den Rechtsmedizinern möglich wäre, herauszufinden, welches die erste und welches die zweite Kugel gewesen war? Aber das konnte ihm auch vollkommen egal sein, denn das Mädchen und er würden trotzdem tot sein.

„Los, mach endlich! Leg dich hin!" Die Stimme seines Bewachers verriet deutlich dessen Ungeduld.

Koslowski schloss für eine Sekunde die Augen. War das sein Ende?

Er konnte nichts anderes tun, als dem Befehl nachzukommen. Denn Bolek stand zu weit von ihm entfernt, um ihn angreifen zu können. Außerdem hatte er eine Waffe in der Hand und dann war da auch noch sein Komplize. Keine Chance.

Also legte Koslowski sich widerstrebend auf seine linke Seite, sodass er einen letzten traurigen Blick auf das betäubte Mädchen werfen konnte. Was in den nächsten Augenblicken passierte, würde das Leben von zwei Menschen in diesem Raum schlagartig beenden.

„Ich habe gesagt, auf den Bauch, du Hund!", schnauzte Lolek vom Fenster her.

Mit erkennbarem Widerwillen drehte sich Koslowski auf den Bauch und schob dabei seine Hände unter das Kopfkissen. Sein Kopf war noch immer nach links gewandt, doch nun schaute er nicht mehr Gina an, sondern betrachtete den Mann am Fenster. Denn Lolek hatte seine Waffe auf die Fensterbank gelegt und dafür sein Handy aus der Tasche geholt. Anscheinend sollte er die beiden Morde filmen. Vermutlich wollte Wolkov sich das später in Ruhe ansehen. So wie sich einst Adolf Hitler die Filmaufnahmen von den Hinrichtungen der Attentäter des 20. Juni in Plötzensee hatte vorführen lassen.

Koslowski atmete noch einmal tief durch, griff zu und drehte sich erneut auf die linke Seite.

„Bleib auf dem Bauch liegen!", fuhr ihn Bolek mit barscher Stimme von der Tür aus an.

„Im Wohnzimmer steht ein Koffer mit 20.000 Euro. Den könnt ihr haben, wenn ihr uns gehen lasst!"

Seine Henker lachten hämisch auf.

„Warum sollte uns das Geld davon abhalten, unseren Auftrag auszuführen? Das können wir uns immer noch nehmen", lachte Bolek gehässig. „Ich habe kein Problem damit, Tote zu beklauen." Doch seine Gier sorgte dafür, dass er einen Fehler machte. Denn er drehte den Kopf, um ins Wohnzimmer zu blicken.

Koslowskis rechter Arm kam unter dem Kopfkissen hervor. Er hatte Mühe, die Beretta mit dem Gewicht des aufgeschraubten Schalldämpfers einigermaßen zielsicher auf den Mann in der Tür zu richten. Sobald der jedoch nur annähernd hinter Kimme und Korn aufgetaucht war, drückte Koslowski ab.

Die Kugel, die eigentlich für seinen Brustkorb gedacht gewesen war, traf den Russen in den Hals und schleuderte ihn nach hinten. Sofort rollte Koslowski sich auf den Rücken und feuerte auf den völlig überraschten Lolek, der das Geschehen immer noch mittels Handydisplay beobachtete. Doch das war in dem Moment Schrott, als es von der Kugel durchbohrt wurde, die anschließend in sein linkes Auge ein- und hinter seinem rechten Ohr wieder austrat.

Sofort rollte sich der Schütze wieder zurück. In einer fließenden Bewegung schwang Koslowski nicht nur die Waffe zurück in Richtung Tür, sondern auch die Beine aus dem Bett. Bolek lag im Flur und besudelte die weißen Bodenfliesen mit seinem Blut. Das Geld für die Endreinigung der Ferienwohnung wird diesmal garantiert nicht ausreichen, vermutete Koslowski kaltschnäuzig.

Ohne Mitleid blickte er auf Bolek herab. Dessen Blick war starr nach oben gerichtet, während er gleichzeitig mit der linken Hand versuchte, seine Wunde am Hals zuzudrücken. Was jedoch vergeblich war, weil das Blut nur so zwischen seinen Fingern hervorsprudelte.

Seine Waffe hatte er beim Sturz fallen gelassen. Koslowski stieg über ihn und schob sie mit dem Fuß noch weiter von ihm weg. Dann kehrte er beruhigt ins Schlafzimmer zurück, wo er mit einem Blick feststellte, dass auch Bolek keine Gefahr mehr darstellte.

Sofort trat er zu Gina ans Bett und erkannte, dass sie immer noch so stark betäubt war, dass sie von alldem nichts mitbekommen hatte. Wer wusste schon, was diese Teufel ihr eingeflößt hatten? Sie musste auf jeden Fall schnellstmöglich ins Krankenhaus. Aber zuvor musste er sich noch einmal kurz um Bolek kümmern, der gerade dabei war, auf den Fliesen im Flur das letzte bisschen Leben zu verlieren.

„Helfen …“, hauchte er, als Koslowski sich über ihn beugte. Der wunderte sich, dass er den Verletzten so teilnahmslos ansehen konnte. Kein Wunder, denn das war der Mann, der Rudi Schnabel kaltblütig in den Kopf geschossen hatte. Wer weiß, wen der noch alles umgebracht hatte. Klingenberg? Hälker? Und noch vor ein paar Minuten hätte er auch Gina und ihn über die Klinge springen lassen, ohne auch nur mit der Wimper zu zucken.

Aber was er spürte, als er ihn da vor sich auf dem Boden liegen sah, war keine Genugtuung, es war reine Gleichgültigkeit.

Er kniete sich neben Bolek hin, fasste ihn am Kinn und drehte dessen Kopf so, dass er ihm in die Augen blicken konnte: „Wo ist Krahner?“

Anstelle einer Antwort hustete Bolek, wobei ihm Blut aus den Mundwinkeln quoll.

Koslowski wiederholte seine Frage eindringlicher: „Wo … ist … Krahner?“ Dabei hielt er ihn genau im Blick. „Wenn ich keine Antwort bekomme, lass ich dich hier auf dem Boden verrecken.“

Der Russe blickte ihn aus schmerzverzerrten Augen an. Aber nicht nur der, auch der Tod riskierte bereits einen Blick. „Helfen …!“

Koslowski ließ das Kinn des Mannes los und machte Anstalten aufzustehen. Der rechte Arm des Russen ruckte hoch und bekam ihn an der Jacke zu fassen.

„Hafen …“ Das Wort war kaum noch zu verstehen, so leise kam es aus dem Mund des Verletzten. „Jetzt … helfen …“

Doch Koslowski dachte gar nicht daran, denn erst wollte er noch eine weitere Information.

„Wann?“

Der Mann auf dem Boden schloss die Augen. Hoffentlich stirbt der mir nicht ausgerechnet jetzt weg, dachte Koslowski verärgert.

Deshalb rüttelte er den Mann am Oberkörper und wiederholte dabei seine Frage.

„Wann ist das Treffen?“

Bolek öffnete noch einmal die Augen und wollte anscheinend noch etwas sagen, doch die Kraft schien ihn in dem Maße zu verlassen, wie das Blut aus ihm herauslief.

Koslowski beugte sich noch tiefer über ihn.

Es hörte nur noch ein Hauchen. „Vier …“

„Um vier Uhr heute Nacht?“, wollte er bestätigt haben, doch als er dem Mann in die Augen sah, wusste er, dass Schnabels Mörder ihm nicht mehr antworten würde.

Zum Glück hatte er vorher noch erfahren, was er wissen wollte.

Er erhob sich und schon jetzt war für ihn klar, dass er sich wegen der beiden Toten keine Vorwürfe machen würde. Auge um Auge, Zahn um Zahn. Das hier waren erbarmungslose Mörder und Folterknechte gewesen. Menschlicher Abschaum.

Stöhnend drückte er den Rücken durch, ging in die Küche und kehrte mit einer Schere ins Schlafzimmer zurück. Er löste Ginas Fesseln und fühlte dann ihren Puls. Der war kaum noch zu spüren. Erschrocken fasste er sie an den Schultern, schüttelte sie und rief dabei ständig ihren Namen, doch sie reagierte nicht.

Wie kam er jetzt schnellstmöglich an einen Krankenwagen? Sein Handy hatte Krahner ihm abgenommen und in der Wohnung gab es keinen Festnetzanschluss. Loleks Mobiltelefon war das Opfer einer Kugel geworden.

Er konnte auch nicht darauf hoffen, dass jemand aus dem Haus die Polizei alarmiert hatte. Denn durch den aufgesetzten Schalldämpfer waren die Schüsse so gut wie nicht zu hören gewesen.

Dann kam ihm ein anderer Gedanke. Er ging zu Boleks Leiche im Flur. Als er dessen Taschen abklopfte, spürte er in einer von ihnen tatsächlich das erhoffte Mobiltelefon. Mit etwas Mühe zog er es heraus und schaltete es ein. Verdammt! Tastensperre mit Zahlencode.

Enttäuscht ließ er sich neben der Leiche auf den Boden sinken und lehnte den Hinterkopf resigniert an die Wand. Erst in diesem Moment wurde ihm bewusst, wie viel Glück er bei der Schießerei gehabt hatte, und er bemerkte, dass seine Hände zu zittern begannen. Wenn er danebengeschossen hätte, würde er jetzt tot neben Ginas Leiche im Bett liegen.

Er war dankbar, dass ihm der Umgang mit Schusswaffen, den er damals im Rahmen seiner polizeilichen Ausbildung gelernt hatte, dermaßen in Fleisch und Blut übergegangen war.

Doch dann stellte er plötzlich fest, wie sein Kreislauf Anstalten machte, sich in den Keller zu verabschieden. Er durfte jetzt nicht schlappmachen, er musste sich erst noch um Gina kümmern. Aber wie?

In diesem Moment schellte es.

# 36

Endlich kam der Anruf, auf den Hartung bereits vor seinem Gespräch mit Jürgen Meerkötter gewartet hatte. Doch der beinhaltete jetzt eine Überraschung.

„Auf dem Friedhof, sagst du? Bist du dir sicher?“, wollte der Leiter der Polizeiwache ungläubig wissen. Doch der Kollege am anderen Ende der Leitung konnte ihm keine bessere Auskunft geben. Koslowskis Handy hatte sich vor exakt zwölf Minuten wieder ins Netz eingeloggt. Bereits vorher hatte man den Provider durch einen Beschluss der zuständigen Staatsanwaltschaft dazu aufgefordert, sich umgehend zu melden, sobald das Gerät wieder online war. Weiterhin sollte umgehend der Standort ermittelt und mitgeteilt werden. Und genau dieser Standort war anscheinend auf dem Friedhof oder zumindest in dessen Nähe.

Was will der Typ denn da, vor allem um diese Uhrzeit, überlegte Hartung. Dann schoss ihm ein Gedanke durch den Kopf, der ihn kurz den Atem anhalten ließ. Hoffentlich war der Besitzer des georteten Handys überhaupt noch am Leben. Einen kurzen Moment lang unterlag er der Versuchung, ihn einfach anzurufen, doch dann sah er davon ab, weil er nicht wusste, ob er Koslowski dadurch möglicherweise in Gefahr brachte. Es blieb also keine andere Möglichkeit, als hinzufahren und nach ihm zu suchen. Bereits beim Aufstehen griff er nach der Jacke auf der Stuhllehne und rief nach seinem Kollegen.

„Los, Wikinger, komm! Wir müssen zum Friedhof.“

Felix Nordmann sprang auf, zog sich ebenfalls an und folgte seinem Chef. Auf dem Weg zum Streifenwagen erklärte der ihm den Grund ihres Einsatzes.

„Was will der Typ denn nachts auf dem Friedhof? Ist das so ein Gruftie? Einer aus dieser schwarzen Szene?“ Die Stirn des Wikingers kräuselte sich geradezu bei diesen Fragen.

„Nee“, antwortete Hartung, „der ganz sicher nicht.“ Dann berichtete er seinem Kollegen, was er von Jürgen Meerkötter über Koslowski und dessen Vita erfahren hatte.

Kurze Zeit später jagte der Streifenwagen die Frisiastraße entlang. An der Maybachstraße bog Hartung nach links ab, weil an deren Ende nicht nur quer die Ellernstraße verlief, sondern sich dort auch der westliche Eingang des Friedhofs befand. Hartung bremste direkt vor dem Tor ab.

„Hier irgendwo muss Koslowski sein", vermutete er, „oder zumindest sein Handy. Gehst du von hier aus über den Friedhof? Ich fahre dann zum Eingang Mühlenstraße. Dann haben wir schon mal zwei Seiten abgedeckt."

Felix Nordmann stieg aus und setzte sich seine Mütze auf.

Hartung ließ den Streifenwagen wieder losrollen. Im Rückspiegel sah er den hin und her tanzenden Lichtkegel der Taschenlampe seines Kollegen, der die Stufen zum Friedhof hinaufstieg.

Felix Nordmann hatte zwar keine Angst, den nächtlichen Friedhof zu betreten, aber dass ihn dabei ein leicht mulmiges Gefühl beschlich, hätte er nicht abstreiten können. Womöglich rührte das noch aus seiner Kindheit her. Damals hatte er einen Film gesehen, in dem die Toten aus ihren Gräbern stiegen. Er konnte sich zwar nicht mehr an den Titel, wohl aber an die gruseligen Bilder erinnern.

„Alles Quatsch!", rief er sich halblaut Mut zu und ließ den Lichtkegel der Taschenlampe über die Grabstellen wandern. Wenn dieser Typ hier war, dann müssten sie ihn eigentlich finden, denn so groß war der Gottesacker der Insel ja nun auch nicht.

Langsam schritt Nordmann durch die Reihen und leuchtete jede von ihnen entlang. Durch die Stille des Friedhofes klang das plötzliche Knacken in seinem Funkgerät umso lauter und ließ ihn heftig zusammenzucken. Hartungs Stimme erklang.

„Hast du schon was gesehen? Ich komme jetzt zu Fuß von der Mühlenstraße auf den Friedhof."

„Nein, noch nichts", antwortete der Wikinger und ging langsam weiter. Reihe für Reihe. Dann sah er den Lichtschein von Hartungs Taschenlampe am anderen Ende des Friedhofs aufleuchten. Okay, nun suchten sie das Gelände also gemeinsam ab.

Dann sah Nordmann es. Ein offenes Grab. Wahrscheinlich bereits für die morgige Beerdigung ausgehoben. So hoffte er wenigstens. Besonders vorsichtig und auf das Schlimmste gefasst, stieg er auf eines der Gitterroste, die links und rechts neben dem Erdloch ausgelegt waren, und bereitete sich schon mal auf den Anblick eines Toten vor. Allerdings eines Toten ohne Sarg. Er beugte sich über die Grube und ... atmete erleichtert auf, als er sah, dass das Erdloch leer war.

Ein paar Minuten später traf er mit Hartung zusammen. Abschließend kontrollierten sie die Kapelle. Als sie diese abgeschlossen vorfanden, entschieden sie sich, mit der Umgebung des Friedhofes weiterzumachen. Irgendwo musste dieser Koslowski doch stecken, oder zumindest sein Handy, dachte Hartung irritiert.

„Ruf doch mal seine Nummer an", schlug sein Streifenkollege vor, „vielleicht hören wir ja den Klingelton."

Der Wikinger hatte Recht, jetzt ging das. Es war ja unübersehbar gewesen, dass sie den Friedhof abgesucht hatten. Also zückte Hartung sein Mobiltelefon und wählte Koslowskis Nummer. Die Verbindung wurde aufgebaut und er hörte es klingeln. Doch nur in seinem eigenen Handy, denn in der unmittelbaren Umgebung blieb es sprichwörtlich totenstill.

Hartung ließ es lange klingeln, bevor er den Anruf wegdrückte. Er seufzte enttäuscht, denn große Hoffnung, das Handy oder gar dessen Besitzer zu finden, hatte er plötzlich nicht mehr.

## 37

Nachdem er die Sprechanalage eingeschaltet und van Briel sich an der Haustür zu erkennen gegeben hatte, betätigte Koslowski den Türöffner und trat in den Hausflur. Die Wohnungstür lehnte er hinter sich nur an. Noch während sich die Fahrstuhltür öffnete, verlangte er bereits nach van Briels Handy.

„Wir brauchen schnellstmöglich einen Krankenwagen, und wenn es geht, auch einen Notarzt!"

An van Briels erschrockenem Gesichtsausdruck konnte er erkennen, was seine Forderung bei dem ausgelöst hatte.

„Was ist denn passiert?“ Er fragte nur sehr leise.

„Es geht um Gina, sie ist betäubt worden und braucht schnell ärztliche Hilfe“, antwortete Koslowski und bemerkte Lukas erst in dem Moment, als der hinter van Briel aus dem Fahrstuhl stieg. Er schien nicht alles mitbekommen zu haben.

„Was ist mit Gina? Wo ist sie?“ Seine Stimme war voller Angst. Angst, dass einem geliebten Menschen etwas Schlimmes zugestoßen sein könnte.

„Sie ist in der Wohnung, aber …“

Noch bevor Koslowski ihn aufhalten konnte, war Lukas auch schon an ihm vorbeigerannt.

„Scheiße!“ Er folgte ihm, so schnell er konnte, und van Briel bemühte sich, mit seinen beiden Krücken so schnell wie möglich hinterherzukommen.

Im Flur war Lukas so abrupt stehen geblieben, dass man hätte glauben können, er wäre gegen eine Glasscheibe gelaufen. Erschrocken starrte er auf die große Blutlache, die sich unter dem toten Bolek ausgebreitet hatte.

Koslowski bemerkte, dass der Junge zu zittern begann, daher fasste er ihn an den Schultern und drehte ihn zu sich herum: „Sieh da nicht hin! Bleib hier stehen!“ Dann wandte er sich an van Briel, der soeben sein Handy aus der Tasche hatte ziehen wollen. Auch er war geschockt stehen geblieben.

„Großer Gott, was ist denn hier passiert?“, fragte er und schüttelte dabei ungläubig den Kopf.

„Notwehr“, antwortete Koslowski. „Ruf jetzt bitte einen Krankenwagen und pass auf, dass Lukas im Flur bleibt, ich hole das Mädchen!“

Er wollte nicht, dass Lukas auch noch den zweiten Toten zu Gesicht bekam. Der Anblick hier im Flur war bereits schlimm genug. Er stieg über Boleks Beine hinweg und begab sich ins Schlafzimmer. Gina lag noch immer in unveränderter Position auf dem Bett. Erleichtert stellte Koslowski fest, dass sie noch atmete.

Er schob einen Arm unter ihre Schultern, den anderen unter ihre Beine und hob sie hoch. Dann trug er sie vorsichtig aus dem Schlafzimmer in den Flur. Kaum, dass er aus der Tür getreten war, stürzte Lukas auch schon auf sie zu und streichelte Ginas Gesicht.

„Was ist mit ihr?“

Koslowski sah, wie dem Jungen dabei Tränen der Angst über die Wangen liefen.

„Sie ist betäubt worden. Keine Ahnung, was die ihr gegeben oder gespritzt haben, sie muss auf jeden Fall schnellstens ins Krankenhaus. Alles wird gut, Lukas!“

„Ist das die entführte Gina?“, wollte van Briel wissen, in dessen Telefon sich gerade jemand meldete.

Koslowski nickte nur und ging ins Wohnzimmer, wo er Gina auf die Couch legte.

„Bleib bei ihr!“, forderte er Lukas auf. Van Briel kam soeben ins Wohnzimmer und beendete dabei sein Telefonat.

„Der Krankenwagen ist bereits unterwegs.“ Dann drehte er sich noch einmal um und blickte in den blutverschmierten Flur. „Also, was ist hier passiert?“

„Die haben versucht, uns umzubringen. Aber ich war schneller.“

„Sagtest du gerade die?“ Van Briel blickte sich suchend um und sah Koslowski dann irritiert an.

„Ja, im Schlafzimmer liegt noch einer. Ich erzähle dir das alles später.“ Sein Blick war an der rot leuchtenden Uhr der Mikrowelle hängengeblieben.

Halb vier. Es wurde Zeit, dass er zum Hafen kam.

„Warte bitte auf den Krankenwagen und informiere dann auch die Polizei. Ich werde denen später alles erklären, aber jetzt muss ich dringend weg.“

„Was soll ich denen denn sagen? Was steckt denn hinter alldem hier?“ Van Briel streckte das gebrochene Bein von sich und ließ sich dann stöhnend auf einen Stuhl fallen.

„Es geht um einen Streit zwischen Ginas Vater und einem Russen namens Wolkov, ein übler Typ. Er ist nicht nur für die Entführung verantwortlich, sondern auch noch für ein paar Morde.“

Dem ehemaligen Kriminalbeamten blieb erschrocken die Luft weg.

„Und wo willst du um diese Uhrzeit hin?“, bohrte er neugierig nach.

„Ich habe noch mit jemandem eine Rechnung offen“, erklärte Koslowski, „oder besser gesagt sogar mit zwei Leuten.“ Dann verließ er seinen Freund, nicht ohne ihn an der Tür noch um einen Gefallen zu bitten.

„Ich muss los, kümmere dich hier bitte um alles und pass auf den Jungen auf!“

Mit diesen Worten machte er auf dem Absatz kehrt und stürmte aus der Wohnung. Er musste das Haus verlassen haben, bevor die Rettungssanitäter oder sogar die Polizei eintrafen. Jetzt war keine Zeit für lange Erklärungen. Also wandte er sich, kaum dass er in die Nacht hinausgetreten war, nach links und lief in Richtung Hafen.

Dabei stellte er fest, dass sich nun auch noch die Natur gegen ihn verschworen hatte, denn in diesem Augenblick setzte ein feiner Nieselregen ein.

## 38

Stefan Krahner war sich bewusst, dass er damit rechnen musste, dass Wolkov ihm eine Falle stellte. Aber so oder so blieb ihm keine andere Wahl. Wenn er die Kohle nicht bekam, dann war er im Eimer. Kein Geld, keine Flucht. Und wenn sein schöner Plan komplett in die Hose ging, dann brauchte er sich gar keine Sorgen mehr zu machen.

Es galt also, alles im Blick und außerdem auch noch die Augen nach diesen Typen vom Museumskreuzer offen zu halten. Möglicherweise waren die jetzt auch auf den Geschmack gekommen, was die Diamanten anging. Und dann war da noch dieser Kerl, der angeblich seine Tochter retten wollte. Und da er nicht wissen konnte, ob der aus lauter Frust nicht doch zur Polizei gelaufen war, hatte er sich noch schnell des Handys entledigt, das er ihm abgenommen hatte. Sollten sie versuchen, es zu orten, dürften die Bullen eine Zeitlang auf dem Friedhof beschäftigt sein. Er hatte es nämlich erst dort wieder eingeschaltet, auf stumm gestellt und dann unter einer

Blumenschale auf einem der Gräber positioniert. Es müsste schon mit dem Teufel zugehen, wenn sie es da so schnell finden würden.

Apropos Teufel. Um Wolkov zu entkommen, hatte er sich anschließend um eine Fluchtmöglichkeit gekümmert. Die war wichtig, denn wenn alles so ablief, wie er es sich vorstellte, dann hatte er eine reale Chance, mit der Kohle und dem Leben davonzukommen.

***

Während sich Stefan Krahner gedanklich auf sein Treffen mit Dimitrij Aleksej Wolkov vorbreitete, war Koslowski immer noch auf dem Weg zum Hafen. Der feine Nieselregen hatte ihn schon nach kurzer Zeit völlig durchnässt. Außerdem plagte ihn bleierne Müdigkeit. Er hätte viel dafür gegeben, sich ein paar Stunden hinlegen zu dürfen. Doch das kam nicht in Frage. Noch nicht!

Erst musste er Krahner finden und ihn aufhalten, damit der Wolkov nicht in die Hände fiel. Es war dringend notwendig, dass er erfuhr, dass seine Tochter in Sicherheit war und er die Diamanten nicht mehr abliefern musste. Ganz im Gegenteil! Jetzt konnte er sie den Behörden übergeben und so dazu beitragen, dass Wolkov für die Morde an seinen drei Freunden zur Rechenschaft gezogen wurde. Doch dann überkamen ihn plötzlich Zweifel.

War Krahner überhaupt noch dazu bereit, diese immensen Werte einfach so aufzugeben? Denn dass er sie endlich in die Finger bekam, darauf hatte er schließlich lange Jahre im Knast warten müssen. Dort, abgeschottet von der Außenwelt, hatte er noch nicht einmal gewusst, ob die Steine überhaupt noch in ihrem Versteck lagen. Und was für ein Schock musste es nach seiner Entlassung gewesen sein, als er feststellte, dass das Schiff, auf dem er die Beute versteckt hatte, sich nicht mehr in Norwegen befand, sondern in seine alte Heimat zurückgekehrt war?

Koslowski zog den Kopf zwischen die Schultern und trabte weiter in Richtung Hafen. Der Regen klebte ihm die Haare an den Kopf. Sein Hirn brummte nur so von Gedanken, die wild darin herumschwirrten. Bereits seit Tagen hatte Krahner alles darangesetzt, die

Steine wieder in seinen Besitz zu bekommen, aber erst heute Nacht hatte er von der Entführung seiner Tochter erfahren. Also hatte er vorher aus rein egoistischen Zügen gehandelt. Dann kam Koslowski der Gedanke, dass Krahner möglicherweise schon gar nicht mehr bereit gewesen war, die Beute zu teilen. Schließlich hatte er dafür die Bürde der Haft auf sich nehmen müssen. Wobei das völlig irrational gedacht wäre, fand er, denn Krahner hatte ja für den Totschlag und nicht für den Raub gesessen. Aber all diesen Überlegungen musste sich Krahner ja, bedingt durch die Morde, die Wolkov verübt hatte, jetzt nicht mehr aussetzen. Es gab schlicht niemanden mehr, mit dem er hätte teilen müssen.

Eine beschissene Situation, fand Koslowski, denn aufgrund dieser Umstände konnte er sich auch nicht mehr sicher sein, ob Krahner überhaupt bereit sein würde, die Diamanten gegen das Leben seiner Tochter einzutauschen. Krampfhaft versuchte er, das Gedankenkarussell abzubremsen. Wozu Krahner überhaupt noch bereit ist, werde ich feststellen, wenn es so weit ist, dachte er.

Unter anderem deswegen hatte er diesmal auch die Waffe mitgenommen, vorher aber den schweren, unhandlichen Schalldämpfer entfernt. Nun steckte die Beretta, um das Gewicht von zwei abgefeuerten Patronen erleichtert, in seiner Jackentasche und warnte ihn bei jedem Schritt mit einem Schlag an die Brust vor der Gefahr, die vor ihm lag. Er hoffte zwar, dass er die Waffe nicht noch einmal einsetzen musste, aber wenn es notwendig sein sollte, würde er das ohne Skrupel tun.

Dann kamen ihm kurz die beiden Männer in den Sinn, die erschossen in seiner Ferienwohnung lagen. Er konnte von Glück sagen, dass er so gut getroffen hatte, und fragte sich, wie lange sein Glück wohl noch anhielt. Reichte es noch für den Rest der Nacht oder war er dem Tod vielleicht schon einmal zu oft von der Schippe gesprungen?

Fahrig fuhr er sich mit der Hand durch das regennasse Gesicht und hoffte, damit auch die Gedanken zu vertreiben. Er musste sich auf das Hier und Jetzt konzentrieren. Wo genau sollte die Übergabe am Hafen stattfinden? Dort gab es nicht allzu viele Möglichkeiten. Das hier war der Hafen von Norderney, nicht der von Hamburg.

Und wie sollte er überhaupt vorgehen, so ganz alleine? Müde trabte er weiter durch den Regen und bemerkte gar nicht, wie dieser langsam nachließ.

Als er endlich das Hafengelände erreichte, stutzte er, denn im Ruderhaus des Museumskreuzers brannte Licht. Hatte die Crew das absichtlich angelassen? Doch dann sah er, dass sich dort etwas bewegte. Waren die Männer etwa noch an Bord? Warteten sie auf die Polizei? Er wusste nicht, ob sie seiner Bitte nachgekommen waren, diese erst anzurufen, nachdem er das Schiff verlassen hatte.

Zu dem Zeitpunkt hatte er noch nicht gewusst, wo er Gina suchen sollte, und sich daher eine gewisse Bewegungsfreiheit erhalten wollen. Denn die Polizei und insbesondere Hartung hätten ihm garantiert einen Strich durch die Rechnung gemacht. Er konnte sich gut vorstellen, wie sauer Jens Hartung mittlerweile auf ihn war. Verständlich, dass der ihm kein Wort mehr glauben und ihn sofort festnehmen würde.

Koslowski blieb noch eine Minute stehen und sah sich sichernd um, dann lief er hinüber zur *Otto Schülke* und sprang an Bord. Es war Glück, dass das Schiff momentan noch hier, im vorderen Bereich des Hafens, lag, denn es gab bereits den Plan, es in den hinteren Teil zu verlegen. Dort sollte es an einem Ponton festgemacht werden, damit es für das Publikum sicherer zu erreichen war.

Aber noch lag es hier vorne und von ihm aus hatte man einen guten Blick auf den Rest des Hafens. Koslowski war sich ziemlich sicher, dass Wolkov, sollte er nicht seine Leute schicken, mit dem Beiboot der *Juri Gagarin* kommen würde und anschließend auch auf diesem Weg wieder verschwinden wollte.

Er klopfte leise an das Schott und nur Sekunden später wurde es von innen geöffnet.

„Was machen Sie denn hier?“, wollte Bernd Jansen mit verblüfftem Gesichtsausdruck wissen. Auch die anderen beiden Männer sahen ihn erstaunt an.

„Krahner wird vermutlich wieder hier am Hafen auftauchen“, erklärte Koslowski ihnen ohne Umschweife und drückte sich in das Ruderhaus. „Ich dachte, Sie sind alle schon längst wieder zu Hause?“

„Als Sie weg waren, haben wir wie abgesprochen die Polizei informiert, aber die hatten anscheinend Wichtigeres zu tun, als den erneuten Einbruch aufzunehmen. Sie müssten erst noch was auf dem Friedhof überprüfen, sagten sie, danach wollten sie kommen. Aber bisher waren sie nicht da. Keine Ahnung, was nun wieder dazwischengekommen ist."

Koslowski hätte ihnen sagen können, dass die Polizisten vermutlich gerade einen Tatort aufnahmen, verschwieg es aber lieber.

„Haben Sie in der Zwischenzeit etwas Auffälliges beobachtet?", fragte er stattdessen und sah die drei Männer dabei der Reihe nach an. Er erntete einhelliges Kopfschütteln.

„Was vermuten Sie denn, was hier passieren soll?", wollte Tamme Behrens neugierig wissen.

„Ich denke, wir werden erleben, dass Wolkov auftaucht. Der Mann, von dem ich Ihnen gestern Abend erzählt habe, der, dem die Diamanten vorher gehört haben. Jetzt will er sie garantiert von Krahner zurück, und ich würde mich nicht wundern, wenn er dazu mit einem Schiff erscheint."

Bernd Jansen griff nach einem mit Gummi ummantelten Fernglas, das vor ihm auf der Steuerkonsole lag. Aufmerksam suchte er damit das Hafenbecken ab, schüttelte dann aber den Kopf.

„Noch nichts zu sehen."

„Wollen Sie einen? Sie sehen ja fürchterlich aus." Tamme Behrens hatte Schnaps in ein kleines Glas mit den darin eingeätzten Konturen des Kreuzers geschüttet und bot es Koslowski an.

Der zögerte nicht. Ihm war kalt und die Nacht konnte noch lang werden. Ebenso dankbar wie für den Schnaps war er für die Decke, die Heimo Schröder ihm reichte und die er sich über die nassen Schultern legte.

Einige Minuten lang schwiegen alle an Bord. Dann hob Jansen erneut das Fernglas und spähte in die Dunkelheit hinaus. Plötzlich versteifte sich sein Körper.

„Da bewegt sich was." Seine Stimme hatte sich dabei unnötigerweise zu einem Flüstern gesenkt, was aber sicher der Anspannung geschuldet war.

Er reichte das Glas an Koslowski weiter und deutete auf die Hafeneinfahrt.

„Sieht aus wie ein größeres Schlauchboot mit Außenborder", berichtete Jansen den anderen. „Es kommt gerade rein." Koslowski schaute durch das Fernglas, blinzelte, senkte es, rieb sich die müden Augen und hob es erneut.

„So wie es aussieht, steuert es auf die Kaimauer zu. Kann man da überhaupt anlegen?"

„Ja, darin sind Eisenleitern eingelassen, an denen kann man festmachen und dann nach oben auf den Kai klettern", kannte Tamme Behrens sich aus.

Koslowski ließ den dunklen Schatten nicht aus den Augen und sah, dass dieser tatsächlich auf die Kaimauer zuhielt. Zu ihrem Glück hatte der Regen mittlerweile aufgehört, ansonsten wäre das kleine Schlauchboot noch schlechter zu sehen gewesen.

Als es nur noch wenige Meter vor der Kaimauer war, erhob sich an der Ruderpinne eine Gestalt und machte es an einer der Leitern fest. Doch dann stieg sie daran nicht, wie es Koslowski erwartet hatte, nach oben auf den Kai, sondern zog eine Persenning über das Boot und verschwand darunter. Wenn man das Geschehen vorher nicht gesehen hätte, konnte man glauben, dort läge lediglich ein leeres Boot.

„Was sagen Sie denn dazu?", wollte Koslowski wissen, nachdem er den anderen Männern erzählt hatte, was er beobachtet hat.

„Der will wohl zunächst unbemerkt bleiben", vermutete Heimo Schröder. „Ist das denn dieser Wolkov, von dem Sie uns erzählt haben?"

Koslowski schüttelte den Kopf. „Nein, ich bin mir ziemlich sicher, dass es Stefan Krahner ist, der sich da drüben unter der Persenning versteckt."

„Dann sieht es für mich so aus, als ob er dem Russen eine Falle stellen will", vermutete Behrens.

Koslowski nickte zustimmend und gab Jansen das Fernglas zurück.

„Ich kann Sie jetzt leider nicht mehr gehen lassen", bedauerte er gleichzeitig, „denn Wolkov kann jeden Moment hier auftauchen.

Daher darf im Augenblick nichts passieren, was ihn verschrecken könnte."

Die Männer sahen sich kurz an, dann nickten sie einhellig.

„Na ja, wo wir schon mal hier sind …", bekundete Heimo Schröder mit einem schiefen Grinsen, „… ist ja alles auch sehr spannend. Endlich mal was los auf dem schönsten Sandhaufen der Nordsee."

Koslowski nickte amüsiert und drehte sich augenblicklich um, weil Bernd Jansen ihn heftig angestoßen hatte.

„Da kommt noch ein anderes Boot. Aber ein deutlich größeres. Ohne Positionslichter. Mann, das ist ja hier wie in alten Schmugglerzeiten."

Koslowski benutzte das ihm angebotene Fernglas. Groß und schneeweiß. Das war garantiert die *Sputnik*, das Beiboot der *Juri Gagarin*. Mit einem eleganten Manöver fuhr es im Hafen eine Wende und legte dann mit seiner Steuerbordseite am Kai an.

Das oberste Deck des Bootes war so hoch, dass man davon direkt auf den Kai springen konnte, was auch jemand tat. Anschließend zog dieser Jemand eine schmale Gangway herüber. Eine andere als die, auf der man Schnabel erschossen hatte. Koslowski schloss für eine Sekunde die Augen. Konzentriere dich, forderte er sich selbst auf. Als er die Augen wieder öffnete, sah er, dass eine weitere Person erschienen war. Sie hielt eine Maschinenpistole in den Händen und überquerte soeben die Gangway.

Auf festem Boden angekommen, blickte sie sich nochmals aufmerksam um, dann gab sie mit der Hand ein Zeichen und eine dritte Person erschien an Deck. Sie trug einen dunklen Anorak mit einem breiten Pelzkragen. Sie schien sich sicher zu fühlen, so unbefangen, wie sie die Gangway betrat. Aufgrund ihrer Haltung und ihres Aussehens war sich Koslowski sicher, dass es sich um Wolkov handelte, die beiden anderen Figuren schienen dessen Handlanger zu sein.

Der Russe betrat den Kai, ging dort unruhig auf und ab und sah dabei öfter auf seine Armbanduhr.

„Wie spät ist es?", flüsterte Koslowski, ohne das Glas zu senken.

„Kurz vor vier", antworte ihm Jansen ebenso leise.

„Dann wird jetzt wohl bald was geschehen“, vermutete Koslowski und reichte ihm das Glas. Gleichzeitig griff er in die Jackentasche und holte seine Pistole heraus. Bei dem Anblick zog Schröder geräuschvoll die Luft durch die Zähne. „Kann es sein, dass es jetzt gefährlich wird?“

Koslowski steckte die Waffe hinten in seinen Hosenbund.

„Schon möglich. Und deshalb gilt: Egal, was gleich passiert, Sie alle bleiben hier an Bord! Verstanden? Sie haben schon genug riskiert. Das hier ist ab jetzt nur noch eine Sache zwischen denen und mir.“

Schröder und Behrens sahen ihn erstaunt an. Jansen hingegen hatte bereits wieder das Glas an die Augen gehoben.

„Sie haben Recht, es passiert was.“

## 39

Stefan Krahner wartete ab, bis die *Sputnik* festgemacht hatte, erst dann hob er die Persenning leicht an und schaute darunter hervor. Der Bug des weißen Schiffes ragte hoch vor ihm auf, sodass er sich ungesehen aufrichten konnte.

Einen Moment später hörte er Russisch sprechende Stimmen. Die dazugehörigen Personen mussten sich also schon auf dem Kai befinden. Er griff nach dem Beutel mit den Diamanten und stieg leise die Sprossen der Eisenleiter hinauf. Die Leine seines Schlauchbootes hatte er mit einem Knoten festgemacht, den man mit nur einem Ruck wieder lösen konnte. So war er bereit, jederzeit ins Boot zu springen und sofort abzulegen.

Sein größter Vorteil war der Überraschungseffekt: Er stand bereits auf dem Kai, bevor die Russen ihn überhaupt bemerkten. Mit seinem Auftauchen von dieser Seite hatten sie nicht gerechnet. Zu seinen Gunsten hatten die laufenden Motoren der *Sputnik* sämtliche Geräusche verschluckt. Wolkov fuhr herum, als Krahner ihn von hinten ansprach.

„Haben Sie mein Geld?“

„Haben Sie meine Diamanten?“, kam die sofortige Gegenfrage.

Krahner hielt den Beutel hoch, doch als Wolkov einen Schritt auf ihn zumachte, trat er seinerseits sofort einen Schritt zurück, den Beutel dabei immer noch in der erhobenen Hand.

„Bleiben Sie stehen! Wenn Sie noch einen Schritt näher kommen, werfe ich die Steine ins Wasser. Im Beutel ist ein Stück Eisen, er wird sofort im Schlick des Hafenbeckens versinken.“

Wolkov blieb prompt stehen und starrte dabei wie hypnotisiert auf Krahners Hand. Nur mühsam fand er seine Sprache wieder.

„Also, wie soll es nun ablaufen?“

„Mein Geld, und zwar schnell. Und zusätzlich Ihre Zusage, dass Sie mich in Zukunft in Ruhe lassen, sowie freien Abzug.“

Wolkov winkte einem seiner Männer, der an Bord des Beibootes gewartet hatte und nun mit einem Aktenkoffer an Land kam. Er trat neben seinen Boss und öffnete auf dessen Handzeichen hin den Koffer. Krahner konnte mehrere Lagen Geldscheine erkennen. Auf seinem Gesicht erschien ein zufriedenes Lächeln. So also sahen 100.000 Euro aus.

„Koffer abstellen und langsam zurückgehen!“, forderte Krahner den Boten auf. Nach einem schnellen Blick zu seinem Chef und nach dessen Nicken tat er, was Krahner von ihm verlangte.

„Weiter zurück!“, forderte Krahner und ging dabei selber langsam auf den Koffer zu, allerdings ohne dabei die Hand mit dem Beutel darin zu senken und den Blick von Wolkov und seinem Handlanger abzuwenden.

Als er sah, dass die beiden keine Anstalten machten, auf ihn loszuzustürmen, kniete er sich davor hin, blätterte in den Scheinen und hob einige der Geldbündel an. So wie es aussah, war alles in Ordnung. Kein versteckter Sprengsatz, kein Peilsender. Wobei er sich fragte, ob Wolkov für seine Rache mal eben so 100.000 Euro einfach in Rauch aufgehen lassen würde? Sobald er wieder im Boot war und abgelegt hatte, würde er das Geld ohnehin in eine mitgebrachte Sporttasche kippen und den Koffer ins Meer werfen. Sicher war sicher.

Er klappte ihn wieder zu und erhob sich langsam.

„Scheint alles in Ordnung zu sein." Mit diesen Worten klemmte er sich den Koffer unter den Arm und ging langsam rückwärts auf die Kaimauer zu.

„Was ist mit meinen Diamanten?" Aus Wolkovs Stimme war deutlicher Unmut zu hören.

„Ach ja, die Diamanten." Krahner tat so, als habe er sie völlig vergessen. Mit Schwung warf er sie etliche Meter von den Männern entfernt auf den Kai und drehte sich dann um.

Er zielte kurz, ließ den Koffer dann auf die Persenning fallen und kletterte hastig die senkrechte Leiter hinunter – was mit dem Koffer unter dem Arm nur sehr schwer möglich gewesen wäre. Doch als er nach den ersten Sprossen über die Schulter hinuntersah, stellte er zu seinem Entsetzen fest, dass der Koffer auf der nassen Persenning plötzlich in Bewegung geriet. Eine unter dem Schlauchboot durchlaufende Welle hob es an und sorgte dafür, dass der Koffer über einen der dicken Schläuche ins Wasser rutschte. Krahner fluchte und sprang von den letzten Sprossen aus ins Boot. Dort warf er sich hastig bäuchlings auf den Schlauch und versuchte, den Koffer zu fassen zu bekommen. Ihm traten Tränen der Wut und Enttäuschung in die Augen. Es durfte nicht sein, dass er so kurz vor dem Ziel scheiterte. Verdammte Nordsee!

Mühsam streckte er sich, bekam ihn endlich zu fassen und zog ihn zu sich an Bord. Als er sich atemlos auf den Rücken drehte und nach oben sah, bemerkte er, dass Wolkov ganz lässig, mit den Händen in den Jackentaschen, am Rand der Kaimauer stand und auf ihn heruntersah, so wie ein Tourist, der auf das Ausladen des Fangs eines Fischkutters wartete.

Einer seiner Männer stand neben ihm, hielt ihm den Beutel mit den Diamanten hin und nickte. Was bedeutete, die Steine waren da und in Ordnung. Krahner konnte Wolkov die Zufriedenheit, endlich am Ziel seiner Wünsche angekommen zu sein, förmlich ansehen. Doch dieser Ausdruck wich sehr schnell einem sardonischen Lächeln, denn in diesem Moment tauchte neben ihm ein weiterer Mann auf, der mit der Maschinenpistole.

Krahner war geschockt. So hatte er sich das nicht vorgestellt. Nicht nur wie ein Maikäfer auf dem Rücken, sondern auch wie auf einem Präsentierteller zu liegen. Sein ursprünglicher Plan hatte doch ganz anders ausgesehen. Als reicher Mann ins Boot springen, Leine los und Abfahrt!

„Haben Sie nicht etwas vergessen?" Wolkovs Stimme triefte nur so vor Sarkasmus. „Wollen Sie denn Ihre Tochter nicht mitnehmen?"

Krahner fluchte innerlich und schob eine Hand ganz langsam in Richtung Leine.

„Ja genau, was ist mit meiner Tochter? Wo ist sie?"

Eigentlich war sie ihm scheißegal, aber vielleicht konnte er dadurch Zeit gewinnen, dass er Wolkov aufforderte, sie zu holen.

„Lassen Sie sie herbringen! Ich will sehen, dass es ihr gut geht!"

Bisher schien man seine Bewegung in Richtung Leine noch nicht bemerkt zu haben. Als er sie wie in Zeitlupe erreichte, zog er vorsichtig daran. Erleichtert stellte er fest, dass sich der Knoten wie geplant löste. Äußerst langsam ließ er die Leine ins Wasser rutschen.

Im selben Moment klang Wolkovs Stimme über ihm auf.

„Es tut mir leid, Ihnen sagen zu müssen, dass Ihre Tochter heute Nacht ermordet wurde. Aber Sie können sicher sein, dass die Polizei ihren Mörder, diesen Koslowski, neben Ginas Leiche finden wird."

Krahner schluckte. Dieses Schwein hatte nicht nur seine Kumpel, sondern jetzt noch auch seine Tochter umbringen lassen. Ihm war klar, dass sein Leben keinen Pfifferling mehr wert war, wenn es ihm jetzt nicht gelang, so schnell wie möglich wegzukommen.

Mit einem Satz hechtete er zum Heck des Schlauchbootes und drückte den Startknopf des Motors. Mit der anderen Hand griff er nach dem Geldkoffer und zog ihn vor seine Brust. Das Geld war jetzt, mehr denn je, seine Lebensversicherung, denn er war sich sicher, dass Wolkov es nicht so ohne weiteres opfern würde. Zum Glück sprang der Motor ohne Mucken an und er konnte gleich Vollgas geben. Gleichzeitig schlug er die Ruderpinne ein, um schnellstmöglich vom Kai wegzukommen. Der aufbrüllende Motor schob das Boot sofort in Richtung Hafenmitte.

Es war fast wie der Reflex von Lots Frau, dass Stefan Krahner sich noch einmal umdrehte. Ihn wunderte nämlich, warum seine Gegner noch nicht reagiert hatten. Doch dann sah er mit Schrecken, wie Wolkov seinem Handlanger ein Zeichen gab. Der brachte daraufhin seine Maschinenpistole in Anschlag und feuerte das gesamte Magazin auf ihn ab.

Krahner ließ bereits nach dem ersten Treffer die Steuerpinne und den Gashebel los, sodass das Boot augenblicklich an Fahrt verlor. Zusätzlich zur Energie der einschlagenden Geschosse sorgte nun nur noch der Rest an Schub dafür, dass das Boot langsam weiter in Richtung Hafenmitte trieb. Für Wolkov und seine Männer auf der Kaimauer nun scheinbar unerreichbar – aber eben nur scheinbar: Denn auf ein Zeichen Wolkovs sprang ein Matrose von Bord der *Sputnik* ins Wasser und schwamm hinüber zum Schlauchboot.

Dort stemmte er sich an den sich langsam leerenden Schläuchen hoch und langte nach dem Koffer. Dann ließ er sich zurück ins Wasser sinken und schwamm, ihn dabei über dem Kopf haltend, an der *Sputnik* vorbei zu deren Heck. Dort erwartete ihn ein weiterer Matrose, der ihm zuerst den Koffer abnahm und ihm dann auf die Badeplattform half.

In diesem Moment wusste Wolkov, dass er in den letzten Minuten nicht um 100.000 Euro ärmer, sondern um mehr als fünf Millionen Euro reicher geworden war. Und zusätzlich hatte endlich auch das letzte dieser diebischen Schweine, wie alle anderen, die ihm in die Quere gekommen waren, seine gerechte Strafe erhalten.

Nun konnte er in Ruhe zur *Juri Gagarin* zurückkehren und sich auf den Weg nach Antwerpen machen, wo ihn bereits ein Käufer für die Diamanten erwartete. Er hatte gerade die Gangway betreten, als die *Sputnik* plötzlich in helles Scheinwerferlicht getaucht wurde.

# 40

„Was für ein Schwein, der hat ihn einfach erschießen lassen!“ Bernd Jansen hatte alles durch das Fernglas beobachtet und schlug nun erbost mit der Faust auf den Kartentisch des Museumskreuzers. Die beiden anderen Männer waren fassungslos.

Koslowski hatte zwar damit gerechnet, dass Wolkov eine Schweinerei plante, aber was hätte er in diesem Moment dagegen unternehmen können? Das alles war sehr schnell gegangen, er befand sich zu weit entfernt, und es war fraglich, ob nicht sogar die Polizei, hätte er sie informiert, in Wolkovs Falle gelaufen wäre.

Von ihrem Standort aus mussten sie tatenlos zusehen, wie der und seine Männer nun Anstalten machten, zurück an Bord der *Sputnik* zu gehen.

„Was haben die jetzt wohl vor?“, fragte Tamme Behrens, der hinter Koslowski und Jansen stand.

„Rate mal!“ Wütend presste Jansen die beiden Worte durch die Zähne.

„Die machen sich jetzt aus dem Staub“, klärte Koslowski Behrens auf. „Das hier ist nur das Beiboot, der große Pott liegt weiter draußen.“

„Ich tippe sogar mal außerhalb der Zwölf-Seemeilen-Zone“, fügte Jansen hinzu, der wieder das Fernglas vor den Augen hatte, „also außerhalb der deutschen Hoheitsgewässer.“

Sie sahen, wie die Matrosen sich bereit machten, die Leinen des weißen Beibootes loszuwerfen, sobald ihr Herr und Meister an Bord war.

„Verdammt, wir können die doch nicht einfach so abhauen lassen.“ Jansen war die Wut über das Geschehene immer noch deutlich anzumerken. „Wenn wir nicht handeln, sind diese feigen Mörder in ein paar Minuten weg!“

Auch Koslowski hatte nicht vor, die Russen entkommen zu lassen. Er sah, dass Wolkov soeben die Gangway betrat. „Gibt es hier an Bord einen Suchscheinwerfer?“

„Klar.“ Jansen deutete auf den entsprechenden Schalter. „Soll ich?“

Koslowski hatte kaum genickt, da wurde die *Sputnik* bereits in helles Licht getaucht. Den Männern war die Überraschung deutlich anzusehen. Doch sie währte nur kurz. Wolkov rannte auf das Schiff, die Leinen fielen ins Wasser und die Gangway ragte sogar noch über die Bordwand hinaus, als das Beiboot der *Juri Gagarin* bereits Fahrt aufnahm. Ihr Ziel war die Hafenausfahrt.

„Können wir sie mit diesem Schiff hier verfolgen?", wollte Koslowski wissen und erntete dafür nur drei verständnislose Blicke. Es schien, als habe er gefragt, ob ein Vogel fliegen kann. Sofort wurde ihm klar, dass er mit dieser Frage am Stolz der Crewmitglieder gekratzt hatte. Ohne ein weiteres Wort stürmten Behrens und Schröder nach draußen, um die Leinen zu lösen, während Jansen die Maschine startete. Tief im Bauch der *Otto Schülke* erwachten die 710 Kilowatt derart schnell zum Leben, dass es so schien, als habe der alte Kreuzer nur darauf gewartet, endlich wieder zum Einsatz zu kommen. Durch die Bullaugen konnte Koslowski sehen, wie Behrens die vordere Leine loswarf. Dann gab er Jansen ein Zeichen, dass Schröder auch die Achterleine gelöst hatte.

Die *Otto Schülke* reagierte sofort auf Jansens Griff zum Gashebel und ließ sich von ihm bereitwillig in Richtung Hafenmitte steuern. Draußen gab es plötzlich einen Tumult, und Sekunden später schob Schröder eine Person vor sich her ins Ruderhaus. Hinter den beiden drängte sich Behrens herein.

„Den habe ich in unserem Tochterboot gefunden. Gehört der zu Ihnen?" Schröders Blick blieb an Koslowski hängen.

Der drehte sich um und seine Kinnlade klappte herunter.

„Lukas, was machst du denn hier?"

Der Sohn von Walfried Eugelink sah ihn trotzig an. „Ich will wissen, wer Gina das angetan hat. Es kann doch nicht sein, dass der einfach so davonkommt. Den muss man doch …"

„Du gehst sofort zurück an Land", fuhr ihm Koslowski wütend über den Mund.

„Wenn ich noch mal anlege, werden wir das Boot wahrscheinlich nicht mehr einholen können. Außerdem wissen wir ja nicht mal genau, wohin die wollen." Jansen stand breitbeinig am Ruder und hielt den Blick dabei unverwandt auf die *Sputnik* gerichtet.

Koslowski fluchte leise vor sich hin. Dieser Bengel hatte ihm gerade noch gefehlt. Wenn Lukas etwas passierte, konnte er gleich in die Nordsee springen, denn Jutta Eugelink bräuchte und könnte er dann nie mehr unter die Augen treten. Aber was war die Alternative? Wenn sie die Verfolgung abbrachen, entkam ihnen dieser kaltblütige Mörder womöglich. Koslowski atmete noch einmal tief durch, dann traf er seine Entscheidung.

„Können wir irgendwen zu Hilfe rufen?", wollte er von Schröder wissen, der am Funktisch stand.

„Ich kann einen Funkspruch auf dem Not- und Anrufkanal absetzen, mal sehen, wer uns hört und darauf reagiert."

„Okay, versuchen Sie es, wir bleiben an der *Sputnik* dran." Dann drehte er sich zu Lukas um. „Und du hältst hier schön die Füße still. Wo können wir ihn unterbringen?"

Behrens deutete auf den Niedergang neben dem Steuerrad. „Er kann sich da unten hinsetzen. Da ist er uns nicht im Weg und in relativer Sicherheit."

Koslowski sah Lukas an und deutete dann mit dem Kopf auf den Niedergang. Der Junge kam der Aufforderung zwar nur mürrisch nach, fügte sich aber in sein Schicksal. Wenige Augenblicke später saß er bereits unten. Sein trotziger Blick sprach Bände, konnte Koslowski aber nicht beeindrucken.

„Und da unten bleibst du, bis das alles hier vorbei ist, verstanden!?"

„Sie passieren gerade die Hafenausfahrt." Jansen übergab das Steuer an Schröder. „Hier, Heimo, ich übernehme am oberen Fahrstand. Kommen Sie mit!", forderte er Koslowski auf und verließ das Ruderhaus.

Draußen umrundete er den Schornstein und kletterte auf der anderen Seite einen Niedergang hinauf. Mit wenigen Schritten war er am offenen Steuerstand.

„Hier oben haben wir eine bessere Sicht. Da, die Burschen nehmen Kurs auf die Fahrrinne."

Welche auch die Inselfähren benutzen, dachte Koslowski.

„Ich könnte mir gut vorstellen, dass sie als Nächstes einen nördlichen Kurs steuern werden.“ Er sah Koslowski mit einem schnellen Seitenblick an und bemerkte dessen Unverständnis. „Also zwischen den Inseln durch in Richtung offene See.“

Koslowski nickte nur und behielt die *Sputnik* weiterhin im Auge. Es kam ihm vor, als ob sich der Abstand zwischen den beiden Schiffen leicht vergrößerte. Aber das konnte auch täuschen.

In diesem Augenblick erschien Behrens auf dem oberen Fahrstand und verteilte rote Jacken. Koslowski merkte erst jetzt, wie kalt es hier oben war. Was vermutlich auch daran lag, dass er noch vom Regen durchnässt war und die Decke unten zurückgelassen hatte. Dankbar schlüpfte er in die Jacke, während Behrens seinem Kollegen in die andere half.

Die Wolkendecke hatte sich mittlerweile so weit gelichtet, dass nun das Licht eines Dreiviertelmondes das Wasser der Nordsee beleuchtete.

Zusammen mit den Jacken hatte Behrens auch eine Information mitgebracht: „Die Bundespolizei hat auf unseren Funkspruch geantwortet. Eines ihrer Einsatzschiffe, die *Bad Düben*, läuft zwar mit voller Kraft auf uns zu, ist aber noch zu weit weg, um rechtzeitig eingreifen zu können. Die Polizei in Norden ist auch informiert, falls diese Typen in Norddeich an Land gehen wollen.“ Behrens blickte dabei zur *Sputnik* hinüber.

Das Wort, das dazu aus Jansens Mund kam, hatte große Ähnlichkeit mit einem den Kindern verbotenen Schimpfwort. Koslowski schwieg, denn hier auf dem Wasser konnte er nichts anderes tun, als sich auf die Erfahrung der Männer von der *Otto Schülke* zu verlassen. Sie wussten, was zu tun war.

„Wir bleiben auf jeden Fall dran“, versprach ihm Jansen, bevor er sich an seinen Kollegen wandte. „Gib regelmäßig unseren Standort durch, mehr können wir im Moment nicht tun.“

Behrens kletterte wieder nach unten, während Koslowski gebannt auf das Schiff schaute, das vor ihnen durch die Wellen pflügte. Noch schien der alte Museumskreuzer wacker mitzuhalten.

„Wenn er wirklich aufs offene Meer will, dann muss er gleich erneut nach Steuerbord abdrehen", gab Jansen bekannt und blieb dabei exakt auf dem Kurs der *Sputnik*. Etliche Minuten verstrichen, ohne dass einer der Männer sprach.

Dann sah Koslowski, wie das große weiße Beiboot tatsächlich einen Schwenk nach rechts machte und Kurs auf die Durchfahrt zwischen Juist und Norderney nahm.

„Genau, wie ich es mir gedacht habe", knurrte Jansen. Die *Otto Schülke* lief zwar unter höchster Motorleistung, aber nun begann sich der Abstand doch sichtbar zu vergrößern. „Die haben einfach mehr Power als wir", bedauerte der Mann am Ruder verärgert. „Wenn jetzt kein Wunder passiert, werden sie uns davonfahren."

Koslowski glaubte zwar nicht an Wunder, überlegte aber, welches jetzt wohl vonnöten wäre, um den Spieß doch noch umzudrehen. Ein paar Minuten später wusste er es.

## 41

„Wir müssen noch schneller werden", fauchte Wolkov den Kapitän seines Beibootes an. Über Funk hatten sie mitbekommen, wie jemand von der *Otto Schülke* um Hilfe gerufen und dass die *Bad Düben* geantwortet hatte. Es wurde Zeit, die *Juri Gagarin* zu erreichen und sich mit ihr aus dem Staub zu machen. Wolkov hatte kein Interesse daran, sich jetzt, so kurz vor dem Ziel, noch mit der Bundespolizei anzulegen.

Sofort nachdem er an Bord zurückgekehrt war, hatte er den Kapitän aufgefordert, sie so schnell wie möglich zum Mutterschiff zu bringen. Dann hatte er das Paket geöffnet, welches Krahner auf den Kai geworfen hatte. Dieser Trottel hatte tatsächlich alle Diamanten abgeliefert. Zwischen ihnen lag auch das von Krahner beschriebene Stück Eisen. Mein Gott, wie naiv dieser Typ doch gewesen war, dachte Wolkov. Kein Wunder, dass er jahrelang im Gefängnis gesessen hatte.

Lange Zeit hatte er nicht gewusst, wer ihn damals, verkleidet als

Polizisten, überfallen hatte. Doch den Plan, diese Leute zu finden und mit ihnen abzurechnen, hatte er nie aufgegeben.

Vor einem Jahr war er der Bande dann durch einen glücklichen Zufall auf die Schliche gekommen. Genau zu dem Zeitpunkt, als er Natalia zu seiner Mätresse machte. Es gab mehrere, aber eine von ihnen musste das Sagen in diesem modernen Harem haben und seiner Meinung nach war die eiskalte und berechnende Natalia dafür genau die Richtige.

Die freundete sich schnell mit den anderen Mädchen an, weil sie nicht nur wusste, dass Informationen in ihrem Geschäft Gold wert waren, sondern auch, woher man sie bekam. Nirgendwo wurde so viel geredet wie im Bett, wenn die Kerle nach dem Sex mit ihren Erlebnissen und Leistungen prahlten. Und wenn das mal nicht so lief, musste man auf andere Art und Weise dafür sorgen, dass sich die Zungen lösten. Egal ob bei Männlein oder Weiblein.

Natalia wusste, dass die junge Irina ihre größte Konkurrentin um Wolkovs Gunst war. Um sie sich vom Halse zu halten, musste sie daher etwas gegen sie in der Hand haben. Und tatsächlich, in einem Nebel aus Wodka und Kokain ließ Irina sie leichtsinnigerweise in ihr Seelenleben blicken. Dass sie Wolkov nicht mochte und nur des Geldes wegen bei ihm blieb. Freudestrahlend erzählte sie Natalia von der Liebe ihres Lebens. Es sei ein Deutscher, mit dem sie ein neues Leben beginnen wolle, sobald er wieder aus dem Knast entlassen war.

Als Natalia nachfragte, wovon die beiden leben wollten, machte Irina den nächsten Fehler. Sie erzählte, dass ihr Geliebter im Besitz wertvoller Diamanten sei.

Da hatte es bei Natalia sofort geklingelt. Zum Zeitpunkt des Raubes war sie zwar noch nicht in Wolkovs Diensten gewesen, kannte aber die Geschichte zur Genüge. Sie brauchte nur eins und eins zusammenzuzählen, und es dauerte nicht lange, bis sie sich mit dieser Information bei Wolkov beliebt machte.

Kaum hatte sie es ihm erzählt, da ordnete Wolkov auch schon an, dass sich seine Schläger um Irina kümmerten. Unter der Vielzahl von Schlägen und Elektroschocks, mit denen sie traktiert wurde, hätte sogar manch harter Kerl ausgepackt. Als sie keinen Ausweg mehr sah, hoffte sie, dass man sie am Leben ließ, wenn sie alles sagte. Dass sie Stefan Krahner damals den Tipp gegeben hatte, wann Wolkov mit den Diamanten per Schiff nach Oslo wollte. Welche Route er nehmen würde und wo sich der Safe befand. Doch ihre Peiniger wollten noch mehr wissen, was sie ihre ersten Finger kostete, und so erfuhren sie auch die Namen aller am Raub Beteiligten.

Auf diese Männer setzte Wolkov sofort seine Killer an. Diese hatten zwei Aufgaben: erstens aus dem jeweiligen Opfer herauszuholen, ob es etwas über das Versteck der Diamanten wusste, und zweitens, sie für ihre Tat zu bestrafen. Wobei Irina mit der Nennung ihrer Namen bereits ihr Todesurteil ausgesprochen hatte. Hälker und Klingenberg hatten, den Tod vor Augen, gehofft, sich retten zu können, wenn sie kooperierten. Mit eingeschlagenen Nasen und gebrochenen Fingern hatten sie geschworen, dass nur Krahner wusste, wo die Beute versteckt war. Eine Aussage, die ihr Leben aber nur unwesentlich verlängerte.

Schnabel, den Letzten im Bunde, hatten sie auf Norderney aufgespürt. Als nach dessen Behandlung durch Wolkovs Schläger feststand, dass auch er nicht wusste, wo die Beute versteckt war, stand fest, dass nur Krahner das Geheimnis lüften konnte. Den hatte Wolkov zwar nach seiner Entlassung beobachten lassen, doch kurze Zeit später war er seinen Bewachern durch die Finger geschlüpft. Zum Glück hatte man bereits durch die Folterung Klingenbergs erfahren, dass auch Krahner nach Norderney wollte.

Zusätzlich zur Überwachung der Insel hatte Wolkov auch die Durchleuchtung von Krahners familiärem Hintergrund veranlasst und so die alkoholabhängige Mutter und ihre Tochter in Detmold gefunden. Als Letztere sich plötzlich nach Norderney absetzte, hoffte Wolkov sofort, über sie an ihren Vater heranzukommen. Sicherheitshalber beauftragte er Gudanov, die Wohnung von Krahners Frau zu durchsuchen, sie in die Mangel zu nehmen und anschließend zum Schweigen zu bringen.

Wolkov war sich sicher, dass Gina auf Norderney Kontakt zu ihrem Vater aufnehmen würde. Möglicherweise hatten sich die beiden ja sogar dort verabredet. Als sich aber in dieser Hinsicht einige Tage nichts tat, hatte er das Mädchen entführen lassen, weil er hoffte, Krahner dadurch unter Druck setzen zu können. Doch dabei war seinen Männern der Fehler unterlaufen, diesen Koslowski mit ihrem Vater zu verwechseln. Letztendlich war das aber auch egal, weil er ja erfahren hatte, dass Krahner seine Tochter eiskalt für die Diamanten geopfert hätte.

Worüber sich Wolkov noch nicht im Klaren war, waren die Beweggründe von diesem Koslowski. War er ein Undercover-Bulle von Interpol oder war er einfach nur hinter den Diamanten her? Vielleicht war er ja sogar der eigentliche Drahtzieher des Raubes und Krahner nur ein Strohmann oder sein Handlanger?

Denn nur aus reiner Nächstenliebe würde sich doch wohl kein Mensch um eine entführte Lesbe kümmern, oder? Aber was soll's, der Typ war ja mittlerweile ebenso tot wie diese kleine Schlampe. Ein Lächeln schob sich auf sein Gesicht, denn allein dieser Fall würde die Polizei eine ganze Weile beschäftigen. Ebenso wie der Fund von Irina, derer er sich auf offener See entledigt hatte. Sollten die Bullen doch erst mal herausfinden, wen sie da ohne Finger und Zähne im Kühlhaus liegen hatten.

Ein Scheppern sorgte dafür, dass Wolkov aus seinen Gedanken gerissen wurde und aus dem hinteren Fenster starrte. Das Schiff, das sie vom Hafen aus verfolgte, war immer noch da, auch wenn sich der Abstand zwischen ihnen etwas vergrößert hatte. Wer zum Teufel war das? Bei der Ankunft im Hafen hatte er weder Fahrzeuge der Polizei noch solche der Küstenwache gesehen. Der verdammte Suchscheinwerfer ihres Verfolgers blendete ihn derart, dass er nicht viel von dem Boot erkennen konnte.

„Wo liegt die *Gagarin*?" Mit dieser Frage wandte er sich an den Kapitän seines Beibootes.

Der sah kurz auf das Radarbild und zeigte in nordwestliche Richtung.

Wolkov schüttelte den Kopf. Was sollte *das* denn? Wenn seine Yacht dort lag, warum steuerte dieser Idiot dann einen nördlichen Kurs?

„Los, nehmen Sie den direkten Kurs auf die *Gagarin*!“, forderte er den Mann am Steuer auf.

„Das geht nicht“, entgegnete der Kapitän, „wir müssen noch eine Weile in der Fahrrinne bleiben. Wenn wir sie verlassen, besteht die Gefahr, dass wir auf eine Sandbank laufen.“

In Wolkovs Augen blitzte Wut über die Widerworte auf.

„Erzählen Sie mir nicht, was passieren könnte, sondern tun Sie, was ich Ihnen sage! Die *Sputnik* hat einen sehr geringen Tiefgang.“

Dem Mann am Ruder brach der Schweiß aus, denn er wusste um die Launen seines Chefs. „Aber das Echolot zeigt an, dass …“

„Sie steuern jetzt sofort den direkten Kurs zur Yacht“, schnauzte Wolkov und verstaute gleichzeitig das Paket mit den Diamanten in seiner Jackentasche. „Ich gehe an Deck. Wenn die uns noch weiter folgen, werden sie das bereuen.“

Der Mann am Steuerrad wünschte sich in diesem Moment, irgendwo anders zu sein. Einerseits wollte er sich seinem Boss gegenüber loyal zeigen, andererseits hatte er auch die Verantwortung für die *Sputnik* und ihre Besatzung. Und die siegte.

„Ich kann das nicht machen, ich würde das Schiff gefährden.“

Wolkov, der hinter ihm stand, gab keine Antwort. Stattdessen zog er eine Pistole aus dem Hosenbund und schlug sie dem Mann über den Schädel. Der fiel vornüber auf das Steuerrad und rutschte dann daran hinunter auf den Boden.

Wolkov steckte die Waffe wieder ein, zerrte ihn zur Seite und griff nun selbst zum Steuer. Während er mit der einen Hand das Ruder nach Backbord einschlug, wollte er mit der anderen Hand den Gashebel ganz nach vorn schieben, doch der war bereits am Anschlag.

Gehorsam folgte die *Sputnik* umgehend dieser Ruderbewegung, legte sich dabei kurz nach Steuerbord über, fing sich aber schnell wieder. Trotzdem ging bei diesem unerwarteten Manöver einer der Männer über Bord. Er hatte mit einer Maschinenpistole auf der Badeplattform gestanden und den Auftrag gehabt, auf ihre Verfolger zu schießen, sobald sie in Reichweite waren. Wolkov bekam davon nichts mit, allerdings hätte ihn dieser Verlust auch nicht sonderlich berührt. Für ihn wäre vermutlich der Verlust der Maschinenpistole bedauerlicher gewesen.

Nach diesem hastigen Manöver lag die *Sputnik*, die immer noch unter Vollschub lief, auf einem Kurs, der in einem fast rechten Winkel zur Fahrrinne lag.

Wolkov grinste. Jetzt würde er seinen Verfolgern bald entkommen sein.

Zufrieden und breitbeinig stand er am Steuer und fühlte sich unbesiegbar. Noch ahnte er nicht, welches Unglück in wenigen Sekunden über ihn hereinbrechen würde.

## 42

„Was machen die denn da? Sind die verrückt geworden? Wir haben Ebbe und dazu noch Ostwind – so kommen die doch niemals über die Sandbänke!“, schrie Jansen, als er sah, dass die *Sputnik* schlagartig ihren Kurs änderte. Koslowski behielt seinen Blick weiterhin auf sie gerichtet und tatsächlich, keine Minute später schien es so, als sei das stolze, weiße Schiff plötzlich und aus heiterem Himmel gegen ein Hindernis gefahren. Es kam dermaßen abrupt zum Stehen, dass im gleichen Moment der Funkmast abbrach und auf das Ruderhaus krachte.

Koslowski sah, wie zwei Männer, die sich an Deck befanden, regelrecht von den Beinen gerissen wurden. Das Wunder, auf das Jansen gehofft hatte, war eingetreten.

„Was für ein Vollidiot steuert denn da?“, fragte der, während er mit der *Otto Schülke* nun immer mehr aufholte.

„Können wir längsseits gehen?“, wollte Koslowski hektisch wissen. „Ich muss unbedingt an Bord. Ich will mir diesen Wolkov schnappen.“

Jansen überlegte einen Augenblick.

„Es ist zwar saugefährlich, aber es gibt eine Möglichkeit, näher an sie heranzukommen. Doch ich garantiere für nichts!“

Er drehte am Steuerrad und drosselte gleichzeitig die Fahrt der *Schülke*. Langsam schob sich der alte Museumskreuzer immer näher an das aufgelaufene Boot heran. Koslowski zog die Jacke aus und kontrollierte nochmals den Sitz seiner Pistole im Hosenbund. Dann stieg er den Niedergang hinunter und schob sich am Ruderhaus vorbei nach vorne. Während der Bug der *Otto Schülke* dem Heck der *Sputnik* immer näher kam, war Koslowski bereits auf die aus weißen Stahlrohren bestehende Reling geklettert und machte sich zum Sprung bereit.

Jansen manövrierte den Museumskreuzer seitlich so nah wie möglich an den Havaristen heran. Noch bevor er ihn berührte, war Koslowski schon gesprungen und schließlich unsanft auf dessen Badeplattform gelandet. Sofort rappelte dieser sich wieder auf. Dabei sah er aus den Augenwinkeln, wie die *Otto Schülke* ganz nah am Heck der *Sputnik* vorbeilief und sich Behrens und Schröder dabei hektisch auf dem Achterdeck bewegten.

Er hatte jedoch keine Zeit, sich Gedanken darüber zu machen, was die beiden derart in Aufregung versetzte. Während er die Treppe nach oben stürmte, die sich in der Mitte des Hecks befand, entfernte sich der Museumskreuzer bereits wieder, denn Jansen steuerte sicherheitshalber tieferes Gewässer an.

Kaum, dass Koslowski das Deck betreten hatte, sah er auch schon einen der beiden Matrosen, die er zuvor beobachtet hatte, mit seltsam verrenktem Kopf auf dem Boden liegen. Genickbruch vermutete Koslowski. Der zweite Matrose lag auf der anderen Seite. Auch er bewegte sich nicht mehr. Mittlerweile neigte sich das Schiff immer mehr zur Backbordseite, und es schien so, als ob die noch immer unter Volllast laufenden Maschinen es weiter in die Sandbank bohren wollten.

Hektisch sah Koslowski sich um. Wo war Wolkov? Wo war dieser Mörder? Koslowski spürte, dass eine Art von Wut in ihm hochkochte, wie er sie vorher noch nie erlebt hatte. Er hatte mitansehen müssen, wie Wolkov Rudolf Schnabel, dieses arme Schwein, hatte hinrichten lassen, und fast wären auch Gina und er seine Opfer geworden. Von all den anderen Toten ganz zu schweigen.

Dann bemerkte er, dass die Schiebetür des Ruderhauses offen stand.

Geduckt stützte er sich mit der linken Hand an der Reling ab, während er mir der rechten die Waffe zog. Dann arbeitete er sich auf dem nassen und schrägen Deck langsam bis zum Ruderhaus vor. Die Tür, deren obere Hälfte ebenso wie die übrigen Wände des Aufbaus aus einer Glasscheibe bestand, war aufgeschoben. Koslowski spähte vorsichtig in das Ruderhaus und erkannte, dass die Tür auf der gegenüberliegenden Seite ebenfalls aufgeschoben war.

Nicht weit von ihm entfernt lag ein weiß gekleideter Mann mit einer blutenden Wunde am Hinterkopf. Er überlegte gerade, wie es dazu gekommen sein mochte, als eine Kugel die Scheibe neben der Tür durschlug. Er zuckte zurück und duckte sich sofort hinter die stählerne Wand des Ruderhauses. Kaum, dass er aus dieser Position heraus erneut um die Ecke lugte, feuerte Wolkov noch einmal von der anderen Seite durch die offene Tür auf ihn.

Sie befanden sich in einer Art Pattsituation. Beide in Deckung, aber beide auch mit wenig Chancen, den anderen zu treffen. Koslowski überlegte angestrengt, wie er sich einen Vorteil verschaffen könnte.

Kam er vor dem Ruderhaus geschützt auf die andere Seite? Aber dafür musste er erst mal an der Tür vorbei. Als er versuchte, sie zuzuschieben, musste er feststellen, dass sie irgendwie blockiert war. Sie würde ihm keinen Schutz bieten. Also musste er anders vorgehen.

Er spannte die Muskeln an, feuerte zwei Schüsse durch das Ruderhaus und hechtete an der Tür vorbei auf die andere Seite. So wie sein Körper mit Adrenalin vollgepumpt war, spürte er dabei nicht mal die Knieverletzung, die er sich bei dem harten Aufprall auf die Decksplanken zugezogen hatte.

Sofort warf er einen Blick um die Front des Ruderhauses. Sein Plan, auf diesem Weg auf die andere Seite und an Wolkov heranzukommen, scheiterte jedoch bereits im Ansatz. Würde er die dort befindlichen Aufbauten überklettern, wäre er für Wolkov ein leichtes Ziel.

In diesem Moment peitschte ein weiterer Schuss Wolkovs auf und durchschlug das Fenster des Ruderhauses an der Stelle, unter der Koslowski vor seinem Hechtsprung gelegen hatte. Wolkov hatte also von seinem Seitenwechsel nichts mitbekommen. Genau darauf hatte er gehofft. Das war seine Chance.

Er drehte sich auf die rechte Seite, zog beide Beine an und setzte die Füße auf eine hervorstehende Stahlstrebe am Ruderhaus. Dann atmete er noch einmal tief durch und nahm die Waffe in beide Hände. Jetzt galt es, schnell zu sein!

„Wolkov, geben Sie auf! Sie kommen hier nicht mehr raus. Die Bundespolizei ist unterwegs. Sie haben keine Chance."

Was darauf folgte, war ein russisches Schimpfwort und eine weitere Kugel, die Wolkov in Koslowskis Richtung jagte. Allerdings vermutete der Russe ihn dabei noch immer auf der falschen Seite der Tür. Wieder splitterte Glas.

Diese abgefeuerte Kugel war für Koslowski der Startschuss. Mit aller ihm noch zur Verfügung stehenden Kraft stieß er sich im nächsten Moment mit beiden Beinen von der Stahlstrebe ab. Jetzt war er dankbar für den Regen, denn der hatte das Deck so glitschig gemacht hatte, dass er problemlos im Liegen bis vor die offene Tür des Ruderhauses rutschen und seinerseits feuern konnte. Die Kugel traf Wolkov, der sich soeben zum nächsten Schuss aus der Deckung gewagt hatte, in die rechte Schulter. Das sorgte zwar dafür, dass er aufschrie und sein Oberkörper etwas nach hinten geworfen wurde, doch es hielt ihn nicht davon ab, erneut die Waffe zu heben, um auf Koslowski zu schießen.

Doch dazu kam er nicht mehr, denn Koslowski gab, immer noch seitlich auf dem nassen Deck liegend, seinen zweiten Schuss ab. Diese Kugel traf Wolkov mitten in den Oberkörper, ihre Aufprallenergie warf ihn nach hinten. Er fiel rücklings gegen die weiß gestrichene Reling und rutschte langsam daran herunter. Hinter ihm kennzeichnete eine Blutspur seinen Weg.

Mit gespreizten Beinen auf dem Deck sitzend, starrte er mit ungläubigem Gesichtsausdruck auf das Loch in seiner Brust. Er sah aus, als könne er nicht glauben, dass es sein Blut war, das aus der

Brustwunde strömte. Beide Arme hingen kraftlos an ihm herunter, und die Waffe war ihm ebenso aus der rechten Hand gefallen wie das Bündel mit den Diamanten aus seiner linke Jackentasche.

Koslowski rappelte sich mühsam auf, allerdings nicht, ohne Wolkov dabei im Auge zu behalten. Doch von dem schien keine Gefahr mehr auszugehen. Der war fertig. Müde und erschöpft stützte Koslowski sich mit einer Hand am Ruderhaus ab. Endlich war es vorbei. Jetzt musste er sich um den Verletzten kümmern.

Er wollte gerade das Ruderhaus betreten, als seitlich von ihm, am Heck des Schiffes, ein Schuss aufbellte. Die Kugel sauste so nah an ihm vorbei, dass er glaubte, sie gehört zu haben. Trotzdem reagierte er nicht sofort. Sein Gehirn schien diese neue Situation nicht akzeptieren zu wollen. Als er sich endlich zwang, in die Richtung zu blicken, aus der die Kugel gekommen war, wusste er, dass die Gefahr noch nicht vorbei war.

Denn dort stand Natalia, die mit wütend verzerrtem Gesicht gerade erneut auf ihn feuern wollte. Doch bevor er dazu kam, seine eigene Waffe zu heben, warf Lukas sich von einem der Aufbauten wie ein Tiger auf Natalia. Ihr dabei noch abgefeuerter Schuss ging hoch über Koslowski hinweg und verschwand sirrend im Nachthimmel. Lukas war derart heftig gegen die Frau geprallt, dass beide das Gleichgewicht verloren, über die Reling kippten und ins Wasser fielen.

Koslowski rannte sofort los und sah, wie Lukas aus dem trüben, aufgewühlten Wasser der Nordsee wieder auftauchte. Er schien benommen zu sein und trieb langsam aber sicher immer weiter in Richtung Heck der *Sputnik*. Oh Gott, dachte Koslowski, die Schrauben! Sie liefen immer noch auf vollen Touren.

Sofort sprang er ins Ruderhaus und suchte krampfhaft nach dem Gashebel. Der war zum Glück in so exponierter Stellung angebracht, dass er ihm gleich ins Auge fiel. Er stürzte auf ihn zu und riss ihn zurück. Augenblicklich ließ das Heulen der Maschine nach.

Prompt hastete er wieder zurück an die Reling. Lukas trieb immer noch benommen im Wasser, und Koslowski überlegte gerade, wie er ihm zu Hilfe kommen konnte, als er einen dunklen Schatten bemerkte, der plötzlich hinter dem Heck der Yacht auftauchte. Einen Moment lang hielt er gespannt die Luft an, dann erkannte er erleichtert, dass es sich dabei um die kleine *Johann Fidi* handelte, das Tochterboot der *Otto Schülke*. Es kam um das Heck der *Sputnik* herumgekurvt und nahm geradewegs Kurs auf Lukas.

Tamme Behrens hockte in dem kleinen Ruderhaus über dem Motor und steuerte, während Heimo Schröder draußen mit einer Rettungsleine in der Hand bereitstand. Mit einem geschickten Manöver fischten die beiden Lukas nur Augenblicke später auch schon aus der Nordsee.

Koslowski drehte sich um und ging durch das Ruderhaus hindurch auf die andere Seite und auf Wolkov zu. Dessen Mund war blutverschmiert und sein Atem ging nur noch flach und unregelmäßig. Er lag im Sterben, das erkannte sogar ein Laie, und keine Macht der Welt würde diesen Vorgang jetzt noch aufhalten, dachte Koslowski. Er horchte in sich hinein und stellte erstaunt fest, dass Wolkovs Schicksal ihn nicht berührte. Er empfand keinerlei Mitleid mit dem Mann, der in diesem Moment für all die unmenschlichen Verbrechen büßte, die er entweder selber begangen oder angeordnet hatte. Denn Mitleid, das hatte er für seine Opfer auch nie gehabt.

## 43

Die *Otto Schülke* lag wieder vertäut am Kai des Norderneyer Hafens, die havarierte *Sputnik* war abgeschleppt worden, Beamte der Bundespolizei hatten die *Juri Gagarin* aufgebracht und beschlagnahmt. Alle Leichen waren geborgen worden, nur den Körper von Natalia hatte die Nordsee nicht herausgegeben. Noch nicht. Sicherlich hätte die Russin nicht im Traum daran gedacht, dass sie mal in dem gleichen nassen Grab wie die von ihr verratene Irina enden würde.

Zusätzlich zur Mordkommission in Detmold hatte man eine Sonderkommission ins Leben gerufen. Der gehörte auch ein Mitarbeiter des Auswärtigen Amtes an, weil Wolkov russischer Staatsbürger gewesen war. Dahingehend würde es sicher noch einiges zu klären und zu beantworten geben.

Koslowski hatte gefühlt eine Woche lang geschlafen und war anschließend mehrmals vernommen worden. Noch an Bord der *Sputnik* hatte er seine Waffe ins Meer geworfen, weil er wusste, dass garantiert ein Verfahren wegen unerlaubten Waffenbesitzes gegen ihn eingeleitet werden würde. Doch zur Herkunft der Waffe hatte er beharrlich geschwiegen, was Siegfried Gründler erleichtert zur Kenntnis genommen hatte.

Immer wieder musste er den gesamten Vorfall lang und breit schildern und sich dabei jede Menge Vorwürfe dazu anhören, dass er die Behörden nicht rechtzeitig informiert habe. Aber er hörte auch Worte des Lobes und des Dankes, dass er Gina das Leben gerettet hatte.

Den größten Anschiss fing er sich dabei erwartungsgemäß von Jens Hartung ein, doch bei einem Glas Bier an van Briels Küchentisch gab dieser zu, nicht sagen zu können, ob er an Koslowskis Stelle nicht genauso gehandelt hätte.

Ganz am Ende hatte sich also alles aufgeklärt. Der Mord an Irina ebenso wie die Morde an Hälker, Klingenberg und Rudi Schnabel. Dazu auch die an Krahner und dessen Frau.

Noch an Bord der *Sputnik* hatte Koslowski die Diamanten an Beamte der Bundespolizei übergeben. Nach einer späteren Begutachtung gingen Experten davon aus, dass es sich dabei vermutlich um sogenannte Konflikt- oder Blutdiamanten handelte. Steine, die illegal in politischen Konfliktgebieten geschürft und meistens ins Ausland exportiert wurden. Ihr Erlös diente häufig dazu, eine der Konfliktparteien zu finanzieren. Entweder, um ihr dadurch zum Sieg zu verhelfen, oder, um zumindest den Konflikt zu verlängern. So verwandelten sich diese Edelsteine zunächst in Waffen und dann in Blut.

Wolkovs Diamanten wurden beschlagnahmt und landeten in einem Tresor der Zollbehörde.

Gina stand unter Schock. Deswegen hatte man ihr noch nicht erzählt, was mit ihrer Mutter geschehen war. Zurzeit lag das Mädchen im Norderneyer Krankenhaus, wo man sich bereits um psychologische Hilfe und Betreuung für sie gekümmert hatte. Lukas hatte sie besuchen dürfen und ihr am Krankenbett seine Liebe gestanden.

Gina hatte ihm dafür gedankt, dass er sich so engagiert hatte, und vor allem dafür, dass er mit Koslowski jemanden gefunden hatte, der sogar bereit gewesen war, sein Leben für sie zu geben. Aber sie machte ihm auch klar, dass sie ihn zwar sehr mochte, aber niemals so lieben konnte, wie Lukas es sich wünschte.

Genau daran musste Lukas gerade denken. Während die anderen Beteiligten im *Schmuggler* saßen und sich angeregt über den Fall unterhielten, war er still und leise nach draußen gegangen. Koslowski, der das bemerkt hatte, war ihm gefolgt. Als der Junge sich auf den Bordstein setzte, ließ er sich neben ihm nieder.

„Ich habe dir noch gar nicht dafür gedankt, dass du mir mit deinem mutigen Sprung das Leben gerettet hast", gestand er Lukas. „Als ich die Treppe von der Badeplattform zum Deck der *Sputnik* hochgerannt bin, habe ich zwar gesehen, dass sich an Bord der *Schülke* noch etwas getan hat, aber nicht mitbekommen, dass du das warst, der da ebenfalls von Bord gesprungen ist."

Lukas lächelte verlegen. „Tamme und Heimo wollten mich noch zurückhalten, aber da war ich schon drüben." Er blickte Koslowski grimmig an. „Ich war so wütend, ich wollte unbedingt den Typen erwischen, der Gina das angetan hat."

„Was aber auch schwer ins Auge hätte gehen können", gab Koslowski mit ernster Miene zu bedenken.

„Daran habe ich in dem Moment gar nicht gedacht." Lukas seufzte und starrte eine Zeit lang schweigend auf seine Schuhe. Dann folgte ein erneuter sehr langer und tiefer Seufzer.

„Mir ist bei all dem, was Sie für Gina auf sich genommen haben, klargeworden, dass Sie am Tod meines Vaters keine Schuld treffen kann, auch wenn ich das lange Zeit anders gesehen habe." Er hob den Kopf und sah Koslowski in die Augen. „Denn wenn Sie das alles schon für ein fremdes Mädchen gemacht haben, was hätten Sie dann erst für ihn getan?"

Koslowski sah, dass Lukas dabei die Tränen in die Augen stiegen, und auch er musste dagegen ankämpfen. Dankbar nahm er ihn in den Arm. Da er nicht wusste, was er dazu noch sagen sollte, schwieg er einfach.

So saßen die beiden mehrere Minuten lang still nebeneinander, bis Lukas noch einmal seufzte.

„Kopf hoch!", forderte Koslowski ihn auf. „Auch der Schmerz über den Verlust deines Vaters wird vergehen. Es klingt zwar blöde und abgedroschen, aber die Zeit heilt tatsächlich alle Wunden. Was zurückbleibt, sind die Narben auf unserer Seele, die uns zwar unser ganzes Leben lang an unseren Verlust erinnern werden, aber keinen Schmerz mehr verursachen."

Lukas sah ihn an und lächelte dann traurig. „Ich hoffe, das gilt genauso für Liebeskummer." Er schniefte und nahm dankbar das Taschentuch an, das Koslowski ihm reichte.

„Weißt du, Lukas, jemanden zu lieben, der dich nicht liebt, ist, wie einen Kaktus zu umarmen. Je stärker du dich an ihn drückst, desto mehr tut es weh."

Lukas sah ihn einen Moment lang überrascht an, dann begann er zu lachen.

„Und jetzt lass uns wieder reingehen", schlug Koslowski vor, „bevor Marius und die Crew der *Schülke* uns auch noch das letzte Glas Bier weggetrunken haben."

Gemeinsam standen sie auf und Koslowski legte noch einmal tröstend seinen Arm um Lukas' Schultern.

Marius van Briel, der sich mit seinem gebrochenen Bein einen Fensterplatz gesichert hatte, sah die beiden wieder auf die Gaststätte zukommen. Das könnten auch Vater und Sohn sein, dachte er nachdenklich. Dann riss er sich von diesem Anblick los und bestellte noch eine Runde.

Natürlich auf Koslowskis Kosten.

# Epilog

## Eine Woche später

Heimo Schröder und Bernd Jansen hatten gerade das Deck der *Otto Schülke* zu Ende geschrubbt und es sich mit drei Flaschen Bier und zwei Klappstühlen auf dem Vordeck gemütlich gemacht, als Tamme Behrens erschien.

„So liebe ich das, ich schwitze unten im Maschinenraum und die Herrschaften sitzen hier oben in der Sonne und trinken Bier."

„Schnack nicht", konterte Jansen und Schröder hielt seinem Crewkameraden die dritte Flasche entgegen. „Hock dich hin und erzähl. Wie hat unsere alte Dame dieses Abenteuer überstanden?"

Behrens nahm einen Schluck aus der Pulle und blinzelte dabei in die Sonne.

„Ich habe weder Schäden noch Lecks gefunden. Unser altes Mädchen hat alles verdammt gut weggesteckt. Sie besteht zwar aus altem Eisen, gehört aber noch lange nicht zum alten Eisen."

„Ja", stimmte Heimo Schröder zu, „außerdem ist sie auch noch erstklassig restauriert worden und wird tipptopp gewartet."

„Manche Frau wäre froh, wenn sie so viel Zuneigung bekäme", vermutete Jansen grinsend.

Tamme Behrens räusperte sich.

„Ich habe zwar, wie gesagt, keine Schäden gefunden, aber mir ist was anderes in die Hände gefallen." Dabei zog er einen Briefumschlag aus der Tasche. „Der lag in der Schublade unter dem Funktisch."

Er reichte ihn Schröder, der ihn an Jansen weitergab.

„Für die Crew der *Otto Schülke*", las der. Dann öffnete er ihn und zog eine Karte heraus, auf der nur ein großes K mit einem Punkt zu sehen war. Als er den Umschlag wieder schließen wollte, kullerten ihm drei kleine Gegenstände in die Hand. Einem Moment lag war er sprachlos, dann musste Jansen lachen.

„Was ist denn mit dir los?", wollten Behrens und Schröder unisono wissen.

„Vielleicht sollten wir die *Otto Schülke* in *MS Koslowski* umtaufen", schlug Jansen vor und streckte seinen Kollegen dabei die offene Hand entgegen. Darin funkelten im strahlenden Sonnenlicht Norderneys drei lupenreine Diamanten.

**Ende**

## Nachwort und Danksagung

Wenn Sie am Ende dieses Buches angekommen sind, dann werden Sie sich möglicherweise fragen: „Was hat sich der Peters denn da nur wieder für eine wilde Geschichte ausgedacht? Für seine Story versetzt der ein komplettes Schiff von Norwegen nach Norderney? Der Mann hat ja eine blühende Fantasie!"

Über Ihre Einschätzung meiner Fantasie würde ich mich zwar freuen, aber diesmal musste ich mir den Hintergrund für diese Geschichte gar nicht ausdenken.

Dankenswerterweise war es Hans-Jürgen Siebrasse aus Lemgo, der mich auf den Museumskreuzer *Otto Schülke* und dessen wechselhafte Geschichte aufmerksam machte. Die *Schülke* war nämlich tatsächlich seit ihrer Fertigstellung und Taufe im Jahre 1969 bis zum Jahre 1996 als Rettungskreuzer auf Norderney stationiert. Nach ihrer Außerdienststellung wurde sie zunächst als Rettungskreuzer nach Island und später von dort als Arbeitsschiff nach Norwegen verkauft. Im Jahre 2013 wurde sie dort von einem Abwrackunternehmen übernommen. Aber was für andere Schiffe das Ende bedeutet, war für die *Otto Schülke* eine Wiedergeburt. Denn als acht engagierte Norderneyer erfuhren, wo sich ihre *Schülke* befand und dass sie zum Verkauf stand, gründeten sie im März 2018 kurzerhand einen Verein und holten das Schiff wieder zurück auf die Insel.

Seit dem 31. Juli 2021 befindet sich die liebevoll und mit großem Sachverstand zum Museumskreuzer umgebaute *Otto Schülke* also wieder auf Norderney. Dort soll sie einen festen Liegeplatz im hinteren Hafenbereich bekommen, wo man sie dann besichtigen kann. (Stand: März 2023)

Wenn es mir mit diesem Roman gelungen ist, Ihr Interesse an diesem ganz besonderen Schiff und seiner Geschichte geweckt zu haben und sie sich noch ausführlicher darüber informieren möchten, empfehle ich Ihnen die Homepage *www.otto-schuelke.de*. Dort können Sie auch Mitglied des Vereines werden und dadurch dieses außergewöhnliche Projekt unterstützen.

Mein erster Dank gilt daher auch der Crew der *Otto Schülke*, insbesondere dem Vereinsvorsitzenden Björn Bornschein, der mich während des gesamten Projekts engagiert unterstützt hat. Vielen Dank auch an Hermann Jennsen, der es mir ermöglichte, mich ausführlich an Bord umzusehen, und geduldig alle Fragen einer Landratte beantwortete. Sobald das Schiff für Besucher freigegeben wird, können Sie an Bord nachprüfen, ob ich dort richtig recherchiert habe.

Ein weiterer Dank geht an die Fahrdienstleitung der *AG Reederei Norden-Frisia*, die mir all meine Fragen zum Fährbetrieb ausführlich beantwortete. In puncto Seerecht hatte ich Unterstützung von meinem Kollegen Torsten Tamm von der Bundespolizeidirektion in Bad Bramstedt, und in Fragen rund um die seemännische Ausbildung war die Seefahrtschule Cuxhaven mein kompetenter Ansprechpartner.

Der Segelflugplatz in meinem Heimatort Oerlinghausen ist nicht nur einer der größten der Welt, sondern auch immer wieder eine wichtige Informationsquelle für mich, wenn es um das Fliegen geht. Mit Informationen zum Thema „Diamanten“ hat mir Thomas Hess von der Goldschmiede *Hess & Rickert* in Oerlinghausen sehr weitergeholfen.

Sollte ich dennoch einige Dinge falsch wiedergegeben haben, dann liegt die Schuld ausschließlich bei mir.

Zum Schluss möchte ich mich noch bei all den Leuten bedanken, die den Mut gehabt haben, sich auf das erste Manuskript zu stürzen und nach Fehlern zu suchen. Allen voran mein Ex-Kollege Harald Riepold und mein Kabarettpartner Jörg Czyborra. Das gilt natürlich ganz besonders für meine Lektorin Andrea Hensler, die zusätzlich noch viele hilfreiche Anmerkungen hat einfließen lassen.

Ein Mensch, der an mich glaubt, ist mein Verleger Matthias Borner aus Gütersloh, der voll und ganz hinter diesem Buch stand, obwohl es ja nur zum Teil in Ostwestfalen-Lippe spielt. Dass es trotzdem in seinem Verlag *ostwestfaelisch.de* erschienen ist, liegt daran, dass es eine sehr interessante Verbindung zwischen seiner Heimatstadt und meiner Story gibt. Der Navigationslehrer und Initiator des organisierten Seenotrettungswesens, Adolph Bermpohl, wurde nämlich 1833 in Gütersloh geboren. So schließt sich auch dieser Kreis.

Wovon könnte ein Krimiautor mehr träumen, als dass der Klappentext für sein neues Buch von James Bond geschrieben würde? Näher als mit dem von meinem lieben Freund und geschätzten Kollegen Dietmar Wunder, der deutschen Stimme von Bond-Darsteller Daniel Craig, geschriebenen Text werde ich diesem Traum wohl nie mehr kommen. Dafür, lieber Dietmar, ganz herzlichen Dank.

Eine Person jedoch ist für die Entstehung meiner Bücher seit vielen Jahren ganz besonders wichtig. Daher kann ich meiner Frau Petra nicht genug, aber dafür von ganzem Herzen danken, dass sie mir nicht nur den nötigen Freiraum zum Schreiben lässt, sondern mich auch bei meinen vielen Recherchen begleitet und unterstützt. Sie ist es auch, die mir immer wieder Mut macht, wenn es mit dem Schreiben mal nicht so läuft. Man sagt ja, in einer Ehe sei es wie bei einem Bankraub. Wenn man nicht den richtigen Komplizen hat, geht beides in die Hose. Deswegen würde uns beiden vermutlich sogar ein Bankraub gelingen, aber den haben wir zum Glück nicht nötig.

Als erfahrene Leserinnen und Leser muss ich Sie ja nicht mehr darauf aufmerksam machen, dass Ähnlichkeiten mit lebenden und toten Personen unbeabsichtigt sind und rein zufällig wären. Für die neu hinzugekommenen habe ich es hiermit getan.

Sollten Sie mal die wunderschöne Nordseeinsel Norderney besuchen, dann können Sie sich dort die Schauplätze meiner Krimis ansehen, denn (fast) alle Orte, die darin vorkommen, gibt es tatsächlich. Und wer weiß? Vielleicht laufen wir uns entweder dort oder bei einer Lesung mal über den Weg.

Ich würde mich freuen, Sie persönlich kennenzulernen!

Joachim H. Peters

Oerlinghausen, im Mai 2023

Impressum

Joachim H. Peters
Wer stirbt schon gern auf Norderney?
Koslowski auf Mörderjagd zwischen Detmold und Dünen.
Ein Kriminalroman

ISBN 9783982015781

Verlag M. Borner, Gütersloh 2023
www.ostwestfaelisch.de
service@ostwestfaelisch.de

Lektorat: Andrea Hensler, Verl
www.richtigistwichtig.com

Distribution: Runge Verlagsauslieferung, Steinhagen